DER SCHWUR DES RANCHERS

DIE STONES AUS HEART FALLS

BUCH 5

VIVIAN AREND

Die Stones von Heart Falls 5: Der Schwur des Ranchers

Originaltitel: A Rancher's Vow © 2023 by Arend Publishing Inc.

Copyright für die deutsche Übersetzung Die Stones von Heart Falls 5: Der Schwur des Ranchers © 2023 Helena Tamis

ISBN DIGITALES: 978-1-990674-69-3

ISBN TASCHENBUCH: 978-1-990674-70-9

Lektorat: Nadine Manz & Laura Berger

Deutsche Erstausgabe: Juni 2023

www.vivianarend.com/de

1

Juni, Silver Stone Ranch

Seine Angelschnur spannte sich, als der Schwimmer wieder auftauchte und dann langsam zur Mitte des Sees trieb. Zufrieden, wie man es nur als Mann mit einer Angel in der Hand und einem freien Nachmittag sein konnte, der sich vor ihm erstreckte, legte sich Dustin Stone am Ufer zurück und zog sich seinen Cowboyhut ins Gesicht.

Die Sonne hatte das Gras gewärmt, und der Geruch des Frühsommers erfüllte seine Sinne. Ein friedliches Gefühl legte sich wie eine Umarmung um ihn, und er gab sich ihr hin. Momente wie dieser führten ihm vor Augen, dass er an einem Ort lebte, der wahrhaft der Himmel auf Erden war.

Das bedeutete allerdings nicht, dass er nicht auch die Aufregung suchte. Schließlich war er ja erst letzten Dezember vierundzwanzig geworden ...

Genauso alt, wie Caleb gewesen war, als er die

Verantwortung für die ganze Familie hatte übernehmen müssen.

Einen Moment lang kühlte sich die Wärme des Tages ein wenig ab, und in seinem Inneren zog sich etwas zusammen, wie immer, wenn Dustin an seine verstorbenen Eltern erinnert wurde. Er war erst acht Jahre alt gewesen, als sie bei einem Autounfall ums Leben gekommen waren, also waren es nicht die Erinnerungen an sie, die wehtaten.

Es war die Tatsache, dass sein ältester Bruder Caleb so viel aufgegeben hatte, um immer für sie da zu sein.

Dustin hätte jederzeit zugegeben, dass er seinen Bruder auf ein Podest hob, besonders in den letzten Jahren, als Caleb daran gearbeitet hatte, den Stone-Clan zu der unzertrennlichen Einheit umzuformen, die er heute war. Eine florierende Ranch, eine erfolgreiche Familie ...

Ja, Dustin hätte alles für Caleb getan, und das konnte er wohl auch von seinen anderen Geschwistern behaupten. Da er der Jüngste von fünf Geschwistern und einer Pflegeschwester war, war er von allen aufgezogen worden. Es hätte die Hölle sein können, doch dem war nicht so.

Es hatte einfach funktioniert.

Sie waren gute Menschen, seine Familie. Sie hatten eine Menge durchgemacht und infolgedessen eine Vielzahl an Fähigkeiten entwickelt, die sie als Einzelpersonen und als Gruppe zu etwas ganz Besonderem machten.

Das machte es allerdings schwierig, sich von den anderen abzuheben. Dustin war niemand, der sich nach dem Rampenlicht sehnte, aber manchmal wäre es doch schön gewesen, im Mittelpunkt zu stehen.

Der Wind wehte so stark über den See, dass die Warnglocke, die an der Spitze seiner Angel befestigt war, einmal läutete. Der leise Glockenton verklang sofort, dennoch setzte er sich auf und überprüfte seine Angelschnur.

Der Schwimmer trieb ungestört dahin, kein Fisch hatte angebissen.

Ein *Ping* zeigte eine eingehende Nachricht auf seinem Handy an. Tagsüber während der Arbeit kontaktierten ihn nur sehr wenige Leute. Tucker Stewart, der Vorarbeiter der Silver Stone Ranch, war knallhart, wenn es darum ging, sich auf eine anstehende Aufgabe zu konzentrieren. Es spielte keine Rolle, dass Tucker auch Dustins Schwager war. Wenn Dustin gegen die Regeln verstieß, wäre die Kacke trotzdem am Dampfen.

Doch jetzt, wo seine Schicht vorbei war, hatte er sein Handy wieder eingeschaltet, und den Ton hatte er für seinen besten Freund Shim reserviert. Es kam noch ein *Ping*, und Dustin zog das Handy träge aus seiner Tasche.

Shim: Du hast ja kein Wort gesagt. Heilige Scheiße, echt jetzt?
Shim: Falls du's noch nicht hast, hier: [link]

Dustin starrte die Nachricht verwirrt an. Er klickte auf den Link, den Shim angehängt hatte, nur um bei einem typischen Clickbait-Artikel voller Schwachsinn zum Durchscrollen zu landen. Allein schon der Titel ließ ihn stutzen.

Zehn milliardenschwere Cowboy-Junggesellen, die du kennenlernen musst!

Sein Handy summte dann noch einmal. Diesmal war es der Ton, den er einem anderen Freund zugewiesen hatte, und außerdem eine dritte Nachricht von Shim. Dustin ignorierte sie beide und las weiter, nicht sicher, was für einen bekloppten Scherz Shim da abzog.

Bei der vierten Seite, zu der er sich weitergeklickt hatte, stellten sich die Härchen in Dustins Nacken auf.

Der Artikel begann mit einer Reihe von Bildern.

Das erste zeigte Dustin mit seinem zweitältesten Bruder Luke und dessen Frau Kelli bei einer Pferdeversteigerung im vergangenen Februar. Die beiden standen nebeneinander und lachten. Sie waren ein gut aussehendes Paar. Der dunkelhaarige Luke hatte den Arm um Kellis Taille gelegt und hielt sie an seiner Seite. Ihre braunen Haare waren zu zwei Zöpfen geflochten, die sie normalerweise bei der Arbeit trug, doch mit ihrem strahlenden Gesicht sah sie so hinreißend aus wie ein glamouröses Top-Model.

Dustin stand neben den beiden, die Hände in die Hosentaschen gesteckt, und grinste in Richtung Boden. Zum ersten Mal fiel Dustin auf, dass er größer war als Luke. Und vielleicht lag es ja am Kamerawinkel, doch seine Schultern wirkten auch breiter.

Hä? Wann war das denn bitte passiert?

AUF DEM ZWEITEN Bild war nur er zu sehen. Dustin erinnerte sich an den Moment, als es aufgenommen worden war. Er war gerade neben Kelli hergegangen, die ein neu erworbenes Pferd führte. Irgendein Vollpfosten hatte einen Feuerwerkskörper gezündet, und das Pferd hatte gescheut.

Kelli hatte die Zügel in der Hand gehabt und sich umgedreht, um das Tier sofort zum Stillstand zu bringen. Sie war knallhart, wenn es darum ging, ein Tier unter Kontrolle zu halten, egal wie widerspenstig es war. Doch das Pferd war so groß, dass es sich aufgebäumt und die zierliche Frau mit hochgerissen hatte.

Es war keine Zeit geblieben, um nachzudenken, er hatte nur reagieren können. Dustin hatte das Tier am Kopf gepackt und es zum Stillstand gebracht, während er gleichzeitig beruhigend auf es eingesprochen hatte.

Er hatte dem Pferd in die Augen gesehen und ihm gesagt,

es solle sich benehmen, und verdammt, es hatte tatsächlich auf ihn gehört. Das Tier hatte einen Augenblick lang gezittert, als ob es eine Fliege vom Widerrist vertreiben wollte. Dann hatte es mit einem langen Seufzen ausgeatmet und den Kopf an Dustins Schulter gelehnt.

Als alles vorbei gewesen war, hatte Kelli Dustin auf die Wange geküsst. Luke hatte ihm auf die Schulter geklopft und ihm so seine Anerkennung als älterer Bruder erwiesen, was für Dustin das Größte war.

Währenddessen hatte jemand unter den Zuschauern genau in diesem Moment einen Schnappschuss von Dustin gemacht, auf dem er ganz ernst wirkte, und hatte ihn nun einmal quer über alle sozialen Medien gepflastert.

Dustin verdrehte die Augen. Mit was für Blödsinn die Leute Zeit verschwendeten. Sein Blick huschte zum Text des Artikels, während er sich fragte, wie viel schlimmer es noch werden konnte.

Um einiges.

Riskiere einen Blick auf den #SilverStoneStud

Er ist zwar noch jung, aber als Teil der brandneuen Silver-Stone-Erfolgsgeschichte ist der vierundzwanzigjährige Dustin Stone ein Bachelor, wie er im Buche steht. Die Ranch scheint nach einem tragischen Start den Goldtopf am Ende des Regenbogens gefunden zu haben. Der in zweiter Generation geführte Familienbetrieb ist in der Pferdezuchtbranche auf dem aufsteigenden Ast. Außerdem haben wir gehört, dass jetzt auch noch Ölrechte im Spiel sind, und es gibt nur einen unverheirateten Stone, der noch die perfekte Partnerin finden muss. Es lässt sich kaum übersehen, dass er körperlich das Zeug dazu hat, jede Frau in Schnappatmung zu versetzen.

Wer wird die Glückliche, die diese Silberader erschließt?

Dustin ließ sich nach hinten auf den Boden fallen, die Hände zu den Seiten ausgestreckt, während er zum Himmel starrte und stöhnte. Scheiße, da stand ihm ja was bevor. Seine Freunde und Brüder würden ihn das niemals wieder vergessen lassen. Das war der schlechteste Artikel, den er je gelesen hatte. Die Silberader erschließen? Das war nicht einmal ein gutes Wortspiel.

Und der Hashtag? Widerlich.

Sein Handy läutete. Shim, der es offensichtlich aufgegeben hatte, eine Antwort auf seine Nachrichten zu bekommen, hatte zum äußersten Mittel gegriffen.

Dustin nahm den Anruf an und stellte auf Lautsprecher. „Was?"

„Ach, gut. Du sprichst also noch mit den unbedeutenden Leuten in deinem Leben." Shim kicherte und räusperte sich dann. „Was zum Teufel, Stone?"

„Keine Ahnung, Choi. Ich kümmere mich um meine eigenen Angelegenheiten, wie immer. Ich habe heute Morgen Rinder getrieben, und jetzt sitze ich hier und halte nach Fischen Ausschau."

„Na, du solltest besser nach einem Versteck Ausschau halten. *Milliardär?* Die hätten dir ebenso gut eine rote Zielscheibe auf den Rücken malen und dich auf einen Schießstand schubsen können."

Dustin schnaubte. „Ich bin kein Milliardär. Wer auch immer diesen Artikel geschrieben hat, hat eine blühende Fantasie. Ich meine, ja, Silver Stone läuft richtig gut, aber das heißt noch lange nicht, dass *ich* mehr Geld in der Brieftasche habe als die meisten Angestellten."

Sein Freund schnalzte mit der Zunge. „Ich weiß das, und

du weißt das. Aber die Leute, die das lesen, werden das anders sehen."

„Sie werden die Wahrheit verdammt schnell rausfinden. Ein paar Fragen bei den richtigen Leuten, und sie wissen, dass an dem Artikel genau eines stimmt, und zwar, dass ich Single bin." Was okay für ihn war. Irgendwann würde er die Partnerin fürs Leben finden. Er war von zu vielen Menschen umgeben, bei denen die Ehe gut lief, um nicht auch irgendwann dieses Risiko einzugehen.

Aber jetzt? Teufel, nein!

„Lass uns den Artikel ignorieren, sobald du mir erzählt hast, wieso du so einen Scheiß liest. Wann kommst du eigentlich?", fragte Dustin.

„An dem Artikel ist meine Mutter schuld. Sie hat den Blödsinn vor fünfzehn Minuten entdeckt, als sie etwas recherchiert hat. Sie hat ihn mir mit der Bemerkung weitergeleitet, dass man mit einer Ranch anscheinend mehr verdient als im Technikbereich und dass meine letzten Sommer, die ich damit verbracht habe, bei dir zu arbeiten, doch nicht komplett umsonst waren." Shim und Dustin kicherten, dann fuhr Shim mit den wichtigeren Details fort. „Ich habe heute mein letztes Projekt abgegeben. Ich komme dann am Montag, wenn das immer noch passt."

„Natürlich passt es. Ich freue mich wie ein Schnitzel, wenn ich dich wiedersehe." Das war eine Sache, bei der Dustin genau wusste, was los war. „Herzlichen Glückwunsch, dass du mit der Uni fertig bist. Du hast wieder dein altes Zimmer in der Schlafbaracke. Schick mir die Ankunftszeit, und ich hol dich vom Flughafen ab."

„Brauchst du nicht. Ich habe einen Truck."

Krass, noch mehr gute Nachrichten. „Du hast ihn gekauft?"

„Genau. Ich kann es nicht erwarten, damit anzugeben."

Shim räusperte sich. „So schön mein Chevy aus vierter Hand auch ist, er wird keines weiteren Blickes würdig sein angesichts der Luxuskarosse, die schicke Milliardäre diese Woche fahren."

„Halt's Maul", reagierte Dustin prompt.

„Ich mein ja bloß."

„Du bist ein Arsch. *Das* meinst du ja bloß, oder?" Dustin überlegte kurz. „Stimmt, bin ganz deiner Meinung."

Shim lachte. „Okay, ich lass dich in Ruhe. Aber im Ernst, der Artikel könnte nichts oder auch nichts als Ärger bedeuten. Ich hoffe, es ist ersteres."

„Ich kann nicht viel dagegen unternehmen. Jetzt ist es halt raus." Die Spitze von Dustins Angelrute senkte sich, und die Warnglocke tanzte einen fröhlichen Tanz, als endlich ein Fisch angebissen hatte. „Ich habe einen. Ich muss jetzt aufhören."

„Viel Spaß."

Dustin ließ das Handy fallen und zog die Angel aus der Halterung. Er genoss den kleinen, aber feinen Kampf mit einer Regenbogenforelle, bevor er den Fisch vorsichtig vom Haken nahm und zurück in den Big Sky Lake warf.

Erst dann bemerkte er, dass sein Handy immer noch Geräusche von sich gab, da, wo es im Gras lag.

Dustin hob es hoch und schaute auf den Touchscreen. „Was zum Teufel?"

Er hatte 37 NACHRICHTEN. Während er die Zahl noch schockiert anstarrte, ging sie nach oben, als sein Handy erneut *vibrierte*.

Was zum Teufel sollte das?

„Und in dem Schrank bewahren wir das zusätzliche Büromaterial auf. Wenn du willst, kannst du es gerne umorganisieren, um dir das Leben einfacher zu gestalten, wenn du dich eingewöhnt hast." Tucker Stewart gestikulierte im Raum herum. „Ich denke, das war's dann mit der Büro-Tour. Noch Fragen?"

Charity Gruzing verschränkte die Finger auf der Rückenlehne des Bürostuhls vor ihr, um nicht vor Freude in die Luft zu springen. „Fürs Erste ist alles klar. Wenn mir irgendwas einfällt, mache ich eine Liste, sodass ich alles auf einmal fragen kann."

Tucker nahm seinen Hut von der Ablage und setzte sich den schwarzen Stetson wieder auf. Ein leises Lächeln spielte um seine Lippen, als er ihr zuzwinkerte. „Effizienz ist mir wichtig, aber wenn du mich unterbrechen musst, nur zu. Mach dir da keine Gedanken. Du brauchst die Fragen nicht zu sammeln, um sie alle auf einmal zu stellen. Ich freue mich einfach, dass du ein paar von den Aufgaben übernimmst, die ich am wenigsten mag."

„Wir haben alle unsere Stärken", sagte sie höflich. Sie wartete, bis sie ihn nicht mehr sehen konnte, ehe sie die robuste Holztür zudrückte.

Nachdem sie sich vergewissert hatte, dass beim Fenster zum Stall der Vorhang vorgezogen war und das Fenster nach draußen eine leere grüne Weide zeigte, warf Charity ihre Hände in die Luft und führte mitten im Büro von Silver Stone einen Freudentanz auf.

Endlich.

Sie drehte sich eifrig zu dem Stapel an Projekten um, die Tucker für sie bereitgelegt hatte. Da ihr erster Tag auf einen Freitag fiel, wollte sie rasch arbeiten, um sich mit allem vertraut zu machen, sodass sie am Montag mit Vollgas loslegen konnte.

Ihr Handy läutete. Sie ging schnell ran, um sich mit ihrer Freundin Fern Fields zu unterhalten, während sie den ersten Stapel Papier nach den Rechnungsdaten sortierte. „Silver

Stone Ranch. Charity Gruzing am Apparat. Wie kann ich Ihnen helfen?"

Ein begeisterter Aufschrei erklang am anderen Ende der Leitung. „Tee! Du musst ja zittern vor Aufregung. Dein erster Tag im neuen Job. Ich freue mich so für dich."

„Ich zittere nicht nur. Es ist eher irgendwo zwischen vibrieren und einem Erdbeben, was echt schwierig wird, wenn ich nachher am Computer arbeite."

„Du kriegst deine Nerven schon noch früh genug in den Griff, aber so, wie ich das sehe, wirst du noch eine Weile aufgeregt sein", sagte Fern mit einem Lachen in der Stimme. „Also?"

Charity hielt mitten im Sortieren inne. „Also ... Wie geht der Satz weiter?"

Fern senkte die Stimme. „Ich wollte keinen Namen nennen, falls du gerade auf Lautsprecher geschaltet hast."

Oh. *Das* Thema. Das Büro schien schalldicht zu sein, aber vorsichtshalber nahm Charity ihr Handy in die Hand und hielt es sich ans Ohr. „Ich habe diesen Job nicht bekommen, um Dustin Stone schöne Augen zu machen."

„Aber es ist ein netter Nebeneffekt. Außerdem ist er ein guter Mann. Du bist meine beste Freundin. Ich mag es, wenn die Leute, die ich mag, sich auch mögen."

Und das war der Punkt, an dem die Unterhaltung in eine neue Bahn gelenkt werden musste. Und zwar sofort.

„Wir mögen uns tatsächlich, kleine Miss Neunmalklug. Dustin und ich sind gute Freunde, und das ist alles. Versuch ja nicht, uns zu verkuppeln."

„Daran würde ich nicht mal im Traum denken." Fern versuchte, einen Tonfall erstaunter Bestürzung anzuschlagen, und scheiterte kläglich.

„Du bist so eine verlogene Lügnerin, aber ich mag dich trotzdem." Charity schaute auf die Uhr an der Wand.

„Allerdings habe ich jetzt gerade eine wundervolle neue Stelle angetreten. Was heißt, dass ich mich bis morgen von dir verabschieden werde, sodass ich mich darauf konzentrieren kann, meine neuen Chefs zu beeindrucken."

„Klingt nach einem guten Plan. Du wirst das Kind schon schaukeln", versicherte ihr Fern. „Wir treffen uns um sieben?"

„Darauf kannst du wetten."

Charity stürzte sich in die Büroarbeit. In ihrer neuen Position als Büroleiterin würde sie die Fähigkeiten einsetzen, die sie in den vier Jahren erworben hatte, seit sie die High School abgeschlossen hatte. Nachdem sie zwei Jahre lang mit einem Stipendium am College studiert hatte und im Anschluss erste Berufserfahrungen gesammelt hatte, beherrschte sie die Grundlagen – einfache Buchhaltung, Organisation und Kalendermanagement – aus dem Effeff.

Ein Teil ihrer Arbeit war allerdings eher technischer Natur. Silver Stone hatte mehrere Online-Buchungssysteme, die sie sich genauer ansehen musste, um sicherzustellen, dass sie genau wusste, wie sie funktionierten.

Die Vorstellung, etwas Wichtiges zu vermasseln, reichte aus, damit sie sich auf ihre Aufgaben konzentrierte und sich von den fröhlichen Gedanken, die ihr durch den Kopf gingen, nicht ablenken ließ.

Sie arbeitete jetzt ja nicht nur für einen prestigereichen Betrieb wie die Silver Stone Ranch, auch wenn das eine große Rolle spielte. Ein festes Gehalt, das über dem Mindestlohn lag, war die größte Verbesserung. Charity hatte es satt, gerade mal so über die Runden zu kommen.

Es ist nicht immer leicht, das Richtige zu tun, aber wir tun es trotzdem.

Die Stimme ihrer Großmutter erklang in Charitys Kopf. Die Frau war inzwischen verstorben, doch niemand hatte während ihrer Teenagerjahre einen größeren Einfluss auf

Charity gehabt. Oma Lily hatte Charity und ihre Schwester Chelsea aufgezogen, nachdem ihre Eltern nicht mehr vorgegeben hatten, eine perfekte Familie zu sein, und alles den Bach runtergegangen war.

Eine der Folgen dieses Schlamassels war, dass Charity nach der High School nur sehr wenig finanzielle Unterstützung gehabt hatte. Die letzten vier Jahre waren ein Kampf gewesen.

Jemand klopfte an die Bürotür, kurz bevor sie aufging. „Tucker, ich wollte mit dir über ..." Tamara Coleman blieb ruckartig stehen. „Charity. Na, verdammt soll ich sein. Er hat es tatsächlich getan."

„Entschuldigung?" Charity sprang blitzschnell auf, als die Frau das Zimmer betrat. Sie hatte Tamaras Töchtern früher Ballettstunden gegeben. Tamara war mit Caleb verheiratet, dem ältesten Bruder und Chef von Silver Stone. Sie war eine dieser Personen, die einem auf ihre stille Art mit nur einem Blick tief in die Seele zu schauen schienen.

Charity wollte sich auf keinen Fall mit der Frau anlegen oder ihr auf die Füße treten.

Tamara schlenderte ganz ins Zimmer, setzte sich und bedeutete Charity, es ihr gleichzutun. „Tucker. Caleb und ich liegen ihm schon eine Ewigkeit in den Ohren, dass er jemanden einstellen soll. Er hat immer wieder gesagt, dass er das tun wird. Ich nehme mal an, deshalb bist du hier?"

„Ich habe gerade angefangen", pflichtete Charity ihr bei, um sich hilfsbereit zu zeigen. „Wenn du wissen willst, wo er ist, kann ich es schnell herausfinden."

„Nein, ist schon okay. Es hat Zeit."

Charity hatte bereits die *Finder*-App auf ihrem Desktop geöffnet. Sie hatte die letzten dreißig Minuten damit verbracht, sie richtig bedienen zu lernen. „Er ist bei Ashton Stewart und Caleb auf Reitplatz vier."

Tamara stieß einen langen, leisen Pfiff aus. „Wow. Kann ich mal sehen?"

Charity schob ihren Stuhl ein wenig zurück und zeigte auf den Computerbildschirm. „Es ist praktisch, aber ich kriege auch eine Gänsehaut wegen der Datenhamsterei."

Tamara stand hinter ihr und beugte sich ein wenig vor, um die kleinen Symbole zu begutachten, die auf der darübergelegten Karte der Ranch auftauchten. „Oh, schau. Dustin reitet mal wieder auf seiner Lieblingsstrecke." Sie zeigte auf sein Symbol, das sich in der Nähe der am weitesten im Norden gelegenen Grenze der Ranch befand, bevor sie zurücktrat und den Kopf schüttelte. „Ja, ich weiß, was du meinst. Technologie verblüfft mich und erschreckt mich gleichermaßen. Zu wissen, dass mich jemand derart schnell finden könnte, ist irgendwie unheimlich."

„Nimm dein Handy nicht mit." Charity vergaß, mit wem sie sprach, als sie der Drang zum Scherzen überkam. „Tucker meinte, sie seien noch nicht so weit, bei allen, die auf Silver Stone arbeiten, einen Peilsender einzupflanzen. Das steht erst nächsten Monat auf dem Plan."

Tamara hob ruckartig den Kopf, ihre Augen blitzten hinter ihrer rosafarbenen Brillenfassung. Einen Moment später musste sie grinsen. „Weißt du, du warst mir schon immer sympathisch. Ich denke, du bist ein Gewinn für Silver Stone."

„Ich mag dich auch", sagte Charity ehrlich. „Ich habe vor, meine Arbeit sehr gut zu machen."

Nachdem sie noch einmal einen letzten Blick auf den Bildschirm geworfen und den Kopf geschüttelt hatte, kehrte Tamara wieder auf die andere Seite des Schreibtisches zurück. „Ich schätze, ich sollte dich fragen, bevor ich Tucker störe. Hast du Zugang zum Dienstplan für die nächsten paar Wochen? Wir hatten letzten Monat alle Zeitprobleme mit unserem

Mädelsabend. Ich will sichergehen, dass Kelli frei hat, bevor wir uns auf ein neues Datum festlegen."

„Ich denke, das kann ich. Gib mir mal kurz." Charity öffnete ein anderes Programm auf dem Computer. Sie schnappte sich einen Papierstapel vom Schreibtisch, von dem Tucker gesagt hatte, dass er Termine enthielt, die sie noch eingeben sollte. Nachdem sie ein paar Seiten weitergeblättert und einen Blick auf den Kalender geworfen hatte, zögerte sie. „Ich muss dich leider vertrösten. Je nach Quelle arbeitet Kelli zu unterschiedlichen Zeiten. Entweder habe ich mich verlesen, oder sie haben sie doppelt gebucht."

„Wahrscheinlich ist es Letzteres", meinte Tamara trocken. „Wenn du das rausfinden und es mich bis Montag wissen lassen könntest, wüsste ich das zu schätzen."

„Klar."

Tamara senkte das Kinn. „Willkommen auf Silver Stone. Danke, dass du dich um das Durcheinander kümmerst. Und glaub mir, ich weiß genau, wie absolut chaotisch der Papierkram hier werden kann."

„Gern geschehen. Ich freue mich auf die Herausforderung", erwiderte Charity fröhlich.

Nachdem Tamara gegangen war, verging der Rest des Nachmittags wie im Flug. Charity arbeitete sich durch Berge an Dateien, heftete eine Million Blätter ab und erhielt eine weitere spontane Lektion darin, wie man auf Silver Stone die Buchhaltung betrieb, als Luke, Stone-Bruder Nummer zwei, mit einem verlegenen Gesichtsausdruck und einer Handvoll nicht abgehefteter Quittungen ins Büro stürmte.

Mit dem befriedigenden Gefühl, etwas geschafft zu haben, räumte Charity schließlich den Schreibtisch auf.

Sie war gerade dabei, ihren Mantel anzuziehen, als der dritte Bruder der Stone-Familie vorbeischaute.

Walker Stone war ein schlanker, muskulöser Cowboy. Er

war schüchterner als Luke und hatte einige Zeit bei Rodeo-Shows als Bullenreiter verbracht. Allein bei dem Gedanken an die Gefahr, der er sich gestellt hatte, wurde Charity schon mulmig.

Er begann zu sprechen, als er um die Ecke ins Büro bog. „Ich wollte dir eine Frage stellen."

Wahrscheinlich hatte er Tucker erwartet, nicht sie. „Ich kann Tucker eine Nachricht hinterlassen", bot Charity an. „Oder, falls es ein Notfall ist, kann ich ihn auch sofort kontaktieren."

Walker lächelte. „Nein, ich wollte eigentlich mit dir reden."

„Oh. Natürlich. Was ist los?" Charity legte den Trageriemen ihrer Handtasche über die Schulter und schaute erwartungsvoll.

„Ich weiß, du bist gerade dabei, das Chaos hier in den Griff zu kriegen." Walker wirbelte einen Finger in der Luft herum, um auf das Büro zu weisen. „Gott sei Dank, wenn ich das so sagen darf."

Sie lachte.

„Ivy und ich haben uns gefragt, ob das heißt, dass du keinen Ballettunterricht mehr gibst?" Walker runzelte die Stirn. „Moment mal. Bei den Ferienlagern, die vom *Boys and Girls Club* gesponsert werden, gibt es auch Tanzstunden. Was passiert denn damit, jetzt, wo du hier arbeitest?"

„Die Ferienlager gibt es weiterhin", versicherte ihm Charity. „Ich habe meine Arbeit auf Silver Stone so eingeteilt, dass ich im Sommer immer noch meinen Tanzunterricht geben kann."

Walker nickte mit einem nachdenklichen Gesichtsausdruck.

„Was den Herbst angeht, habe ich noch nicht so weit geplant, aber ich habe nicht vor, meine nachmittäglichen

Tanzstunden nach der Schule aufzugeben. Ich gebe viel zu gerne Tanzunterricht, und ich denke, sie sind eine gute Sache für unsere Gemeinde."

Zwei Jobs zu jonglieren bedeutete, dass sie im Sommer kaum einen Tag freihaben würde, auch wenn sie ihr Ehrenamt als Feuerwehrfrau aufgeben würde.

Ihr Terminplan war machbar.

Gerade mal so.

Walker beäugte sie, doch seine finstere Miene hellte sich auf. „Alle meine drei Kinder interessieren sich fürs Tanzen. Ich bin froh, dass das immer noch stattfinden wird."

„Falls sich die Dinge im Herbst ändern, könnte ich ihnen Privatstunden geben."

Verdammt noch mal. Sie musste echt nachdenken, bevor sie den Mund aufmachte. Denn wenn sie nicht über das Programm, das die Gemeinde anbot, unterrichtete, wäre es finanziell nicht machbar, nur für ein paar Kinder etwas zu arrangieren.

Ach, wie auch immer. Wenn sie ein paar Stunden umsonst gab, aber die Kinder Spaß dabei hatten, wäre es das schließlich auch wert. Es war am wichtigsten, sich mit der Stone-Familie gut zu stellen.

Walker hielt ihr die Hand hin. „Ich weiß das zu schätzen."

Sie nahm seine Hand und schüttelte sie entschlossen. „Kein Problem."

Sie schloss das Büro hinter sich ab, senkte den Kopf und ging schnurstracks zum Auto.

Nach einem entspannenden Abend schlief sie sich aus. Am Samstag machte sie normalerweise ihr winziges Ein-Zimmer-Apartment sauber und versuchte, dem schmutzigen

Geschirr Herr zu werden – eine Mammutaufgabe einmal die Woche.

Der Tag verging wie im Flug, sodass es bald an der Zeit war, sich für ihr Treffen mit Fern fertigzumachen. Charity zog einen Jeansrock und ein blau kariertes Shirt mit Knopfleiste über einem hübschen gelben Tanktop an.

Sie trug ihre Haare offen. Ihre spiralförmigen Locken hingen ihr bis zu den Schultern, ein wunderbarer Kranz in Dunkelbraun, wie ihre Großmutter immer gesagt hatte. Sie fühlte sich hübsch und war noch ganz aufgedreht von ihrem ersten Arbeitstag.

Fern stand auf dem hölzernen Gehweg außerhalb vor dem Pub *Rough Cut* und winkte ihr zu, als Charity die Straße von ihrer Wohnung aus überquerte.

„Hallo, meine Liebe." Fern hob die Hand, damit sie abklatschen konnten, und legte dann ihren Arm mit der Handprothese um Charitys Ellbogen: „Bereit dazu, eine kesse Sohle aufs Parkett zu legen?"

„Du lieber Gott. Irgendwann sagst du mal eine dieser Phrasen zu jemandem, der denkt, dass du dich über ihn lustig machen willst."

„Ich glaube kaum, dass jemand, der mal eine kesse Sohle aufs Parkett gelegt hat, sich an der Semantik stören würde." Fern zog sie mit. „Komm schon. Heute Abend sind jede Menge Leute da. Lass mich das umformulieren – heute Abend sind jede Menge *Frauen* da. Ich habe schon nachgesehen, ob es irgendeine spezielle Ladies' Night mit Freigetränken gibt oder so was, aber nichts da. Vielleicht bleibt uns nichts anderes übrig, als miteinander zu tanzen."

„Es gibt Schlimmeres", gab Charity zu bedenken. „Du hast keine zwei linken Füße."

„Das stimmt." Fern griff nach der Tür und zog sie auf. Sie

schob Charity vor sich in das gedämpfte Licht, während die Country-Musik anschwoll.

Die Leute um sie herum drängelten so sehr, dass Charity Mühe hatte, sich auf den Beinen zu halten. Sie war schon im *Rough Cut* gewesen, wenn es voll war, doch das übertraf alles, was sie bisher gesehen hatte.

Schulter an Schulter mit den Leuten um sie herum wurde sie weitergeschoben, als ob sie von einer Welle mitgerissen wurde. Und als der Druck kurz nachließ, wurde sie heftig nach vorne geschleudert, in den Rücken eines Cowboys.

Er wankte und schwankte. Charity bemühte sich, das Gleichgewicht zu halten, aber ein weiterer Stoß in ihren Rücken ließ sie noch härter gegen den Mann taumeln. Während sie sich noch entschuldigte, fielen sie zu Boden, wobei sie sich in der Luft drehten.

Er packte sie an den Armen, und als sie landeten, lag er unter ihr, mit dem Rücken zur Tanzfläche. Sie prallte auf seinem Oberkörper auf, und die Luft strömte ihr aus den Lungen, als sie in das Gesicht des Mannes schaute, der das Objekt ihrer Tagträume gewesen war. Sie hatte sich ja vorgestellt, dass er sie flachlegte. Zwar nicht so, aber immerhin …

Ihr schoss das Blut in die Wangen, als sie sich auf das kleine Stück Tanzfläche konzentrierte, wo Dustin Stone unter ihr lag, in all seiner muskulösen Pracht.

2

———

Es war ein krasses Wochenende gewesen. So wie es aussah, würde es auch ein krasser Abend werden.

Auf der Tanzfläche zu liegen, war an sich schon keine gute Idee, und heute Abend war es geradezu gefährlich. Anstatt sich also auch nur eine Sekunde lang Zeit zu nehmen, um zu sich darüber zu freuen, dass seine ausgefallene Gymnastik-Einlage funktioniert hatte ...

Lüg nicht. Dir gefallen die weichen Kurven, die sich gerade an dich schmiegen, nicht deine Superhelden-Moves ...

Verdammt. Das war das letzte, woran er denken sollte.

Dustin stand auf und hob Charity, die er mit den Händen an der Taille festhielt, hoch. Auch als sie wieder aufrechtstanden, hielt er sie noch an sich gedrückt, da die Menschenmenge im *Rough Cut* sehr drängelte. „Alles okay?"

„Denke ich zumindest." Charity schwankte und legte ihm eine Hand auf die Brust, um das Gleichgewicht zu halten. „Tut mir leid. Schon wieder."

„Du bist nicht schuld", betonte er und musterte sie von oben bis unten. Sie sah nicht aus, als wäre sie verletzt, aber ein

Stoß, der stark genug war, um ihn umzuwerfen, könnte ihr wehgetan haben.

Fern Fields kam vor und ließ ihren Blick über die Menschenmenge um sie herum schweifen. „Wow, hier ist es ja echt brechend voll."

Charity duckte sich und entging nur knapp einem Schlag, als jemand begeistert die Arme reckte und „Juhu" rief.

Es reichte.

„Kommt mit." Dustin wies mit dem Kopf zur Seite der Tanzfläche und zog Charity hinter sich her. Nachdem er sich kurz vergewissert hatte, dass Fern ihnen folgte, konzentrierte sich Dustin darauf, das Gleichgewicht zu halten, während sie sich durch die Menschenmenge zu der kleinen Nische rechts von der Bühne schlängelten.

Die Nische, die zum Glück leer war, dämpfte einen Teil der lauten Musik und der lauten Stimmen. Der Moment der relativen Stille war eine willkommene Abwechslung.

Dustin lehnte sich mit dem Rücken an die Wand und holte tief Luft. „Verdammte Scheiße, was für ein Chaos!"

„Was ist denn los?", fragte Charity, die einen Blick auf den Tumult hinter ihnen warf. „Ich habe nicht mehr so viele Leute auf einem Fleck gesehen, seit der Country-Sänger, bei dem Walker im Studio gesungen hat, in der Stadt aufgekreuzt ist und ein spontanes Konzert gegeben hat."

„Ich erinnere mich noch an den Abend." Fern boxte Dustin in die Schulter. „Dir haben die Tanz-Moves seiner Backgroundsängerin so gut gefallen, dass du mir ein dutzend Mal auf die Füße getreten bist, während wir getanzt haben."

„Danke, Fern. Natürlich erinnerst du dich daran, dass ich was Peinliches getan habe."

Fern tätschelte ihm liebevoll die Wange. „Du kannst dich immer darauf verlassen, dass deine besten Freundinnen dich auf den Boden der Tatsachen zurückholen."

Charity sagte nichts, aber ihre Mundwinkel zuckten leicht nach oben.

Es war zu verlockend. Dustin verdrehte die Augen. „Du denkst gerade auch irgendwas Schreckliches über mich. Ihr zwei müsst mich auch immer triezen, oder?"

Sie grinste unverhohlen. „Ich habe nichts gesagt."

„Du hast aber definitiv laut gedacht", beschwerte sich Dustin, zwinkerte ihr jedoch gleichzeitig zu. Er warf noch einmal einen Blick auf die Tanzfläche und schüttelte den Kopf. „Ich weiß ja nicht, wie es euch geht, aber ich bin nicht so masochistisch, dass ich hierbleiben will."

Fern rümpfte die Nase. „Die Leute laufen mehr rum, als dass sie tanzen."

„Ich frage mich ja immer noch, wieso", murmelte Charity. „Es ist wie ein Rätsel, das nach einer Lösung schreit."

„Nur dass dieses Rätsel zu zertretenen Zehen und lädierten Hüften führt." Fern zuckte mit den Schultern. „Vielleicht liegt es einfach am Wochenende, aber ich finde auch, dass wir uns heute Abend irgendwo anders amüsieren sollten."

Charity sah enttäuscht aus, nickte aber zustimmend. „Ich habe Zeug für Nachos daheim." Sie warf Dustin einen Blick zu. „Du kannst uns gerne begleiten."

Er blieb ganz sicher nicht hier. Es gab keinen Grund für ihn, zu seinem Zimmer in der Schlafbaracke zurückzukehren – er versuchte, mehr Zeit außerhalb der Silver Stone Ranch zu verbringen, anstatt auch an seinen freien Abenden dortzubleiben.

Außerdem konnte man mit den zwei Mädels gut Zeit verbringen. Es fiel ihm nicht schwer, zustimmend zu nicken. „Soll ich irgendwas aus dem Laden holen?"

„Wir kommen schon klar", erwiderte Fern, während sie ihn von der Wand wegzog und Richtung Menschenmenge drehte.

„Wir setzen dich als Rammbock ein. Volle Kraft voraus, Stone. Bring uns in einem Stück in die Freiheit, und ich erlaube dir, die Nachos mit Jalapeños zu belegen."

Charity lachte glucksend. „Vergesst den Spießrutenlauf. Folgt mir." Sie führte sie von der Menge weg. Als sie hinter die Bühne schlüpften, wurde die Musik ohrenbetäubend laut. Charity machte sich nicht die Mühe, etwas zu sagen, sondern zeigte nur auf das beleuchtete *Ausgang*-Schild, das hinter den riesigen Lautsprechern befestigt war.

Kurz darauf standen sie in einer finsteren Seitengasse hinter dem *Rough Cut*. Die warme Frühlingsluft war eine willkommene Abwechslung nach der erdrückenden Stimmung in der Kneipe.

Charitys Gesicht drückte pure Zufriedenheit aus. „Freiheit, wie erwünscht. Das heißt auch, dass es keine Jalapeños gibt. Zumindest nicht auf meinem Teil des Backblechs."

Fern bot Charity die Hand zum Abklatschen an. „Gut gemacht, beste aller Freundinnen. Der neue Plan für den Abend tritt in Aktion. Kommt. Zeit für Nachos. Wir suchen was Passendes zum Anschauen."

„Du kriegst mich nicht dazu, den Horrorfilm zu schauen, von dem du die ganze Zeit geschwärmt hast", meinte Charity, als sie zu dritt nebeneinander auf der Straße vom Lärm der Kneipe weggingen.

„Es ist kein Horrorfilm, es ist ein Psycho-Thriller."

„Ach du meine Güte, weil es das ja so viel besser macht – *ganz sicher nicht*. Das regt mich viel zu sehr auf", beschwerte sich Charity. „Das ist nicht entspannend und unterhaltsam. Das ist Stress."

„Adrenalin tut dem Kreislauf gut."

„Ja, klar."

Dustin ging neben ihnen her und genoss ihr leises

Geplänkel nach dem Chaos, das es nicht nur in der Kneipe gegeben hatte, sondern auch in den letzten zwei Tagen.

Auch wenn er sein Handy noch dabei hatte, hatte Dustin das Gerät in seine hintere Hosentasche verbannt. Er hatte den Klingelton und alle möglichen Benachrichtigungen auf stumm geschaltet. Im Moment waren die einzigen Leute, die ihn erreichen konnten, Caleb und Tucker.

Verdammte soziale Medien.

Ein sanfter Stupser an der Schulter, und er sah zu Charity hinüber, die ihn neugierig musterte. „Du bist heute Abend ungewöhnlich ruhig."

Dustin zuckte mit den Schultern. „Ich denke nur nach."

Fern hakte sich bei ihm ein. „Das ist ganz schön gefährlich."

Charity kicherte.

Es war angenehm, mit den beiden Zeit zu verbringen. Unbeschwert.

Wie Fern gesagt hatte, waren sie Freunde. Die Fields' und die Stones waren schon immer befreundet gewesen, was bedeutete, dass er und Fern im Laufe der Jahre jede Menge Zeit miteinander verbracht hatten, mal mehr und mal weniger. Als Charity vor ein paar Jahren nach Heart Falls gezogen war, hatte sie perfekt zu ihrer kleinen Clique gepasst.

Apropos. Er drückte Ferns Hand. „Shim ist am Montag wieder da."

„Das weiß ich schon."

Er musste sich zusammenreißen, um nicht wieder die Augen zu verdrehen. „Ich hätte mir denken können, dass du schon Bescheid weißt."

Fern winkte ab. „Ist ja nur so, dass wir während der Zeit, in der er weg war, wöchentlich miteinander gesprochen haben, also bin ich natürlich über seine Termine auf dem Laufenden."

Sieh mal einer an. „Ich hatte keine Ahnung, dass ihr zwei

…" Dustin stieg auf die Bremse, im wahrsten Sinne des Wortes. Direkt auf dem Gehweg vor Charitys Apartment. Shim hatte kein Wort über Fern verloren. „Wenn ich es mir recht überlege, habe ich keine Ahnung, *was* zwischen euch beiden läuft. Habt ihr es echt geschafft, die ganze Zeit eine Fernbeziehung zu führen?"

Fern und Charity lachten beide, eine lauter als die andere.

Fern fuchtelte mit einem Finger in seine Richtung. „Nein. So ist das nicht mit Shim und mir. Er hat mir online ein paar technische Fertigkeiten beigebracht, die ich für meine Arbeit in der Galerie brauche."

„Also seid ihr *nicht* zusammen?" Dustin war verwirrt. Auch wenn Shim nie etwas direkt zugegeben hatte, hatte Dustin so seine Vermutungen. „Ich habe immer gedacht, dass ihr beiden aneinander interessiert wärt."

Er folgte Charity zu ihrem Apartment im Erdgeschoss.

„Natürlich nicht. Shim weiß das. Ich habe ein Auge auf jemand anderen geworfen", erklärte Fern mit einem strahlenden Lächeln.

Interessant. „Also, jetzt musst du aber mit allen Details rausrücken."

Charity holte die Zutaten aus dem Kühlschrank und legte sie auf die Anrichte. Sie hielt inne, sah zu Dustin und schüttelte entschieden den Kopf. „Sollte sie eigentlich, aber die Frau schweigt wie ein Grab, wenn man Näheres wissen will. Sie sagt gerade genug, um mich verdammt neugierig zu machen. Ich bin echt stolz auf meine gute Beobachtungsgabe, also habe ich keinen blassen Schimmer, warum ich nicht draufkomme, für wen sie schwärmt."

Fern legte zwei Bleche auf den Tisch und zeigte auf den Küchenschrank über dem Kühlschrank. „Nicht, dass ich das Thema wechseln will, aber ich wechsle jetzt das Thema. Dustin, du bist dran, bitte."

Er lachte, während er sich streckte, um zwei Tüten Chips herunterzuholen. „Ich habe noch nie gefragt. Warum hast du die Chips im obersten Schrank? Wenn ich nicht hier bin, musst du einen Stuhl holen, damit du an sie rankommst."

„Genau. Entweder ich habe sie außer Reichweite oder ich habe sie nicht im Haus, und ich habe sie lieber da, wenn ich sie wirklich will." Charity zeigte auf das Reibeisen und den Käseblock auf der Anrichte. Dustin folgte der Anweisung gehorsam. „Wenn ich sie in mein oberstes Regal lege, dann komme ich nicht ran, ohne eine bewusste Entscheidung zu treffen. Also hole ich sie mir nicht so oft, wie ich es sonst tun würde."

Es war brillant, auf eine ziemlich schräge Weise. „Gute Idee, schätze ich."

„Übertreib es nicht gleich vor Begeisterung." Charity schnappte sich ein paar reife Avocados von der Anrichte und begann, Guacamole zu machen. „Da Fern nicht will, dass wir uns in ihre Angelegenheiten einmischen, lass uns wieder zu meiner ursprünglichen Frage zurückkehren. Welche tiefschürfenden Gedanken haben dich denn beschäftigt? Oder warst du einfach nur traurig, dass du keine kesse Sohle aufs Parkett gelegt hast?"

Ernsthaft? „Wer zum Teufel sagt denn bitte Dinge wie *eine kesse Sohle aufs Parkett legen?*"

Aus irgendeinem Grund brachte das Fern zum Kichern.

Charity hielt mitten beim Zerdrücken der Avocados inne und fuchtelte mit ihrer Gabel vor ihm herum. „Tiefschürfende Gedanken?"

„Soziale Medien."

„*Ohhhhhh.*" Fern verteilte Käse über die Nachos, während er weiter große Mengen davon rieb. „Die Übel der modernen Welt oder die fantastischen Vorteile?"

„Momentan überwiegt der Ärger." Er hatte keine Lust,

einen Blick auf sein Handy zu werfen, um zu sehen, wie viele Nachrichten er momentan ignorierte. „Anscheinend wurde mein Name in einem Clickbait-Artikel erwähnt, und jetzt wollen alle, die je mit mir zu tun hatten, herausfinden, was ich von dem Artikel halte und ob es stimmt."

Er würde ihnen nicht von den *Freunden* erzählen, die schon probiert hatten, sich Geld von ihm zu schnorren.

„Verdammt, das ist ärgerlich", pflichtete ihm Charity bei. „Bei mir ist auch mal was viral gegangen. Das war nicht angenehm."

Fern runzelte die Stirn. „Hast du deshalb keine Accounts auf den sozialen Medien? Damit du von dem Ganzen wegkommst?"

„So in etwa. Ich kann auf andere Weise mit allen reden, mit denen ich reden will." Charity zuckte mit den Schultern. „Genau mein Ding."

So war es. Dustin sah ihr in die Augen und nickte. „Ich bleibe gerne mit meinen Freunden in Kontakt. Wenn ich hirnlose Unterhaltung will, dann sind Leute, die verrückte Dinge tun, genau das Richtige für einen kurzen, unverbindlichen Kick. Ich mag keine sogenannten Freunde, die sich nur für meine fünfzehn Minuten Ruhm zu interessieren scheinen."

„Lang lebe die Macht der Verbundenheit – zehn Kilometer breit und einen Zentimeter tief." Fern schob die vollen Bleche in den Ofen. „Tut mir leid, dass du dich damit rumschlagen musst." Sie zog ihr Handy raus. „Welche Clickbait-Seite? Ah, vergiss es. Ich google dich einfach."

„*Fern*", schimpfte Charity, während sie im Kühlschrank herumstocherte. „Jetzt lass ihn in Ruhe."

„Jetzt gib ihm ein Bier", schlug Fern vor, die den Blick nicht von ihrem Handy-Display losreißen konnte. „*Ahhhh*. Du bist ein reicher Mann, was? Soll ich dir ein wenig Kaviar auf deine Nachos legen?"

Dustin prustete verächtlich, als er das Bier nahm, das ihm Charity in die Hand drückte. „Vorsicht, Fields. Der Drang, dein Liebesleben aktiv zu erforschen, wächst."

„Ich bebe vor Angst." Fern steckte sich eine Jalapeño in den Mund und summte glücklich vor sich hin, bevor sie mitfühlend seinen Arm tätschelte. „Tut mir leid, Kumpel. Das *Hashtag* ist echt fies."

„*Silver Stone Stud* – da komme ich mir vor wie einer unserer Zuchthengste."

Ferns Augen weiteten sich. „Ups, das meinte ich jetzt gar nicht."

Verdammt. „Zeig's mir", verlangte er.

Sie hielt ihm ihr Handy hin. Irgendein Komiker hatte den Hashtag *#KnackigerCowboy* zum Artikel hinzugefügt, und jetzt wurden dieser Hashtag und *#SilverStoneStud* zusammen mit dem Clickbait-Artikel weiterverschickt.

Dustin seufzte. „So ein Scheiß."

Fern verzog das Gesicht. „Noch einmal, tut mir leid. Ich drück dir die Daumen, dass es morgen vorbei ist und vom nächsten Sensationsartikel verdrängt wird. Okay – weiter mit dem Plan. Lenken wir uns ab, indem wir uns einen Film aussuchen. Tee, du und Dustin macht Armdrücken, um zu entscheiden, was wir als erstes ansehen."

Es war schön, sie bei sich in der Wohnung zu haben. Fern und Dustin. Fern ergab Sinn. Schließlich verbrachten sie so oft wie möglich Zeit miteinander. Dustin jedoch – sie verstanden sich gut. Sie waren auf alle Fälle Freunde.

Verdammte Scheiße.

Charity seufzte, auch wenn sie sich glücklich schätzte. Sie mochte ihn ja attraktiv finden und sie mochte ja auch rein körperlich auf ihn stehen, aber sie konnte es sich nicht leisten, sich einen Freund zuzulegen. Nicht einmal einen wie Dustin.

Vielleicht *insbesondere* keinen wie Dustin. Der finanzielle Abstand zwischen ihnen war immer groß gewesen, doch jetzt war da eine klaffende Schlucht. Nicht wegen dieses doofen Artikels, sondern weil sie die Familie selbst kannte.

Eine alleinstehende Frau, die keinerlei familiäre Unterstützung hatte außer einer heiß geliebten Schwester, die genauso pleite war wie sie, war einem Mann, der zu einer Familiendynastie gehörte, nicht ebenbürtig.

Also war es die einzige und beste Möglichkeit, dass sie Freunde waren. Ein Netzwerk beider Geschlechter zu haben, das sie unterstützte, war wundervoll, und im Moment genau das, was sie brauchte.

Sie wünschte sich nur, es gäbe einen Weg, ihrem Körper das zu sagen, als sie neben ihm auf der Couch saß und sich ihre Oberschenkel berührten.

Fern hatte die eine Ecke der Couch in Beschlag genommen und Dustin die andere, sodass Charity zwischen ihnen eingequetscht in der Mitte saß. Jedes Mal, wenn ihr Ellbogen gegen seinen stieß, weil einer der beiden anderen die Position veränderte, spürte sie, wir ihr ein wohlig kribbelndes Gefühl den Rücken hinablief. Es war ein billiger Nervenkitzel, zugegeben, doch rückte sie weiter von ihm weg?

Nein, tat sie nicht.

Das bedeutete, dass sie nicht nur wissentlich ihren eigenen guten Rat ignorierte, sondern auch potenziellen Ärger heraufbeschwor.

. . .

IHR HANDY LÄUTETE, und sie sprang auf, um ranzugehen. Sie winkte ab, als Fern vorschlug, den Film zu unterbrechen. „Das ist meine Schwester. Es sollte nicht allzu lang dauern."

Sie schlüpfte in ihr Schlafzimmer und schloss die Tür. „Hey, Chelsea. Wie läuft's bei dir?"

„Hier bei mir? Super. Was viel wichtiger ist: Wie war dein erster Tag gestern?"

„Wundervoll und zugleich beängstigend", gab Charity zu. „Ich hatte vor allem Bammel, weil es mein erster Tag war, aber auch ein wenig das Gefühl *Schaff ich das wirklich?*"

„Nach dem, was du mir von Silver Stone erzählt hast, werden sie dir bei allen Schwierigkeiten helfen, solange du dein Bestes gibst."

„Du hast ja recht. Ich bin einfach nervös."

„Das verstehe ich, aber du kriegst das schon hin", versicherte ihr Chelsea.

Und das war genau das, was sie hören musste. „Danke."

„Es stimmt ja auch."

Charity holte tief Luft. „Du bist fantastisch, und ich liebe dich, aber ich kann nicht lang reden, weil ich Freunde zu Besuch habe."

„Ich habe auch nur kurz. Suz und ich wollen tanzen gehen, aber ich hatte gestern Abend keine Zeit mehr, und ich wollte mich bei meiner kleinen Schwester melden, bevor zu viel Zeit vergeht."

Das war typisch für Chelsea, was ein Teil des Grundes war, warum Charity sie so sehr liebte. Sie saßen nicht aufeinander, aber sie meldeten sich regelmäßig beieinander. „Ich freue mich echt, dass du angerufen hast, und alles läuft gut. Gib Suz einen Kuss von mir und habt viel Spaß heute Abend. Ich rufe dich nächste Woche mit meinem endgültigen Terminplan an, sodass wir planen können, wann wir uns für die Sommerferien treffen, so kurz es auch sein wird."

„Perfekt. Ich hab' dich lieb."

„Ich dich auch."

Wohlige Wärme strömte in ihr Herz. Charity mochte ihre Oma Lily nicht mehr haben, aber es reichte, eine Schwester und eine Schwägerin auf ihrer Seite zu haben, auf die sie sich zu hundert Prozent verlassen konnte. Immer noch lächelnd ging sie wieder in ihr großes Zimmer zurück, um sich zu ihren Freunden zu gesellen.

Die Wohnungstür fiel gerade ins Schloss, und ein leises Lachen entwich Dustin, der wieder ins Wohnzimmer kam.

Er sah sie, grinste und zeigte mit dem Daumen über die Schulter nach hinten. „Fern hat einen Anruf bekommen. Irgendwas mit ihrem Schwager, der sie braucht, damit sie sich um einen Computer in der Galerie kümmert, der verrücktspielt, und es kann nicht bis morgen warten, sonst schmelzen seine Farben."

Charity versuchte, sich ihren Verdacht nicht anmerken zu lassen. Es war durchaus möglich, dass die Geschichte stimmte. Es war auch möglich, dass Fern wieder mal eine *gute Freundin* war und Charity mit Dustin alleinließ.

Es blieb ihr nichts anderes übrig, als mit der Situation klarzukommen. Es gab keinen Grund, warum sie den Rest des Films nicht zusammen genießen konnten.

„Dann bleiben eben mehr Nachos für uns." Sie zwinkerte Dustin zu, während sie sich mehr Eis für ihr Getränk holte. Sie drehte sich um und stellte fest, dass Dustin stirnrunzelnd über ihre Schulter in den Kühlschrank sah. „Brauchst du was?"

Er schaute zum Kaffeetisch, wo der Teller mit den Nachos und sein und Ferns Biere standen.

Er sah ihr ruhig in die Augen. „Warum trinkst du Wasser?"

Ihre Wangen wurden glühend heiß. Sie würde ganz sicher nicht zugeben, dass sie nur noch zwei Bierflaschen im Kühlschrank gehabt hatte. Sie leistete sich nur am Anfang des Monats etwas Besonderes. „Es ist wichtig, genug zu trinken."

Dustin schaute sie ernst an. „Wir hätten uns das Bier auch teilen können."

Sie schnaubte. „Ist schon gut. Einen Abend lang Wasser zu trinken, wird mich nicht umbringen."

„Nein, aber es hätte dich auch nicht umgebracht, zwei Biere in drei Gläser zu füllen." Er grinste. „Ich hätte den kleinen Finger in die Luft gereckt, als ob ich so ein feiner Pinkel wäre. Fern hätte es geliebt."

Die Verlegenheit verflog, als er scherzte, und Charity schob ihn zurück zur Couch. „Okay, das nächste Mal, wenn ich vergesse, Bier einzukaufen, bestehe ich darauf, dass wir uns das Bier teilen."

Er sagte nichts, und er war ein paar Schritte hinter ihr, als sie sich auf die Couch setzte.

Dustin setzte sich hin, hob seine Bierflasche hoch und schüttete das Bier in ein Glas, das er wohl aus dem Schrank geholt hatte. „Geht doch. Genau wie wir es meinen Neffen und Nichten sagen. Teilen macht Freude."

Guter Gott. „Das hast du jetzt aber nicht wirklich gemacht."

Er hielt mit dem Glas in der Hand inne. „Einzuschenken, ohne etwas zu verschütten?"

„Mir Bier aus der Flasche einzuschenken, aus der du schon getrunken hast." Charity deutete auf die Flasche. „Bazillen, mein Lieber."

Ein Schnauben entwich ihm. „Ernsthaft?"

„Ernsthaft."

Er stellte ruhig das Glas auf den Tisch, dann drehte er sich zu ihr. Er beugte sich nach vorne.

Sie wich zurück. „Was tust du da?"

„Ich will herausfinden, ob du das ernst meinst." Er war

direkt vor ihr, seine Miene lag irgendwo zwischen Belustigung und Besorgnis. „Ich bin gesund. Ich habe mir vor Kurzem die Zähne geputzt. In deinem Bier sind weniger Bazillen als die, die du durch einen Kuss bekommst."

Ein Schauer lief ihr den Rücken hinab, als ob ein Finger ihre empfindliche Haut gestreift hätte. Wie konnte sie sich aus der Situation retten, ohne das zu tun, was sie wollte, nämlich ihn am Kragen zu packen und ihn bis zur Besinnungslosigkeit zu küssen?

Sie versuchte es mit einem leichten Schulterzucken. „Ja, aber wir küssen uns nicht."

„Das könnten wir aber." Dustin legte eine Hand auf die Lehne der Couch, sodass er über sie gebeugt war, und neckte sie mit einem strahlenden Lächeln. „Dann könntest du das Bier trinken, das ich dir so galant besorgt habe."

„So funktioniert das also? Wenn man vorher schon Bazillen ausgesetzt war, verschwinden sie wie von Zauberhand?"

„Genau." Er war so nah, dass er seine Stirn an ihre lehnen konnte. „Es ist Wissenschaft. Es ist ..."

Er verstummte und lächelte nicht mehr. Sein Blick fiel auf ihren Mund.

Kraftausdrücke kamen ihr in den Sinn, doch keiner kam ihr über die Lippen. Sie war zu sehr damit beschäftigt, die eine Lösung zu finden, die das alles wieder in Ordnung ...

„Tee, verdammt noch mal, sag *Nein*, wenn du das nicht willst." Seine Stimme war dunkle Schokolade, rau und tief.

„Will ... *was*?" Ihre Worte waren nicht mehr als ein Flüstern. Er war immer noch über sie gebeugt, und obwohl sie wusste, was sie eigentlich tun sollte, hob sie die Hände und umfing seinen Oberkörper. Sie strich mit den Händen von der Taille nach oben, bis sie seinen steinharten Bizeps unter den Fingern spürte.

Er stöhnte, als sie ihn berührte. Er schloss kurz die Augen, bevor er ihr wieder in die Augen sah. „Ich werde dich küssen, und zwar aus keinem anderen Grund als dem, dass ich das verdammt noch mal will. Okay?"

Sie hätte schwören können, dass sie nickte. Ihr Kopf bewegte sich – sie musste es getan haben.

Doch er rührte sich nicht. Er wartete, bewegungslos.

Verdammt noch mal. Er wollte, dass sie es sagte. „Ja, küs..."

Sein Mund war auf ihrem und schluckte ihre restlichen Worte. Sie schlang die Hände um seine Schultern und zog ihn näher zu sich.

Ihre Lippen berührten sich genau mit dem richtigen Maß an Druck, um ihre Haut an einer Million Stellen prickeln zu lassen. Sie öffnete den Mund, und seine Zunge drang ein, strich über ihre und zog sich dann zurück, als eine Glutwelle durch sie wogte und sie aufstöhnen ließ.

Während ihre Zungen einander immer noch umspielten, verlagerte er das Gewicht, bis sie unter ihm lag. Sein muskulöser Körper presste sie in die Sofakissen. Er platzierte einen kräftigen Oberschenkel zwischen ihren, und sie keuchte, als er nach oben gegen ihr Geschlecht drängte. Er drückte ihr eine Hand auf den Bauch, bewegte sie dann weiter nach oben und stöhnte, als er ihre Brust durch ihr Shirt und ihren BH hielt.

Es war alles, wovon sie geträumt hatte. Es war genau die Situation, die sie vermeiden sollte, nur dass es zu spät war, um die Uhr zurückzudrehen. Zu spät, um irgendetwas zu bereuen.

Sie hatten sich geküsst. Sie konnte es genauso gut genießen und sich später den Konsequenzen stellen.

Sie fuhr ihm mit den Fingern durch die Haare und legte den Kopf schief, während er sich mit Küssen einen Pfad über ihr Kinn zu ihrem Hals bahnte. „Das fühlt sich so gut an."

Er bewegte die Hüften, und sein langer, harter Schwanz presste sich an ihre Hüfte.

„Es fühlt sich gut an." Die Worte kamen sanft, tief. „Verdammt noch mal, Tee. Wir sollten das nicht tun."

„Nein, sollten wir nicht." Sie ergriff sein Gesicht mit den Händen und drehte ihn zu sich, sodass sie ihn wieder küssen konnte. Der Druck auf ihrer Klitoris war bei Weitem noch nicht genug, um zu kommen, aber es fühlte sich trotzdem unglaublich an. Und das Küssen – so viel besser, als sie es sich je erträumt hatte.

Und sie hatte sich viel erträumt.

Sein Körpergewicht auf ihr war perfekt. Seine Lippen auf ihren. Seine Hand, die den Knopf an ihrem Rock öffnete und unter ihren Slip rutschte – besser wäre jetzt nur noch gewesen, wenn sie nackt in ihrem Bett lägen.

Dustin stöhnte, rollte sich zur Seite, sodass er den Kontakt zwischen ihren Lippen unterbrach. „Lass mich ..."

Er strich mit einem Finger über ihre Schamlippen. Charity schloss die Augen und konzentrierte sich voll und ganz auf ihre Empfindungen.

Sein Mund kehrte wieder zu ihr zurück, und er küsste sie jetzt sanft. Zähne knabberten an ihrer Unterlippe. Die heiße Luft seines Atems strich über ihre Wange. Seine Zunge stieß sanft gegen ihre.

Die ganze Zeit über streichelte er sie zwischen den Beinen, fuhr über ihre Klitoris, die unter seiner Berührungen anschwoll. „So feucht", flüsterte er. „Magst du das?"

„Ja."

„Was ist damit?" Er drang mit einem Finger in sie ein, wobei sein Handrücken gegen ihren Rock drückte, und sie hasste ihre Kleidung in diesem Moment inbrünstig.

„Es fühlt sich gut an, aber ich brauche mehr Druck auf meiner Klitoris – oh, mein Gott, ja. *Da.*"

Er lachte leise, während sein Finger weiter in sie eindrang. Sein Daumen hingegen fand wieder ihre Klitoris, und die

Kombination war unschlagbar. Das Gefühl ihres kurz bevorstehenden Orgasmus kribbelte in ihrem Inneren.

„Schau mich an", forderte er sie auf.

Charity zwang sich, die Augenlider zu öffnen, und erwartete beinahe, dass der Raum in Flammen stand, so heiß war ihr.

„Gott, du bist so schön." Sein Blick tanzte über ihr Gesicht. „Genieß es. Ich tu das jedenfalls."

Er beugte sich vor und küsste sie wieder. Zwischen ihren Beinen wurde das Verlangen stärker, als er sie immer schneller streichelte und genau die richtigen Stellen traf. Die Lust stürmte wie wild auf sie ein.

„*Dustin.*" Sie rief seinen Namen, ihr Rücken bog sich durch, als sie sich ihrem Orgasmus hingab. Ihr Körper war an seinen gepresst, ihr Inneres pulsierte um seinen Finger.

Er presste seine Lippen auf ihre, und sie spürte, dass er lächelte. „Das hat Spaß gemacht."

„Das hat es." Ein gewaltiger, zufriedener Seufzer entkam ihr.

Reue? Die folgte eine Sekunde später.

3

———————

Dustin bemerkte die Veränderung. Während sie kurz zuvor noch entspannt und glücklich unter ihm gelegen hatte, spannte sich Charity plötzlich an, als ob sie jeden Moment flüchten wollte.

Sie stieß einen zweiten tiefen Seufzer aus, nur dass der mehr mit Frust als mit Befriedigung zu tun hatte.

Dustin zog seine Hand zwischen ihren Beinen hervor. „Das ist nicht gerade das Geräusch, das ein Mann von einer Frau hören will, wenn er sie zum Höhepunkt gebracht hat."

„Nein, wohl nicht." Ihr Blick begegnete seinem, wobei sich Sorgenfalten auf ihrer Stirn zeigten. „Wir hätten das nicht tun sollen."

„Ich weiß nicht. Es schien gerade das Richtige zu sein." Er beugte sich vor und küsste sie noch einmal. Dabei verweilte er auf ihren Lippen, bis er ihr eine letzte bereitwillige Reaktion entlockte. Als er diese süße Kapitulation erreicht hatte, rutschte Dustin auf seine Seite der Couch zurück. Weit genug von ihr entfernt, um ihr einen kleinen Bereich an persönlicher Distanz

36

zuzugestehen, doch nah genug, um ihn berühren zu können, falls sie das wollte.

Die freie Wahl. Er hatte in den letzten Jahren viel darüber gelernt. Und gerade jetzt war es wichtig, dass Charity wusste, dass sie immer noch die nötige freie Wahl hatte – so viel Spaß es auch gemacht hatte.

Zuerst musste diese Anspannung weg, die dafür sorgte, dass sich ihre Schultern auf Höhe ihrer Ohren befanden. „Du wolltest dich doch gegen Bazillen wappnen, weißt du noch?"

Zum Glück durchbrach ein Lachen ihre ernste Miene. „Absolut. Aber jetzt muss ich wissen, ob du alle Frauen hier in der Gegend küsst, um zu beweisen, dass *Teilen Freude macht.*"

Sie hatte keinen blassen Schimmer, und das war auch gut so. Das bedeutete, dass das, was er im Laufe der Jahre getan hatte, nicht über die Gerüchteküche verbreitet worden war. Nicht, dass er es allzu wild getrieben hatte, aber trotzdem, manche Dinge sollten privat bleiben.

„Sieht es für dich so aus, als ob ich jeder Frau nachsteige?" Er machte eine Pause. „Nicht, dass das was Schlechtes wäre, solange die jeweilige Frau das auch will und Spaß dabei hat."

Charity zögerte, dann schüttelte sie den Kopf. „Nein. Die meisten sagen, dass du ein witziger Tanzpartner bist und derjenige, der am ehesten der Fahrer wird, und nicht der Partylöwe."

Sie strich ihr Shirt über ihrer Brust glatt und zog ihren Rock nach unten. Offensichtlich, weil sie wieder die Beherrschung über sich gewinnen wollte.

Als sie seinem Blick wieder begegnete, spielte zum Glück ein echtes Lächeln um ihre Lippen. „Auch wenn es unerwartet war, hat es Spaß gemacht." Sie musterte ihn. „Was ist mit dir?"

„Mir hat es auch Spaß gemacht." Die absolute Wahrheit.

Ihre Mundwinkel zuckten nach oben. „Meine Schwester

besteht darauf, dass ich die Dinge auch aussprechen können sollte, wenn ich alt genug bin, sie zu tun. Also, mal ganz direkt. Du bist nicht gekommen. Brauchst du Hilfe mit deinem Ständer?"

Er schüttelte den Kopf. „Nein. Ich habe keine Bazillenphobien, mit denen ich mich auseinandersetzen muss."

Sie lachte laut. „Das ist keine Antwort."

Dustin zuckte mit den Schultern. „Okay, dann ganz direkt. Nur weil du gekommen bist, heißt das nicht, dass ich auch kommen muss. Das Universum gerät nicht aus den Fugen, wenn es kein kosmisches Gleichgewicht bei sexuellen Höhepunkten gibt."

Eine sanfte Hand landete auf seinem Knie. „Ich habe nichts dagegen."

Er legte seine Finger auf die ihren und drückte sie. „Ich weiß, und auf einem bestimmten Level bin ich interessiert. Aber ich würde jetzt eigentlich lieber den Film mit dir fertiganschauen, als mir einen runterzuholen."

Ihre Augen verloren etwas an ihrem Leuchten. „Oh. Okay."

Verdammt. Es schien, als ob er sich noch mit einer anderen Sache auseinandersetzen musste. Er nahm ihr Kinn in die Finger und küsste sie noch einmal, hart und voller Begierde. Während sie sich küssten, schob er ihre verschränkten Hände zu seinem Schwanz. Das verdammte Ding glich einer Stahlstange, die gegen die Vorderseite seiner Jeans drückte.

Charity presste die Finger auf die Ausbeulung, und ein leises Stöhnen machte sich zwischen ihren aufeinanderliegenden Lippen bemerkbar.

Dustin zwang sich dazu, leise statt leidenschaftlich zu sprechen: „Falls du dich wunderst, ich sage nicht Nein, weil ich dich nicht attraktiv finde. Falls du meinen Worten nicht glaubst, glaub meinem Schwanz."

Sie presste ihre Handfläche auf ihn und rieb leicht. „Okay. Also willst du es nicht besorgt kriegen?"

„Das brauche ich nicht. Bloß weil ich einen Ständer habe, muss ich nicht kommen. Die sind nicht gefährlich, egal, was dir ein paar Typen vielleicht erzählt haben."

Charity schnaubte belustigt. Sie schob ihre Hand nach oben, um sein Gesicht zu berühren, und sah ihn an, als ob sie ihn zum ersten Mal sähe. „Okay, heute Abend – was immer das heute Abend war – ist zwischen uns alles okay?"

„Zwischen uns ist alles okay", stimmte er zu. „Wir sind Freunde, nicht?"

Sie nickte und lehnte sich zurück an die Couch. Doch sie verschränkte die Beine teilweise unter sich, sodass ihre Füße an seinen Oberschenkel drückten.

Dustin wählte seine nächsten Worte vorsichtig. „Ich mache nicht mit allen meinen Freundinnen rum, falls du dich das fragst. Ich bin nicht daran interessiert, Fern zu küssen."

„Was ist mit Shim?"

Er sah sie prüfend an, aber da sie keinen Scherz machte, beantwortete er die Frage ernsthaft: „Er ist ein toller Kerl, aber er hat nichts an sich, was mich dazu bringen würde, ihn zu küssen. Ihm allerdings in den Arsch zu treten, das auf alle Fälle."

„Okay." Ihre Haare fielen ihr wild zerzaust über die Schultern, und ihr Gesichtsausdruck wirkte, als ob sie gleich zu einer gefährlichen Mission aufbrechen würde.

„Ehrlicherweise habe ich nicht erwartet, dass das passiert. Es hat mir Spaß gemacht, dich zu berühren. Dich zu küssen. Aber ich erwarte nicht, dass das irgendwas zwischen uns ändert."

Ihre Sorgen verflüchtigten sich, und ihr Gesicht hellte sich auf. „Gott sei Dank."

Er lachte.

„Ach, verdammt." Sie verzog das Gesicht. „Ich wollte das nicht klingen lassen, als ob ich *dich* nicht attraktiv finde. Es ist nur so, mit der neuen Arbeit auf Silver Stone kann ich es mir wirklich nicht leisten, irgendwas zu vermasseln."

Wo sie recht hatte, hatte sie recht. „Ich bin nur ein unwichtiger Ranchhelfer, also ist das nicht wirklich ein Problem. Aber wir haben heute Abend nicht rumgemacht, weil wir eine Beziehung anfangen wollen, sehe ich das richtig? Und das tut keinem von uns weh."

Sie nickte entschlossen.

Dustin hob leicht die Schultern. „Auf die Freundschaft."

Sie hob das Glas vom Tisch und hielt es ihm hin. „Auf die Freundschaft."

Er lachte, schnappte sich seine Bierflasche und stieß mit ihr an.

„Also, wo zum Teufel ist die Fernbedienung, Tee? Und diese Nachos essen sich auch nicht von selbst."

Sie fanden die Fernbedienung zwischen den Couchkissen, was ihnen einen weiteren Lachanfall bescherte. Dann herrschte ein angenehmes Schweigen zwischen ihnen, während die Zeit verging und der Film auf sein episches Ende zusteuerte.

Dustin half ihr beim Aufräumen, umarmte sie kurz und ging vor Mitternacht.

Er ließ die Fenster des Trucks weit offenstehen, sodass der Duft der Juninacht den Innenraum füllte. Ja, der Abend war unerwartet verlaufen, doch seiner Meinung nach hatten sie die Situation gut bewältigt, trotz des Überraschungsfaktors.

Sie war umwerfend. Das war nicht von der Hand zu weisen. Er war einfach noch nicht bereit für eine ernsthafte Beziehung. Und er war sich ziemlich sicher, dass Charity keine gute Wahl für wiederholten zwanglosen Sex war – sie war zu gefühlsbetont. Er hatte gesehen, wie sie sich gegenüber ihren Ballettschülern und Ballettschülerinnen verhielt.

Himmel, sie war größtenteils die treibende Kraft hinter einer großen Spendenaktion vor ein paar Jahren gewesen, vor allem, weil sie einen Weg finden wollte, damit die Kinder in den Ferien tanzen konnten.

Nein, dachte Dustin, als er auf seinen Parkplatz fuhr und zu seiner Unterkunft ging. Charity war eine gute Freundin. Ihr Moment der Begierde würde genau das bleiben müssen – ein Moment.

Kaum dass sein Kopf das Kissen berührte, war er schon eingeschlafen.

Minuten später? Stunden? Er war sich nicht sicher, doch er war nicht mehr allein im Bett.

Charity war da, mit einem verschmitzten Grinsen im Gesicht, das nichts Gutes bedeutete. „Beachte mich nicht weiter."

Sie nicht beachten? Wie sollte er sie nicht beachten, wenn sie seine Brust mit sanften Händen liebkoste. Küsse auf sein Kinn presste.

Finger sich um seinen Schwanz legten und ihn genau auf die richtige Weise streichelten.

Himmel, das war gut. Dustin bewegte seine Hüften rhythmisch und stieß immer härter in ihre Hand. „Genau so. Scheiße, ist das gut!"

Ihre Brüste waren genau vor ihm, also griff er nach einer und spielte mit dem Nippel, bis er ihn hart in der Handfläche spürte. Er musste kommen. Und noch viel mehr musste er sie schmecken. Er beugte den Kopf vor, um an dem harten braunen Nippel zu lecken ...

Ein lautes Klopfen an der Tür riss ihn aus seinem Traum. Dustin blinzelte angestrengt und fluchte, als er feststellte, dass er eine Hand um seinen steinharten Schwanz gelegt hatte.

„Dustin."

„Jetzt mach mal nicht die Pferde scheu. Ich komm ja schon."

Dustin prustete. Oder er *wäre* gekommen, wenn er nicht unterbrochen worden wäre.

Er stand auf und schaute durch den Türspion. „Tucker?"

„Steh auf und zieh dich an. Ich will dich in zehn Minuten im Büro sehen." Tucker drehte sich um, ging weg und verschwand schnell in der Ferne.

Scheiße. Dustin kramte nach seinen Kleidern und eilte in den Waschraum, um sich abzuwaschen.

Neun Minuten und dreißig Sekunden später – er hatte laufen müssen, damit er es schaffte – betrat Dustin das Büro. „Meine Schicht fängt nicht vor acht an."

„Du bist nicht zu spät dran", versicherte ihm Tucker von seinem Platz hinter dem Schreibtisch aus, der jetzt Charitys Domäne war. „Aber das nimmt überhand, und ich wollte mit dir reden, bevor ich irgendwelche weitreichenden Entscheidungen treffe."

Ohne einen blassen Schimmer zu haben, was hier gerade vor sich ging, nahm Dustin auf dem Stuhl Platz, auf den Tucker zeigte, und hielt den Mund.

„Einen Moment, ich will sicher sein, dass ich alle Informationen habe." Tuckers Stirnrunzeln vertiefte sich, je länger er auf den Computerbildschirm starrte. „Übrigens, hast du dein Handy dabei?"

„Ja, aber ich habe seit gestern Nachmittag nicht draufgeschaut." Weil er keine masochistische Ader hatte.

„Schau auf dein Handy. Check als erstes deine E-Mails."

Dustin zog widerwillig sein Handy heraus. „Irgendwas Besonderes, auf das ich achten soll?"

„Du wirst es wissen, wenn du ..."

„Was für ein verschissenes ...?"

„Ja, dachte ich mir."

Dustin hatte nicht absichtlich laut geflucht, aber der Schock hatte ihm die Zunge gelockert. Er hatte über fünfzig ungelesene E-Mails, obwohl er normalerweise maximal fünf über Nacht bekam.

„Was zum Teufel ist da los?" Er las die Betreffzeilen, und dieses Mal fluchte er inbrünstig. „Anfragen für ein Interview? Das darf doch nicht wahr sein."

Tucker lehnte sich in seinem Stuhl zurück und verschränkte die Arme vor der Brust. „Wir haben mindestens zwanzig E-Mails über die Silver-Stone-E-Mail-Adresse bekommen, die eigentlich nur Pferdekäufer kennen sollten. Und dann sind da noch über achtzig an unsere Ranch-E-Mail gegangen. Einige sind berechtigte Anfragen nach Dienstleistungen von Silver Stone, aber viele scheinen speziell nach dir zu fragen. Weißt du, warum?"

Dustins Frust stieg in ungeahnte Höhen, während er sich entschuldigte. „Tut mir leid. Es muss dieser dumme Artikel sein."

Tucker runzelte die Stirn. „Welcher Artikel?"

Die Peinlichkeit überrollte ihn geradezu wie eine Welle. „So ein Clickbait-Blödsinn, dass ich ein Milliardärsjunggeselle bin."

Sein Schwager prustete los. „Der ist gut. Ginny wird das lieben. Schick ihr den Link."

„Meine Schwester hat einen schrägen Sinn für Humor", kommentierte Dustin trocken. „Und man hat mir versichert, dass man mich einfach googeln kann und alle schmutzigen Details kriegt, die man braucht."

Tucker stieß einen Seufzer aus und schloss die Augen. „Na, großartig."

„Könnten wir bitte die Webseite updaten und eine gesicherte Kontaktseite hinzufügen?", bettelte Dustin. „Das hilft uns nicht dabei, die Leute loszuwerden, die schon wissen, wie man uns kontaktiert, aber das wäre ein Puffer für die Zukunft. Shim ist am Montag da, und er könnte die Seite dann gleich updaten.“

„Gute Idee.“ Tucker schüttelte den Kopf. „Das ist ein bisschen so, als ob man den Brunnen abdeckt, wenn das Kind schon reingefallen ist.“

„Na wenigstens springt dann in Zukunft nicht noch die Katze nach.“

Tucker brach in schallendes Gelächter aus. „Okay, ich muss keine Rücksprache mit Ashton oder Caleb halten, um diese Entscheidung zu treffen. Mein Onkel mag noch der Reserve-Vorarbeiter hier auf Silver Stone sein, aber er hat keine Ahnung von Technik.“

Dustin nickte, während er auf sein Handy starrte. „Warum in aller Welt wollen mich Leute denn bitte interviewen, außer für weitere bescheuerte Artikel?“

„Du willst mit keinem von ihnen sprechen?“

Dustin zog eine Augenbraue hoch und starrte ihn mit einer Miene an, die sehr klar *Was soll der Scheiß* signalisierte. „Sehe ich wie der Typ Mann aus, der auf jedem Social-Media-Kanal sein will, damit sich die Leute fragen, was ich zum Frühstück esse, wie oft ich reite und welche Kondomgröße ich benutze?“

Tucker grinste noch breiter. „Du bist ja richtig erwachsen geworden, kleiner Schwager. Und scheiße, nein, ich denke nicht, dass es dein Ding ist, im Blickpunkt der Medien zu stehen. Keiner von uns will das so wirklich.“

„Luke vielleicht. Er ist großspurig genug, um gern im Mittelpunkt zu stehen.“

„Vielleicht.“ Tucker setzte eine nachdenkliche Miene auf. „Wir gehen in den Verteidigungsmodus. Keine Interviews. Kein Kontakt. Wir updaten die Webseite, sobald Shim hier ist, und du kannst alles löschen, was an dein Handy geschickt wird. Vielleicht geht es ja vorbei."

„Das hoffe ich." Dustin schaute auf seine Uhr. „Ich muss mich in die Essensschlange einreihen, wenn ich rechtzeitig mit meiner Schicht anfangen will."

„Wir sind fertig hier", versicherte ihm Tucker, der aufstand und um den Schreibtisch ging, um ihm brüderlich auf die Schulter zu klopfen. „Deine Zeit im Rampenlicht. Möge sie kurz und süß sein."

„Kurz. Mehr verlange ich gar nicht."

GLEICH AM MONTAGMORGEN lehnte Charity die schwere Holztür zum Büro an, sodass sie einen freien Blick auf den Flur der Scheune bekam. Katzen stolzierten regelmäßig über den Handlauf auf den Boxen vor den Büros und gingen ihren wichtigen Aufgaben als Stallkatzen nach. Während Charity ihre Arbeit erledigte, genoss sie es auch, ihnen zuzusehen.

Sie liebte Katzen. Sie hatte keine haben können, als sie aufgewachsen war, und sie konnte jetzt keine haben, also waren Katzen vor ihrem Büro wie ein zusätzlicher Bonus für sie.

Ein rasches Klopfen an der Bürotür ließ Charity aus ihrem Bürostuhl hochschrecken. „Es ist offen."

Im wahrsten Sinne des Wortes.

Die Frau, die in ihr Büro schwebte, war schön. Geradezu atemberaubend schön. Langes blondes Haar fiel ihr in perfekten Wellen über die Schultern, und sie trug einen silberweißen Cowboy-Hut auf dem Kopf. Ihre helle Haut war gerade sonnengebräunt genug, dass sie gesund aussah, aber nicht so, als ob sie wirklich viel Zeit draußen verbrachte.

Oder viel Zeit damit verbrachte, die Cowboy-Kluft zu

benutzen, die sie an ihrem eleganten Körper trug. Ihre Stiefel waren ebenfalls silberweiß und mit detaillierten Stickereien versehen. Lucchese? Fern wüsste so was. Auf alle Fälle waren sie teuer.

Charity hoffte allerdings, dass die Frau nicht vorhatte, auf der Ranch mit ihnen herumzulaufen. Staub wäre das Geringste, das die hübschen Dinger nach einer Runde auf dem Reitplatz bedecken würde.

Eine blassblaue Hemdbluse aus Batist, enge ausgewaschene Jeans, die sich an ein perfektes Paar lange Beine anschmiegten. Charity spürte, wie jede Kurve an ihrem Körper bei dem Gedanken daran protestierte, in derart engen Jeans zu stecken.

Als die Frau vor ihrem Schreibtisch stehen blieb und ihre Sonnenbrille im Pilotenstil abnahm, sah Charity, dass sie geradezu schockierend hellblaue Augen hatte. „Marie Plassier von *Cowboy Country Living*. Ich habe ein Interview mit Dustin Stone. Lassen Sie ihn wissen, dass ich hier bin."

Ah. Jetzt ergab es Sinn.

Charity stand auf. Sie war von Tucker vor unerwünschten Besuchern gewarnt worden. Es hatte noch weitere Posts gegeben, die Hashtags über Dustin enthielten, als Charity am Morgen kurz online gegangen war. „Es tut mir leid, aber da liegt ein Irrtum vor. Dustin gibt zurzeit keine Interviews. Wenn Sie Informationen haben wol..."

Die Frau lachte, und es war ein perfektes Lachen – wenn es so etwas gab. „Nein, ich glaube, da irren Sie sich. Ich habe einen Termin in meinem Kalender. Das ist schon okay. Machen Sie sich keine Gedanken wegen mir."

Sie machte auf einem eleganten Stiefel kehrt und schwebte aus der Tür.

Verdammt noch mal. Charity kam um ihren Schreibtisch.

„Sie können da nicht ohne Begleitung rausgehen, Miss. Das ist eine bewirtschaftete Ranch, und alle Besucher müssen ..."

Charity fluchte, als die Frau unerwarteterweise losrannte und in Richtung der Tür sprintete, die zum Reitplatz führte. „Um Himmels willen."

Sollte sie sie verfolgen? So verführerisch das war, Charity würde die Frau wahrscheinlich umrennen, und dann würde Silver Stone schlechte Presse bekommen. Nein, es war an der Zeit, ihre Verstärkung anzurufen.

Sie zückte ihr Handy und suchte die Nummer. „Tucker? Es tut mir leid, aber so eine Journalistin ist gerade aus meinem Büro abgehauen, nachdem sie verlangt hat, das Interview zu führen, das sie angeblich mit Dustin hat. Sie ist auf Reitplatz Nummer eins."

„Ich sehe sie. Danke. Hey, tu mir einen Gefallen. Schließ alle Gebäudezugänge vom Parkplatz her ab, okay?"

„Klar, mache ich."

Charity war rechtzeitig im Büro, um aus dem Fenster zu schauen und zu sehen, wie die Frau von Tucker und Caleb zum Parkplatz der Ranch eskortiert wurde.

Neugierig klickte Charity auf die *Finder*-App. Dustin war sicher im nordöstlichsten Winkel der Ranch unterwegs – was Tamara als seine Lieblingsstrecke bezeichnet hatte. Ihn hätte man nur erreichen können, wenn man auf einem richtigen Pferd unterwegs war.

Zufrieden erledigte sie ein paar weitere Aufgaben und suchte dann einen Stapel Rechnungen zusammen, die abgezeichnet werden mussten. Sie kam aus dem Stall und blieb abrupt stehen. „Was ...?"

Die gesamte Zufahrt und der Parkplatz von Silver Stone waren voller Autos.

In der Nähe lehnte Kelli Stone an einem Geländer und

lächelte schief. „Vorsicht. Es ist der reinste Zirkus hier draußen."

Auf dem Parkplatz sprach der sich schon halb im Ruhestand befindliche Ashton Stewart mit ernster Miene mit einem Mann, der mit einer übergroßen Kamera hantierte. Neben ihm hinderten eine Reihe von Cowboys die Leute daran, aus ihrem Auto auszusteigen, und wiesen ihnen den Weg zurück zur langen Zufahrt.

„Wer sind diese Leute?" Charity näherte sich Kelli. Die Frau war nur ein paar Jahre älter als sie, doch sie schien ein Rückgrat aus Titan zu haben. Was sie von Kellis Fähigkeiten beim Reiten und ihrer Furchtlosigkeit gehört hatte, hatte Charity etwas eingeschüchtert. Sie waren zusammen schon auf ein paar Mädelsabenden gewesen, aber Charity bewunderte Kelli noch immer.

„Ich denke, dass ein paar von ihnen neugierig auf Silver Stone sind, und andere suchen einen Sugar Daddy."

„Einen Sugar ..." Die Erkenntnis überrollte sie wie ein Geländewagen. „*Dustin?*"

„Genau." Kelli schwang sich auf den obersten Balken des Geländers und bedeutete Charity, sich neben sie zu setzen. „Armer Junge."

„Er ist kein Junge", entgegnete Charity, ohne nachzudenken, und bereute dann ihren Tonfall. „Entschuldige, ich wollte dich nicht so anschnauzen."

„Nein, du hast ja recht", versicherte Kelli ihr. „Es gäbe weniger Schwierigkeiten, wenn er ein Junge *wäre*. Da er erwachsen ist, ist er quasi Freiwild für diesen Zirkus." Die Frau seufzte. „Hoffentlich kommen nicht noch mehr Stone-Geheimnisse ans Licht, wo so viele Leute hier herumschnüffeln."

Verdammt. Wie die Tatsache, dass Kelli selbst auch Erbin eines großen Pferdebetriebs war. Das war nicht direkt ein

Geheimnis. Leute, die in der Pferdezucht tätig waren, oder diejenigen, die Kellis Großvater kannten, konnten eins und eins recht schnell zusammenzählen. Der einzige Grund, dass Charity Bescheid wusste, war, dass Fern es schon vor Ewigkeiten herausgefunden und ihr im Vertrauen gesagt hatte. Mit Kellis Erlaubnis hatte Tucker dann die Information nach Unterzeichnen einer Vertraulichkeitsvereinbarung bei Charitys Einführung ins Büro an sie weitergegeben.

„Ich sorge dafür, dass die Leute das Grundstück verlassen", bot Charity an und drehte sich um, um genau das zu tun.

„Nein, bleib. Das ist etwas, worum sich unsere männlichen Angestellten kümmern sollen. Und ..." Kelli warf ihr eine kurze Grimasse zu. „Ich hätte gern, dass du in meiner Nähe bleibst. Wenn jemand in unsere Richtung läuft, dann hast du meine Erlaubnis, einzugreifen."

„Ich kann dich nach Hause begleiten", bot Charity an. Kellis Haus befand sich auf der anderen Seite der Reitplätze und der Ställe. Daneben stand ein beinahe fertiges zweites Haus, in das Tucker und Ginny einziehen würden.

„Danke, aber im Moment möchte ich die Dinge lieber im Auge behalten." Kelli seufzte. „Was ist, wenn jemand beschließt, sich zu meinem Haus zu schleichen, um ein Exklusiv-Interview zu bekommen?"

Charity bekam eine Gänsehaut aufgrund ihrer eigenen schrecklichen Erfahrungen. „Wir müssen die Sicherheitsvorkehrungen hier deutlich erhöhen."

„Müssen wir", stimmte Kelli nachdenklich zu. „Irgendwie traurig. Silver Stone war immer ein Ort, an dem man sich gleich heimisch gefühlt hat. Wir hatten immer eine Politik der offenen Tür, aber wenn die Leute denken, dass sie sich das hier erlauben können?" Sie zeigte auf die ungebetenen Besucher.

„Es ist nicht immer leicht, das Richtige zu tun, aber wir tun es trotzdem", zitierte Charity ihre Großmutter im Brustton der

Überzeugung und nahm sich vor, stark genug zu sein, um dem Motto auch treu zu bleiben.

„Ja." Kelli sah weiter in Richtung Parkplatz. „Blöd, dass ein kleiner Artikel zu so einem Schlamassel führen kann."

Charity setzte sich so hin, dass jeder, der ein Foto vom Parkplatz aus machen wollte, ihr Gesicht vor die Linse bekäme und nicht Kellis. Dann zückte sie ihr Handy und begann, nach kürzlichen Updates zu suchen, die mit Silver Stone und Dustin zu tun hatten. „Ich frage mich..."

„Ich dachte, der Artikel wäre witzig, als ich ihn gelesen habe", gab Kelli zu.

„Das hätte er sein können, bis auf die Hashtags, die zu weit gegangen sind. Wie in aller Welt ..." Charity hielt inne. „Ach, Scheiße."

„Was? Du kannst doch nicht einfach *Ach, Scheiße* sagen, wenn wir uns mit so einer Situation herumschlagen müssen, und dann nicht erklären, was du meinst", beschwerte sich Kelli.

„Er ist gedoxxt worden." Ein schlechter Geschmack lag in Charitys Mund, als sie sich plötzlich an ihre eigene virale Erfahrung erinnerte. „Es gibt da Textnachrichten, die als Screenshots den Hashtags hinzugefügt worden sind. Dustins E-Mail und die Ranch-Adresse. Seine Handynummer."

„Scheiße." Kelli beugte sich über das Handy. „Wer hat das gemacht?"

„Seine oder ihre Daten sind unkenntlich gemacht." Charity las ein bisschen mehr, und ihr lief ein Schauer über den Rücken. Dustin würde stinkwütend sein. „Es ist eine Frau. Sie sagt, dass sie schon mal mit dem *#SilverStoneStud* zusammen war, und hier wäre der Insider-Einblick darin, wie gut er im Bett ist."

Kelli fluchte. „Das ist ja wohl das Allerletzte. Ich rufe Luke und Tucker an. Sie sollten lieber erfahren, warum wir hier überfallen werden."

Charity las und durchforstete weiterhin ihr Handy, während Kelli ihren Ehemann anrief. Es waren so an die vier oder fünf Screenshots insgesamt, doch jeder von ihnen enthielt ein schmutziges Detail und einen Weg, wie man Dustin kontaktieren konnte.

Die Leute stiegen online aber darauf ein. Sie fügten ihre eigenen Kommentare hinzu und sorgten so dafür, dass die Leserschaft von Minute zu Minute zunahm.

„Luke. Bist du bei den Jungs?" Kelli nickte Charity zu. „Hol sie zusammen. Ihr solltet Dustin suchen und ihn nach Hause eskortieren. Charity hat den Grund für das Chaos gefunden – irgend so ein Social-Media-Bullshit der Extraklasse. Wir brauchen ein Familientreffen, und zwar so schnell wie möglich. Trefft uns bei Caleb und Tamara."

„Dustin war vor fünfzehn Minuten im Abschnitt 37", warf Charity ein.

Kelli reckte den Daumen hoch. „Hast du das gehört? Gut. Ich sorge dafür, dass die Jungs den Pöbel rausschmeißen ... Nein, ich werde mich nicht verstecken." Kelli verdrehte die Augen. „Nein, ich gebe dir Charity nicht."

Charitys Handy klingelte. Sie sah auf den Bildschirm und dann zurück zu Kelli. „Es ist Tucker. Soll ich rangehen?"

Kelli lachte. „Ihr verbündet euch gegen mich", beschwerte sie sich bei Luke. „Hier. Rede mit Charity."

Sie gab ihr das Handy. Charity war schon hüfthoch im Stone-Familienstrudel, und das Wasser stieg noch weiter. „Luke?"

„Hey. Danke für deine Information zu diesem Medien-Überfall. Kannst du bei Kelli bleiben? Ich habe gerade mit Ashton telefoniert. Er mobilisiert ein paar zusätzliche Leute, die sich um die Menge kümmern, also könnt ihr zwei Secret Path nehmen und uns am Ranchhaus treffen."

„Natürlich, ich bleibe bei Kelly. Aber das hätte ich sowieso gemacht. Außerdem ist Kelli verdammt klug, und sie wird das schon hinkriegen."

Verdammt. Ihr loses Mundwerk würde sie noch in Schwierigkeiten bringen, aber so richtig.

Zum Glück lachten sowohl Kelli als auch Luke. „Sie ist *tatsächlich* verdammt klug", stimmte ihr Luke zu. „Danke, dass du da bist. Wir sehen euch am Haus."

Charity gab Kelli das Handy zurück. „Secret Path? Ist das ein Geheimweg, den wir zum Ranchhaus nehmen sollen?"

Kelli grinste. „Brillante Idee. Wir verstecken uns vor aller Augen. Komm mit zum Stall."

Charity machte einen Zwischenstopp im Büro, um den nicht abgezeichneten Papierkram abzulegen. Das war ein Problem für einen anderen Tag. „Ich bin so weit, wenn du es bist."

Kelli öffnete die Tür zu einer Box und tätschelte die Nase einer schönen braunen Stute. „Hier sind wir richtig. Secret Path."

Das musste ein Scherz sein. „Der Geheimweg führt durch eine Pferdebox?"

Kelli schwang sich auf den Rücken des Pferdes, als ob Magie im Spiel wäre. Sie hielt Charity eine Hand hin. „Secret Path ist ein Pferdename. Komm mit."

Charity starrte die Hand an, die Kelli ihr hinhielt. Und das Pferd.

Das sehr, sehr große Pferd.

Sie schluckte schwer. Das war wahrscheinlich nichts, was man zugeben sollte, wenn man auf einer Ranch arbeitete, doch es war zu spät, um mit der Wahrheit hinter dem Berg zu halten.

„Ich kann nicht reiten."

4

———

$\mathcal{K}$ellis Gesichtsausdruck sprach Bände ...

„Du schaust mich an, als ob ich gerade einen Mord gestanden hätte", meinte Charity mit widerwilliger Belustigung.

Die Frau ließ die Hand sinken und packte stattdessen mit den Fingern die Mähne des Pferds. „Das wusste ich nicht. Warum wusste ich das nicht?"

„Weil es keinen Grund dafür gab, dass du es wissen solltest?" Charity trat ein bisschen weiter zurück, als Secret Path herumtänzelte.

Kelli tätschelte den Hals des Pferdes und beruhigte es, während sie leise mit Charity sprach: „Hast du Angst vor ihr?"

„Nein. Nicht wirklich", korrigierte sich Charity. „Außer dass ich mir der Tatsache extrem bewusst bin, dass sie größer ist als ich. Und ich habe keinen Draht zu Pferden. Ich will nichts falsch machen und sie aufregen."

„Also, das ist gut. Dass du *nicht wirklich Angst hast*." Kelli sah Charity lange prüfend an und nickte dann bestimmt. „Wenn du einverstanden bist, dann bin ich die Fahrerin? So kommen wir schneller an den Leuten vorbei, als wenn wir versuchen, um das gesamte Gelände herum zu huschen. Path ist ein liebes Pferd. Vertrau mir."

Charity überlegte. Reiten machte jede Menge Sinn. Sie wünschte sich wirklich, sie wäre früher das typische pferdeverrückte Kind gewesen, sodass das hier nicht ihr erstes Mal wäre, aber Reiten hatte sie nie interessiert. „Okay."

Kelli schnaubte. „Eine sehr enthusiastische Antwort." Sie zeigte auf die Seite des Korridors, wo ein paar Strohballen lagen. „Klettere da rauf. Das macht es einfacher."

Es war nicht perfekt – das Pferd sah immer noch groß aus, als Kelli es dorthin lenkte, wo Charity schwankend auf dem obersten Strohballen stand. Doch die Hand, die ihr Kelli hinhielt, stabilisierte sie, während Charity Kellis Anweisungen folgte. Sie schwang ihr Bein über Paths Hintern und schlängelte sich nach vorne, bis sie direkt hinter Kelli saß.

„Arme um meine Taille", befahl Kelli. „Und ich bin nicht zerbrechlich, also halt dich gut fest."

„Ich habe sehr viel Kraft in den Oberarmen", warnte Charity sie.

„Luke hat schon mal hinter mir auf einem buckelnden Pferd gesessen, das versucht hat, uns beide in die Stratosphäre zu schleudern. Vertrau mir, ich komme schon klar."

Charity hielt sich noch mehr fest.

Sobald sie einen guten Halt hatte, war es leichter, sich umzusehen. „Wie kommen wir aus dem Stall raus? Wir passen nicht mehr durch die normale Tür."

Kelli drehte Path auf der Stelle um und deutete dann zum Ende des Flurs. „Wir reiten raus zum Reitplatz Nummer vier. Ich lasse Path eine Weile im Schritt gehen. Schau mal, wie sich das anfühlt. Okay?"

„Bis jetzt ist alles okay." Charity holte tief Luft und gab sich der neuen Erfahrung hin.

Auf Secret Paths Rücken zu sitzen, war nicht beängstigend. Es war ... seltsam? Ungewöhnlich. Es gab keine andere Erfahrung, mit der Charity die Bewegung vergleichen konnte.

Kelli lachte leise und lenkte sie durch die großen offenen Stalltüren zum Reitplatz. „Du hast dich gerade entspannt. Was heißt, dass Path sich auch entspannt hat. Gut gemacht."

„Sie macht sich Sorgen, weil ich auf ihr sitze?"

„Nein, nicht auf eine schlechte Weise", versicherte Kelli Charity. „Pferde wie Path wollen Menschen gefallen. Sie will, dass es den Menschen gefällt, sie zu reiten. Wenn sie also spürt, dass etwas nicht stimmt, will sie es in Ordnung bringen."

„Großartig. Jetzt sorge ich schon dafür, dass Pferde Neurosen kriegen."

Ein helles Lachen tanzte durch die Luft, als Kelli Path wieder wendete, dieses Mal mehr nach rechts. „Du machst das wunderbar. Ich werde sie ein wenig antreiben und ein bisschen im Kreis reiten. Halt dich einfach an mir fest und tu so, als ob du mit einem neuen Partner tanzt."

„Ich soll Path führen lassen? Das kriege ich hin."

„Genau." Kelli beugte sich ein wenig nach vorne und schnalzte mit der Zunge.

Path beschleunigte.

Charity krallte sich instinktiv ein paar Atemzüge lang noch fester, bis sie sich an den neuen Rhythmus gewöhnt hatte. „Es ist nicht schlecht. Ich habe noch einen weiten Weg vor mir, aber das macht ziemlich viel Spaß."

„Es gibt kaum was Besseres", versicherte ihr Kelli. „Ist es okay, wenn wir jetzt zum Haus galoppieren? Ich möchte keine Kunststückchen aufführen, aber wir werden ein wenig schneller dran sein."

Charity überprüfte ihren Haltegriff. „Bei mir passt alles."

Kelli ritt mit Path bis zum Tor und griff nach dem Seil, mit dem es verschlossen war.

„Ich kann das Tor aufmachen", bot Charity an, auch wenn sie sich nicht sicher war, wie sie wieder hochkommen sollte, nachdem sie von Paths Rücken gestiegen war. Sollte sie auf das Geländer klettern?

„Das ist nicht notwendig. Path wird für *Ultimate Cowboy*-Wettbewerbe trainiert. Tore zu öffnen und zu schließen ist eine der Aufgaben."

Charity vergaß, nervös zu sein, während Path geduldig an den richtigen Stellen wartete und dann im nächsten Moment gehorsam weiterlief. Als Kelli das Seil vom Zaun gelöst hatte, ging Path rückwärts durch die Öffnung. Einen Moment später befestigte Kelli das Seil neu, und das Tor war wieder fest verschlossen.

„Das war großartig."

„Sasha macht einen tollen Job bei ihrer Ausbildung."

„Wow. Sie ist erst vierzehn Jahre alt."

„Sie ist im März fünfzehn geworden. Aber sie ist ein Naturtalent." Kelli wies mit dem Kinn nach links. „Die Angestellten haben es geschafft, dass ein paar Trucks wegfahren, aber es sind immer noch viele Leute da. Schauen wir, dass wir weiterkommen, bevor sie uns sehen."

Charity drückte kurz Kellis Taille. „Ich bin so weit."

Kelli musste Path gleichzeitig gedreht und den Startknopf gedrückt haben, denn nur wenige Momente später flogen sie nur so den Weg zwischen den Ställen und dem Haupthaus der Ranch entlang.

Am Rand des Parkplatzes kam Bewegung in die Menge. Die Gesichter der Leute wandten sich ihnen zu.

„Sie sehen uns." Charity sah das Glitzern von Sonnenlicht auf Glas. „Kameras."

Vor ihr neigte Kelli das Kinn nach rechts. „Schau in Richtung des Sees", befahl sie.

„Verstanden." Charity presste die Wange an Kellis Rücken

und versuchte, sich dem Rhythmus des Tieres unter ihr anzupassen. Die Bewegung war immer noch unnatürlich, doch allmählich gewöhnte sie sich daran.

Es könnte sich zu etwas entwickeln, was sie noch einmal versuchte.

„Beinahe da." Kelli verlangsamte Path und richtete sich auf dem Rücken des Pferdes auf. „Es gibt einen Unterstand auf der Seite des Hauses, wo das Gewächshaus steht. Da können wir sie erst mal unterstellen."

Charity warf einen Blick über die Schulter zurück. „Wow. Die Angestellten leisten gute Arbeit. Ein halbes Dutzend Autos sind auf dem Weg zum Highway."

„Gut." Kelli tätschelte Charitys Bein. „Das hast du gut gemacht."

„Du bist eine gute Lehrerin."

„Such dir jemanden aus, der eine Sache liebt, damit er dir diese Sache beibringt. Das war schon immer meine Regel." Sie schaute wieder über die Schulter zu Charity. „Wie du und dein Tanzzeugs. Dass du es liebst, ist klar, so, wie du drüber redest. Und wie du es schaffst, dass sogar die langweiligen immer gleichen Wiederholungen derselben Bewegung den Kindern Spaß machen."

„Danke. Ich liebe es wirklich." Sie war nicht gut genug, um professionell zu tanzen, nicht, nachdem ihr Training als Teenager zu einem abrupten Ende gekommen war. Und jetzt konnte sie es sich nicht leisten, einfach mal so öfter zu tanzen. „Mit dem Unterrichten schaffe ich es, mir regelmäßig Zeit fürs Tanzen freizuschaufeln", gestand sie.

„Klug."

Sie waren inzwischen neben dem Unterstand. Die Menschenmenge und die Sorgen des Tages traten zumindest vorübergehend in den Hintergrund. Kelli schwang ein Bein über Paths Kopf und stand kurz darauf auf dem Boden. Sie sah nach oben. „Willst du, dass ich dir einen Schemel hole?"

Charity dachte nicht weiter nach, sie bewegte sich einfach. Sie ahmte Kelli nach, so gut sie konnte, wobei sie sich mit einer Hand auf dem Pferd abstützte, bis ihre Füße den Boden berührten. Dann stand sie anmutig da und tätschelte Paths Hals. „Danke für den Ritt."

Nur die Tatsache, dass Kelli hinter ihr stand, verhinderte, dass Charity vom Boden abhob, als Path den Kopf zurückwarf.

Kelli lachte. „Ist schon okay. Erinnerst du dich noch, wie ich dir gesagt habe, dass sie Menschen gefallen will? Du hast dich perfekt bei ihr bedankt. Sie ist glücklich."

„Na ja, das ist gut." Charity trat schnell zurück und ließ mehr Platz zwischen ihr und Path.

Kelli führte das Pferd unter den Unterstand und warf dann irgendetwas Grasähnliches in den Trog. „Gutes Mädchen. Du bleibst eine Weile hier. Ich bin mir sicher, dass Sasha rauskommt und dich holt, sobald sie kann."

Verflixt. Eine weitere Komplikation, an die Charity nicht gedacht hatte. „Die Mädchen. Die Kinder ..."

Kelli wischte sich die Hände an den Oberschenkeln ab und schaute fragend zu Charity hoch.

Charity wies mit einem Finger auf das Gelände der Ranch. „Jetzt, wo wir so viele ungebetene Gäste auf dem Grundstück haben, können die Kinder nicht wie gewohnt etwas unternehmen. Es sei denn, Tamara hat nichts dagegen, dass Bilder von ihnen online auftauchen."

Kellis Miene verfinsterte sich. „Du hast recht. Wir müssen uns schnell darum kümmern."

„Ich gehe zum Büro zurück ...", setzte Charity an.

Kelli starrte sie finster an. „Auf gar keinen Fall. Du gehst auch nicht allein da raus. Warte, bis Luke kommt, und dann begleitet er dich zu deinem Auto."

Im Haus begab sich Charity auf eine Seite des Zimmers und versuchte niemandem im Weg zu stehen, als sich die Stone-Familie versammelte.

Walker tauchte mit seinen drei Kindern auf – im Alter von fünf, sieben und neun Jahren. Harper, Chloe und Carter machten sich auf den Weg ins Spielzimmer im Keller, und Emma Stone bugsierte ihren vier Jahre alten Bruder Tyler ebenfalls nach unten.

Die dreizehnjährige Emma blieb kurz neben ihrer Mutter stehen, den blonden Kopf schiefgelegt, während sie ihre versammelte Familie musterte. „Ich kümmere mich um sie, während ihr redet, aber danach will ich wissen, was passiert ist."

„Natürlich willst du das", stimmte ihr Tamara zu. „Ich werde dir alles erzählen, weil du kein kleines Mädchen mehr bist."

Emma grinste, als sie mit dem Daumen in Richtung der Treppe zeigte. „Aber sie sind klein, also gehe ich zu ihnen und spiele ihnen zum millionsten Mal was vor."

Tamara gab ihr einen Kuss. „Du bist eine gute große Schwester und Cousine."

„Die beste", pflichtete ihr Emma bei. Sie machte einen Zwischenstopp bei ihrer eigenen älteren Schwester Sasha und flüsterte ihr ins Ohr.

Sasha riss die Augen auf. Sie nickte und schaute zu ihrer Mutter hinüber. Tamara war in die Küche gegangen und bediente die Kaffeemaschine.

Sasha lief durch das Zimmer. „Mom?"

„Ja?"

Sasha begegnete kurz Charitys Blick, bevor sie sich auf ihre Mutter konzentrierte. „Weiß Tante Ginny, dass sie rüberkommen soll?"

„Ja, Liebes. Wenn sie sich gut genug fühlt, dann kommt

sie.“

Sasha nickte, dann ging sie zu Kelli ins Wohnzimmer.

Die Tür öffnete sich wieder, und ein paar Männer, die draußen auf der Ranch gewesen waren, kamen herein. Caleb und Tucker sowie Tuckers Frau Ginny.

Die Männer gingen in die Waschküche, um das Waschbecken zu benutzen.

Die einzige gebürtige Stone-Schwester winkte Tamara zur Begrüßung zu. Ihre andere Hand ruhte auf ihrem Babybauch, der unter ihrem blassrosa Hemd hervorlugte. „Mir geht es gut. Ihr habt mich wach und nicht bei einem Nickerchen mit meinem Wasserball erwischt.“

„Du hast einen schönen Wasserball, und ein kleines Nickerchen, solange man Zeit dafür hat, ist immer eine gute Idee.“, betonte Tamara. „Komm. Setz dich hin.“

„Ja. Die gemütliche Ecke gehört mir.“ Ginny rieb sich erfreut die Hände, zog ihre Schuhe aus und schloss Tamara dann in die Arme. „Was geht da ab?“

„Kann ich dir nicht genau sagen“, gab Tamara zu. Sie zeigte auf Charity. „Sie weiß mehr als wir.“

Zwei Augenpaare landeten auf ihr, und Charity erbebte vor Sorge. Sie presste sich eine Hand auf die Brust. „Ich bin nur hier, weil ich mit Kelli hergeritten bin.“

Ginny machte ein unhöfliches Geräusch und winkte sie zu sich. „Aber du weißt, was los ist. Erzähl schon. Was ist das für ein Rabatz, in zehn oder weniger Worten.“

„Zehn? Das ist eine Herausforderung.“ Charity überlegte. „Clickbait-Artikel. Dustin wurde gedoxxt. Zu viele Fremde interessieren sich für Klatsch.“

Beide verloren ihren amüsierten Gesichtsausdruck.

„Verdammt. Das ist ätzend!“ Ginny rieb sich geistesabwesend über den Bauch. „Ich habe von dem Artikel gehört, aber wenn er viral gegangen ist, wird Dustin die Aufmerksamkeit hassen."

Charity dachte nicht länger als ein paar Sekunden nach, bevor sie beschloss, dass es wichtig genug war, um es den anderen zu sagen. „Kelli macht sich auch Sorgen", sagte Charity leise, „dass jemand rausposaunt, dass *sie* auch eine Nachricht wert ist, weil sie ja mal viel erben wird und so."

Tamaras Kopf schnellte hoch. „So ein Mist. Das hatte ich ganz vergessen."

„Weil sie Teil unserer Familie ist, und es niemanden etwas angeht, wie viel Geld sie hat oder nicht hat." Ginny verzog das Gesicht. „Nur dass die Leute heutzutage alles an die große Glocke hängen wollen."

„Das geht vorbei", meinte Tamara und schob ihre Brille wieder zurück an ihren Platz. „Fragt sich nur ... wie bald?"

Charity drehte sich um, als die Tür noch einmal aufging, und Luke und Dustin das Zimmer betraten. Beide hatten einen ernsten Gesichtsausdruck und waren mit Staub bedeckt, als wären sie schnell geritten.

Caleb trat nach vorne. „Nehmt euch fünf Minuten und macht euch sauber. Wir sind da, wenn ihr fertig seid."

Es hätte einfach sein sollen. Eine großartige Montagsschicht, während der er sich darauf freute, dass sein bester Freund bald wieder da war. Ein wenig Gewichtheben, ein wunderbarer Ritt über seine Lieblingsweiden an einem schönen Sommertag.

Stattdessen war er mitten in seiner Schicht von Lukes Aufforderung unterbrochen worden, die Weide abzuriegeln und seinen Hintern so schnell wie möglich zum Stall zurückzubewegen.

Das angespannte „Hier sind Paparazzi, die nach dir suchen" reichte, um Dustins gute Laune ins Gegenteil zu verkehren.

Luke empfing ihn am Rand der Ranch, und als er einen unbekannten Schotterweg des Nachbarn entlangraste, war Dustin dankbar, nicht allein zu sein.

Zu Hause gestalkt zu werden? Verdammt noch mal, sie mussten dem dringend ein Ende setzen.

Er wusch sich schnell am Waschbecken in der Waschküche, und Schmutz von der staubigen Luft lief das Waschbecken in einer dreckigen Brühe runter. Er hätte eine Dusche brauchen können, doch seine fünf Minuten waren beinahe vorbei.

Er trat in die Küche und blinzelte, als er sah, dass Charity hier war und Getränke aus einem Krug einschenkte. Sie sah ihn und nickte ihm zu. Ihr ernsthafter Gesichtsausdruck war so fehl am Platz, dass er zu ihr eilen und herausfinden wollte, was los war.

Dann wurde ihm klar, dass sie wahrscheinlich seinetwegen die Stirn runzelte, und wegen des Blödsinns, mit dem er sich herumschlagen musste.

Er nahm das Glas entgegen, das sie ihm hinhielt. Ein kurzer Funken Belustigung loderte in ihm auf. „Ist das auch frei von Bazillen?"

Ihr Blick schnellte nach oben, ihre Mundwinkel zuckten, und Blut strömte ihr in die Wangen.

Verdammt. Er schaute auf den Boden und entschuldigte sich flüsternd. „Entschuldige. Das sollte ein Witz sein."

Sie schnaubte. „Du bist ja auch witzig, trotz allem."

Gott sei Dank hatte sie einen Sinn für Humor. Vielleicht konnte er sich etwas davon borgen, denn so, wie er das sah, würde er jedes bisschen Humor in nächster Zeit brauchen.

Dankend hob er das Glas.

Caleb blieb neben Charity stehen. „Bleib bitte hier. Ich werde dich von jemandem zu deinem Auto begleiten lassen, sobald wir fertig sind."

„Okay." Charity sah sich um, als ob sie ein Versteck suchte.

„Du weißt ja, was los ist, also denk nicht, dass du dir die Ohren zuhalten musst. Im Gegenteil." Caleb musterte sie. „Da du das Büro leitest, musst du wissen, was wir entscheiden. Es steht dir frei, dich zu melden, falls du irgendwelche Vorschläge hast."

Sie schluckte schwer. „Okay", sagte sie noch einmal und setzte sich auf einen der hohen Hocker an der Kücheninsel.

Dustin zwinkerte ihr zu, dann folgte er seinem Bruder ins Wohnzimmer. Er blieb neben Caleb stehen. „Es tut mir leid."

Er schien im Entschuldigungsmodus festzustecken.

Sein Bruder runzelte die Stirn. „Was denn? Du hast doch nichts getan."

„Ich fühle mich beschissen, weil das passiert."

Caleb legte eine Hand auf Dustins Schulter. „Ich habe dich schon verstanden. Trotzdem, es ist nicht dein Fehler. Und ich will nicht, dass du dich deshalb fertigmachst. Wir schaffen das schon."

Dustin nickte. „Dann fühle ich mich nur ein wenig beschissen."

Sein Bruder lachte. „Okay, mach das." Caleb sprach lauter und erregte die Aufmerksamkeit aller. „Sitzt oder steht, das ist eure Entscheidung. Wir haben ein Problem."

Dustin setzte sich auf den gemauerten Vorbau des Kamins. Damit blieben die Sofas und die Lehnsessel für seine Geschwister und ihre Partner übrig. Caleb und Tamara setzten sich auf ihre üblichen Sessel. Ginny schmiegte sich auf einem Sofa an Tucker, Luke und Kelli setzten sich auf das andere. Walker hatte im Schaukelstuhl am Feuer Platz genommen. Sasha saß neben Ginny.

Charity blieb in der Küche und sah so aus, als ob sie jeden Moment abhauen wollte.

Das war nachzuvollziehen, doch Dustin war von einem anderen Problem abgelenkt. Er schickte seiner fehlenden Schwägerin Ivy eine Nachricht.

Sie antwortete sofort.

Ivy: *Hey. Wie läuft das große Treffen?*
Dustin: *Wir fangen gleich an. Willst du zuhören oder zusehen? Ich kann dich zuschalten, kein Problem.*

Ivy litt an schweren Angstzuständen, wenn sie unter Menschen ging, manchmal sogar im Kreise ihrer Familie. Wenn sie nicht hier war, lag das daran, dass sie keinen guten Tag hatte.

Dustin: *Wenn es dir gut genug dafür geht.*
Ivy: *Du bist ein Schatz. Schalte das Video ein. Ich unterbreche die Verbindung, wenn nötig.*

Er strich über den Touchscreen, bis er eine Verbindung hergestellt hatte, dann stand er auf und lehnte sein Handy auf ein Regalbrett, von wo aus sie einen Blick über das ganze Zimmer haben würde. „Ich habe dich auf ein Bücherregal gestellt. Passt die Lautstärke?"

Eine Minute später war er wieder zurück vor dem Kamin und stellte sich jetzt hin, sodass Ivy ihn auch sehen konnte.

Caleb nickte zustimmend. „Danke, dass du daran gedacht hast. Hey, Ivy. Schön, dich zu sehen."

Ivy winkte. „Was ist los?"

Caleb zeigte auf Kelli. „Du hast das Treffen einberufen."

Kelli rieb ihre Hände auf den Oberschenkeln. „Dieser Artikel über Silver Stone und Dustin. So unverschämt der auch war, wir wissen alle, dass das Absicht war. Man wollte damit Aufmerksamkeit erregen."

Das ergab keinen Sinn. Dustin schüttelte den Kopf. „Aber das ist mehr als ..."

„Irgendeine Frau hat die Hashtags benutzt und deine Kontaktinfos gepostet, Dustin. Deine E-Mail, deine Social-Media-Links, deine Adresse hier auf Silver Stone." Kelli sah zu Sasha hinüber, dann begegnete sie wieder seinem Blick. „Sie hat angedeutet, dass ihr zwei eine gemeinsame sexuelle Vorgeschichte habt."

Dustin schloss die Augen. Sein Gesicht war wahrscheinlich knallrot. „Na großartig."

„Das ist weitaus schlimmer als dieser Interview-Bullshit.", klagte Tucker. „Das war ärgerlich, aber irgendwie nachvollziehbar. Das ist jetzt ein Eingriff in die Privatsphäre."

„Können wir das aufhalten?" Ginny kaute besorgt auf der Unterlippe. „Oder ist Klatsch wie dieser das Gleiche wie die Geschichte von der Frau mit dem Korb voller Federn, die sie in alle Himmelsrichtungen verstreut hat?"

„Wir könnten die Polizei einschalten", schlug Tamara vor.

„Das hilft nichts." Der Kommentar kam ausgerechnet von Charity. „Es tut mir leid, wenn ich euch unterbreche, aber ich habe leider Erfahrung mit so etwas. Sich bei der Polizei zu beschweren, wird nichts bringen. Sie können niemanden wegen Klatsch verhaften. Man kann keine namenlose Entität wie die sozialen Medien abmahnen. Man kann eine einstweilige Verfügung erwirken lassen, damit Material nicht an eine Institution wie ein Fernsehstudio oder an eine Person weitergegeben werden darf. Doch wenn eine Story viral geht, dann gibt es keine Gesetze diesbezüglich. Noch nicht."

Calebs Miene verfinsterte sich. „Verdammt."

In Dustins Bauch spannte sich etwas an. „Also müssen wir

hier eingesperrt sitzen bleiben, damit die Leute nicht ohne unsere Erlaubnis Fotos machen können?"

Auf der anderen Seite des Zimmers schoss Sasha auf der Couch neben Ginny hoch. „Moment mal, ich kann nicht drinnen bleiben. Ich muss trainieren. Ich habe einen Wettbewerb in einem Monat. Ich habe ..."

„Wir müssen eine Ranch am Laufen halten. Keiner von uns kann sich drinnen verstecken", beruhigte sie Caleb. „Und keiner von uns wird drinnen bleiben."

Walker setzte einen grimmigen Gesichtsausdruck auf. „Ich will nicht, dass meine Kinder den Medien ausgesetzt werden. Ich hatte meine Momente im Rampenlicht, und auch wenn die positiv waren, Scheiße, nein."

Dustin sah sich im Zimmer um und musterte die Gesichter der Leute, die sein Ein und Alles waren. Die Leute, denen er vor langer Zeit geschworen hatte, für sie da zu sein, irgendwie, obwohl er so viel jünger war.

Und jetzt war er die Ursache für diesen Ärger. Sashas Sorgen, Walkers und Ivys und Calebs und Tamaras Bedürfnis, ihre unschuldigen Kinder zu beschützen, und das zurecht.

Walker hatte sich aus dem Rampenlicht zurückgezogen.

Verdammt noch mal – Kelli war nie ins Rampenlicht getreten, obwohl sie das hätte tun können.

Dustin begegnete Ginnys Blick auf der anderen Seite des Zimmers. Seine Schwester, die mit ihrem ersten Kind schwanger war. Er wollte auf gar keinen Fall, dass irgendjemand in ihrem und Tuckers Leben herumstocherte. Nicht jetzt und auch nicht in Zukunft.

Er sprach seine Schwester direkt an. „Keiner wird sich verstecken müssen. Wir müssen irgendetwas Offizielles posten, um mit den Interviewanfragen bezüglich Silver Stone selbst umzugehen, aber was mich angeht? Machen wir öffentlich, dass ich nicht hier bin. Dann gibt es für niemanden mehr einen Grund, auf Silver Stone zu bleiben und den Rest von euch zu belästigen." Er zwang sich zu einem Lächeln, als er sich seiner ältesten Nichte zuwandte. „Du hast recht – du musst üben. Denk daran, ich war bei dir, als du das letzte Mal daran gearbeitet hast, dass Secret Path auf Kommando stehen bleibt. Secret Path ist dir wie ein Hündchen gefolgt, anstatt auf der Stelle zu stehen, so wie es sich gehört."

Sasha sah so aus, als ob sie zwischen Lachen und Weinen hin- und hergerissen wäre. „Du bist furchtbar."

„Gib es zu. Ich bin dein Lieblingsonkel."

Tamara mischte sich ein. „Das ist keine schlechte Idee. Für eine Weile wegzugehen."

„Hast du die Schichten gesehen, für die ich ihn eingeteilt habe?", fragte Tucker. „Kein anderer wird diese Scheißjobs erledigen wollen." Er protestierte laut und rieb sich die Seite. „Was? Ich wollte doch nur die Stimmung hier drinnen auflockern."

Ginny verzog das Gesicht, als sie die Finger ausschüttelte. „Du hast keine Rippen, sondern Felsen." Sie wandte ihre Aufmerksamkeit Dustin zu. „Tamara hat recht. Das ist keine schlechte Idee. Willst du, dass ich mit Dare rede? Du könntest nach Rocky Mountain House fahren und eine Weile für die Colemans arbeiten."

„Auf gar keinen Fall." Dustin schüttelte den Kopf. „Erstens, macht sie sich nicht in einer Woche oder so auf den Weg hierher, damit sie da ist, wenn dein Baby kommt? Außerdem, wenn mir die blöden Zicken hinterherreisen, will ich ganz bestimmt nicht die Art Ärger vor ihrer Tür abladen."

„Verdammt. Da oben haben sie auch genug Familiengeschichten, die für die Medien interessant wären." Dieses Mal war es Tamara, die das Gesicht verzog, bevor sie reumütig lächelte. „Die Colemans haben mehr als ein paar

Leichen im Keller, die man lieber in Frieden ruhen lassen sollte."

„Wo kann er nur hin?", fragte Walter.

Caleb stand auf. „Nach Pincher Creek."

Dustins erster Instinkt war, die Idee gleich im Keim zu ersticken. Pincher Creek bedeutete Onkel Frank, und er hasste seinen Onkel. Das war auch nicht übertrieben, das waren nur die kalten, harten Fakten. Normalerweise hätte ihn der Vorschlag, auch nur in die Nähe des Mannes zu müssen, zur Weißglut getrieben, und er würde jeden nur erdenklichen Grund suchen, um nicht hinzumüssen.

Jetzt? „Perfekt. Da gehe ich hin."

Caleb blinzelte. „Ich hatte mit einem Streit gerechnet."

Das würde trotzdem total ätzend werden, weil Onkel Frank total ätzend war, doch dieser beschissene Vorschlag hatte einen klaren Vorteil. „Nicht, dass ich das provozieren will, aber *sollten* die Paparazzi mir folgen, dann kann ich mir keine nettere Person vorstellen, die sich mit dem ganzen Mist rumschlagen müsste."

Luke verschluckte sich an einem Lachen. Caleb rieb sich das Kinn mit der Hand, um so praktischerweise sein Lachen zu verbergen. Walker starrte gen Himmel und bemühte sich krampfhaft, keine Miene zu verziehen.

Nur Ginny verbarg ihr Grinsen nicht. „Verdammt, du vergötterst den Mann, nicht wahr?"

„Für immer und ewig", log Dustin, ohne mit der Wimper zu zucken, und hielt die gekreuzten Finger hoch in die Luft.

Caleb hatte sich wieder genug unter Kontrolle, um den Kopf zu schütteln. „Er ist nicht so schlimm."

„Er ist schlimmer, aber Pincher Creek ist eine gute Idee, also gehe ich dorthin."

Caleb nickte. „Ich rufe ihn an, damit er weiß, dass du kommst. Wenn du sofort loskannst, kümmern wir uns darum, dass sich die Nachricht verbreitet. Wenn sie es nicht erwarten, werden dich einige Kameras zwar aufnehmen, aber sie werden niemanden haben, der dich verfolgen kann. Wir kümmern uns um die übrigen, sobald wir wissen, dass du außer Reichweite bist."

Er hielt inne, und sein Blick wanderte in Richtung Küche. Charity war immer noch da. Sie saß ruhig auf einem der Hocker an der Kücheninsel.

Dustin ging zu ihr. Sie hatte ihnen heute geholfen, mehr, als ihr wahrscheinlich bewusst war. Ein Anflug von Traurigkeit überkam ihn, als er an die Zeit dachte, die er mit seinen Freunden verpassen würde. Ja, es war richtig, wegzugehen, aber Shim würde in ein paar Stunden ankommen, und Dustin würde nicht da sein. Charity und Fern würden in den nächsten Wochen einiges unternehmen ...

„Ich denke, du solltest ihn begleiten."

Calebs Stimme unterbrach Dustins Grübeleien. Hinter ihm unterhielt sich der Rest der Familie leise, aber Caleb stand jetzt neben Dustin am Rand der offenen Küche.

„Was?"

„Wer?"

Dustin und Charity sprachen gleichzeitig.

Caleb zeigte mit dem Finger auf Charity. „Onkel Frank hat sich viel zu viel Zeit damit gelassen, Projektinformationen zu liefern, die wir im Büro auf Silver Stone brauchen. Es ist wirklich die perfekte Gelegenheit. Und die perfekte Ausrede. Dustin wird dich als dein Fahrer begleiten. Während du die Informationen, die wir brauchen, auf den neuesten Stand bringst, wird er sehr höflich sein und die Aufgaben, die Onkel Frank ihm aufträgt, erledigen, okay?"

Dustin konnte es immer noch nicht glauben. „Charity kommt mit nach Pincher Creek?"

„Wenn sie damit einverstanden ist", erwiderte Caleb. „Ich

weiß, dass du gerade erst angefangen hast, für uns zu arbeiten, aber das gehört zu deinem Aufgabenbereich. Was meinst du? Kannst du mitkommen? Es sollte nicht länger als eine Woche dauern, wenn alles gut geht."

Charity klappte die Kinnlade wieder zu, nachdem sie ihr gerade vor Schock heruntergefallen war. Sie schluckte schwer und nickte dann. „Okay. Klar."

5

Wirbelwind war ein Wort, dessen Bedeutung ihr immer kristallklar vor Augen gestanden hatte. Ein Wirbelwind zog durch, und die Welt rundherum versank im Chaos. Überall Glasscherben, umgeknickte Bäume und Kleidung, die nicht mehr an der Wäscheleine hing, sondern am Boden verstreut lag.

Der einzige Wirbelwind, der hier gerade für Chaos sorgte, fand in Charitys Kopf statt. Darum stand sie komplett neben sich, und ihre Gedanken schwirrten durch ihren Kopf wie herumwirbelnde Blätter.

Was hatte sie sich nur dabei gedacht? Außer, dass es beschissen war, dass gute Leute wie die Stones sich diesen Unsinn gefallen lassen mussten – bevor sie es sich versah, hatte sie sich einverstanden erklärt, eine Woche lang die Stadt zu verlassen.

Chaos. Ein Wirbelwind.

Nachdem sie eine Weile Strategien ausgeknobelt hatten, war ihr Walker in seinem Truck nach Hause gefolgt. Er wartete, bis sie sicher drinnen war, bevor er zur Ranch zurückfuhr.

Charity warf eine Sporttasche aufs Bett und begann, schleunigst zu packen.

Außerdem stellte sie ihr Handy auf laut und rief Fern an.

„Das ist streng geheim." Charity schnappte sich Jeans, Hemden und Sportschuhe. Sie stapelte ihre Kleidung, damit sie Entscheidungen treffen konnte, sobald sie Fern auf den neuesten Stand gebracht und das Telefonat beendet hatte. „Ivy wird dir sicher mehr erzählen, aber Dustin verlässt morgen die Stadt, um diesen dämlichen Medienrummel zu entkommen."

„Ich habe gehört, dass es Randale draußen auf Silver Stone gegeben hat. Stimmt das?"

„Davon weiß ich jetzt nichts, aber es waren jede Menge Leute da, die nicht dort hingehören. Und Dustins Kontaktdaten sind auf diversen sozialen Plattformen gepostet worden, also ..."

„Ernsthaft? Wer zum Teufel macht denn so was?"

„Irgendeine Frau, mit der er ein paar Mal aus war, laut ihren Posts."

Was bei Charity einen schalen Beigeschmack hinterließ. Nicht weil Dustin mit jemandem zusammen gewesen war. Sie wusste, dass er kein unbeschriebenes Blatt war, auch wenn er in der gesamten Zeit, in der sie in Heart Falls gelebt hatte, keine feste Beziehung gehabt hatte.

Ihr Gefühlschaos ging ihr derart auf die Nerven. Charity wusste natürlich, dass er schon mal Sex gehabt hatte. *Sie* hatte schon mal Sex gehabt. Sex war ein angenehmer gemeinsamer Zeitvertreib.

Also konnte sie wohl davon ausgehen, dass Dustin und diese Frau irgendwann miteinander geschlafen hatten. Dass diese Frau allerdings seine Kontaktdaten veröffentlicht hatte, machte diesen gemeinsamen Zeitvertreib eklig und überhaupt nicht mehr angenehm.

Fern war am anderen Ende der Leitung still geworden. „Er verlässt die Stadt?"

„Damit die Presse seine Familie in Ruhe lässt, ja. Aber ich brauche deine Hilfe, weil ich ihn begleite. Da gibt es einen Job, bei dem ich helfen kann und der eine gute Ausrede für seine Abwesenheit ist. Es ist kompliziert, und ich muss packen, aber du musst mir einen Gefallen tun."

„Natürlich. Lass mich nur erst mal meine Kinnlade vom Boden aufheben. Du brennst mit Dustin Stone durch?"

„So ist das nicht, und du weißt das. Wir sind nur Freunde." Charity war sehr froh, dass Fern gerade nicht im Zimmer war und sah, wie peinlich ihr das alles war.

Fern lachte. „Okay, ich ziehe dich nicht auf, weil du es ja eilig hast. Was für einen Gefallen?"

„Schaust du bei mir vorbei und kümmerst dich darum, dass nichts im Kühlschrank oder im Abfall verrottet? Ich packe gerade und fahre innerhalb der nächsten zehn Minuten los."

„Geht klar. Zu deiner Information, ich gedenke auch herauszufinden, wer dieses kaltschnäuzige Biest ist, das den ganzen Nonsens losgetreten hat. Einfach weil ich Bock drauf habe."

„Mach das. Ich muss los. Ich schicke dir eine Nachricht, sobald ich kann."

„Pass auf dich auf."

Zwei Paar Hosen, vier Shirts, ein zusätzliches Paar Schuhe und ein paar Socken. All das stopfte sie, ohne groß nachzudenken, in die Tasche. Erst als sie ihre Schublade mit der Unterwäsche öffnete, kamen die unguten Gedanken.

Ein Wirbelwind, der einen Strudel aus Bildern erzeugte, bei denen sie ihre besten Dessous trug und Dustin sie anerkennend ansah.

Scheiß drauf. Sie schnappte sich die beiden obersten BHs und Slips sowie einen Pyjama und verbot sich, ihre Wahl infrage zu stellen. Das war ein Job. Eine Möglichkeit, wie sie einer guten Familie aus einer schwierigen Situation helfen konnte.

Es ging darum, einem Freund zu helfen.

Ihr Magen knurrte, als sie die Tür absperrte.

Durch eine Reihe von Seitengassen nahm Charity ihre übliche Abkürzung zum Rand der Stadt, und schlenderte so ungezwungen wie möglich dahin. Sie war nur selten bei Walker und Ivy zu Hause gewesen, gleich neben dem Friedhof. Die ruhige Atmosphäre dort machte ihn zu einem von Charitys Lieblingsorten, um nachzudenken und sich zu erinnern.

Natürlich kamen ihr heute keinerlei friedliche Gedanken in den Sinn, als sie wiederholt über die Schulter nach hinten spähte. Sie ähnelte wahrscheinlich eher einer Eule als einer Person, die einen ungezwungenen Spaziergang in Trainingsklamotten machte.

Sie war sich trotzdem relativ sicher, dass ihr niemand gefolgt war, als sie bei Walkers und Ivys Haus ankam.

Ivy hieß sie willkommen, und der Hund zu ihren Füßen bellte begeistert. „Ich wette, dass du dir deinen Abend anders vorgestellt hast."

„Ja, aber das ist schon okay. Das Leben ist ein einziges großes Abenteuer, oder?" Charity begrüßte Faithful und deutete dann Richtung Flur. „Kann ich die Toilette benutzen? Ich habe so schnell gepackt, dass ich die wichtigste Regel für Roadtrips vergessen habe."

Mit einem sanften Nicken erteilte Ivy ihr die Erlaubnis. „Tu dir keinen Zwang an. Ich bereite gerade eine Brotzeit für euch zwei vor. Ich nehme mal an, dass Dustin direkt von der Weide gekommen ist?"

Verdammt, er musste am Verhungern sein. Außerdem ...

„Ich hoffe, er hat Zeit für eine Dusche."

„Falls nicht, kommst du ein paar Stunden in den Genuss von Eau de Cowboy. Es riecht penetrant, bringt dich aber nicht um."

Sie gingen lachend in verschiedene Richtungen.

Als Charity zu Ivy in die Küche kam, klappte die zierlich gebaute Frau gerade den Deckel einer großen Reisekühltasche zu. „Ich habe ein paar Sorten Limo und Sandwiches mit drei verschiedenen Belägen eingepackt. Du nimmst dir als erstes, was dir schmeckt, okay? Ich weiß, dass Dustin alles vernichten wird, was du nicht magst, also wird nichts verschwendet."

„Ich weiß das zu schätzen."

Charity war überrascht, als Ivy sich umdrehte, ihr die Arme auf die Schultern legte und sie kurz umarmte. „Ich bin froh, dass Dustin nicht allein weggeht, sondern mit einer Freundin."

Charity erwiderte die Umarmung, indem sie die Arme etwas fester um Ivy legte. „Ich bin froh, dass ich helfen kann."

Ivy trat einen Schritt zurück. Mit ihrem blassen Teint und ihren silbrig-blauen Augen sah sie aus wie von einem anderen Stern. „Es wird ihm nicht gefallen, wenn ich das sage, aber Dustin liebt seine Familie. Sehr."

„Das ist mir schon länger klar, nicht erst jetzt."

Ivy nickte, doch Besorgnis schlich sich ein. „Er mag seinen Onkel nicht, und nach allem, was ich gehört habe, hat er gute Gründe dafür. Es steht mir nicht zu, dir die Gründe zu nennen. Aber ich sage dir so viel – Dustin braucht Leute, die hinter ihm stehen. Wenn er seine Familie nicht haben kann, bist du sein einziger Anker. Ich hoffe, du siehst es ihm nach, wenn er ein wenig anhänglich ist."

Die Vorstellung, dass der große, unabhängige Dustin anhänglich war, brachte Charity beinahe zum Lachen. Es war genauso lächerlich wie die Tatsache, dass Kelli ihn als Jungen bezeichnete.

Trotzdem riss sie sich zusammen, denn Ivy meinte es offensichtlich gut. „Ich denke, dass er schon klarkommt, aber ich bin für ihn da. Wie ich gesagt habe, wir sind Freunde.“

Ivy lächelte. „Das freut mich.“ Ihr Blick wanderte zum großen Fenster, und sie neigte den Kopf in Richtung Garage. „Er ist da.“

Die komplizierte Flucht ging weiter. Dustin fuhr in die Garage und zog das Tor hinter sich zu. Ivy und Charity trafen ihn dort.

Er nahm ihr die Tasche ab und legte sie auf die Rückbank des Trucks. „Mehr hast du nicht dabei?“

„Ich bin eine Mikro-Minimalistin, was das Packen angeht“, erklärte ihm Charity.

„Ach, wartet. Eine Sache noch“, warf Ivy ein, die Dustin die Tasche mit der Brotzeit in die Arme drückte und sich dann umdrehte. „Ich bin gleich wieder da.“

Dustin öffnete die Beifahrertür für Charity. „Rauf mit dir.“

Auf der Rückbank wedelte Dustins Hund Patchwork Annie energisch mit dem Schwanz, als Charity in die Fahrerkabine kletterte. „Du hast sie mitgenommen. Hi, Annie. Bist du ein braves Mädchen?“ Charity streckte den Arm zwischen die Sitze, um den Hund am Kopf zu kraulen. „Aber ja doch. Ja, so ein braves Mädchen.“

Dustin lachte, als er wieder hinter dem Lenkrad Platz nahm. „Sie lässt mich nicht aus den Augen. Nicht, dass ich sie nach Pincher Creek mitnehmen möchte, aber ich kann sie nicht zurückzulassen. Sie würde versuchen, meiner Spur bis dorthin zu folgen.“

„Ah, sie liebt dich.“

„Ein bisschen zu sehr. Nervensäge.“ Doch Dustin kraulte Annie auch am Kopf.

Ivy war zurückgekehrt, ein Paar Cowboy-Stiefel in der Hand. „Hier. Die sollten dir passen." Sie reichte sie Charity durch das Fenster, dann wandte sie sich zur Seite, um mit Dustin zu reden. „Kelli hat gesagt, dass du Charity Reitstunden geben sollst, während du weg bist."

„Reitstunden? Warum sollte ..." Er warf Charity einen Blick zu. „Du kannst nicht reiten?"

„Und damit verabschiede ich mich. Fahrt vorsichtig, und ich hoffe, dass alles schnell vorübergeht." Ivy warf ihnen beiden eine Kusshand zu. „Charity, du solltest dich besser ducken, bis ihr beide auf dem Highway seid. Nur sicherheitshalber."

Sie machte das Garagentor auf und verschwand dann im Haus.

Charity lehnte sich in ihrem Sitz zurück und rutschte unter das untere Ende der Scheibe. „Passt das so?"

Dustin sah zu ihr herüber, während er rückwärts aus der Einfahrt fuhr. Dann lenkte er das Auto in Richtung Highway. „Du wirst einen steifen Nacken bekommen."

„Wen kümmert das? Folgt dir jemand?"

„Nicht, dass ich wüsste. Jetzt lass uns über deine Reitstunden reden. Also darüber, warum du sie brauchst."

„Ich brauche sie gar nicht. Ich muss nicht reiten können", entgegnete Charity bestimmt.

„Weil du denkst, dass Reiten nicht wichtig ist, wenn du auf einer Ranch arbeitest?"

Sie schnaubte. „Nein. Es ist echt schwer, Papierkram zu erledigen, während man auf einem Pferd sitzt."

„Kannst du gar nicht wissen. Schließlich reitest du ja nicht."

„Das ist eine logische Schlussfolgerung." Obwohl sie sich nicht sicher war, warum sie mit ihm diskutierte.

Dustin fasste am Lenkrad nach und lenkte sie auf den

Highway. „Na ja, nur damit du es weißt, ich bringe es dir gerne bei, wenn du Unterricht haben willst."

Charity seufzte. „Irgendwie will ich das jetzt schon. Kelli ist mit mir zum Ranchhaus geritten. Es war seltsam, aber auf eine gute Art."

„Wow, das sind ja wahre Begeisterungsstürme."

„Halt die Klappe, Stone."

„Ich mein ja nur. Wenn Reiten auf eine schlimme Art seltsam wäre, wäre das ... *schlimm*."

„Ich trete dich gleich", warnte ihn Charity.

Er lachte.

Ja, sie war nicht gerade in der richtigen Position, um ihn damit zu bedrohen. „Denkst du, ich kann mich bald aufrecht hinsetzen?" Ihr Magen knurrte hörbar. „Das Essen, das deine Schwägerin eingepackt hat, riecht wunderbar."

Dustin warf einen prüfenden Blick in den Rückspiegel. „Ich sehe niemanden. Tu dir keinen Zwang an und streck dich aus. Und gib mir was von was auch immer. Ich bin am Verhungern."

Charity griff in die Kühltasche. Sandwiches mit Hähnchen, dick belegte Schinken- und Käse-Sandwiches. Erdnussbutter- und Marmelade-Sandwiches. Sie gab ihm ein Sandwich mit Hähnchen und schnappte sich ein Sandwich mit Erdnussbutter und Marmelade. „Wie ist es bei euch zu Hause gelaufen, als du weggefahren bist?"

„Ich habe meinen Truck vor dem Haus angehalten, und alle sind auf die Veranda gekommen, um mich zu verabschieden. Das war eine Zeremonie, als ob ich zu einer einjährigen Dschungelexpedition aufbrechen würde."

„Hat irgendwer zugesehen?"

„Irgendwelche Medien. Ashton hat die Polizei gerufen, darum sind die Nachrichten-Wagen allmählich weggefahren." Dustin nahm einen Bissen von seinem Sandwich und brummte fröhlich. „Ich hoffe, dass es so einfach ist. Dass ich für eine Woche weg bin und sich alles in Wohlgefallen auflöst."

„Das hoffe ich auch." Charity runzelte die Stirn. „Du verpasst Shims Ankunft morgen."

„Ich weiß. Das ist echt zum Kotzen, aber er ist ja jetzt immer da. Außerdem erwartet Ginny in den nächsten drei Wochen ihr Baby, also wird meine Pflegeschwester Dare wieder zur Familie stoßen. Du wirst sie mögen. Sie ist ein wenig ruhiger als Ginny, aber auch total herzlich."

„Sie hört sich supernett an."

„Ich hoffe, dass das Baby nach dem Canada Day kommt. Das wäre vielleicht ätzend, am selben Tag Geburtstag zu haben wie ... Ach, *Scheiße*."

Charity sah sich besorgt um, um zu sehen, was ihn so aufgeregt hatte. „Was?"

Dustin stieß einen Seufzer aus. Einen gewaltigen, frustrierten Seufzer. „Der Canada Day."

Nö. Charity schüttelte den Kopf. „Ich weiß nicht, was du meinst."

„Der Canada Day in Heart Falls. Mit all den traditionellen Veranstaltungen. Einem Picknick, einem Streichelzoo." Er begegnete ihrem Blick. „Der Junggesellenversteigerung."

Natürlich konnte es nicht so einfach sein. Dustin fluchte noch einmal. „Ich kann nicht glauben, dass keiner von uns daran gedacht hat. Die jährliche Junggesellenversteigerung – da kann ich nicht mitmachen."

Charity pfiff leise vor sich hin. „Oder du könntest mitmachen und einen Batzen Spenden für die Boys-and-Girls-Stiftung eintreiben." Sie hob abwehrend die Hände. „Das war nur ein Scherz. Du solltest auf gar keinen Fall auch nur in die Nähe dieser Veranstaltung gehen.“

Frust wogte in ihm hoch. „Und das heißt, dass ich mehr als nur eine Woche weg bin. Es besteht keine Chance, dass sich die Dinge rechtzeitig so weit beruhigen.“ Er zuckte mit den Schultern und deutete auf das Essen. „Kann man nicht ändern. Füttere mich.“

Sie bot ihm als erstes eine Dose Limo an. „Wenn du nicht kannst, dann muss mich jemand anders nach Hause fahren, wenn ich fertig bin.“

„Ja, mach dir wegen solcher Kleinigkeiten keine Sorgen.“ Er stellte die Limodose in einen Getränkehalter und nahm ein weiteres Sandwich entgegen. „Es ist verdammt frustrierend, aber ich werde das Beste daraus machen.“ Er hielt seinen Blick meist auf den leeren Highway gerichtet und aß das Sandwich auf, während ihm Gedanken im Kopf herumschwirrten.

Neben ihm aß Charity immer noch Bissen für Bissen ihr erstes Sandwich und starrte aus dem Fenster auf die vorbeiziehenden Felder. Sie sah entspannt und kompetent aus, wie immer.

„Dich bringt so schnell nichts aus der Fassung, oder?“, fragte Dustin.

Charity blinzelte. „Ach, ich weiß nicht. Du hast mich schon durcheinander erlebt.“

„Stimmt. Das ist echt niedlich.“ Er grinste, als er sah, wie sie das Gesicht verzog. „Aber du beruhigst dich schnell wieder. Ich mag das. Du fühlst dich ... solide an.“

„Das ist ein ... Na ja, okay. Ich fasse das mal als Kompliment auf.“

„Ist es auch. Das sollte es zumindest sein.“ Dustin lehnte sich zurück und machte es sich hinter dem Lenkrad bequem. „Solide heißt, dass die Dinge funktionieren. Mein Bruder Caleb ist solide. Das heißt, wenn er mir sagen würde, dass ich von einer Klippe springen soll, würde ich es tun. Tamara ist insofern solide, dass sie mir schon lange, bevor ich auf die Klippe steige, sagen würde, dass ich da nichts verloren habe."

Charity lachte. „Sie hatte so eine ‚Ich weiß alles'-Aura."

„Genau." Dustin nickte enthusiastisch. „Ich habe mal versucht, das Luke zu erklären, und er hat mich angeschaut, als ob ich von einem anderen Stern käme."

„Luke scheint die Art Mensch zu sein, der sich die Fakten ansieht und nicht die Energieströme, die dahinterstecken." Charity wurde nachdenklich. „Er ist wie ... ein lustiger Onkel. Aber einer, der dich dazu bringt, das Gemüse aufzuessen, indem er ein Spiel daraus macht."

Belustigung schoss in ihm hoch. „Das muss ich Kelli erzählen. Das wird ihr gefallen."

„Du hast eine großartige Familie." Charity lehnte sich an die Kopfstütze. „Es ist total nett von dir, dass du eine Weile weggehst. Wie lange es letztlich auch dauern wird."

„Sie haben so viel für mich getan", erklärte Dustin. „Da ist es nicht schwer, sich zu revanchieren."

Sie legte ihm die Hand auf den Arm und drückte ihn. „Trotzdem, alle Achtung! Und ich werde tun, was ich kann, um dir die Zeit leichter zu machen."

„Danke."

Sie aßen beide ein weiteres Sandwich und öffneten dann eine Tüte mit selbst gebackenen Schokokeksen.

Charity sah aus dem Fenster. „Du fährst nicht nach Süden."

„Der schnellste Weg zur Crooked Creek Ranch ist der Highway 1. Wir fahren nach Osten, bevor wir in den Süden abbiegen. Wir halten erst mal an, um zu tanken, und dann sehen wir, ob uns jemand verfolgt. Wenn das der Fall ist, hat Caleb mir gesagt, dass ich nach Norden fahren soll." Dustin zuckte mit den Schultern. „Ich dachte mir, wir fahren in Richtung Süden, egal was passiert."

Charity schüttelte den Kopf. „Du magst deinen Onkel wirklich nicht besonders, oder?"

„Er macht es einem schwer, ihn zu mögen." Dustin griff zum Rücksitz und tätschelte Annie träge. „Ich würde lieber nicht über ihn sprechen."

„Ich muss mit ihm arbeiten", betonte Charity. „Vorgewarnt sein und so weiter."

„Er wird kein Problem mit dir haben. Mich kann er nicht ausstehen." Dustin zwinkerte ihr zu. „Das liegt an meiner schillernden Persönlichkeit."

„Du leuchtest und bist hell wie die Sonne." Charity beugte sich nach vorne. „Wie soll ich das Onkel-Frank-Problem anpacken?"

„Mit dem Bulldozer." Dustin hob abwehrend eine Hand. „War nur ein Scherz. Okay, wie ich gesagt habe, du wirst wahrscheinlich keine Probleme mit ihm haben, aber am besten ignorierst du ihn einfach. Mach nur das, was du tun musst. Finde raus, was richtig ist, und mach das. Er wird sich wahrscheinlich trotzdem beschweren, aber er wird die Ergebnisse nicht anfechten."

„Das krieg ich hin. Ich will eigentlich immer alles richtig machen."

IN DER NÄCHSTEN Stunde sprachen sie über nichts Wichtiges, während sie das meiste Essen aus der Kühltasche aufaßen. Dank der guten Gesellschaft war Dustin besser gelaunt als üblich, als sie bei der Abbiegung zur Crooked Creek Ranch ankamen.

Man konnte die Gegend wohl als ganz hübsch bezeichnen. Mit der Waterton-Bergkette im Süden erstreckte sich das Land wie eine leicht zerknitterte Decke. Die wenigen Senken und Erhebungen waren allerdings nichts im Vergleich zu den hügeligen Ausläufern des Silver-Stone-Gebiets.

Charity beugte sich in ihrem Sitz nach vorne und sah sich interessiert um. „Es ist nicht so groß oder beeindruckend wie Silver Stone."

„Du bist ein wundervoller Mensch. Und sehr aufmerksam."

Sie streckte ihm die Zunge raus. „Sei nett."

„Ich bin immer nett", betonte er, während er den Weg begutachtete und sich fragte, wo er parken konnte, um seinen Onkel am meisten zu ärgern.

Ein rasches Zupfen an seinem Ärmel brachte ihn dazu, Charity einen Blick zuzuwerfen. „Was?"

„Du führst doch was im Schilde. Was heckst du aus?"

Er hielt seinen Truck an, sodass er sie anstarren konnte. „Liest du gerade meine Gedanken?"

„Anscheinend, wenn es böse Gedanken waren." Sie zeigte auf den freien Platz neben dem Hauptstall. „Park dort drüben. Dein Bruder hat eine Nachricht geschrieben, dass dein Onkel uns erwartet, und er trifft uns im Büro."

„Wann hast du eine Nachricht bekommen? Und von wem?", wollte Dustin wissen.

„Vor fünfzehn Minuten. Und Caleb hat mir gesagt, dass ich es dir nicht sagen soll, weil ... Ich zitiere ..." Sie zückte ihr Handy und öffnete die Nachrichten-App. „Dustin wird wahrscheinlich versuchen, Onkel Frank auf jede nur erdenkliche Weise zu ärgern, einschließlich so blöder Ideen wie Franks Truck zuzuparken."

„Ah, verdammt, daran habe ich noch gar nicht gedacht. Das ist brillant."

„Es ist auch von der Liste gestrichen. Park auf dem

markierten *Gäste*parkplatz und benimm dich", befahl Charity ihm noch einmal.

„Jawoll, Ma'am", neckte er sie. „Auch wenn du mir den ganzen Abend verdirbst."

„Ich weiß. Ich bin gemein." Sie drückte ihm den Arm und lächelte. „Aber ich weiß auch zu schätzen, dass keine zusätzlichen Bluthunde von der Presse in der Gegend sind. Da hat sich doch alles gelohnt, oder?"

„Ja, ich schätze schon. Und es hilft niemandem daheim, wenn ich meinen Onkel zur Weißglut treibe, also verspreche ich, mir auf die Zunge zu beißen. Sogar wenn er ein Arsch ist."

Sie lachte. „Du gehst davon aus, dass das so kommt?"

„Oh, glaub mir, Tee." Dustin hielt dort an, wo sie hingezeigt hatte, und parkte den Truck. „Es ist keine Frage, ob er ein Arsch ist, sondern *wann*."

Er stieg aus dem Auto, ging vorne um den Truck herum und öffnete ihr die Tür, bevor sie die Chance hatte, es selbst zu tun.

Er hielt ihr eine Hand hin.

Sie blinzelte und nickte dann zustimmend. „Gute Idee. Dein Truck ist so hoch wie das Pferd, auf dem ich mit Kelli geritten bin." Charity ergriff seine Finger und ließ sich von ihm herunterhelfen.

„Wenigstens sind deine Manieren besser geworden."

Die schroffe Bemerkung reizte Dustin, doch er tat das einzig Richtige und ignorierte seinen Onkel vorerst. „Alles in Ordnung?", fragte er Charity.

„Ich brauche noch meine Tasche."

„Ich auch. Ich hole sie gleich. Aber erst muss ich mich um die wirklich wichtigen Dinge kümmern." Er konnte der Versuchung nicht widerstehen. Er zog die hintere Tür der Fahrerkabine auf und schnipste mit den Fingern.

Patchwork Annie sprang herunter und trottete gehorsam zu ihm.

Dann drehte sich Dustin zu seinem Onkel um. „Onkel Frank."

Der ältere Mann stand mit finsterem Blick da und hatte die Arme vor der Brust verschränkt. „Du hast meinen Hund mitgebracht."

„*Meinen* Hund", korrigierte ihn Dustin, dann trat er neben Charity. „Charity, Frank Stone. Onkel, das ist Charity Gruzing. Sie sucht die Dokumente zusammen, nach denen die Anwälte gefragt haben."

Charity warf Dustin einen warnenden Blick zu, während sie seinem Onkel die Hand reichte. „Freut mich, Sie kennenzulernen."

Frank bewegte sich nicht. Er war zu beschäftigt damit, Patchwork Annie und Dustin anzustarren, um auch nur zu versuchen, höflich zu sein.

Charity war gerade dabei, den Arm zurückzuziehen, als Onkel Frank den Kopf schüttelte und ihre Hand ergriff. „Du kannst ja nichts für die Gesellschaft, in der du reisen musst."

Herzallerliebst – wenigstens entsprach Onkel Franks Verhalten Dustins Erwartungen.

Neben ihm lächelte Charity zwar immer noch, aber es war kein strahlendes Lächeln mehr. Es wirkte eher angestrengt als natürlich. „Ich bin mir nicht sicher, was Sie damit meinen."

Frank ignorierte sie und deutete zur Seite des Hauptstalls. „Ich habe den südlichen Anhänger für dich vorbereitet. Er ist ein bisschen ab vom Schuss, also solltest du am Morgen nicht von den Ranchmitarbeitern gestört werden. Hoffentlich bist du in ein paar Tagen fertig."

„Es dauert so lange, wie es eben dauert. Es hängt davon ab, wie gut Sie die Akten geführt haben, die ich brauche. Wenn Crooked Creek gut verwaltet wird, dauert es nicht allzu lange.

Ich werde morgen Vormittag wissen, wie versiert Sie das gemacht haben."

Dustin konnte es sich gerade noch verkneifen, auf den ungewohnt scharfen Ton in ihrer Stimme zu reagieren.

Frank runzelte die Stirn, als wolle er herausfinden, ob sie ihn absichtlich beleidigt hatte oder ob er sich verhört hatte. Er zuckte mit den Schultern und wandte seine Aufmerksamkeit Dustin zu. „Die Schlafbaracke ist voll. Du schläfst im Stall."

Natürlich. „Das ist schon okay ..."

„Ach, das ist nicht nötig." Charity hob das Kinn. „Dustin bleibt bei mir."

Frank schnaubte. „Ich weiß ja nicht, was du glaubst, wo du einziehst. Es ist ein Pferdeanhänger, Kleine. Nur ein Schlafbereich und nur ein Bett."

Sie hakte sich bei Dustin unter und schmiegte sich an seine Seite. „Perfekt. Denn, wissen Sie, Dustin, ist *genau* die Art von Gesellschaft, in deren Begleitung ich verdammt noch mal sein will. Und deshalb sind wir auch zusammen. Wenn Sie uns entschuldigen, wir richten uns wohnlich ein. Ich treffe Sie oder Ihren Vorarbeiter um acht Uhr morgens im Büro, wie mit Caleb ausgemacht."

Wie eine Naturgewalt zog Charity Dustin hinter sich her. Weg vom Truck, weg von ihren Taschen und weg von Onkel Frank, der mit offenem Mund dastand.

6

Charity wusste nicht, ob sie beschämt oder stinkwütend sein sollte. „Das hätte ich nicht tun sollen."

„O doch. Und wie du das solltest. Es war absolut spektakulär." Dustin schlenderte mit Patchwork Annie neben ihr her.

Charity marschierte immer weiter von Onkel Frank weg, bevor sie noch versucht war, etwas zu sagen, das die Situation weiter verschlimmern würde.

Sie warf einen Blick auf Dustins Gesicht, nur um festzustellen, dass er bis über beide Ohren grinste. „Du bist also nicht sauer auf mich, weil ich die Beherrschung verloren habe?"

„Ganz im Gegenteil, ich finde, es gibt mir nur recht, dass er dich sogar noch schneller auf die Palme gebracht hat als erwartet." Dustin stieß eine Faust in die Luft. „Cool. Ich habe ihn nicht als Erster beschimpft. Tamara wird nicht *mich* zusammenscheißen."

„Dustin", schimpfte Charity. „Die Bemerkung kann ich jetzt echt nicht brauchen."

Er packte sie am Arm und drehte sie zu sich. An der Seite der Scheune, wo keiner sie sehen konnte, beugte er sich über sie und streichelte ihr über die Wange. „Alles okay. Er war ein echtes Sackgesicht."

„Pass auf, was du sagst. So ein Sack hat schon seine Berechtigung, manchmal sogar im Gesicht."

Er prustete los. „Zur Kenntnis genommen. Also, bevor wir wütend weitermarschieren ..."

„Halt die Klappe, Stone."

Er grinste noch breiter. „... willst du hierbleiben? Ich kann dich nämlich heim nach Heart Falls fahren."

„Natürlich bleiben wir." Sie sah ihn stirnrunzelnd an. „Du musst dich immer noch von dem Zirkus daheim fernhalten. Außerdem hat Caleb nicht gelogen, als er gesagt hat, dass ihm Dokumente fehlen. Tucker hat mir die Listen weitergeleitet, damit ich weiß, was ihr braucht und wie lange ihr schon darauf wartet. Es sieht so aus, als ob mir nichts anderes übrig bleiben wird, als Akten zu wälzen, wenn Silver Stone je die benötigten Informationen kriegen soll."

„Dann bleiben wir." Er neigte den Kopf in die Richtung, aus der sie gekommen waren. „Schleichen wir uns zurück und holen wir unsere Taschen? Und das restliche Essen, falls noch was übrig ist?"

„Ja, natürlich. Ich war so damit beschäftigt, wütend weiterzumarschieren", sie zwinkerte Dustin zu, „dass ich an nichts anderes gedacht habe, als von diesem Kerl wegzukommen."

„Ein Abgang mit gutem Timing ist was Wunderbares." Er hauchte ihr einen Kuss auf die Stirn. „Komm. Schleichen wir uns rüber."

Der Rückweg zum Truck, um ihre Sachen zu holen, war relativ unspektakulär. Ein paar Männer in Cowboymontur kamen ihnen entgegen. Sie nickten Dustin zu und schenkten

Charity ein anerkennendes Lächeln. Frank Stone war nirgends zu sehen.

Charity trug die Kühltasche. Dustin hängte sich ihre Taschen über die Schulter und führte sie dann zum Anhänger. „Frank hat nicht gelogen, als er gesagt hat, dass er klein ist. Ich habe nichts dagegen, im Stall zu schlafen."

Der Anhänger war klein, aber blitzblank. Sie legte das Essen auf den Tisch und durchquerte den winzigen Raum, um die Fenster zu öffnen und frische Luft reinzulassen. „Nein. Wir können uns den Anhänger teilen, und außerdem sollten wir das sogar tun. Es gibt einen Grund dafür."

Dustin legte ihre Tasche auf dem Fußende des Bettes ab. „Sprich weiter."

Sie warf einen Blick in den kleinen Kühlschrank und räumte den Rest ihrer Brotzeit ein. Unerwünschte Schmetterlinge flatterten in ihrem Bauch.

Reiß dich am Riemen. Hier geht es darum, nur befreundet zu sein. Die Freundin zu sein, die Dustin gerade braucht. Nicht um Sex.

Charity drehte sich zu ihm um. „Du hast die Junggesellenversteigerung erwähnt, und dass es dir nicht möglich sein wird, nach Hause zu fahren. Aber Ginny erwartet genau dann ihr Baby. Willst du wirklich gezwungen sein, deinem Zuhause und deiner Familie fernzubleiben, wenn ein Meilenstein wie die Geburt ihres Babys ansteht?"

„Natürlich nicht, aber wenn ich wegbleiben muss, dann werde ich das eben tun. Sie sind mir zu wichtig."

„Aber wenn du nicht an der Versteigerung teilnehmen müsstest, dann wäre das ein Problem weniger." Charity hob eine Augenbraue.

Er schnaubte. „Die einzig akzeptable Möglichkeit, sich vor der Versteigerung zu drücken, ist, nicht in der Stadt zu sein, oder ..." Dustin blinzelte. Dann hellte sich seine Miene auf, und er grinste. „Nicht in der Stadt oder nicht mehr auf dem Markt zu sein. Also quasi: Sorry, ich habe schon eine Freundin, danke, dass ihr mich gefragt habt.“

„Genau.“ Charity schaute schuldbewusst zur Decke. „Ich muss gestehen, mir ist die Idee dazu genau fünf Sekunden nach meiner Behauptung gekommen, dass wir zusammen sind. Und das habe ich nur gesagt, um deinen Onkel zu ärgern.“

„Ich befinde deine anfängliche Motivation und den darauffolgenden Geistesblitz für absolut genial.“ Dustin klatschte leise. „Tee, du bist genial.“

„Das heißt, dass wir so tun müssen, als ob wir zusammen wären.“

Dustin zuckte mit den Schultern. „Das ist kein Problem. Wir gehen ein paarmal tanzen, so wie wir das normalerweise machen. Wir können uns mit Shim und Fern eine Pizza holen, so wie wir das sowieso gemacht hätten.“

„Du hast recht. Wer hätte gedacht, dass eine Beziehung so langweilig sein kann?“

Er lachte. „Nicht langweilig, sondern unkompliziert. Ich bringe meine Familie auf den neuesten Stand, damit sie es weitersagen können. Je schneller sich die Nachricht verbreitet, desto besser.“

„Ich sage Fern Bescheid.“ Charity warf einen Blick auf ihre Uhr. „Und Shim dürfte inzwischen angekommen sein. Du solltest es ihm sagen.“

Dustin nahm in dem u-förmigen Sitz an dem kleinen Tisch im Anhänger Platz; er sah nachdenklich aus. „Lass uns erst mal alles planen. Die Details und so weiter. Wir erzählen allen in Heart Falls, dass wir zusammen sind. Unsere Familie und unsere Freunde wissen natürlich, dass das nicht stimmt, aber sie werden uns nicht widersprechen. Ich denke nicht, dass irgendwer in der Stadt denkt, dass wir sie veräppeln. Es ist ja nicht so, als ob es *total abwegig* wäre, dass wir eine Beziehung führen."

„Was hast du denn den Leuten gesagt, die dir eine Nachricht geschickt haben, nachdem der Artikel rausgekommen ist?", fragte sie.

Er schnaubte. „Nichts. Ich habe niemandem geantwortet außer Shim. Wenn mir jemand zum ersten Mal seit einem Jahr schreibt, um das Darlehen anzusprechen, das er sich von mir wünscht, dann hat er keine Antwort verdient."

Charity hielt schockiert inne. „Das ist nicht dein Ernst."

„Doch, schon." Dustin zuckte mit den Schultern. „Ein paar haben sich mehr für Klatsch und Tratsch als für Geld interessiert. Ich hatte keinen Bock, auf eine dieser Nachrichten zu reagieren."

„Das ist ja wohl auch gut so!" Sie seufzte traurig. „Tut mir leid. Echt ätzend."

„Ja, die ganze Bagage." Dustin runzelte die Stirn. „Was für ein komisches Schimpfwort!"

Sie lachten beide und lächelten sich dann an, als hätten sie sich gerade verschworen. „Zurück zum Plan. Wir sind gerade erst zusammengekommen", schlug Charity vor. „Erst vor ein paar Wochen. Wir haben niemandem was gesagt, weil ..."

„Weil ich eine große, neugierige Familie habe, und manche Dinge niemanden etwas angehen." Dustin zuckte mit den Schultern. „Meiner Meinung nach ist das Grund genug."

„Aber wir hatten vor, nächste Woche etwas zu sagen, weil die Organisatorinnen der Versteigerung, also Ferns Schwestern Tansy und Rose, das wissen müssen." Charity dachte über die möglichen Fallstricke nach, die sie umgehen mussten. „Ich bin übrigens nicht daran interessiert, irgendwelche Interviews zu geben. Dieser dumme Artikel hat mich wütend gemacht, weil du kein Single bist, und damit hat sich's."

„Super Ideen." Dustin tippte schnell in sein Handy. „...

und ich bin nicht Single. Stellt sicher, dass mein Name von allen Social-Media-Kanälen über die Versteigerung entfernt wird.“

„Und ich bin der Meinung, dass wir die Frau ignorieren sollten, die dich gedoxxt hat. Denn es würde sie nur befriedigen, wenn wir ihr Aufmerksamkeit schenken.“ Charity zögerte. Aber der Gedanke war ihr in den Sinn gekommen und jetzt, wo sie gerade beim Brainstorming waren, musste sie ihn aussprechen. „Wir könnten hingehen. Zur Versteigerung, obwohl ich nicht glauben kann, dass ich das gerade sage.“

Er riss die Augen weit auf. „Du hast ja eine echt masochistische Ader!“

„Ach, ich sage ja nicht, dass wir es tun müssen, aber es ist eine von zwei Möglichkeiten. Wenn du nicht dort bist, glauben die Leute vielleicht, dass du nicht zur Verfügung stehst, oder aber sie glauben, dass du dich versteckst. Wenn wir hingehen und eine Show abziehen, können wir beweisen, dass du vergeben bist.“

Dustin nickte nachdenklich. „Lass uns drüber nachdenken. Als erstes sollten wir meinen Namen von der Liste streichen lassen.“

„Ja.“ Charity wippte leicht auf den Zehen vor und zurück. „Ich muss mir die Füße vertreten. Es war ein langer Tag, und nachdem ich in deinem Truck gesessen habe, muss ich meinen Kreislauf wieder in Schwung bringen. Und dein Onkel hatte nicht unrecht damit, dass der Anhänger klein ist.“

„Klein genug, damit man nach draußen gehen muss, um auf neue Gedanken zu kommen.“ Dustin zwinkerte ihr zu. „Ich nehme dich auf eine Tour zu den Reitplätzen in der Nähe mit. Wir schnappen ein wenig Luft, und ich zeige dir, wo die Kantine ist.“

Gott sei Dank, denn sie hatten kein zusätzliches Essen mehr mitgebracht.

„Das klingt nach einer guten Idee."

Es lenkte sie auch ein wenig von dem Thema ab, das sie absichtlich vermieden hatte: der 140 Zentimeter breiten Matratze am Ende des Anhängers, auf der sie denkbar wenig Platz haben würden, sobald sie und Dustin sich hingelegt hatten.

Ein Bett, das sie sich unbedingt mit Dustin teilen wollte – komme, was wolle.

Beschwingt folgten Charity und ihre sexhungrigen Gedanken Dustin, der zur Tür hinausging.

Patchwork Annie schlüpfte unter dem Anhänger hervor und gesellte sich zu ihnen. Sie trottete leichtfüßig neben Dustin her. Charity erinnerte sich an etwas, das sein Onkel gesagt hatte. „Warum hat Frank gesagt, dass Annie sein Hund war?"

Dustin schob die Hände in die Taschen, während er sie um den Rand eines kleinen Reitplatzes zu einem Gebäude mit niedrigem Dach führte. „Sie ist hier auf Crooked Creek aufgewachsen. Bei einem der Abstecher, auf die mich Caleb vor ein paar Jahren geschickt hat, bin ich während eines großen Sturms hier gelandet. Einer der Cowboys meinte, dass der Hund vermisst wurde. Onkel Frank zuckte mit den Schultern und sagte: ‚So was kommt vor'."

„Verdammt, ist das kaltherzig."

Dustin seufzte. „Das nehme ich ihm nicht mal übel. Er hatte ja nicht unrecht. Auf einer Ranch passieren Dinge, die echt ätzend sind. Tiere werden verletzt oder verschwinden. Caleb und Ashton haben mir beigebracht, dass es manchmal das Barmherzigste ist, sie von ihrem Leid zu erlösen."

Charity blieb neben ihm stehen, wo er angehalten hatte. „Also ... was ist passiert?"

„Ich habe sie zufällig gefunden. Sie hat wohl versucht, den Crooked Creek zu überqueren und ist dabei in die Sturmflut geraten. Sie war unter ein paar Ästen eingeklemmt. Ich habe sie befreit und in den Stall gebracht."

„War sie okay?"

„Nein." Er zog eine Grimasse. „Sie war verletzt. Schwer verletzt. Ich habe den Tierarzt gerufen, aber ich wusste bereits, dass es ein Wunder brauchen würde."

„Immerhin hast du sie gerettet."

Er gab einen leisen Laut von sich. „Der Tierarzt hat sie gerettet. Ich bin mir ziemlich sicher, dass Caleb sie wahrscheinlich von ihrem Leid erlöst hätte, und das hätte ich auch akzeptiert. Als Frank aber mit dem Gewehr aufgetaucht ist, bin ich halb durchgedreht. Vor allem, weil er es war", gab Dustin zu. „Ich habe weniger an die Bedürfnisse des Tieres gedacht, als daran, wie sehr ich es hasste, meinem Onkel recht geben zu müssen. Ich schäme mich ziemlich deswegen."

„Oh." Charity nahm seine Finger in ihre und drückte sie.

Dustin nickte. „Der Teil, der diese Geschichte zu einer Onkel-Frank-Geschichte macht, kommt jetzt: Nachdem sie der Tierarzt gerettet hat und sie ganz klar bei mir bleiben wollte, bestand Onkel Frank darauf, dass sie bei ihm blieb, da er ja schließlich die Rechnungen bezahlt hat." Er zog Charity mit in Richtung der Doppeltür, die vor ihnen lag. „Ich habe ihm gesagt, dass sie jetzt mein Hund ist und dass ich die verdammten Rechnungen bezahlen würde."

Charity wartete. „Das kann nicht alles gewesen sein."

„Nein. Er hat Caleb die Rechnung für den Tierarzt geschickt. Zusätzlich noch eine Rechnung mit dem aktuellen Höchstpreis für einen reinrassigen, voll ausgebildeten Border Collie, zusammen mit einem Vertrag, der besagt, dass er die Hälfte aller Welpen bekommt, von jetzt an bis in alle Ewigkeit, sobald ich eine Zucht mit ihr anfange. Oder ich könnte das Dreifache des Kaufbetrags zahlen, damit er mich in Ruhe lässt."

„Autsch. Ich habe keine Ahnung, von wie viel Geld wir hier sprechen, aber das ist kaltblütig."

„Sagen wir es mal so, die Raten für den Truck, den ich gerade fahre, sind das Einzige, was ich mir bei meinem Gehalt leisten kann, selbst nach Annies erstem Wurf." Er verdrehte die Augen. „Milliardärsjunggeselle, dass ich nicht lache."

„Das macht mich traurig. Dass sich dein Onkel nicht einfach gefreut hat, dass Annie überlebt hat und mit dir glücklich war."

„Mein Onkel und ich haben im Laufe der Jahre viele Auseinandersetzungen gehabt. Nichts ist mehr einfach. Außer dem hier ..." Er zog die Türen auf und führte sie in einen Raum, in dem es himmlisch duftete. „Willkommen am besten Ort auf Crooked Creek, der Essensausgabe."

Dustin hatte sich eigentlich nicht beschweren oder Geschichten erzählen wollen, während sie hier waren. Er hatte vielmehr vorgehabt, so weit möglich die Klappe zu halten – was beim besten Willen nicht sein übliches Verhalten war.

Es hatte ihn aus den Socken gehauen, dass Charity seinen Onkel so scharfzüngig angegangen hatte.

Es war auch Balsam für seine Seele gewesen, da er sich manchmal gefragt hatte, ob er überreagierte, was seinen Onkel anging. Der Beweis, dass der Mann sogar Charity zur Weißglut treiben konnte, die Ruhe in Person, war eine Bestätigung, die Dustin dringend gebraucht hatte.

Trotzdem war es an der Zeit, sowohl das Thema als auch die Laune zu wechseln, und das Essen auf Crooked Creek war die beste Methode.

„*Dustin.*"

Essen und die *guten* Leute, die auf der Ranch arbeiteten.

Er drehte sich um, als er seinen Namen hörte, und sah, dass ein paar Ranchhelfer auf ihn zukamen. „Amy. Wie ich sehe, liegst du mal wieder auf der faulen Haut?"

„Ich habe gerade eine Schicht mit wahrer Knochenarbeit hinter mir. Im Gegensatz zu jemandem, bei dem ich wetten könnte, dass er auf seinem Arsch gesessen hat und ein paar Stunden lang gemütlich den Highway runtergefahren ist, während er sich den Bauch vollgestopft hat." Das Cowgirl sprang in seine Arme und drückte ihn wie eine Anakonda. „Willkommen zurück. Wir haben deine hässliche Visage hier echt vermisst."

„Wir haben aber nicht vermisst, dass du alle Lasso-Wettbewerbe gewonnen hast." Coralee hob die Hand, damit Dustin ihr ein High-Five geben konnte, sobald er sich von Amy befreit hatte. „Und wer ist das?"

Dustin war gerade dabei, Charity vorzustellen, als sie an ihn herantrat und ihm die Hand um die Taille legte.

Richtig. Der Plan, sie als seine Freundin zu präsentieren, trat in Aktion. „Ladys. Gentlemen." Dustin hob das Kinn und sah zu den Männern, die neben dem Tisch standen, den sie sich mit den Cowgirls teilten. „Ich möchte euch meine Freundin vorstellen, Charity."

Charity streckte eine Hand aus und begrüßte alle der Reihe nach, während alle um sie herum durcheinandersprachen.

„Seht ihr?", fragte Coralee in die Runde. „Ich habe euch doch gesagt, dass der Artikel Blödsinn war."

„Na, der *Silver Stone Stud* war das letzte Mal, als er hier aufgekreuzt ist, noch Single." Der junge Mann mit dem Blutschwämmchen auf der Wange lächelte Charity viel zu anzüglich an. Er sprach mit einem starken frankokanadischen Akzent. „Bonjour, Darling. Wenn du was Besseres haben willst, ich heiße Lionel."

„Wie kommst du darauf, dass ein zweitklassiger Cowboy besser ist als ein Milliardärsjunggeselle?", wollte Amy wissen.

„Ich bin mir sicher, dass er mehr als nur zweitklassig ist." Charity zwinkerte Lionel zu, während sie die Finger in Dustins Gürtelschlaufe schob. „Danke, aber ich bleibe lieber bei Dustin."

„Es muss daran liegen, dass er so redegewandt ist", murmelte Keith, der letzte der Cowboys in der Gruppe.

„Er hat tatsächlich eine sehr talentierte Zunge." Charity verzog keine Miene, was die Gruppe in schallendes Gelächter ausbrechen ließ. Außerdem ernteten sie einen bösen Blick von ein paar alten Hasen, die in der Ecke Karten spielten.

Dustin hob entschuldigend die Hand und zeigte dann auf den Tisch. „Wir sollten ein wenig leiser sein. Habt ihr noch Platz für zwei mehr?"

Keith zog einen Stuhl heran, und Coralee holte einen weiteren.

Amy packte Charity am Arm. „Komm mit mir mit. Wir holen uns was zu essen. Wir sind gleich wieder da."

Dustin schaute den beiden nach. Charity sah über die Schulter zu ihm, während Amy wie eine Elster schnatterte. Charity reckte kurz den Daumen hoch, und Dustin grinste.

Ja, sie würde mit den Leuten hier gut klarkommen. Vielleicht war ihr kurzer Aufenthalt auf der Crooked Creek Ranch ja eine gute Sache. So konnte er ein wenig Zeit mit den jüngeren Ranchhelfern verbringen. Er war so ziemlich der jüngste Cowboy auf Silver Stone. Das war zwar nicht schlimm, doch es war auch mal schön, mit ein paar Leuten in seinem Alter zusammen zu sein.

Er würde Charity auf einen Ausritt mitnehmen. Ihr die Teile der Ranch zeigen, die zugegebenermaßen ganz nett waren. Zeit mit Charity zu verbringen, klang gut.

Es fühlt sich gut an, sie an meiner Seite zu haben.

Keith stupste ihn am Arm an. „Du starrst sie an."

„Mach ich das?" Dustin konzentrierte sich ein bisschen mehr und stellte fest, dass er gerade auf Charitys Hintern fixiert war. „Das mache ich wohl."

„Ich habe ja kurz gedacht, dass du bloß Spaß gemacht hast, aber du hast es ernst gemeint. Seid ihr wirklich zusammen?"

Dustin drehte sich zu ihm und schlug Keith eine Hand auf die Schulter. „Verdammt richtig. Sie hat noch was für Silver Stone zu erledigen. Caleb hat mir gesagt, ich soll sie herbringen und dafür sorgen, dass keiner von euch Kerlen versucht, sie zu stehlen."

Coralee stützte die Ellbogen auf den Tisch und schaute in die Richtung, in der Amy Charity durch das Labyrinth der um diese Zeit noch erhältlichen Essensoptionen führte. „Sie ist hübsch."

„Sie ist heiß", fügte Lionel hinzu. „Zu heiß für dich, auch wenn du ein *knackiger Cowboy* bist."

„Wenn du weiter so einen Blödsinn verzapfst, dann galoppierst du direkt ins Fettnäpfchen", warnte ihn Dustin. Er lächelte Coralee an. „Sie *ist* hübsch, oder?"

„Sie ist aber kein Cowgirl."

„Nein. Sie arbeitet für unseren Vorarbeiter im Büro. Sie tanzt, und sie weiß, wie man Feuer löscht, auch wenn sie gerade bei der Freiwilligen Feuerwehr pausiert."

„Ach, sie ist eine Tänzerin?" Lionel grinste noch breiter und wackelte mit den Augenbrauen.

Jetzt aber mal halblang. Dustin lehnte sich in seinem Stuhl zurück und setzte eine warnende Miene auf. „Pass bloß auf, was du als nächstes sagst, Alter. Ich lache genauso gern wie jeder andere, aber manchmal gehen deine neunmalklugen Kommentare zu weit. Denk daran, worüber wir gesprochen haben."

Coralee schlug Lionel auf den Arm. „Siehst du? Er weiß

schon, dass du ein Wichser bist, wenn es um das Thema Frauen geht."

„Ich *war* mal ein Wichser. Jetzt wichse ich weniger als früher. Hm, das klingt jetzt irgendwie verkehrt. Wie sagt man das richtig auf Englisch?"

„Du bist kein Wichser mehr", erwiderte Coralee.

Lionel reckte einen Daumen. „Wichsen war gestern. Alles klar."

Charity platzierte ein Tablett vor Dustin. Amy stellte ein weiteres auf der gegenüberliegenden Seite des Tisches ab. Ein paar Minuten später hatten alle ein volles Glas und einen Teller mit Snacks vor der Nase stehen.

„Ich habe Charity gesagt, wann Sam warme Mahlzeiten kocht. Aber auch, dass man so ziemlich rund um die Uhr was zu essen kriegt." Amy hob ein Plätzchen hoch, das die Größe eines kleinen Tellers hatte. „Wir sind nicht am Verhungern."

„Soweit ich das beurteilen kann, sind Kantinen auf Ranches gefährliche Orte. Die auf Silver Stone – du meine Güte, JP kocht mit die besten Currys, die ich je gegessen habe." Charity hielt inne, als Dustin seinen Stuhl so hinschob, dass er den Arm auf ihre Rückenlehne legen konnte. Sie zögerte einen Sekundenbruchteil lang, dann lächelte sie, als ob sie sich an ihr Spiel erinnerte.

Sein Schockmoment kam, als sie ihm eine Hand auf das Bein legte und dann auf eine Frage von Keith antwortete.

Das sollte ihn nicht so ablenken. Neben seiner guten Freundin zu sitzen, während ihre Finger leicht seinen Oberschenkel berührten. Der Duft ihrer Haare waberte um ihn herum, und Dustin war sich viel zu sehr dessen bewusst, dass Charity beinahe in seinen Armen lag.

Plötzlich bekam die Tatsache, dass sie gemeinsam Zeit verbrachten, eine komplett neue Bedeutung. Sein Traum kam ihm ganz plötzlich viel zu detailreich wieder in den Sinn.

Nur ... sollten sie es wagen? Mehr als nur Freunde zu sein?

Eins wusste Dustin sicher. Nach dem kurzen Moment, den sie in ihrem Apartment geteilt hatten – war das wirklich erst vor zwei Nächten gewesen? – würde er gern mehr rumexperimentieren. Vielleicht war das jetzt der perfekte Zeitpunkt und der perfekte Ort dafür.

Charity lehnte sich an seine Seite, um seine Aufmerksamkeit zu erregen. „Der Mann da drüben sieht wichtig aus. Er schaut zu dir rüber und geht in unsere Richtung."

Dustin folgte ihrem Blick. „Gut geraten. Das ist der Vorarbeiter von Crooked Creek, Adam West."

Sie stand zusammen mit Dustin auf. „Du willst mich auf den Arm nehmen. Wie der Schauspieler?"

Der ältere Mann schnappte ihre letzten Kommentare auf. „Das ist leider kein Scherz. Meine Mutter wollte immer einen Sohn, den sie Adam nennt. Dann hat sie einen West geheiratet. Und der Rest ist Geschichte."

Dustin schüttelte Adam die Hand. „Es freut mich, dich wiederzusehen."

„Das sagst du immer, aber ich glaube eher, dass du mich einfach lieber als deinen Onkel siehst." Adam reichte Charity die Hand. „Und du bist die junge Lady, die im Büro aushilft?"

„Charity Gruzing. Ich werde versuchen, es kurz und schmerzlos zu machen."

„Es dauert so lange, wie es eben dauert. In der Zwischenzeit" – Adam richtete seine Aufmerksamkeit auf Dustin – „bist du mein Problem."

„Das hört sich gut an."

Adam grinste. „Es wird dir noch besser gefallen, wenn ich dir sage, dass wir diese Woche die Brandzeichen setzen."

„Geil. Dann ist das ja ein echt gutes Timing." Dustin beantwortete die Frage in Charitys Augen. „Die Kälber von der Herde trennen, mit dem Lasso einfangen, einfach alles, warum es so viel Spaß macht, ein Cowboy zu sein."

„Klingt gut. Ich würde gerne eine Weile zusehen."

Adam nickte zustimmend. „Dein Freund ist verdammt gut in dem, was er tut. Ich sorge dafür, dass dir jemand zeigt, wo die besten Plätze sind, sodass dir nichts passieren kann, wenn du in deiner Pause zuschaust."

„Danke."

„Dustin, du musst früh antreten. Wir brechen um fünf Uhr morgens auf. Ich hoffe, niemand ist dieses Mal zu spät dran." Adam sprach lauter, damit ihn die am Tisch versammelten Viehtreiber auch hörten, dann nickte er Charity zu. „Nacht."

„Gute Nacht."

Am Tisch hatten Dustins Freunde mit dem Aufräumen begonnen. Die Stühle wurden an ihren Platz zurückgestellt, und die Tabletts und das Geschirr wurden in die Regale in der Ecke des Raums geräumt.

„Adam vergisst nie etwas", beschwerte sich Coralee. „Ein einziges Mal war ich fünf Minuten zu spät dran, und immer noch heißt es *‚Ich hoffe, dieses Mal ist niemand zu spät dran'*."

„Versuch doch mal, zur Abwechslung ein paar Minuten zu früh dran zu sein", schlug Keith vor.

„Spinnst du? Auf Schlaf verzichten?" Coralee schaute entrüstet. Sie winkte Charity und Dustin zu. „Ich sehe euch morgen. Dustin zumindest. Viel Spaß in der Gruft, Charity."

„Ähm, danke?"

Kurz darauf war der Speisesaal leer, und Dustin und Charity waren auf dem Weg zurück zu ihrem Anhänger.

„Das sind gute Leute." Charity runzelte die Stirn. „Was ist denn bitte die Gruft?"

„Ich habe keinen blassen Schimmer", gestand Dustin. Er nahm ihre Finger in die seinen, und als sie erschrak, bewegte er den Kopf ruckartig zu einer Vierergruppe, die von ihnen weg in Richtung der Schlafbaracke lief. „Sie beobachten uns."

„Oh. Okay." Charity schaute gen Himmel. „Es ist später, als ich erwartet hatte. Es ist kein Schimmer Licht mehr zu sehen."

„Es ist bewölkt, also sieht man auch kein Mondlicht."

Sie gingen in kameradschaftlichem Schweigen weiter, bis sie die Stufen zum Anhänger erreicht hatten. Charity drückte ihm die Hand, bevor sie ihn losließ. „Du musst früh aufstehen."

„Früher, als du denkst, weil ich essen muss, bevor ich Adam treffe. Ich versuche, keinen Lärm zu machen, wenn ich gehe."

Sie schlüpften hinein. Dustin wartete darauf, dass die Situation irgendwie peinlich für sie beide werden würde, doch das passierte nicht. Sie bewegten sich einfach in verschiedene Richtungen. Charity nahm eine kleine Tasche mit in die Nasszelle. Er holte einen Satz Kleidung für den Morgen heraus und legte ihn auf den Küchentisch, sodass er sich anziehen konnte, ohne sie aufzuwecken. Er stocherte im Kühlschrank herum, um zu sehen, ob es dort etwas gab, was ihm ins Auge fiel.

Charity kam ein paar Minuten später mit strahlendem Gesicht aus der Nasszelle, und der Geruch von Zahnpasta erfüllte den kleinen Schlafbereich. Sie trug ein schönes lilafarbenes Wickeltuch um den Kopf, das zu ihrem Schlafanzug passte, und ihre Locken ragten oben wie ein Vulkanausbruch heraus. „Du bist dran. Ist es okay, wenn ich auf der rechten Seite des Betts schlafe? Ich schlafe auf der Seite und liege gern mit dem Gesicht zur Wand."

„Kein Problem." Dustin nahm sein Waschzeug mit in die Nasszelle und sprang unter die Dusche. Während der Staub des Tages den Abfluss hinuntergespült wurde, stieg die Spannung in seinem Körper. Draußen lag Charity unter die

Bettdecke gekuschelt. War ihr langgliedriger Körper ganz entspannt, oder wartete sie darauf, dass er zurückkam?

Konnte sie sich der Situation genauso wenig entziehen wie er? Er wollte sie schmecken, sie berühren, sie nehmen. Es fiel ihm schwer, die Hand von seinem Schwanz zu nehmen. Sich nicht hier und jetzt Erleichterung zu verschaffen.

Nein. Entweder sie taten es zusammen, oder er würde sich in Enthaltsamkeit üben. Er würde sich nicht zwei Meter von ihr entfernt einen runterholen, ohne dass sie davon etwas mitbekam. Das wäre widerlich. Vielleicht war das ja eine merkwürdige Grenze, die er zog, aber Dustin zog sie.

Er stellte das Wasser ab, putzte sich die Zähne und ignorierte seinen steifen Schwanz, so gut es ging. Das verdammte Ding in ein sauberes Paar Boxershorts zu bugsieren, war eine Qual.

Aber noch schlimmer? Als er die Tür der Nasszelle öffnete, stellte er fest, dass Charity es sich auf der rechten Seite des Bettes bequem gemacht hatte und tief und fest schlief.

Ein leises Lachen entschlüpfte ihm, als er sich auf den Weg zur gegenüberliegenden Seite der Matratze machte. Also sollte es wohl nicht sein. Heute Nacht würden sie beide schlafen.

Doch morgen, wenn sie zur gleichen Zeit am gleichen Ort waren, würde er ihr einige Vorschläge unterbreiten, wie sie ihre Freizeit hier in Crooked Creek auf eine angenehme Weise verbringen konnten.

7

———

Sie hätte es nicht geglaubt, wenn ihr jemand gesagt hätte, dass sie bei der ersten Gelegenheit, Dustin Stone ins Bett zu kriegen, schlafen würde wie ein Baby.

Himmel, sie hoffte, er dachte nicht, dass sie nur so getan hatte, als ob sie schlief.

Es hatte einen mentalen Wirbelwind in ihr ausgelöst, unter die Bettdecke zu kriechen – da war dieses Wort schon wieder, aber es war treffend. Sie hatte sich gefühlt eine Million Optionen überlegt, wie sie ihn empfangen sollte, sobald er aus der Nasszelle kam.

Aufrecht dasitzen und so tun, als ob sie las? Sie könnten sich zwanglos unterhalten und bedeutungsvolle Blicke austauschen, bevor sie das Licht ausschalteten und sich aneinanderschmiegten.

Sollte sie sich ausziehen und sich nackt präsentieren, wie auf einer schmutzigen altmodischen Postkarte? Ihre Kleider anlassen und die schüchterne Frau mimen, wie auf einer *unverfänglichen* altmodischen Postkarte?

Sollte sie sich auf seiner Seite des Bettes zusammenrollen?

Jetzt nichts sagen, sich jedoch im Laufe der Nacht an ihn kuscheln?

Argh. Ach, sie hatte jede Menge tolle Ideen gehabt, doch keine davon hatte beinhaltet, dass sie sich auf die Seite drehte und sofort einschlief. Wie bescheuert war das denn?

Fern würde sie endlos damit aufziehen.

Das war Charitys zweiter Gedanke, als sie aufwachte, nachdem sie Dustin nicht verführt hatte. Ihr erster Gedanke war *vielleicht heute Morgen*, und dann hatte sie bemerkt, dass die Bettdecke auf seiner Seite kalt war.

Laut ihrem Handy war es halb acht, was hieß, dass sie ihren Hintern hochkriegen musste, wenn sie nicht selbst zu spät zu der Deadline kommen wollte, wegen der sie so knallhart gewesen war.

Würde das Dustins Onkel nicht verärgern? Wenn Charity zu spät dran war, nachdem sie ihn aufgefordert hatte, pünktlich zu sein?

Ein Anflug von Belustigung durchzuckte sie, der sofort von Selbstvorwürfen verdrängt wurde. Verdammt noch mal, offensichtlich war Dustins freche Ader ansteckend, wenn es darum ging, seinen Onkel zu piesacken.

Charity beeilte sich, aus dem Bett zu kommen und sich für den Tag fertigzumachen.

Sie machte allerdings eine kurze Pause, um Fern eine Nachricht zu schreiben, was sie am Vortag nicht getan hatte, als sie den Plan ausgeheckt hatten, dass sie als Dustins Freundin posieren sollte.

Charity: *Hey du.*
Fern: *Hey. Deiner Wohnung geht es gut und sie ist entmüllt. Ich habe auf dem Weg heim von der Kunstgalerie vorbeigeschaut und alles erledigt. Um den Kühlschrank kümmere ich mich heute auf dem Heimweg.*

Charity: *Du bist fantastisch.*
Fern: *Bin ich, oder? Ich habe dir all die langweiligen Dinge erzählt, bevor ich nach den pikanten Details frage.*
Fern: *Also, das war meine subtile Andeutung, dass jetzt die Zeit für die pikanten Details ist.*

Charity fing an zu tippen, gab dann auf und rief ihre Freundin an. „Hey, ich bin mal wieder zu spät dran, also kriegst du hier den Exklusivbericht."

Ihre Freundin schwieg, während Charity sie auf den neuesten Stand über die Ereignisse des Vorabends brachte. Dann kicherte Fern. „Ich weiß nicht, ob ich weinen oder dir Beifall spenden soll. Beleidigungen, Lügen, verpasste Gelegenheiten. Verdammt noch mal, Mädel, du warst echt fleißig."

„Schon, oder?" Charity holte tief Luft. Fern war für alles eine Anlaufstelle, also war es jetzt an der Zeit für die tiefgründigen Fragen. „Sag mir die Wahrheit. Findest du mich furchtbar, weil ich hoffe, dass Dustin und ich miteinander schlafen, während wir hier sind?"

„Na ja, praktisch gesehen ..."

Charity verdrehte die Augen und sah entnervt zur Decke. „Komm zur Sache, Fields. Die Uhr tickt."

Fern lachte. „Süße, du und Dustin gehört zu meinen Lieblingsmenschen, und das sage ich nicht leichtfertig. Ich denke, ihr werdet zusammen wie Dynamit sein, ob im Bett oder außerhalb. Das Einzige, was ich nicht kapiere, ist, warum ihr zwei so tut, als ob ihr eine Beziehung habt."

„Um die Medien abzulenken und Dustin vor der Junggesellenversteigerung zu bewahren. Hast du mir überhaupt zugehört?" Charity verließ den Anhänger und ging in Richtung Kantine.

„Ich habe dir zugehört. Ich meinte, warum *tut ihr nur so?* Ihr solltet wirklich zusammen sein."

„Ja, klar, ganz bestimmt." Charity wurde langsamer, als sie nur noch ein paar Schritte von ihrer ersten Dosis Kaffee entfernt war. „Wir bewegen uns nicht in denselben Kreisen. Wir können Freunde sein, ja. Aber mehr als eine Pseudo-Beziehung ist nicht drin. Ich muss jetzt los, aber denkst du, dass ich kaltschnäuzig bin, wenn ich ihn will, auch wenn es nur vorübergehend ist?"

Fern seufzte. „Natürlich willst du ihn. Ihr zwei seid füreinander bestimmt, also lass die Kreise Kreise sein. Aber du solltest jetzt los. Wir reden später. Hab dich lieb."

„Hab dich auch lieb."

Charity straffte die Schultern, zog die Tür auf und marschierte in die Kantine, um sich die größte Tasse Kaffee zu holen, die sie auftreiben konnte.

In der Kantine roch es so wundervoll wie am Abend zuvor. Sie war außerdem zu neunundneunzig Prozent leer. Der einzige anwesende Mann winkte ihr von seinem Platz hinter dem massiven Kochfeld aus zu. „Da bist du ja. Hast du Hunger?"

„Ein wenig. Ich brauche eher Koffein als Essen."

„Dann ist es ja gut, dass ich dir beides besorgen kann." Er zwinkerte ihr zu. „Ich bin Sam. Ich nehme an, du bist Charity. Adam hat mir gesagt, dass ich mich um dich kümmern soll."

„Ah, er ist so süß."

Sam lachte. „Das wäre das erste Mal, dass ihn jemand so nennt. Aber okay, jetzt kriegst du erst mal was zum Essen."

Fünf Minuten vor acht winkte Charity Sam noch einmal zu und verließ die Kantine. Sam hatte sich als großartige Informationsquelle bezüglich dessen erwiesen, was die Cowboys inklusive Dustin heute tun würden. Sie hatte außerdem Pfannkuchen gegessen, die so fluffig gewesen waren, dass sie ihr geradezu auf der Zunge zerschmolzen waren. In der Hand hielt sie die größte Thermoskanne zum Mitnehmen, die sie je gesehen hatte.

Ein ziemlich perfekter Start in den Tag – abgesehen davon, dass sie den Teil mit der Verführung vermasselt hatte.

Ein gelber Zettel flatterte im Wind, als sie sich der Tür zum Büro näherte. Charity zog den winzigen Post-it-Zettel ab, auf dem stand: *Bin in die Stadt gefahren. Ich habe die Sachen für dich rausgelegt. F.*

Auch gut. Sie konnte es nicht brauchen, wenn der Mann ihr im Nacken saß und ihr dabei zuschaute, wie sie die Akten zusammensuchte, aber was, wenn die Dokumente, die er rausgelegt hatte, nicht die waren, die sie brauchte?

Na, dann würde sie bei Bedarf eben improvisieren müssen.

Charity öffnete die Tür und zog in die Schlacht, wobei sie schnell zu dem Schluss kam, dass das *F* auf dem Notizzettel nicht die Abkürzung für Frank, sondern für *Fick dich* war.

Es gab keinen Stuhl im Büro.

Charity ließ sich Zeit bei der Suche. Sie sah sogar im Wandschrank nach, doch der Raum spuckte nichts aus, was auch nur ansatzweise nach einem Stuhl aussah.

Außerdem gab es keine Fenster und keine Klimaanlage. Angesichts der dunklen Holzvertäfelung an den Wänden verstand sie jetzt, warum Coralee von einer *Gruft* gesprochen hatte.

Auf dem Beistelltisch standen Ordner, die mit einigen der Jahre beschriftet waren, die sie durchgehen musste. Bei den drei Hängeregister-Schränken waren mehrere Schubladen voller Berichte herausgezogen. Der Schreibtisch war mit losen Blättern bedeckt, die alle nichts mit ihrer Arbeit zu tun hatten.

Oh, das versprach, interessant zu werden.

Da sie keinerlei Unterstützung erhielt, entschied sich Charity für die Do-it-yourself-Lösung. Sie suchte sich eine leere Kiste in der Abstellkammer, beschriftete sie als *Büroschreibtisch* und fügte das Datum hinzu. Es war ein sehr gutes Gefühl, alles von der Schreibtischoberfläche in die Kiste zu räumen und sie fest zu verschließen.

Sie stellte die Kiste mit der Beschriftung nach vorne auf das oberste Regal im Schrank. Sie war ja kein Tier.

Nachdem sie die Tür geöffnet und fixiert hatte, in der Hoffnung, ein wenig Luft reinzulassen, zog sie die Liste heraus, die ihr Tucker geschickt hatte, und begann, auf der linken Seite des Schreibtischs Dokumente zu sammeln. Sobald sie drei ordentliche Stapel beisammenhatte, setzte sie sich im Schneidersitz auf die rechte Seite des Schreibtischs und machte sich an die Arbeit.

Flexibilität in allen Dingen war ein Segen, entschied sie.

Zwei Stunden später klopfte jemand an die Tür. „Charity? Bist du da? Oh, da bist du." Coralee runzelte die Stirn. „Wie in aller Welt kannst du in der Position noch atmen?"

Charity streckte den Arm aus, den sie um das rechte Bein gelegt hatte. Sie hatte ihre Position ein paarmal verändert, während sie gearbeitet hatte. „Näher komme ich an die Brezel nicht ran, ohne dass ich ein Bergungsteam brauche, das mich wieder entbrezelt."

Die junge Frau trat an den Schreibtisch und schüttelte den Kopf. „In meiner Jugend hat man auf Schreibtischen geschrieben oder auf ihnen gesessen, aber nicht beides zur selben Zeit."

„Ha! Du bist genauso alt wie ich, und ja, ich würde den Schreibtisch auch gerne für das eine oder das andere verwenden, aber ich muss mich nun mal den Gegebenheiten anpassen." Sie schwang die Beine über die Seite und ließ sie baumeln. „Was ist los?"

„Adam schickt mich, um dir zu sagen, dass wir den ganzen Tag auf dem südlichen Reitplatz sind. Wenn du eine

Kaffeepause machen willst, könntest du eine Weile zuschauen." Coralee nahm ein Dokument in die Hand und warf einen Blick darauf. Sie sah sich kurz im Raum um und runzelte die Stirn noch mehr. „Manchmal denke ich mir, dass ich aufs College hätte gehen sollen, so wie meine Schwester, und dann sehe ich so was und denke: *Nee*. Draußen zu arbeiten ist weitaus schöner."

„Es ist ein wenig deprimierend hier drinnen", stimmte Charity ihr zu. „Aber es ist ja nicht für lang. Ich würde sehr gerne zuschauen, wenn ich euch nicht im Weg bin."

„Den Kühen ist es egal, und der Rest von uns hat gern Zuschauer." Sie zwinkerte ihr zu. „Verbrezel dich nicht zu sehr."

„Ich stehe mal kurz auf. Um mal wieder gerade zu werden."

„Gute Idee." Coralee hielt ihr die Faust hin, und Charity stieß mit ihrer daran.

Das Cowgirl schlüpfte zur Tür hinaus. Charity sah ihr einen Moment hinterher und genoss die warmen Sonnenstrahlen auf den Schultern, während sie in der Türöffnung stand.

So weit, so gut, was ihre Arbeit anging. Sie kam langsam, aber stetig voran. Frank Stone mochte sein Bestes getan haben, um ihr die Arbeit zu erschweren, aber er wusste nicht, wie belastbar sie war. Oder wie sehr sie die Aussicht motivierte, Dustin im vollen Cowboy-Modus zu erleben.

Da sie die Belohnung schon in Aussicht hatte, legte sich Charity erneut für die Arbeit ins Zeug.

Es spielte keine Rolle, wo Dustin arbeitete. Wenn er ein Pferd unter sich und ein Lasso in den Händen hatte, fühlte sich das einfach richtig an.

„Wenn du noch breiter grinst, erschreckst du die Kälber." Keith ritt zu ihm und brachte sein Pferd neben Dustin in Position, während sie die südliche Seite der Weide bewachten und darauf achteten, dass keines der Tiere auszureißen versuchte.

„Du grinst doch auch wie ein Honigkuchenpferd", erwiderte Dustin.

„Stimmt." Keith lehnte sich nach vorne und tätschelte sein Pferd am Hals. „Dann erschrecken wir sie wohl gemeinsam."

Patchwork Annie stolzierte anmutig neben ihm her und lief seinem geborgten Pferd Midnight beinahe vor die Hufe. Die Hündin schenkte ihre Aufmerksamkeit abwechselnd den Kälbern und Dustin, für den Fall, dass er ihr einen Befehl erteilte.

Der Morgen war so schön gewesen, dass Dustins Bedauern, Charity alleinzulassen, sich allmählich verflüchtigt hatte. Es war noch kaum ein Sonnenstrahl am Himmel zu sehen gewesen, als sie als Gruppe von den Ställen losgeritten waren. Nach einem entspannten halbstündigen Ritt hatten sie die Weide erreicht, wo die Mütter zusammen mit ihren Kälbern im Schlepptau grasten. Nach einem ruhigen, friedlichen Start in den Tag war der Rest des Morgens in Staubschwaden, schnellen Ritten und jeder Menge Lärm von schreienden Kälbern versunken.

Sie von der Herde zu trennen und sie dorthin zu treiben, wo Adam sie haben wollte, hatte die Art Teamarbeit erfordert, die Dustin liebte. Auch am Nachmittag konnte er wohl genau das persönliche Geschick einsetzen, das ihn begeisterte.

Mit drei älteren Brüdern und unzähligen älteren Angestellten auf der Ranch hatte Dustin seine Lasso-Künste schon vor Publikum zur Schau gestellt, seit er klein war. Manchmal hatte er sich gut geschlagen, manchmal schlecht. Er gab grundsätzlich sein Bestes und nahm dann den Beifall oder Spott, der ihm entgegenschlug, mit Humor.

Cowboys ließen einen nicht die Bodenhaftung verlieren. Ego? Welches Ego?

„Erzähl mir mehr von deiner Freundin." Keith tippte sich an den Hut und neigte den Kopf in Richtung der Scheune, während sie auf der Seite des Reitplatzes darauf warteten, dass sie an der Reihe waren.

Dustin folgte seinem Blick. Charity kletterte gerade auf das Geländer und trug einen labberigen, breitkrempigen Hut auf dem Kopf. Sie sah nicht ansatzweise nach einem Cowgirl aus, doch sie wirkte auch nicht fehl am Platz. „Was zum Beispiel?"

„Hat sie eine Schwester?"

Dustin lachte. „Ja, aber die ist auch schon vergeben."

„Verdammt."

„Ich dachte, du würdest dich an Amy ranmachen."

Keith seufzte. „Lionel."

„Coralee?"

Der Cowboy schnitt eine Grimasse. „Auch Lionel."

Dustin starrte ihn mit offenem Mund an. Es war nicht so sehr das Konzept, das ihn aus der Fassung brachte, sondern vielmehr die Beteiligten. Er hätte nie gedacht, dass Lionel dazu in der Lage wäre, zwei Frauen gleichzeitig glücklich zu machen. Er hatte auch nie irgendwelche Anzeichen dafür gesehen, dass Coralee und Amy sich füreinander interessierten. „Sie haben beide eine Beziehung mit ihm?"

„Nein, er hat mit beiden geschlafen, unabhängig voneinander. Nachdem sie es herausgefunden haben und sich das Geschrei gelegt hat, haben die beiden entschieden, dass es auf der Ranch keine Techtelmechtel mehr geben darf."

Dustin schaffte es nicht, sich ein Lachen zu verkneifen.

„Na ja, schön für sie!"

„Aber nicht für uns." Keith zuckte mit den Schultern. „Ehrlich gesagt, ist es gar nicht so schlecht, dass Sex kein Thema mehr ist. Wir verstehen uns viel besser miteinander, jetzt, wo dieser Faktor keine Rolle mehr spielt." Er grinste Dustin an. „Außerdem gibt es keine besseren Begleiterinnen, um Frauen in einer Bar anzubaggern. Wer hätte das gedacht?"

„Ein zusätzlicher Bonus."

Keith winkte Adam zu. „Er ist bereit für uns."

Dustin stieß Midnight die Fersen in die Flanken. „Ich bin bereit für ihn." Er sah zu Keith. „Und du?"

„Ich wette, ich fange doppelt so viele Kälber wie du mit dem Lasso." Keith grinste böse, als Dustin ihm den Mittelfinger zeigte. „Wenn ich gewinne, zahlst du, wenn wir in die Kneipe gehen."

„Wir lassen uns was einfallen." Dustin war sich nicht sicher, ob es eine gute Idee war, irgendwohin zu gehen, wo man ihn erkennen könnte. Er genoss es in vollen Zügen, sich nicht mit Reportern herumschlagen zu müssen.

Die beiden waren zurück bei der Gruppe und warteten auf Adams Anweisungen.

Der Reitplatz war voller Menschen, inklusive des Tierarztes und Dustins Onkel. Eines nach dem anderen fingen er und Keith die Kälber ein und hielten sie auf dem Boden fest. Dort erhielten sie ihr Brandzeichen und wurden geimpft. Die männlichen Tiere wurden kastriert. Die ganze Prozedur dauerte nur wenige Augenblicke, erforderte aber immer wieder höchste Konzentration.

Glücklicherweise brandmarkte Onkel Frank die Tiere auf der anderen Seite des Platzes und nicht dort, wo Dustin die Kälber zu Adam brachte. Die anderen Angestellten hielten die Tiere fest und führten sie danach in einen separaten Pferch.

Patchwork Annie lief zwischen den zwei Monate alten

Kälbern hin und her und trieb sie zu Dustin, sodass er ihnen ohne Probleme das Lasso über den Kopf werfen konnte.

Einer der älteren Angestellten öffnete das Tor auf der anderen Seite des Reitplatzes und wurde kurzzeitig abgelenkt. Ein Kalb raste darauf zu. Dustin gab Midnight sofort die Anweisung, zu wenden, und schwang das Lasso, während sie dem Tier hinterhergaloppierten.

Gleichmäßige Kreise über seinem Kopf – einmal, zweimal. Beim dritten Mal riss Dustin den Arm nach vorn, und die Schlinge landete über dem Kopf des Tieres. Dustin stieg bereits vom Pferd, während Midnight zum Stillstand kam.

Ein schneller Griff an die Flanke des Kalbs, während er die Schlinge zuzog, und das Tier lag auf der Seite im Dreck. Dustin fesselte ihm die Beine – zuerst die vorderen, dann die hinteren, mit einem Halbschlag.

Er hätte schwören können, dass das Kalb traurig aufseufzte, als es still da lag, da es keine Chance mehr hatte, zu entkommen.

Von Dustins rechter Seite erklang Beifall.

Er dachte, die Jungs machten nur Spaß, aber es war Charity, die stolz seinetwegen klatschte. Die warme Stelle in seinem Bauch fühlte sich verdammt gut an.

Coralee ritt zu ihm und stieg neben ihm vom Pferd. „Ich kümmere mich um das Kalb. Du musst dir einen Kuss von deiner Süßen holen. Sie ist wohl ganz hin und weg von dir, du Wundertier. Gib an.“

„Ich arbeite gerade.“ Dustin schaute trotzdem zu Charity.

Coralee stieß ihn mit der Schulter an. „Mach schon. Wenn ihr euch für ein Stelldichein in die Scheune verzieht, dann würden die Leute reden. Wenn du sie aber nicht küsst, werden sie sich fragen, warum.“ Sie winkte Charity zu. „Verdammt, wenn sie *mich* so ansehen würde, mit so funkelnden Augen, wäre ich schon längst da drüben und würde sie küssen.“

Da das Letzte, was er wollte, wirklich war, dass die Leute redeten, und das, wonach er sich am meisten sehnte, ein weiterer Kuss ...

Dustin löste das Lasso vom Sattelknauf, warf es Coralee zu und stieg dann auf sein Pferd. Midnight trottete gehorsam zum Geländer, wo Charity saß und sie beide mit glänzenden Augen ansah.

„Gefällt es dir?", fragte Dustin.

„Es ist faszinierend. Und du warst großartig."

Dustin tippte sich an den Hut. „Dankeschön."

Er warf einen Blick auf die anderen zurück. Die Angestellten, Adam und sein Onkel schufteten alle. Coralee schaute über die Schulter zu ihm, während sie das Kalb zurück zur Gruppe brachte.

Dustin winkte Charity mit einem gekrümmten Finger zu sich. „Ich habe mir sagen lassen, dass mein Schatz einen Kuss verdient hat, nachdem sie meine Cowboykünste bewundert hat."

Charity sog rasch Luft ein und warf einen Blick auf den Reitplatz. Dustin schaute auch noch einmal zurück, und jetzt hatten sie noch mehr Zuschauer.

Dustin ignorierte die Zuschauer und konzentrierte sich auf sie. „Ist das okay für dich?"

Ihre Wangen wurden rot. Sie hob das Kinn. „Natürlich. Zieh mich nur nicht vom Zaun herunter. Es war ganz schön anstrengend, überhaupt hochzukommen."

Er lachte. Darum lächelten sie beide, als er den Abstand zwischen ihnen schloss und dann seine Lippen auf ihre legte.

Ihr süßer Geschmack überrollte ihn mit der Wucht eines Geländewagens. Sanfte Lippen auf seinen, unschuldig, ohne Zunge oder sonstige Berührungen. Sie hätten genauso gut Haut an Haut, komplett nackt sein können, so sehr wollte er sie in diesem Moment.

Viel zu früh lehnte sich Dustin zurück. Er holte tief durch die Nase Luft und bemühte sich krampfhaft, sein Lächeln weiterhin wie das eines Freundes aussehen zu lassen, damit nichts den Gedanken *Ich werde dich später vernaschen* verriet, der ihm eigentlich durch den Kopf schoss. „Danke, dass du mich angefeuert hast."

„Kein Problem, Freund." Sie reckte beide Daumen. „Das ist für die nächste tolle Sache, die du machst, weil ich jetzt zurück ins Büro muss."

„Wie läuft es?"

Sie zuckte mit den Schultern. „Okay. Jetzt musst du aber wieder an die Arbeit gehen, bevor ich der Grund werde, dass du Ärger mit jemandem kriegst, und mit *jemandem* meine ich deinen Onkel, der uns einen giftigen Blick zuwirft."

Dustin zog sich den Cowboy-Hut vom Kopf und kratzte sich seitlich, um seinem Onkel so den Mittelfinger zeigen zu können. „Kein Problem, Freundin." Er kicherte. „Wir brauchen niedliche Kosenamen füreinander, denn das klingt einfach nur blöd."

„Ich setze das für heute Abend auf die To-do-Liste. Sich niedliche Decknamen ausdenken."

Dustin setzte sich den Hut wieder auf. Er tippte sich daran und wandte sich dann wieder seiner Arbeit zu.

Ihre albernen Pläne für den Abend hätten ihm nicht so viel bedeuten sollen. Es hätte ihn auch nicht so sehr behelligen sollen, dass Onkel Frank ihn auf dem ganzen Rückweg zu Adams Team so böse anschaute.

Konzentrier dich auf das Gute, sagte Kelli immer zu ihm. *Es kann immer scheiße laufen, egal, ob du dir deswegen Gedanken machst oder nicht. Es macht deinen Tag viel angenehmer, wenn du dich auf das Gute konzentrierst.*

Charity war etwas Gutes, woran er denken konnte.

8

Charity schaute bei der Kantine vorbei, um sich etwas zu trinken mitzunehmen und einen Stuhl zu klauen. Es reichte ihr schon für den Rest ihres Lebens, auf einem Schreibtisch zu hocken.

Sam eilte zu ihr, als sie die Tür einrasten ließ und sich dann den Stuhl ihrer Wahl holte. „Brauchst du Hilfe damit?"

„Nein, ich kriege das schon hin. Ich bringe ihn zurück, wenn ich fertig bin."

Er hielt den Stuhl auf der anderen Seite fest, als ob er dafür sorgen wollte, dass sie stehen blieb. „Fertig womit?"

„Im Büro. Jemand muss sich den Stuhl von dort ausgeliehen haben."

Der Koch wirkte um ihretwillen wütend und bestand darauf, den Stuhl den ganzen Weg für sie zu tragen.

„Hast du irgendwelche Lieblingsgerichte?", fragte er unterwegs.

„Scharfes Dhal. Naan-Brot. Alles, was man grillen kann." Charity lächelte, als sie die Tür zum Büro öffnete. „Aber alles, was du bis jetzt gekocht hast, war lecker."

„Danke." Sam nickte bestimmt. „Ich werde trotzdem sehen, was ich tun kann."

Es war beinahe fünf Uhr, als sich die Bürotür öffnete und der vor Schmutz starrende Dustin den Kopf ins Büro steckte. „Mittendrin oder beinahe fertig?"

„Ich mache diese Tabelle noch fertig und lass es dann für heute gut sein." Charity musterte ihn. „Schweinestall."

Er rümpfte die Nase. „Nö, also das gefällt mir nicht als Kosename."

Sie kicherte. „Gehst du duschen?"

„So was in die Richtung. Ich will die Dusche im Anhänger nicht total vollsauen, also dachte ich, dass ich stattdessen die in der Schlafbaracke benutze. Nur dass ich das nicht besonders gut geplant habe. Kannst du mir saubere Klamotten besorgen und dann bei mir vorbeischauen? Ein Stück von allem, außer den Stiefeln. Dann wird es bei uns nicht ganz so dreckig im Bett. Um nicht zu sagen, schweinisch."

Charity warf einen Blick auf ihre Liste und kam dann zur Tür. „Zeig mir, wo ich hinmuss. Ich brauche noch ein paar Minuten."

Dustin hob die Hand und zeigte ihr, welchen Eingang sie benutzen sollte. „Du musst dich nicht beeilen. Glaub mir, es dauert mehr als ein paar Minuten, diesen Dreck runterzukriegen."

Sie wandte sich wieder ihrer Tabelle zu und trug die letzten fehlenden Zahlen ein. Ein letzter prüfender Blick ins Büro zeigte ihr, dass sie alles zurückgelegt hatte, was sie brauchte. Trotz des, na ja, *trotzigen* Verhaltens, das Frank Stone an den Tag gelegt hatte, hatte sie den ersten Tag erfolgreich über die Bühne gebracht.

Während sie Dustins Sachen zusammensuchte, wurde ihr klar, dass der andere Erfolg die Ruhe war. Sie hoffte, dass sich die Lage in Silver Stone beruhigt hatte. Zumindest war es eine gute Sache, wenn Dustin aus der Schusslinie war, während die Gerüchteküche rumorte und die Massen über Dustins upgedateten Beziehungsstatus informierte.

Tucker würde sich auch rasch um die blödsinnigen Interviews kümmern.

Sie marschierte über den Hof in Richtung der Duschen in der Schlafbaracke und pfiff glücklich vor sich hin.

„Halt dich von der Arbeitsmannschaft fern."

Der harsche Befehl brachte sie zum Stehen. Frank Stone stand ein paar Meter von ihr entfernt, sein bevorzugter Ausdruck auf dem Gesicht. Zumindest ging sie davon aus, dass es sein bevorzugter Gesichtsausdruck war, denn sie hatte bis jetzt noch nichts anderes bei ihm gesehen als einen finsteren Blick. „Wie bitte?"

„Ich kann es nicht gebrauchen, dass du dich verletzt und mir mein Neffe dann Vorwürfe macht, also halt dich vom Reitplatz und den Pferden und von allem fern, wo du dir auch nur den Zeh stoßen könntest." Frank senkte das Kinn und stapfte davon, ohne ihr die Chance auf eine Antwort zu geben, ob nun klugscheißerisch oder anderweitig.

Vielleicht war das gar nicht so schlecht.

Charity jedoch blieb noch einen Moment dort stehen, wo sie gerade war. Sie holte tief Luft und atmete langsam aus, als sie an die Dinge dachte, die sie an diesem Tag erreicht hatte. An die fantastische Show, die Dustin ihr geboten hatte – okay, er hatte nur seine Arbeit gemacht, aber es fühlte sich an, als ob er es nur für sie getan hätte.

Nachdem sie ihre gute Laune wiedergefunden hatte, setzte sie ihren Weg fort und ging durch die Tür, die er ihr gezeigt hatte.

„Hey, Charity. Es ist schön, dich wiederzusehen." Keith rubbelte sich mit einem Handtuch die Haare, während Lionel sich die Stiefel anzog.

„Suchst du Dustin?", fragte Lionel, bevor er auf den Stapel in ihren Armen deutete. „Natürlich. Er kann sich glücklich schätzen, dass er eine Frau hat, die ihn umsorgt, als ob er ein Prinz wäre."

„Oder eine Frau, die ihm hilft, wenn er vergesslich ist", konterte Charity trocken.

„Das auch." Keith grinste. „Er ist da drinnen. Geh einfach rein."

Wenn sie nicht noch von der kleinen Episode im Hof abgelenkt gewesen wäre, hätte Charity geahnt, was sie erwartete, bevor sie die Tür aufstieß, die sich dann mit einem festen Klicken hinter ihr schloss.

Sie befand sich nicht in einem Ankleideraum, sondern in der eigentlichen Dusche. Vier einfache Wände, von denen Duschköpfe in den Raum ragten. Dampf stieg von der einen Dusche hoch, die noch aufgedreht war.

Darunter stand Dustin in seiner ganzen nackten Pracht.

Ihr Puls schoss in die Höhe.

Er hatte den Kopf zurückgelegt und fuhr sich mit den Händen durch die Haare. Wasser strömte ihm über den Kopf und die Brust und vereinte sich zu dickeren Rinnsalen, die ihm über die Hüften und die Beine liefen.

DIE SCHWACHE BRÄUNE seiner Unterarme endete abrupt auf halber Höhe des Bizeps. Da er die Arme beugte, traten seine Muskeln hervor und spannten sich in einem hypnotischen Muster. Sie konnte den Blick nicht von ihm abwenden. Sie sollte ...

Sie sollte ihn *auf keinen Fall* anstarren. Weder seine muskulöse Brust noch die Art, wie sich sein Oberkörper wölbte und in schlanken Hüften endete. Sie sollte sich nicht danach sehnen, die dicke Linie des V-förmigen-Muskels zu berühren, die seine Leisten auf beiden Seiten rahmte.

Er drehte sich zu ihr. Charity drückte sich die Klamotten enger an die Brust und gab sich der Versuchung komplett hin. Sie genoss den Anblick seines Schwanzes, der aus dunklen Locken hervorragte. Weder hart noch schlaff, war er lang und …

Verdammt noch mal. Charity hätte sich sofort umdrehen und verschwinden sollen, als sie bemerkte, wo sie war, aber diese Show führte es ihr nur noch klarer vor Augen, dass sie den Mann unbedingt wollte.

Wenn sie schon vorgaben, in einer Beziehung zu sein, sollte das wenigstens ein paar Vorzüge mit sich bringen, oder etwa nicht? Für sie beide. Und diesen Arsch in die Finger zu kriegen – diesen perfekten Arsch, den er ihr zugedreht hatte – stand auf der Liste der Dinge, die sie unbedingt erledigen musste.

Jetzt reichte es aber. Charity wartete nicht darauf, bis er zufällig entdeckte, dass sie ihn begaffte. „Dustin."

Er richtete sich auf und schaute über die Schulter. „Wow, das ist ja ein Lieferservice."

Er drehte das Wasser ab und wartete.

Wieder hätte sie sich umdrehen sollen, aber sie konnte nicht. Sie wollte nicht. Sie wollte nicht verstecken, wie sehr sie es genoss, ihn anzuschauen. Aber das Wichtigste zuerst. „Es tut mir leid. Ich hätte dir schon früher sagen sollen, dass ich hier bin."

Dustin nickte, als er sich umdrehte, den Blick auf ihr Gesicht gerichtet. „Danke. Aber das ist schon okay. Wenn du nichts dagegen hast, habe ich nichts dagegen."

Das war klar, denn als er zu ihr ging, erhob sich sein Schwanz wie die Sonne an einem Frühlingstag. Begierig und verwegen und sehr erfrischend.

Charity summte glücklich vor sich hin. „Du bist umwerfend.“

„Wenn ich deiner Blickrichtung folge, gehe ich mal davon aus, dass du mit meinem Schwanz sprichst.“

Sie schaute ihm schnell wieder in die Augen. „Alles an dir.“

Er senkte das Kinn. „Danke.“

Als er sich das Handtuch schnappte, das an der Wand hing, sprudelten die Worte aus ihr heraus. „Kann ich dir helfen?“

Dustin zögerte, wobei er das verknotete Frottee-Handtuch in den Händen hielt. „Tee?“

„Dich abzutrocknen“, stellte Charity klar und fügte dann hinzu: „Dich zu berühren. Ich will das. So sehr.“

Sein Gesichtsausdruck wurde ernst. „Und mehr?“

Sie nickte so heftig und schnell, dass ihr Kinn vibrierte.

Sie lächelten beide und spürten eine immer intensivere Verbindung.

Dustin kam näher. Die Hitze seines Körpers umfing sie wie eine Liebkosung. Ihre Haut wurde immer empfindlicher, ihr Geschlecht sehnte sich danach, berührt zu werden.

Er legte ihr die Hand auf die Wange. Irgendwie ignorierte er, dass er ganz nackt war und sie komplett angezogen. Seine Augen waren ernst, und doch gab es da noch einen Teil von ihm, der die reine Verschmitztheit ausstrahlte. „Da ist was zwischen uns, oder?“

„Freunde“, betonte Charity. „Immer Freunde, aber ja, da ist auch noch etwas mehr.“

Dustin lächelte sanft. „Willst du dieses *Etwas* mit mir entdecken?“

So, so sehr.

Sie wartete.

Er wartete.

Ach verdammt, sie kannte das schon. „Du willst, dass ich es ausspreche."

Dustin strich mit dem Daumen über ihre Unterlippe und folgte der Bewegung mit dem Blick. „Konsens ist sexy."

„Ja", antwortete sie prompt. „Ich will es mit dir entdecken."

Sie legte seine Klamotten auf dem kleinen Regal über dem Handtuchhaken ab, dann zog sie ihm das Handtuch aus den Fingern. Feuchtigkeit und Wärme hießen sie willkommen, als sie nach oben über seine festen Brustmuskeln strich. Das schwere Pochen seines Herzens pulsierte unter ihren Fingern.

Dustin brummte zufrieden. „Ich auch. Dann lass es uns gemeinsam entdecken."

Es war nicht der beste Platz dafür, aber da Lionel und Keith den Duschraum erst ein paar Minuten vor Charitys Eintreffen verlassen hatten, ging Dustin davon aus, dass er draußen ein paar willige Helfer hatte, die dafür sorgen würden, dass sie nicht gestört wurden.

Trotzdem drehte er den Kopf nach rechts. „Einen Moment."

Es dauerte nur ein paar Sekunden, zur Tür zu laufen, sie abzuschließen und wieder zu ihr zurückzukehren.

Er ergriff ihre Hand und legte sie wieder auf seine Brust.

Charitys Mundwinkel zuckten nach oben. „Wieder von vorne?"

„Mir hat gefallen, wo uns das hingeführt hat, also warum nicht?"

Ihr Blick fiel auf ihre Finger. „So trockne ich dich aber nicht ab."

„Nein. Aber vielleicht wirst du ja so feucht."

Ihre Wangen erröteten. Er liebte das an ihr – die

Veränderung ihres Hauttons war subtil, aber ach so deutlich, wenn sie sich näherkamen, so wie jetzt.

Charity ließ die Fingerspitzen über sein Schlüsselbein, über seine Schulter und dann über seinen Rücken hinuntergleiten, während sie hinter ihn trat. Dustin konzentrierte sich darauf, nicht zu kommen, bevor sie auch nur einen Finger auf seinen Schwanz gelegt hatte.

Sie hielt inne und streichelte eine kleine Narbe auf seinem Rücken. „Wo hast du die her?"

„Luke. War aber mein Fehler."

Charity beugte sich vor und küsste die Stelle. „Schon besser."

„Du weißt gar nicht, wie sehr ich mir wünsche, ich hätte eine Million Narben mehr, einschließlich ein paar Dutzend auf meinem Schwanz."

Ein sinnliches Lachen entschlüpfte ihr. „Ich küsse dich gerne. Und ich habe nichts dagegen, dich überall zu küssen."

Als ob sie es beweisen wollte, küsste sie ihn noch einmal zwischen den Schulterblättern.

Dustin schloss die Augen, als sie ihm die Hände auf die Hüften legte und ein winziges Stück nach oben und nach unten streichelte, und dann vor und zurück.

„Dein Arsch sieht wunderschön aus."

„Ich freue mich schon darauf, dein Kompliment zu erwidern." Seine Stimme war rau, voller Verlangen.

Charity drückte sich an ihn, voll bekleidet an seinem nackten Körper. „Denk dran. Das Universum braucht kein kosmisches sexuelles Gleichgewicht. Oder so was in der Art."

„Du hast ein zu gutes Gedäch... O Gott, *ja*." Sie griff um ihn herum und legte die Finger um seinen Schwanz. Dustin ließ den Kopf zurückfallen, als sie ihn mit festen, selbstbewussten Bewegungen streichelte. „Das kannst du jederzeit tun, wenn du willst."

„Härter? Sanfter?" Sie biss ihm leicht mit den Zähnen in die Schulter, und ein Schauer durchlief ihn.

„Perfekt, jetzt gerade. *Scheiße.*" Er stieß nach vorne in ihre Hand.

„Gib mir mal kurz." Charity ließ ihn los und trat um ihn herum, sodass sie ihm gegenüberstand, dann umfasste sie ihn wieder fest. „Ich will dir zusehen."

„Zu klein, um mir über die Schulter zu schauen? Das nächste Mal hole ich dir einen Schemel."

Aus irgendeinem Grund brachte sie das zum Lachen. Es klang ein wenig so, als wäre sie außer Atem. „Ich habe bisher nicht rausgefunden, wieso mich das so antörnt. Dich zu berühren, dabei zuzusehen, wie sich dein Atem beschleunigt, während ich deinen Schwanz halte – da zieht es innerlich richtig."

„Ich werde was gegen dieses Ziehen unternehmen", versprach Dustin.

„Das soll mir recht sein, aber erst bist du dran", erwiderte Charity. Sie streichelte ihn weiter, während sie sich wieder an ihn schmiegte und ihre Lippen zu seiner Kehle wanderten. Sie knabberte, dann saugte sie, und Dustin stöhnte auf.

Er legte die Hand auf ihre und drückte ein wenig zu. „Benutz deine Zähne. Ich mag das."

Sie fuhr mit den Zähnen über seine Halsschlagader, und ein heißer Puls raste durch ihn. Ein Kribbeln kroch seine Wirbelsäule hoch, und er stand kurz vor der Erlösung.

Er hielt es nicht länger aus ...

Er legte ihr die Hand auf den Nacken und brachte sie in eine Position, in der er sie leidenschaftlich küssen konnte. Er vertiefte den Kuss und schmeckte Hitze und Feuchtigkeit, während ihre beiden Hände gemeinsam über seinen Schwanz glitten. Ihr Geschmack strömte in ihn, als sie stöhnte, und das

Geräusch durchdrang die feuchte Luft wie ein erotischer Soundtrack.

Dustin stieß nach vorne und verlor die Kontrolle. Kaum noch eines Gedankens fähig, drehte er sich etwas von ihr weg, als sich seine Samenflüssigkeit ergoss. Lange weiße Spuren verteilten sich über ihre verschränkten Finger, während weiße Funken vor seinen Augen tanzten.

Verdammt noch mal, war das geil gewesen!

Was kam ihm über die Lippen? „Wow."

Er stand auf zittrigen Beinen und versuchte, sich nicht zu sehr bei ihr anzulehnen, als er darum kämpfte, das Gleichgewicht zu halten. Sie strich ihm über den Nacken. „Hat es Spaß gemacht?"

„Ja."

Sie prustete los. „Du bist ein Mann weniger Worte, wenn du mal gekommen bist."

Die wenigen, an die er sich noch erinnern konnte, waren Kraftausdrücke und das Wort *mehr*.

„Vielleicht."

Er neigte ihr Kinn nach oben, sodass er sie auf ihre lächelnden Lippen küssen konnte. Langsam und sanft und voller Dankbarkeit.

Sie tätschelte ihm mit ihrer freien Hand den Hintern. „Du musst dich wohl noch mal ein wenig duschen, und ich muss mir die Hand waschen."

„Du bist als nächstes dran", erinnerte Dustin sie.

Charity wedelte mit ihrer sauberen Hand in der Luft herum. „Kosmisch. Feuerwerk. Irgendwann. Bla, bla, bla."

Er zog sie in Richtung der Dusche. „Das wird keine Bestrafung."

„Das will ich auch hoffen. Und ich will das auch ... Aber nicht so sehr, als dass ich hier noch weitermachen würde." Sie wusch sich unter der Dusche, die er aufgedreht hatte, und hielt die Hände unter den Wasserstrahl. „Unser Anhänger scheint mir die bessere Wahl zu sein."

„Du hast recht." Dustin hielt ihr das Handtuch hin, bis sie es ihm abnahm. „Die verschlossene Tür hier verlangsamt die Cowboys nur, hält sie aber nicht auf."

Er spülte sich schnell ab und schüttelte den Kopf über ihren Gesichtsausdruck, während er das Wasser abdrehte und an ihre Seite trat. „Ich platze noch vor Stolz, wenn du mich weiter so ansiehst."

„Ich kann es nicht ändern", beschwerte sie sich und hielt ihm ihr gemeinsames Handtuch hin. „Du bist einfach sagenhaft."

Dustin lachte. „Und ... du sprichst schon wieder mit meinem Schwanz."

Ihr Kopf fuhr hoch, aber die Mundwinkel zeigten immer noch nach oben. „Dein Schwanz mag mich."

„Alles an mir mag dich." Dustin trat näher an sie heran und küsste sie sanft. „Das verspreche ich dir."

Charity wurde einen Moment lang ernst. „Zieh dich an. Ich möchte, dass du nachsiehst, ob die Luft rein ist, bevor ich da rausgehe. Ich will keinen Ärger."

Er kannte einen schnelleren Weg. „Lass mich nachsehen."

Dustin steckte den Kopf zur Tür hinaus. Lionel war weg, aber Keith stand noch da, an die Wand gelehnt, während er auf sein Handy starrte.

„*Psst*. Du kannst dich jetzt verziehen." Dustin zwinkerte ihm zu. „Und danke."

Keith grinste. „Ich habe nur gerade ein wenig Lektüre über den knackigen Cowboy nachgeholt."

„Verpiss dich." Doch Dustin sagte es mit einem Grinsen.

Sein Freund zwinkerte ihm zu. „Ich mach mich dann mal vom Acker. Gibt ja nichts zu sehen hier."

Dustin wartete, bis Keith gegangen war, und öffnete dann die Tür für Charity. „Du bist in Sicherheit."

„Danke." Charity ging an ihm vorbei und legte seine Klamotten auf die nächste Bank. „Ist wahrscheinlich einfacher für dich, dich hier drin anzuziehen, ohne dass alles patschnass wird."

„Ja." Er sah ihr dabei zu, wie sie sich auf den Weg zur Außentür machte. „Willst du mich am Anhänger treffen?"

„Jetzt?" Das Wort kam hoch und quietschend heraus, und sie lachte. „Tut mir leid. Ich bin aus irgendeinem dummen Grund nervös. Ich will bei dir sein, Dustin. Ich habe nur ein komisches Gefühl dabei, wenn wir zum Anhänger zurückmarschieren, um miteinander rumzumachen."

Er zuckte mit den Schultern. „Dann warten wir so lange, bis du kein komisches Gefühl dabei hast."

Charity blieb stehen, die Hand auf dem Türknauf. „Echt?"

„Echt." Er zog seine Jeans hoch und machte den Knopf und den Reißverschluss zu. Er begegnete wieder ihrem Blick. „Wäre es dir lieber, wenn ich dich hochhebe, über die Schulter werfe und dich zum Anhänger schleife, um über dich herzufallen?"

Die Art, wie sie die Augen aufriss und heftig schluckte – *heilige Scheiße*. Erregung war nicht die Reaktion, die er erwartet hatte.

Interessant. Er schlenderte vorwärts und umfasste ihr Kinn mit den Fingern. „Ich habe nichts dagegen, wenn wir Spielchen spielen, solange wir Regeln dafür festlegen. Aber im Moment planen wir es so: Das Essen wird gerade serviert, und ich bin am Verhungern."

Ihr Magen knurrte, und ihre Lippen zuckten. „Anscheinend bin ich der Pawlowsche Hund. Erwähne Essen, und ich reagiere."

„Willkommen beim Leben auf einer Ranch." Er küsste sie

sanft und lehnte sich zurück, um direkten Blickkontakt herzustellen. „Es war ein voller Tag. Der Rest von unserem kosmischen sexy Balanceakt kommt zu einem Zeitpunkt und an einem Ort, der sich einfach so ergibt. Sag ja, und wir legen los. Sag nein, und wir lassen es sein."

Sie nickte. „Das Gleiche gilt für dich."

Dustin winkte sie zur Tür hinaus. „Ich treffe dich in der Kantine. Halt mir einen Platz frei."

„Okay."

Sie zögerte. Dann stellte sie sich auf die Zehenspitzen und verband ihre Lippen erneut zu einem süßen, aber intensiven Moment.

Sie pfiff leise vor sich hin, als sie zur Tür hinausschlüpfte und sich auf den Weg zur warmen gemeinschaftlichen Essensausgabe machte.

Dustin zog sich schnell an und kontaktierte dann Shim, während er weiterhin die Massen an nicht beantworteten Nachrichten ignorierte.

Dustin: *Tut mir leid. Wollte dir eigentlich gestern Abend eine Nachricht schreiben, und dann heute Morgen, aber der Tag war in Windeseile vorbei.*
Shim: *Wenigstens weißt du noch, wie dein Handy funktioniert.*
Dustin: *Ich tue meistens so, als würde es nicht existieren. Tut mir leid, dass ich nicht da bin. Oder vielleicht bin auch froh, dass ich nicht da bin. Wie chaotisch ist es?*
Shim: *Nicht so schlimm wie am ersten Tag. Wenigstens hat das Tucker gesagt. Weniger Trucks von den Medien, weil sie die Nachricht von den offiziellen Kanälen bekommen haben, dass sie sich fernhalten sollen, aber mehr x-beliebige Fremde.*
Dustin: *Scheiße.*
Shim: *Caleb hat das Haupttor zugemacht. Das erste Mal, dass ich das Ding je geschlossen gesehen habe.*

Dustin seufzte. Er konnte sich daran erinnern, dass das schmiedeeiserne Ding nur ein einziges Mal in seinem Leben geschlossen worden war, und das war für einen Fototermin für die Presse gewesen.

Dustin: *Noch mal Scheiße.*
Shim: *Mach dir keine Vorwürfe. Tucker, Luke und Caleb haben allen gegenüber, die ihnen zuhören, immer wieder gesagt, dass das nur eines dieser Dinge ist, die heutzutage passieren können und dass wir das durchstehen werden. Ashton ist bereit, für dich zu kämpfen.*
Dustin: *Ich weiß, dass ich ihre Unterstützung habe. Ich wünschte mir immer noch, dass es nicht passieren würde.*
Shim: *Warte, bis ein wenig Gras über die verschiedenen Storys gewachsen ist. Momentan ist es so, dass sich ungefähr die Hälfte um Silver Stone und den neuen Erfolg der Ranch drehen, und die andere Hälfte um dich.*
Dustin: *Und um meinen großen, dicken ... Batzen Geld.*
Shim: *LOL. Genau, du Hengst. Aber jetzt, wo wir allen erzählen, dass du eine Freundin hast, sollte das Interesse bald abflauen.*
Dustin: *Na hoffentlich. Das heißt dann, dass ich noch ein paar Tage hier bin.*
Shim: *Ja. Irgendwelche Anzeichen, dass euch jemand gefolgt ist?*
Dustin: *Bis jetzt ist alles okay.*
Shim: *Cool. Übrigens, ich arbeite daran, die Website upzudaten. Ich plane eine Rubrik „Über die Familie“ einzustellen, um ein paar der wilderen Gerüchte zu zerstreuen. Ich habe ein paar Bilder von dir und Charity von vergangenen Veranstaltungen. Ist es okay, wenn ich die poste?*
Dustin: *Okay für mich. Aber klär das vorher mit Charity ab.*

Shim: *Mach ich. Und jetzt halt die Klappe. Ich stehe in der Essensschlange und bin gleich dran.*
Dustin: *Essen ist wichtiger als ich?*
Shim: *Verdammt, ja.*
Dustin: *Arsch.*
Dustin: *Eine Sache noch ...*
Shim: *Was?*
Dustin: *War nur ein Spaß. Iss was.*
Shim: *Wichser.*
Dustin: *Für dich? Immer.*

Leise lachend schob Dustin sein Handy zurück in seine hintere Hosentasche und ging Richtung Kantine. Ein wenig gutes Essen, eine Chance, den Tag mit guten Freunden ausklingen zu lassen, und ein Abenteuer mit Charity. Dann zurück zum Anhänger, um die Nacht mit ihr zu verbringen ...

Nach Crooked Creek ins Exil geschickt worden zu sein, entpuppte sich letztlich doch als eine großartige Sache.

9
———

Das Abendessen war köstlich und die Gesellschaft großartig. Charity genoss es sehr, Zeit mit der Gruppe zu verbringen, während sie sich Geschichten erzählten und einander wegen der kleinen Dinge neckten, die im Laufe des Tages bei der Arbeit mit den Tieren passiert waren.

Erst als sie den Nachtisch verzehrt hatten, zerrte Dustin sie von den Frauen weg. „Komm schon. Du bis spät dran für deine Reitstunde."

Coralee und Amy blinzelten beide.

Ihre Reaktionen strapazierten schon wieder Charitys Lachmuskeln. Vielleicht hätte sie das nicht so amüsant finden sollen, aber es war zum Schreien komisch. „Ich sollte echt Fotos von den Gesichtern der Leute machen, wenn sie rausfinden, dass ich nicht reiten kann. Die wären großartiges Anschauungsmaterial für Schauspieler, die üben, wie man entsetzt oder bestürzt aussieht."

„In ein paar Tagen wirst du nicht mehr sagen können, dass du nicht reiten kannst, also wäre das ein kurzlebiges Projekt", versicherte ihr Dustin. „Ladys, ich sehe euch morgen."

„Nacht, Dustin. Nacht, Charity." Amy winkte sie hinaus. „Ihr könnt die Pferde haben. Ich lege mich jetzt in eine Wanne mit Badesalz, damit ich mich morgen wieder bewegen kann."

Als Dustin Charity zur Scheune mitnahm, kam Patchwork Annie aus der Gruppe Hunde hergelaufen, die unter der alten Weide lagen. Sie streckte sich und wölbte den Rücken, bevor sie zur Begrüßung träge mit dem Schwanz wedelte.

Dustin beugte sich nach unten und streichelte sie. „Du solltest klug sein und hierbleiben und dich ausruhen. Du hast heute hart gearbeitet. Gutes Mädchen."

Annie wedelte schneller, weil er sie lobte.

Als Dustin aufstand und wieder nach Charitys Hand griff, zögerte sie. „Bist du sicher, dass du das heute Abend tun willst?"

Er blieb stehen. „Machst du dir Sorgen oder hast du Angst? Denn wir müssen das nicht tun, wenn es ein Problem ist."

„Das ist es nicht", versicherte ihm Charity. „Ich habe schon Interesse, aber ich will nicht, dass du länger reiten musst, wenn du morgen schon wieder im Sattel sitzt. Annie war nicht die Einzige, die heute hart gearbeitet hat."

Mit einem kurzen Nicken setzte Dustin seinen Spaziergang fort und zog sie mit sich. „Ah, ich verstehe. Du machst dir Gedanken wegen Amys Kommentar, dass sie ein Bad nehmen will. Das ist kein Problem für mich, zumindest heute nicht. Ich reite viel auf Silver Stone. Ich meine *richtig viel*. Ich benutze selten Geländewagen, also schätze ich, dass ich mindestens den halben Tag im Sattel sitze, wenn nicht mehr. Die Cowboys und Cowgirls hier auf Crooked Creek reiten nicht ansatzweise so viel, außer es gibt eine entsprechende Aufgabe, wie das Setzen von Brandzeichen."

„Okay, aber hör bitte auf, wenn es dir zu viel wird, damit du den morgigen Tag sicher und gut ausgeruht durchstehst."

Er drückte ihr die Finger und schenkte ihr ein Lächeln. „Du bist süß, wenn deine beschützerische Ader durchkommt."

Sie streckte ihm die Zunge raus. Er grinste nur noch breiter.

Charity sah auf ihre verschränkten Hände hinab und verkniff sich die Anmerkung, dass sie gar kein Publikum hatten, da sie gerne mit ihm Händchen hielt.

Es hatte sie so richtig erwischt. Sie würde es zumindest vor sich selbst zugeben, wenn auch nicht vor allen anderen.

„Los geht's." Dustin blieb vor einer Box stehen, in der ein großes, blassbraunes Pferd stand. Annie drehte sich im Kreis und rollte sich leise an der Stallwand zusammen.

Ach, du meine Güte. Das passierte gerade wirklich. „Das ist nicht das Pferd, das du heute geritten hast."

Er sah beeindruckt aus. „Du hast ein gutes Auge für jemanden, der bisher noch nichts mit Pferden zu tun hatte. Nein, Midnight muss sich *tatsächlich* ausruhen, da er den Großteil der harten Arbeit übernommen hat. Das ist eines der älteren Pferde, das Adam bald in den Ruhestand schicken will. Es wird uns nach Norden begleiten, wenn wir wieder fahren, um mit dem Rest der Ruheständler zu leben. Es heißt Beach."

„Ist das ein Wortspiel oder so was?" Charity sah dabei zu, wie Dustin die lange Pferdenase streichelte.

„Ja, die Kurzform von Son of a Beach. Keine Ahnung, wer ihm den Namen gegeben hat. Caleb und Ashton würden uns so einen Blödsinn nie durchgehen lassen. Wenn dich also Fern fragt, was du heute Abend getan hast, dann kannst du ihr sagen, dass du einen Beach Boy getroffen hast."

Charity lachte. „Spitze."

„Willst du Hallo sagen?" Dustin trat zur Seite. „Du legst deine Hand erst mal auf meine."

„So ein Grünschnabel bin ich jetzt auch wieder nicht",

beschwerte sich Charity. „Ich weiß, dass er nicht schmelzen wird, wenn ich ihn berühre."

„Vielleicht will ich ja auch nur einen Grund, damit du die Finger nicht von mir lassen kannst."

Die Art, wie er es sagte, jagte ihr einen Schauer über den Rücken, mehr als die Worte selbst. „*Dustin.*"

„Stimmt doch. Und mir gefällt auch, wie du gezittert hast."

Er legte ihre verschränkten Hände auf einen Punkt zwischen Beachs Augen und bewegte sie langsam nach unten. Einmal. Zweimal.

Dann veränderte er ihre Position und drückte ihre Handfläche fest auf die Nase des Pferds. Die kurzen Haare kratzten auf ihrer Haut, und die Wärme machte deutlich, dass es sich um ein lebendes, atmendes Wesen handelte, und nicht um irgendeinen leblosen Gegenstand, den sie berührte.

„Jetzt bist du allein an der Reihe." Dustin nahm die Hand weg. Charity streichelte das Tier noch einmal.

Beach hob leicht den Kopf, und sie erstarrte. „Habe ich was falsch gemacht?"

Dustin lachte ein sanftes, warmes Lachen. „Er will noch mehr von dir berührt werden, und ich kann's ihm nicht verdenken. Fass ihn ein bisschen härter an."

„Bei dir klingt das viel zu sexy, wenn man bedenkt, dass wir neben einem Pferd stehen", beschwerte sich Charity, wobei sie nicht verbergen konnte, wie schwer sie atmete. Aber sie tat, wie geheißen, und Beach atmete schwer aus, wobei er sehr zufrieden klang.

Dustin trat hinter sie und legte ihr eine Hand um die Taille. „Jetzt, wo du das Vorführmodell begrüßt hast, bist du bereit für deinen Pferdekurs für Anfänger."

Er führte ihre Hand über Beach, während er alles benannte: Widerrist, Vorderbeine, Sattel, Mähne. Er ließ sie die unterschiedlichen Texturen des Pferdefells und der

Pferdemähne erspüren. Er hob sogar Beachs Huf hoch und zeigte ihr die härteren und die weicheren Teile sowie das robuste Hufeisen.

„Beach hat nichts dagegen, dass wir ihn so viel berühren, oder?", fragte sie.

„Die meisten Pferde haben nichts dagegen. So alte Arbeitspferde wie er tun sich ohne menschliche Gesellschaft schwer. Er fühlt sich wahrscheinlich ein wenig einsam hier auf Crooked Creek, da er allmählich zu alt wird, um für bestimmte Arbeiten geritten zu werden. Er mag die Aufmerksamkeit, die du ihm schenkst."

„Da ist er nicht allein." Sie legte eine Hand auf Beachs Hinterteil. „Er ist immer noch sehr groß, aber bei Weitem nicht so beängstigend, wie er am Anfang war."

„Das freut mich. Aber es ist nie schlecht, in der Nähe von Pferden vorsichtig zu sein, besonders wenn man sie nicht kennt." Dustin strich ihr zärtlich mit der Nase über den Nacken. „Bereit dazu, deine Belohnung einzuheimsen, weil du eine Einser-Schülerin in deiner ersten Unterrichtsstunde warst?"

Sie drehte den Kopf und küsste ihn auf die Lippen. Süß, sanft. Instinktiv wandte sie sich zu ihm um und verschränkte die Finger um seinen Hals. Er zog ihren Körper zu sich heran, während er den Kuss noch vertiefte.

Ein Schauer lief ihr über den Rücken, ein elektrisierendes Gefühl voller Lust und Begierde. Er ließ seine Zunge über ihre gleiten. Sie saugte ein wenig daran und lächelte über das Knurren, das ihm entwich.

Er legte ihr die Hände auf den Hintern und hob sie höher und höher. Sein harter Schwanz drückte gegen ihren Bauch, und jetzt war es an ihr, glücklich zu seufzen. „Du bist erregt."

„Ich küsse dich, berühre dich. Verdammt ja, ich bin erregt."

„Gut zu wissen." Charity küsste ihn noch einmal und zog ihn an sich, sodass sie ihre Verbindung voll auskosten konnte.

Sie spürte einen Schwall heißer Luft an der linken Backe, und dann stieß etwas Raues gegen ihr Gesicht.

„Son of a Beach", schimpfte Dustin, der den Kuss abbrach und den Kopf des Pferdes von ihnen wegschob. „Such dir dein eigenes Mädchen."

Sie konnte nicht anders. Charity lachte und versuchte, so leise und sanft wie Dustin zu klingen, wenn er mit dem Pferd sprach, doch es war einfach zu komisch. „War er eifersüchtig?"

„Grün vor Neid." Dustin ergriff Charitys Hand, packte mit der freien Hand das Halfter und führte sie beide von der Pferdebox weg. Annie schloss sich ihnen sofort an. „Nächste Lektion: Wie man auf ein Pferd steigt."

Charity verkniff es sich, einen Blick auf die Uhr zu werfen. Wenn sie ihm später ihren Körper anvertrauen wollte, musste sie ihm zutrauen, dass er die Zeit im Auge behielt. „Okay."

Als hätte er ein paar ihrer Gedanken gelesen, drückte Dustin ihr die Finger, bevor er neben einem Geländer stehen blieb. Er schlang den Führstrick um den mittleren Pfosten. „Du hast es ja schon gesagt, Pferde sind groß. Aber sie sind keine Leiter, also ist es nicht so, dass wir auf sie aufsteigen, indem wir überall hintreten, wo wir wollen."

Sie blieb so entspannt und ruhig wie möglich – sie erinnerte sich noch daran, was Kelli darüber gesagt hatte, dass Pferde ein Gespür für Gefühle hätten – und legte die Hand wieder auf Beachs Widerrist. „Um ehrlich zu sein, sehe ich nicht allzu viel, wo man drauftreten könnte."

Dustin verschränkte die Hände ineinander und beugte sich nach vorne. „Heute bin ich deine Leiter. Du steigst mit dem linken Fuß in den Steigbügel und packst Beachs Mähne mit der linken Hand. Zieh dich nach oben und stell dich hin, dann hebst du den rechten Fuß über den Pferderücken. Als letztes setzt du dich hin und machst es dir bequem."

Sie starrte einen Moment lang seine Hände an.

Vertrauen, denk dran!

Klar, aber das war leichter gesagt als getan. Charity senkte das Kinn und stieg dann mit dem Fuß in seine Handflächen.

Einen Moment später saß sie aufrecht auf Beachs Rücken.

„Hm." Die Finger ihrer linken Hand waren noch immer in Beachs Mähne verheddert. Sie hatte die rechte Hand an seinen Hals gepresst, und Beach stand weitestgehend still unter ihren gespreizten Beinen da. „Ich scheine den Moment der Wahrheit verpasst zu haben."

„Weil du, meine liebe Tee, ein Naturtalent bist." Dustin legte die Hand auf ihren Oberschenkel. „Vor allem bist du aber eine Tänzerin. Reiten ist in mancher Hinsicht wirklich wie Tanzen."

„Kelli hat gesagt, dass ich das Pferd führen lassen soll."

Er prustete los, löste den Führstrick vom Pfosten und legte ihn um Beachs Hals. „Ich schätze, ich kriege nicht nur von meiner Nichte ‚Kelli-ismen' zu hören." Dustin stieg hinter ihr aufs Pferd – sie hatte keinen blassen Schimmer, wie er das machte, aber erst war er auf dem Boden, und im nächsten Moment saß er hinter ihr. „Das waren genug Lektionen für heute. Jetzt kannst du dich zurücklehnen und dich entspannen."

Er schlang die Arme um sie und legte die Finger auf ihre, dort, wo sie sich an Beachs Mähne festhielt.

Charity lehnte sich nach hinten an seine Brust. „Brauchen wir keine Zügel?"

„Nein. Und offensichtlich auch keinen Sattel. Ist aber gut, dass du Jeans trägst. Ohne Sattel auf einem Pferd zu sitzen, macht nicht besonders viel Spaß, wenn man nicht mindestens eine Schicht Jeans zum Schutz trägt."

Er lenkte sie in Richtung der unbefestigten Straße nach Süden. Die Abendsonne erleuchtete die Waterton-Bergkette auf geradezu spektakuläre Weise. Patchwork Annie rannte vor ihnen her, den Schwarz erhoben, ihre Aufregung war im Zittern von hinten bis vorne zu sehen.

Ein idyllisches Bild wie aus einer Werbebroschüre.

„Es ist schön hier draußen." Charity schaute gen Himmel. „Die Berge liegen aber in der falschen Richtung."

„Für mich auch", pflichtete Dustin ihr bei. „Aber wie du gesagt hast, Crooked Creek ist hübsch, auf seine eigene Weise." Er hielt inne, und seine Wange streifte ihre, wobei die Bartstoppeln sanft über ihre Haut kratzten. „Ich wäre vielleicht hier aufgewachsen, wenn die Dinge anders gelaufen wären."

„Was? Das wusste ich nicht."

Dustin bewegte ihre verschränkten Hände sowie seinen Oberkörper nach rechts, und das Pferd schlug wie von Zauberhand diese Richtung ein.

Er sprach weiter, und seine Stimme klang tief und ruhig. „Nach dem Unfall, als meine Eltern gestorben sind. Onkel Frank war damals verheiratet. Er und Tante Heather verlangten, dass ich und Ginny bei ihnen aufwachsen sollten, weil wir noch minderjährig waren."

„Ach du meine Güte. Ich kann mir nicht vorstellen, dass diese Idee gut bei deinen Brüdern angekommen ist. Besonders bei Caleb."

„Nein." Dustin holte tief Luft und atmete langsam wieder aus. „Es ist hart. Ich mag den Mann nicht, vor allem weil Onkel Frank schlecht über Caleb redet, und dann sehe ich rot. Aber als Tante Heather Frank vor ein paar Jahren verlassen hat, haben Ginny und ich geredet. Ich wusste das vorher nicht, aber anscheinend wollte Heather Kinder, aber sie konnte keine kriegen."

Das zu hören tat ihr in der Seele weh. Es entwickelte sich alles zu einem Gefühlschaos. „Oh, nein.“

„Ich hatte vorher nie drüber nachgedacht. Dass sie uns wollte. Uns wirklich wollte, sodass sie eine Familie haben konnte.“

„Aber du hattest schon eine Familie mit Caleb, deinen Brüdern und Ginny.“

„Und Dare. Also, ja. Heather hatte das Herz am rechten Fleck, aber uns auseinanderreißen zu wollen, war die falsche Lösung.“ Sie spürte seinen Körper sanft an ihrem, als ob er mit den Schultern gezuckt hatte. „Die Dinge hätten anders laufen können. Sie hätten uns in den frühen Jahren sehr helfen und unterstützen können, aber es schien so, als wollten sie alles oder nichts. Was bedeutete, dass sie nichts gekriegt haben, und alles von da an bergab ging. Wenigstens für mich. Caleb ist viel weniger nachtragend und toleranter als ich.“

„Er ist guter Mann.“ Ein noch besserer, als sie geahnt hatte.

Charity dachte über ihre eigene Familie nach, und wie zerrüttet sie war, weil sie falsche Entscheidungen getroffen hatten – absichtlich falsche Entscheidungen. Weder ihre Mutter noch ihr Vater waren so stark und so großmütig wie Caleb gewesen. „Ich bin froh, dass du deine Familie hast.“

„Ich auch.“ Dustin lehnte sich zurück und zog Charity mit.

Beach blieb stehen und ruhte sich auf dem Kamm des Bergrückens aus, wo sie kilometerweit in jede Richtung sehen konnten. Annie kehrte zu ihnen zurück und schaute erwartungsvoll zu Dustin hoch, nur für den Fall, dass er etwas brauchte.

Charity schaute sich langsam um und ließ die Landschaft auf sich wirken. „Okay, ich habe jetzt keinen fairen Vergleich mit Heart Falls, aber das hier ist episch. Wahrscheinlich, weil ich gerade auf einem Pferd sitze, aber es ist atemberaubend.“

„Alles ist besser auf ...“ Dustin hielt inne. „Lass mich das neu formulieren. Denn ich war gerade dabei, absoluten Schwachsinn zu verzapfen."

Charity lachte und drehte sich leicht zu ihm um. „Willst du mir etwa erzählen, dass diese alten Liebesromane, die ich gelesen habe, wo sie Sex auf einem Pferd haben, in Wahrheit übertreiben?"

„Also ich kann dir zumindest sagen, dass ich diese Szenen gelesen habe, und ich mag ja noch ein paar von den Stellungen hinkriegen, aber ich denke nicht, dass irgendwer ekstatisch ‚O Gott, o Gott, o Gott' rufen würde, außer beim Runterfallen."

„Urkomisch."

Er legte ihr die Finger unters Kinn und unterbrach ihr Lachen mit einem sanften Kuss. „Komm schon. Es ist Zeit, heimzureiten."

Er hatte sich gefragt, ob sie auf dem Rückweg schweigen würde, weil sie sich Sorgen wegen dem machte, was sie tun mochten, sobald sie den Anhänger erreichten.

Ob sie sich reinsteigerte, weil das Unbekannte vor ihnen lag, so wie er das tat.

Nein. Sie redete unbekümmert über ihren Tag. Sie sprach nicht über die Details, aber darüber, dass sie immer wieder auf ein paar Informationen stieß. Darüber, dass sie ein tolles Gespräch mit Sam geführt hatte und dass es etwas ganz Besonderes gewesen war, Dustin mit dem Lasso zu sehen. Charity übte, nach Annie zu pfeifen, die auf Kommando kam, doch immer zu Dustin sah, als ob sie fragen wollte, warum sich da jemand in ihre besondere Beziehung einmischte.

Kurz bevor sie die Scheune erreichten, erwähnte Charity ihre Schwester und ihre Schwägerin und ihr geplantes Treffen.

„Wir lassen es dieses Jahr wahrscheinlich ein wenig

ruhiger angehen. Da ich gerade erst angefangen habe, kann ich mir nicht lange freinehmen. Und Chelsea und Suz sparen auf die Anzahlung für ein Haus. Ich denke, sie fahren vielleicht mal an einem Freitag von Edmonton nach Heart Falls. Wir gehen am Samstag ins *Rough Cut* und hängen den Rest der Zeit ab."

„Ich komme mit zum Tanzen", bot Dustin an. „Wenn ihr raus nach Silver Stone kommen und einen Ausritt machen wollt, könnte ich das arrangieren."

„Ernsthaft? Sie würden das toll finden." Charity hielt inne. „Das denke ich zumindest – lass mich das mal rausfinden, um sicherzugehen. Ich komme vielleicht auf dein Angebot zurück."

Als Beach wieder in seiner Box stand, half Charity dabei, ihn zu striegeln. Sie musste nicht allzu viel machen, weil sie nur einen kurzen Ausritt gemacht hatten.

Gestriegelt, getränkt und mit einem Leckerbissen versorgt, stieß Beach den Kopf in Charitys Hand, weil er noch einmal gestreichelt werden wollte, bevor er sich zur Ruhe begab.

Kaum hatten sie die Scheune verlassen, ergriff Charity Dustins Finger. „Danke für den lustigen Unterricht."

„Gern geschehen. Du wirst die Stiefel tragen müssen, die Ivy dir geliehen hat, wenn wir richtige Sättel benutzen."

„Was habt ihr zwei gemacht?" Onkel Frank trat aus der Dunkelheit wie ein Gespenst und knurrte die Worte wie eine Anklage.

Bevor Dustin antworten konnte, antwortete Charity, wobei ihr Tonfall zu hundert Prozent fröhlich klang.

Sprich, total aufgesetzt.

„Dustin hat mich auf einen Ausritt mitgenommen. Was für eine schöne Ranch Sie doch haben. Der Blick auf die Berge im Süden bei Sonnenuntergang war spektakulär. Aber morgen kommt schneller, als man denkt, also entschuldigen Sie uns bitte. Wir müssen schlafen gehen. Wir wollen Sie nicht aufhalten. Gute Nacht."

Charity hielt Dustins Finger in einem stählernen Griff und marschierte mit ihm zum Anhänger. Nicht einmal vier Schritte, nachdem sie an seinem Onkel, der sie mit offenem Mund anstarrte, vorbeigelaufen waren, pfiff sie, und Annie raste zu ihr, wobei sie eifrig nach oben schaute.

Okay, also das war ... unerwartet.

„Gutes Mädchen. *So* ein gutes Mädchen." Charity ging immer weiter und brachte immer mehr Distanz zwischen sie und seinen Onkel, doch sie sah direkt zu Annie, um sie zu loben.

Dustin sprach leise. „Irgendwie schaffst du es, meinen Onkel dahin zu treten, wo es wehtut, ohne dabei wie ein Schurke auszusehen."

„Es ist eine Gabe, ich weiß." Sie schenkte ihm ein Lächeln, bevor sie stehen blieb und Annie hinter den Ohren kraulte. „So ein gutes Mädchen. Das war mehr, als ich mir erhofft hatte."

„Hast du ihr heimlich Leckerlis zugesteckt?"

„Wann sollte ich denn bitte dazu Zeit haben? Sie ist doch den ganzen Tag bei dir."

Hm. Das stimmte. „Offensichtlich hat sie eine gute Menschenkenntnis."

„Offensichtlich." Vor dem Anhänger blieb Charity stehen. „Sollen wir ihr Futter und Wasser geben?"

„Ich habe vorher schon eine Schüssel mit Wasser rausgestellt, und in der Scheune gibt es Futter und Wasser. Sie wird wahrscheinlich in ein paar Minuten dorthin gehen."

Charity streichelte Annie noch ein letztes Mal, bevor sie sich für die Nacht von ihr verabschiedete. „Schlaf gut, kleiner Hund. Morgen liegt wieder ein langer Arbeitstag vor uns allen."

War das ein versteckter Hinweis darauf, dass Charity früh

zu Bett gehen wollte? Dustin öffnete die Tür des Anhängers und war auf alles gefasst.

Außer darauf, dass Charity ihn am Hemdkragen packte und ihn resolut in ihre Richtung zog.

„Noch wach da drüben, Stone?“, fragte sie und lächelte verschmitzt.

„Jedes verdammte Teil von mir.“

Das war alles, was er herausbrachte, ehe sie ihn küsste.

Ihre Lippen waren auf seinen, fest und fordernd. Sie legte die Hände auf sein Hemd, öffnete die Knöpfe und schob ihm das Hemd von den Schultern. Es landete irgendwo hinter ihm auf dem Boden, während sie bereits dabei war, den Knopf seiner Jeans zu öffnen.

Dustin griff über seine Schulter, erwischte ein Stück seines T-Shirts und riss es nach vorne über den Kopf. Dann berührte er sie und zog das Shirt heraus, das sie in ihre Jeans gesteckt hatte. Er ließ die Hände unter den Stoff gleiten, um die Hitze ihres Oberkörpers unter den Handflächen zu genießen.

Sein Reißverschluss war offen, und sie presste ihre Hand auf seinen härter werdenden Schwanz. „Du bist schon wieder erregt.“

„Das hatten wir doch schon. Berühr mich, und du bekommst garantiert eine Reaktion. Teufel auch, lächle mich nur auf die richtige Art an, und ich werde hart.“

„Du bist leicht zu befriedigen.“

„Ich bin ein Mann. Das liegt in unserer DNA.“

Charity lachte und zog ihn noch ein wenig weiter in den Anhänger. „Ich habe dich direkt im Eingang überfallen.“

„Jederzeit und überall“, erwiderte Dustin, während er ihr das Top über den Kopf schob und ein knapp geschnittener BH zum Vorschein kam, der auf Höhe ihrer Nippel endete. „Verdammt noch mal, Tee. Wenn ich gewusst hätte, dass du so was anhast, hätte ich mich auf Beach umgebracht. Mein

Schwanz wäre so hart geworden, dass er abgebrochen und ich umgekippt wäre."

Sie ergriff seine Hände und presste sie an ihre Brust. „Dann ist es ja gut, dass du das bis jetzt nicht wusstest. Ich mag es, wenn man mit meinen Brüsten spielt. Auf der Kleidung, unter der Kleidung, mit deinen Händen, mit deinem Mund."

„Perfekt." Dustin berührte sie und zog mit den Daumen langsam eine Linie über den Rand des Stoffes. Er lächelte, als sie ein Schauer überlief. „Wenn du irgendwas anders magst, mehr oder weniger, sag mir Bescheid. Aber ich mach erst mal das, was mir gefällt, damit wir keine Liste abarbeiten. Einverstanden?"

„Mach", forderte sie ihn auf. Sie ergriff seinen Schwanz über der Baumwolle seiner Boxershorts und bewegte die Hand kurz auf und ab. „Ich nehme die Pille, aber wir benutzen Kondome."

„Ja. In meiner Waschtasche gleich hier auf dem Tisch. Ich habe auch Gleitmittel, falls wir das brauchen." Er hob sie hoch und wirbelte sie im Kreis, während sie lachte. „Ich will dich nackt sehen. Bis auf den BH. Den lässt du an, weil der mich so was von aufgeilt, dass ich nicht mehr klar denken kann, und das gefällt mir verdammt gut."

„Ich kann dir dabei helfen, mich fast ganz auszuziehen."

Sobald ihre Füße den Boden berührten, zog sie die Jeans aus, schob sie in Richtung Boden und trat aus den Hosenbeinen. Diese Bewegung gab ihm einen klaren Blick auf ihren Hintern im String-Tanga, und jegliches Blut, das sich noch in seinem Gehirn befunden hatte, verzog sich schneller in südlichere Gefilde als Gänse in einem Schneesturm.

Reiß dich am Riemen, Stone. Verdammt noch mal, reiß dich gefälligst am Riemen.

Er streichelte ihr den Hintern mit einer Hand und griff gleichzeitig an ihr vorbei zum Tisch, um ein paar Kondome herauszuholen. Er warf sie auf den Tisch, damit sie in Griffweite waren, wenn sie sie brauchten. Dann ging er in die Knie und half ihr dabei, ihren Slip auszuziehen.

„Deine Jeans. Jetzt", forderte ihn Charity auf.

Er ignorierte sie und hob sie auf den kleinen Esszimmertisch. „Erst der Nachtisch."

Es gab viele Dinge, die er genoss, wenn es um Sex ging, aber auf der Liste seiner absoluten Favoriten? Das hier – der Geschmack und das Gefühl ihrer Pussy unter seiner Zunge und seinen Lippen war alles, wovon er den ganzen Tag geträumt hatte.

„Heilige Scheiße – da. Da ist ein ..." Charity stellte die Füße auf die Tischkante und lehnte sich zurück. Dabei stützte sie sich auf den Händen ab, während sie glücklich zwischen ihre Beine schaute.

Er warf ihr einen kurzen Blick zu, um sicherzugehen, dass alles okay war, aber ihr Stöhnen und die leichten Bewegungen ihrer Oberschenkel sagten ihm genauso viel wie ihr vor Leidenschaft gerötetes Gesicht.

Dustin drückte einen Kuss auf die Innenseite ihres Oberschenkels. Einen weiteren auf die Stelle, wo sich Bein und Torso trafen. Dann kehrte er wieder zu ihrer Klitoris zurück und ließ die Zunge kreisen, bis sie sich so heftig wand, dass er einen Arm um ihren Oberschenkel schlang, um sie festzuhalten.

Einen Kuss auf den anderen Oberschenkel. Näher ... näher. Als sein Mund sie dieses Mal bedeckte, drang er mit zwei Fingern in sie ein, und Charity stieß einen Schrei aus, der ihm einen Schauder über den Rücken jagte.

Sein Schwarz drückte so hart gegen die Vorderseite seiner Boxershorts, dass nur der offene Hosenschlitz seiner

Jeans verhinderte, dass ihm die Durchblutung abgeschnürt wurde. Der Druck wurde immer stärker, und er war so weit, wenn Charity so weit war.

„Ich will, dass du in mir bist, wenn ich komme." Charity griff ihm in die Haare und zerrte heftig, um seinen Mund von ihr wegzuziehen. „Schnell. Ich bin kurz davor."

Dustin stand auf, stieß dabei mit den Fingern träge in ihre Pussy.

„Hol ihn raus und setz dich auf mich", forderte er sie auf.

Ihre Augen waren glasig vor Lust, doch sie gehorchte. Ihre Füße baumelten über den Tisch, und sie hatte die Oberschenkel gespreizt, sodass er sie weiterhin berühren konnte. Sie schob seine Jeans und Boxershorts nach unten, bis sie seinen Schwanz in der Faust hielt, und streichelte ihn mit einem sicheren, gleichmäßigen Rhythmus, was ihn beinahe dazu brachte, wieder die Beherrschung zu verlieren.

Unmittelbar darauf hatte sie das Kondom ausgepackt und rollte es ab, wobei sie ihm sanft über den harten Schwanz strich.

Nach einem letzten Streicheln lehnte Charity sich zurück, die Füße wieder auf der Tischplatte und den Blick auf ihn gerichtet.

„Ich will das. Ich will *dich*."

„Liest du meine Gedanken?"

„Ich lerne schnell." Sie packte ihn an den Schultern und zog seinen Oberkörper näher an ihren. „Fick mich jetzt."

„Wird gemacht, Ma'am."

Sie lachte. „Oh, nein. Das ist ein Stimmungskiller."

„Tut mir leid." Dustin ließ die Finger über ihr Geschlecht gleiten und benutzte die Feuchtigkeit, um seinen Schwanz damit einzureiben. „Was hältst du von ,*Nimm meinen Schwanz, und ich ficke dich, bis du schreist.*"

„Viel besser. Okay."

Es war eine Antwort, die absolut typisch für Charity war. Dustin lachte, als die Spitze seines Schwanzes zwischen ihre Schamlippen glitt. Er bewegte sich ein paarmal vor und zurück, um sicherzugehen, dass sie so weit war, und dann nach vorne, um sich perfekt auszurichten.

Die einzelne, langsame Bewegung, als er in sie eindrang, reichte aus, damit ihm ein Schauder den Rücken hinablief.

„Dustin. O Gott, das ist gut." Charity grub ihre Fingernägel in seine Schultern. „Schneller."

Dustin zog sich langsam zurück und drang dann wieder in sie ein. Wieder. Und noch einmal.

„Schneller... Oh, *ja*."

Er umkreiste ihre Klitoris wieder mit dem Daumen und genoss das Gefühl, als sich ihre Muskeln um ihn schlossen. „Schneller oder gut so?"

„*Uhhhh*."

Ihr Kopf fiel zurück, und ein langes, tiefes Seufzen entwich ihr, während ihre Pussy um ihn pulsierte. Ihr Höhepunkt führte auch ihn zur Erlösung. Dustin stieß noch einmal, zweimal in sie hinein. Beim dritten Mal überwältigte ihn die Lust, schoss mit einem Mal aus ihm hervor, als er kam. „*Tee*."

Während sie immer noch miteinander verbunden waren, berührte Charity sein Gesicht, als Dustin wieder und wieder erbebte. Ihre Pussy zog sich noch einmal vor Lust zusammen, und sie lachte, als er stöhnte. Er hob sie schwungvoll hoch und schlurfte mit seiner Jeans um die Knöchel einen Meter nach rechts, um sich mit ihr in den Armen in den nächstbesten Stuhl fallenzulassen. Jetzt, wo er nicht mehr in ihr war, wurde es vielleicht ein kleiner Saustall, aber insgesamt war es sehr zufriedenstellend.

Sie saßen ein paar Minuten ruhig da, bevor Charity ihn am Hals kraulte. „Das hat Spaß gemacht."

„Jede Menge Spaß." Er drückte sie an sich und wartete

darauf, dass sich der Raum nicht mehr um ihn drehte, bevor er versuchte aufzustehen.

Sie waren Freunde, auf alle Fälle. Doch es sah aus, als ob diese andere Sache zwischen ihnen sich auch als eine verdammt gute Zeit entpuppen würde.

Charity legte ihm die Hand auf die Schulter. Ihr Herz klopfte unter der Hand, die er zwischen ihren BH-Bügeln auf ihre Brust gedrückt hatte. Während sie sich aneinander kuschelten, konnte Dustin nur daran denken, wie richtig sich das anfühlte.

Es war mehr als nur *okay*.

10

———

Die folgenden Tage verliefen in einem angenehmen Rhythmus.

Charity wachte jeden Morgen nach einem erholsamen Schlaf in einem leeren Anhänger auf. Sie frühstückte normalerweise mit ein paar der älteren Angestellten in der Kantine. Sam kochte riesige Mahlzeiten für sie und schickte sie dann mit genug Kaffee und Plätzchen ins Büro, um das Wühlen in den muffigen Akten erträglich zu machen.

Mittags aß sie mit denjenigen, die gerade Pause machten, zu Mittag. Während ihrer nachmittäglichen Pause passierte immer etwas Aufregendes auf dem Reitplatz. Crooked Creek mochte ein kleinerer Betrieb als Silver Stone sein, aber soweit Charity das beurteilen konnte, waren die Leute ständig mit den üblichen Arbeiten beschäftigt, die auf einer Ranch anfielen.

Es war allerdings etwas Besonderes, Dustin beim Arbeiten zuzusehen – er war gut. Also, *so richtig* gut. Sie fragte sich, wie viele seiner Fertigkeiten er unter Anleitung seiner Brüder gelernt hatte.

Am Ende jeden Tages in der Gruft legte sie all die

bearbeiteten Dokumente beiseite und ließ die Arbeit Arbeit sein, um den Abend in Dustins Gesellschaft zu genießen. Gutes Essen, tolle Gespräche mit den Cowboys und jede Menge Abwechslung während der restlichen Stunden des Tages.

Reitstunden. Kartenspielen mit Amy und Lionel. Sam hatte am Donnerstagabend so große Steaks zum Abendessen gegrillt, dass Charity meinte, ihres mit Dustin teilen zu müssen.

Er lachte, als sie versuchte, ihm ein halbes Steak auf den Teller zu legen. „Das ist deins. Ich will mein eigenes, also musst du mit deinem selbst fertig werden."

„Da drin ist genug Protein, um einen Bodybuilder eine Woche lang zu ernähren", beschwerte sich Charity.

„Oder es ist eine Mahlzeit für einen hart arbeitenden Cowboy."

Später jedoch zwinkerte er ihr zu und nahm das Stück Steak, das sie mit einer geflüsterten Bitte auf seinen Teller geschmuggelt hatte, ohne viel Federlesen an. „Ich will es nicht verschwenden und schaffe keinen Bissen mehr."

„Gut, dass ich inzwischen vor Bazillen gefeit bin."

Sie wechselten einen verschwörerischen Blick.

Sie schlief so gut. Das lag zum Teil an der Zeit, die sie draußen verbrachte, doch es lag wohl vor allem am enthusiastischen Sex, den sie und Dustin bei jeder Gelegenheit hatten.

Seit dem ersten Tag, an dem sie in der Küche geradezu über ihn hergefallen war, hatten sie die Gesellschaft des jeweils anderen in vollen Zügen genossen. Runde Nummer zwei hatte in der ersten Nacht stattgefunden – direkt nachdem sie sich kurz in der Dusche abgebraust hatten, wo Dustin sie wieder angetörnt hatte und bewiesen hatte, dass er sie genauso in einer Dusche wie auf einem Tisch zum Höhepunkt bringen konnte.

Sie hatten nicht aufgehört. Charity war verdammt froh,

dass sie beide zusammen genug Kondome eingepackt hatten, dass es für einen notgeilen Studenten im Spring-Break-Urlaub gereicht hätte.

Die einzige dunkle Wolke am Himmel war Frank Stones Visage. Der Mann schaffte es keine zwei Minuten, in Dustins Nähe zu sein, ohne unhöflich zu werden. Was natürlich eine freche Antwort von Dustin provozierte, auch wenn seine Konter nicht mehr so scharf waren, da ihm eindeutig mehr daran gelegen war, Frank möglichst schnell loszuwerden, sodass er Zeit mit ihr verbringen konnte.

Dass sie ein unerwarteter positiver Einfluss auf Dustin war? Zu komisch.

Am Freitagmorgen stieß Charity bei ihrer Suche auf ein Problem. Die zugänglichen Papierakten enthielten die benötigten Informationen nicht. Sie hatte es beinahe geschafft, und sie wollte jetzt auf gar keinen Fall aufhören. Tucker antwortete ihr auf die E-Mail, in der sie ihn fragte, was sie tun könnte, dass sie mehr Informationen auf dem Computer von Crooked Creek finden würde.

Na großartig. Zeit, Frank Stone aufzuspüren und nach seinem Passwort zu fragen. Das konnte ja heiter werden.

Sie suchte als erstes in der Kantine. Sam schüttelte den Kopf. „Ich weiß, dass er nicht mit den Cowboys ausgeritten ist. Vielleicht ist er in der Scheune. Ich halte nach ihm Ausschau.“

„Ist es okay, wenn ich allein in den Stall gehe?“

Der Koch lachte. „Du bist nicht auf einer Ranch aufgewachsen, oder?“

„Nein.“

Er klopfte ihr beschwichtigend auf die Schulter. „Wenn jemand fragt, ob du dort sein solltest, sagst du ihnen einfach, dass du nach Kätzchen suchst. Es sind immer Kätzchen in der Scheune, und diese Ausrede ist so gut wie jede andere.“

Charity lachte. „Jetzt habe ich wirklich das Bedürfnis, ein

paar Kätzchen zu suchen. Irgendwelche Ideen, wo ich welche finde?"

Er zeigte nach oben. „Auf dem Heuschober."

„Alles klar."

Der Gedanke an Kätzchen war faszinierend, doch Charity blieb bei ihrem ursprünglichen Plan: Frank Stone zu suchen, die Info, die sie brauchte, zu bekommen, und ihre Aufgabe zu beenden.

Zumindest bis sie Beach entdeckte. Oder vielleicht besser gesagt, bis Beach sie entdeckte, und sie offiziell abgelenkt wurde.

Das Pferd steckte den Kopf über die niedrige Tür seiner Box, um ihr leise zuzuwiehern, und hob den Kopf ein paarmal mit einer kleinen ruckartigen Bewegung, als wollte es sie auffordern, Hallo zu sagen. Nachdem sie es an drei Abenden hintereinander geritten hatte, und Abend für Abend immer besser klargekommen war, fühlte sie sich wohl genug dabei, zu ihm zu gehen und seiner Aufforderung zu folgen.

Sie hielt eine Hand an seine Schnauze und kraulte ihn. „Hey, Schöner. Wie geht es dir?"

Beach liebkoste ihre Handfläche und wandte sich dann ihrer Tasche zu, weil er nach einem Stück Apfel oder einer Karotte suchte.

Charity trat zur Seite, um seinen Hals leichter streicheln zu können. „Ich habe keine Leckerbissen dabei. Vielleicht heute Abend. Ich denke, wir werden ..."

„Was tust du?" Frank Stone sprach leise, doch in seinem Tonfall schwang Wut mit. Er war aus dem Nichts aufgetaucht und stand plötzlich so nah bei Charity, dass es ihr zu viel wurde.

Beach trat unruhig in seiner Box hin und her, weil er den Ärger spürte. Charity nahm sofort einen Sicherheitsabstand ein, sowohl zum Pferd als auch zum Mann. Sie drehte sich zu Frank um. „Ich habe nach Ihnen gesucht."

„Nun, es ist verdammt offensichtlich, dass ich nicht in der beschissenen Box war."

Wut stieg in ihr hoch. Sie hatte nichts weiter getan, als ein Pferd zu streicheln. Es war ja nicht so, dass sie sich von den Dachsparren geschwungen oder Heuballen angezündet hatte. „Es gibt keinen Grund, vulgär zu werden, Mr. Stone."

„Es gibt auch keinen Grund, dass du in der Scheune herumlungerst. Ich frage dich noch einmal – was machst du da? Schnüffelst du für meinen Neffen herum? Suchst du nach Gründen, damit sie auf Silver Stone schlecht über mich reden können?"

Hoppla, das hatte er jetzt aber wirklich in den falschen Hals gekriegt. Charity hob beschwichtigend die Hand. „Ich fühle mich überhaupt nicht wohl bei dieser Unterhaltung. Sam hat mir gesagt, dass ich Sie im Stall suchen soll. Ich bin stehen geblieben, um Beach zu streicheln. Das ist alles. Ich habe nichts Übles im Sinn."

Frank verschränkte die Arme vor der Brust und starrte sie finster an. „Was willst du?"

„Zugang zu den letzten Informationen, die Silver Stone braucht. Tucker hat gesagt, dass er Ihnen eine letzte E-Mail mit den Details schickt, aber es kann sein, dass ich E-Mails oder Excel-Tabellen checken muss, wenn Sie die haben."

Frank fluchte leise, dieses Mal ganz allgemein, nicht speziell wegen ihr, was okay war. „Computer. Ich hasse die verdammten Dinger." Er hob das Kinn. „Er ist im Büro. Zweite Schublade von unten."

Okay, nicht der übliche Ort, wo man technische Geräte aufbewahrte, aber was auch immer. „Sie wollen, dass ich auf die Ordner zugreife, ohne dass Sie dabei sind?"

„Ich höre bestimmt nicht mit meiner Arbeit auf, um deine zu übernehmen", fuhr Frank sie an.

Was für ein liebenswürdiger Mann. Charity lächelte noch breiter, nur um ihr Temperament im Zaum zu halten. „Ich brauche Ihr Passwort."

Er runzelte die Stirn. „Was ist das?"

Sie starrten einander einen Moment lang an. Es wäre ja komisch gewesen, doch sie war mehr darauf konzentriert, ob sie ihn tatsächlich richtig verstanden hatte. „Es gibt kein Passwort auf Ihrem Computer?"

„Da ich nicht weiß, was das ist, schätze ich, nein."

Heiliger Strohsack. Charity nickte langsam. Sie konnte ihren Instinkt, das Problem zu lösen, nicht unterdrücken, auch wenn man die Quelle des Problems bedachte. Aber das Wichtigste zuerst. „Es klingt so, als wäre es für Sie in Ordnung, wenn ich weitermache. Ich werde bis heute Nachmittag alle Informationen haben, die ich brauche." Sie hob das Kinn. „Wenn Sie wollen, kann ich ein wenig Ordnung in ihrem Büro schaffen. Den Computer updaten und ein paar Sicherheitsvorkehrungen treffen."

Er hob sofort eine Hand und fuchtelte mit einem Finger vor ihrem Gesicht herum. „Lass die Finger von meinem verdammten Zeug, füge keine Sicherheitsvorkehrungen hinzu oder was auch immer. Sonst finde ich ja gar nichts mehr."

„Wenn man es richtig organisiert, findet man Dinge leichter als bei dem System, das Sie gerade haben." Verdammt — sie klang zuckersüß, doch sogar Charity konnte diese aufgesetzte Positivität nicht viel länger durchhalten. Sie würde sicher bald sarkastisch werden. „Ist schon gut. Ich beende meine Arbeit für Silver Stone und halte mich aus Crooked Creeks verdammten Angelegenheiten raus."

„Besser so." Er ging ein paar Schritte und starrte sie dann wieder an. „Keine Ahnung, wie du irgendwas zustande bringst, wenn man bedenkt, wie viel Zeit du damit verschwendet hast, meinen Neffen zu beobachten. Du solltest dich von dem Jungen fernhalten."

„Zu spät. Ich habe mich schon hoffnungslos in ihn verliebt." Die Worte sprudelten nur so aus ihr heraus.

Verdammt sei ihre spitze Zunge. Sie winkte dem eiskalten Mann zu, drehte sich um die eigene Achse und verließ leichtfüßig den Stall, als könnte sie kein Wässerchen trüben.

Die Reue folgte auf dem Fuß. Sie musste ihr Temperament zügeln, denn jemandem Konter zu geben, der älter war als sie und dazu noch verwandt mit ihren aktuellen Vorgesetzten, stand nicht gerade weit oben auf der Liste kluger beruflicher Schachzüge. Was, wenn Frank anrief, um sich über sie zu beschweren? Sie war jetzt nicht *absolut* fies gewesen, aber trotzdem ...

Vielleicht war ein dezenter Hinweis als Vorwarnung eine gute Idee.

Mit diesem Gedanken im Hinterkopf wartete sie, bis sie wieder in der Privatsphäre der Gruft war, und rief dann Tucker an.

„Hi. Wie läuft es?", fragte Tucker.

„Wie nervig dürfen wir sein, während wir hier sind?"

Er lachte. „Wie bitte?"

„Sagen wir es mal so. Ich war noch keine fünf Minuten hier und war bereits der Meinung, dass Frank Stone ein Arsch ist." Charity drehte sich auf der Stelle um und schmiedete Pläne. „Überleg mal, wie sehr ich dich und jeden auf Silver Stone beeindrucken will, und dann lass mich das wiederholen – der Mann ist ein Arsch."

„Schön, heute Nachmittag von dir zu hören, Charity. Ja, damit hast du den Nagel auf den Kopf getroffen."

Charity schnaubte. „Du kannst gerade nicht reden, oder? Jemand ist bei dir?"

„Das stimmt."

Sie überlegte kurz. „Ohne zu tief ins Detail zu gehen, es ist schwierig, ihm gegenüber höflich zu bleiben, wenn man sich länger mit ihm unterhält."

„Das habe ich auch schon festgestellt. Mach dir deswegen keinen Kopf."

Gott sei Dank. „Tolle Neuigkeiten. Also, in Anbetracht der Tatsache, dass es sinnvoll wäre, mich und meine bissigen Bemerkungen so schnell wie möglich von Crooked Creek wegzukriegen, wie läuft es bei euch? Ist es sicher, Dustin nach Hause zu bringen?"

„Warte – was? Warte mal einen Moment."

In der Leitung war es kurz still, bevor Tucker zurückkam. „Ich bin den Angestellten losgeworden. Jetzt zurück zu unserer Unterhaltung. Als du davon gesprochen hast, dass es schwierig ist, höflich zu bleiben, bin ich davon ausgegangen, dass du Dustin gemeint hast. Womit ich gerechnet habe, so wie immer. Aber du hast von dir gesprochen?"

Ups. „Könnten wir zu dem Teil des Gesprächs zurückkehren, wo du gesagt hast, dass ich mir deshalb keine Sorgen machen muss?"

Er lachte. „Das ist schon okay. Du bist nicht in Schwierigkeiten. Ich finde das nur witzig."

„Auch auf die Gefahr hin, dass ich mich wiederhole, meine Großmutter hat immer gesagt, dass ich noch nie jemand war, der viel Geduld mit Narren hatte." Charity seufzte. „Ich habe alles, was du haben wolltest. Na ja, ich werde es haben, sobald ich die letzte Tabelle ausfülle. Dustin war brav. Ihm gefällt es hier, denke ich zumindest. Was macht der Medienrummel?"

„Der ebbt allmählich ab. Caleb und ich haben uns heute Morgen darüber unterhalten, und wenn du fertig bist – gute Arbeit übrigens –, dann könnt ihr zwei morgen nach Hause kommen. Sag Dustin, dass er Adam heute Abend vorwarnen soll, für den Fall, dass irgendwas geplant ist, wofür er ihn braucht. Ich möchte Adam nicht im Stich lassen, da wir euer Abreisedatum komplett offengelassen haben."

„Das kann ich ihm ausrichten. Und wenn wir bis Sonntag bleiben müssen, dann ist das auch okay. Ich weiß mich zu beschäftigen." Wenn ihr nichts anderes einfiel, suchte sie eben nach Kätzchen.

„Dann ist das abgemacht. Schreib mir in einer E-Mail, wir ihr euch entschieden habt, und versuch in der Zwischenzeit, dir keinen Ärger einzuhandeln." Die Belustigung in seinem Tonfall nahm den Worten die Schärfe.

„Das werde ich", versprach sie. „Und Tucker? Danke für dein Verständnis."

„Ich verstehe, warum du willst, dass ich dich verstehe, aber gern geschehen."

Charitys Ankündigung vor dem Abendessen zu Dustin, dass sie am nächsten Tag nach Hause fahren konnten, wurde mit gemischten Gefühlen aufgenommen, besonders von Dustins Freunden.

„Ihr seid doch gerade erst angekommen", beschwerte sich Amy.

„Er hat einen Job auf einer anderen Ranch", betonte Keith. „Er kann hier nicht die ganze Zeit deine Arbeit übernehmen."

Amy versetzte ihm einen halbherzigen Schlag. „Arsch."

„Wir sollten heute Abend was Schönes unternehmen", meinte Coralee. „Was haltet ihr von einem Lagerfeuer auf dem Bergkamm?"

„Klasse. Lass mich das mit Adam abklären – ich muss sowieso mit ihm reden. Ich muss ihn wissen lassen, dass wir fahren, und sehen, wann es am besten passt." Dustin nahm Charity mit, um mit dem Vorarbeiter zu sprechen.

Adam nickte, als er die Neuigkeiten hörte. „Tut mir leid, dass du fährst. Du warst eine große Hilfe, wie immer. Fahrt ihr gleich in der Früh oder kannst du noch ein paar Stunden am Morgen arbeiten?"

Dustin hatte schon mit Charity Rücksprache gehalten. „Wenn du mich brauchst, können wir später fahren. Wenn wir uns einen Anhänger ausleihen könnten, packen wir kurz vor dem Losfahren noch Beach ein."

„Dann sehe ich dich um neun Uhr. Wir sollten bis zum Mittagessen fertig sein. Du kannst noch eine von Sams Mahlzeiten genießen, bevor du fährst." Adam wandte sich an Charity. „Du solltest noch nicht alleine reiten, aber wenn du willst, Amy und Coralee wollen am Morgen einen Ausritt machen. Ich bin mir sicher, dass sie dich gerne dabeihaben."

„Danke, ich frage sie."

Innerhalb kürzester Zeit hatten Dustin und Charity und ihre vier Freunde ihre Sachen für den Abend gepackt und waren aufgesessen.

Charity kuschelte sich an Dustin, als ob sie dort hingehörte. „Ein Lagerfeuer auf dem Bergkamm?"

„Ganz in der Nähe, wo wir am ersten Abend geritten sind. Ungefähr dreißig Minuten von hier, also wird das ein ganz gemütlicher, entspannender Ritt." Er drückte ihr die Zügel in die Hände und stieß einen dramatischen Seufzer aus. „Du übernimmst das Kommando. Ich mache ein Nickerchen."

Ein leises Kichern kam von ihr. „Ich habe in den letzten Tagen genug gelernt, um zu wissen, dass bei einer altbekannten Route keiner das Kommando übernehmen muss, wenn man sie langsam und vorsichtig reitet. Beach würde den Weg wahrscheinlich mit geschlossenen Augen finden."

„Wahrscheinlich", stimmte ihr Dustin zu. Er schob die

Hand unter Charitys Hemd und legte die Handfläche auf ihren nackten Bauch.

Sie brummte zufrieden. „Ich mag es, wenn du mich berührst. Falls ich das noch nicht oft genug gesagt habe."

Der Weg verengte sich, als die Bäume um sie herum immer dichter wurden. Dustin und Charity gaben das Schlusslicht, sodass sie sich in einem gemütlichen privaten Korridor befanden, wenn sie leise miteinander sprachen.

„Du hast immer schön deutlich gesagt, was du willst. So macht es uns beiden mehr Spaß."

Sie lehnte sich zurück und drehte den Kopf etwas, bis ihre Gesichter nahe beieinander waren. „Der Sex mit dir war gut – und ich versuche hier nicht, dein Ego zu füttern."

Erheiterung machte sich breit. „Trotzdem hast du es gefüttert. Danke, und ich gebe das Kompliment zurück. Wie ich schon gesagt habe. Es hilft, wenn man weiß, was Spaß macht. Viel besser, als wenn man sich fragen muss, ob man an der richtigen Stelle ist oder ob sie so gelangweilt ist, dass sie drüber nachdenkt, was noch auf ihrer To-do-Liste steht."

„O Gott, das ist ein furchtbarer Gedanke!"

„Hey, ich gehe mal davon aus, dass ich bei den ersten paar Malen, als ich es ausprobiert habe, relativ schlecht beim Sex war. Ich denke, das geht uns allen so. Durch Masturbieren finden wir raus, was uns gefällt. Teamwork, um zum selben Ziel zu kommen, braucht Übung."

Charitys Bauch erbebte unter seiner Hand, als sie lachte. „Allerdings. Und ich mag dieses Wort, Teamwork. Ich glaube, es hat ein Dutzend Versuche gebraucht, bis ich beim *Teamwork-Sex* meinen ersten Orgasmus hatte, und das lag nicht daran, dass ich keinen Spaß hatte." Sie hielt inne. „Meine Schwester war meine Quelle für alles, was mit Sex zu tun hatte. Chelsea war echt und ehrlich und hat kein Blatt vor den

Mund genommen. Genau die Art von Person, die jeder in seinem Leben braucht."

Dustin hielt inne. Zum Teufel damit – ein bisschen Verlegenheit würde ihn nicht umbringen. „Die Ansprache habe ich von Caleb bekommen. Und Luke. *Und* Walker. *Und* Ginny. Nicht zum selben Zeitpunkt, aber im selben Zeitrahmen. Fast als ob sie wüssten, dass ich mich allmählich dafür interessierte und mutig genug war, um zu experimentieren."

„Das ist ja zum Schreien komisch."

„Auf jeden Fall hatte ich jede Menge unterschiedlicher Perspektiven. Aber auch wenn ich die Informationen gekriegt habe, die ich brauchte, und die Warnungen, dass ich aufpassen sollte, plus jede Menge Details, die verdammt peinlich waren, aber geholfen haben, muss ich sagen, zwei Personen haben mir am meisten beigebracht. Die erste Person war Tucker. Er hat mir vor ein paar Jahren gehörig die Leviten gelesen, als rauskam, dass er und Ginny eine gemeinsame sexuelle Vorgeschichte hatten, die Jahre zurückreichte, und als ich mich damit schwergetan habe."

Ihre Verwirrung war offensichtlich. „Aber Tucker und Ginny sind ein tolles Paar."

„Das sind sie. Aber damals waren sie eben noch kein *Paar*. Und in meinem Kopf hatte ich Sex irgendwie als eine lustige Sache abgespeichert, die man als One-Night-Stand macht, oder als eine Sache, die Menschen in einer festen Beziehung machen."

Charity schüttelte den Kopf. Ihre Locken strichen über seine Wange. „Das ist nicht die abwegigste Idee, die man haben kann. Ich habe eine übermäßig peinliche Ansprache von Chelsea bekommen, als ich nicht draufgekommen bin, wie sie und Suz miteinander Sex hatten, wo doch keine von beiden einen Penis hat."

Jetzt war es an Dustin, zu lachen. „O Mann. Bei der Unterhaltung wäre ich auch gern Mäuschen gewesen."

„Ich wünschte, mehr Leute würden bei solchen Unterhaltungen zuhören. Über *Sex* zu reden, *überhaupt* zu reden – löst so viele Probleme."

„Stimmt. Und deshalb habe ich, nachdem Tucker mir die Hölle heißgemacht hat, beschlossen, dass ich jemanden zum Reden brauchte, der mir auf Teufel komm raus die Wahrheit sagt."

Sie hatten die Bäume beinahe hinter sich gelassen, Beach trottete langsam den Pfad hinauf. Die Sonne bewegte sich auf die weit entfernten Berge im Westen zu, aber im Augenblick blieb der Himmel hellblau und klar.

Charity legte die Hand auf seinem Oberschenkel ab. „Wer ist dein Sexguru?"

„Kelli." Auf Charitys überraschtes Schnaufen hin lachte er wieder. „Ich habe mit ihr schon jahrelang gearbeitet, bevor sie und Luke ein Paar geworden sind. Sie hatte die beste Einstellung dazu, wie man über Sex redet, und sie hat schon viele Male bewiesen, dass sie bereit und in der Lage dazu war, mir in den Hintern zu treten, wenn ich ein Idiot war. Ich habe ihr ein paar Fragen gestellt, und eins führte zum anderen. Luke weiß das, nicht weil sie seine Erlaubnis braucht oder so, aber damit es sich nicht seltsam anfühlt. Wir reden nicht mehr so viel, und nie über Einzelheiten zwischen ihr und Luke, aber eine Weile hat es wirklich geholfen, eine Frau zu haben, mit der ich mich austauschen konnte. Die meine bescheuerten Ideen korrigiert hat, sodass ich meine falschen Vorstellungen losgeworden bin, anstatt sie für immer im Kopf zu behalten."

Charity drehte sich weit genug zur Seite, um ihm einen Kuss auf die Wange zu drücken. „Dann schulde ich ihr ein Bier."

„Ich schulde ihr von jetzt bis in alle Ewigkeit ein Bier. Sie war diejenige, die wirklich betont hat, dass Konsens der Schlüssel ist."

Weiter vorne führten seine Freunde ihre Pferde zur Seite des Hügels, stiegen ab und zogen alles, von Decken bis Chipstüten, aus den Satteltaschen.

Beach ging von selbst zum Rand der Versammlung und begann, träge zu grasen. Dustin rutschte runter und half dann Charity beim Absteigen. Sie dabei an seinen Körper zu drücken, war eine schöne Belohnung.

„Charity. Setz dich neben mich", forderte Coralee sie auf.

„Warum sollte sie das tun, wenn sie bei Dustin sitzen kann?", fragte Keith.

„Bessere Konversation. Wenn sie bei ihm sitzt, dann küssen sie sich die ganze Zeit nur, und das ist für den Rest von uns langweilig."

Charity küsste Dustins Hand. „Wir werden getrennt. Offensichtlich haben wir uns viel zu viel geküsst."

„Das gibt es gar nicht." Dustin bewies seinen Standpunkt, indem er sich vorbeugte und seine Lippen auf ihre presste. Kurz und süß – das war der Plan.

Charity hatte andere Pläne. Sie legte ihm die Arme um den Hals und küsste ihn, bis ihm der Sauerstoff ausging. Was okay für ihn war. So starb er zumindest glücklich.

Die Pfiffe und das Gelächter um sie herum legten sich wie eine Umarmung um sie.

Innerhalb der nächsten Stunde wanderte die Sonne hinter den Horizont und verwandelte den Himmel in ein Schauspiel aus Gold, Rot und Pfirsich. Sie unterhielten sich angeregt und tranken Bier. Coralee hatte eine Tüte Marshmallows mitgebracht, und Keith schnitt lange Stöcke ab, um sie über dem Feuer zu rösten.

Kleine Insekten flatterten im schwindenden Licht, und

eine Kolonie von Fledermäusen tauchte auf und flog um sie herum, um über ihnen zu speisen.

Charity war inzwischen an Dustins Seite zurückgekehrt und stützte sich zurück auf ihre Hände, um zu ihnen hochzuschauen. „Sie sind überhaupt nicht unheimlich, oder?"

„Nein." Er veränderte seine Position, bis sie sich an ihn lehnen konnte. „Mein Neffe Tyler ist fasziniert von allen Dingen, die fliegen können. Er nennt Fledermäuse Flattermäuschen."

„O mein Gott, das ist so süß."

„Zu süß." Dustin warf einen Blick in die Runde zu den anderen Ranchhelfern, aber alle redeten gerade mit ihren Nachbarn. Diese Zeit war für ihre Freunde reserviert, aber er konnte diesem einen Moment nicht widerstehen. „Hey, willst du die anderen langweilen?"

Sie erwiderte seinen Kuss, die Lippen sanft gewölbt, als sie sich auf seine legten. Hitze durchströmte ihn. Verdammt noch mal, und morgen fuhren sie heim. Er wollte nicht, dass das zu Ende ging, doch es kam nicht infrage, jede Nacht miteinander zu verbringen, wenn sie wieder in Heart Falls waren.

Das war allerdings ein Problem für morgen. Nicht heute Abend, während der Himmel die Welt in die Farben des Sonnenuntergangs tauchte und das Feuer vor ihnen knisterte.

Charity veränderte ihre Position und beendete den Kuss. Doch sie lächelte immer noch, als sie sich noch stärker an ihn schmiegte und seine Arme um sie zog.

Amy stand auf und kam mit ihrer Gitarre zurück, auf der sie leise herumklimperte, während sie sie stimmte. „Zeit, dir dein Abendessen zu verdienen, Keith."

Keith brauchte keine weitere Ermutigung. Er war auch nicht schlecht. Definitiv gut genug, um den Rest von ihnen mitzureißen, als er eine Reihe von Country-Songs anstimmte, die sie alle kannten.

Alle außer Charity, die bei ungefähr der Hälfte der Lieder mitsang. Doch sie klopfte während der Lieder, die sie nicht kannte, mit den Fingern auf Dustins Bein mit, und stimmte in den Refrain ein, wenn er ein zweites oder drittes Mal wiederholt wurde.

Ein süßes Intermezzo vor ihrer Rückkehr in die reale Welt, und Dustin genoss jeden Moment.

11

___

Ihr erstes Anzeichen dafür, dass sie früher aufgewacht war als erwartet, war die Dunkelheit. Das zweite war Dustins Arm um ihre Taille, der sie eng an seinen warmen Körper schmiegte.

Was für eine wundervolle Überraschung.

Er war bisher jeden Tag lange vor ihr aufgestanden, und sie würde sich diese Gelegenheit nicht entgehen lassen. Sex am Morgen war nicht immer ihre Lieblingsbeschäftigung, aber das war ja vielleicht das letzte Mal für lange Zeit, dass sie Dustin in ihrem Bett hatte!

Man sollte die Gunst der Stunde oder vielmehr des Schäferstündchens nutzen, oder so was in der Art.

Sie drehte sich vorsichtig um und musterte sein Gesicht. Er hatte die Augen geschlossen und atmete regelmäßig. Die Bartstoppeln auf seinem Kinn und seinen Wangen waren gerade lang genug, dass es sie in den Fingern juckte, weil sie ihn berühren wollte.

Unter der Bettdecke legte ihm Charity eine Hand auf die Schulter. Sie streichelte ihn zärtlich und fuhr die Muskeln

166

seines Bizeps und seines Trizeps entlang. Dann ging sie dazu über, die Seite seines Oberkörpers zu liebkosen.

„Ich habe diesen fantastischen Traum. Könntest du Charity sagen, dass ich noch eine Weile im Bett bleibe?" Seine Stimme war rau und tief vom Schlaf.

„Das passt mir gut. Lieg einfach da und mach ein Nickerchen, wenn du willst. So einen guten Traum sollte man wirklich auskosten."

„Genau meine Rede. Und wenn der Traum damit weitergeht, dass du und ich nackt sind, dann finden sich da noch ein paar letzte Kondome im Nachttisch."

Charity lachte. „Ein paar? Du bist echt ein Optimist."

„Für immer und ewig."

Sie entledigte sich der Bettdecke und presste ihm dann die Hand auf die Brust, um ihn auf den Rücken zu rollen. Er war nackt, abgesehen von seinen Shorts – dagegen konnte sie genauso gut gleich etwas unternehmen.

Sie schob die Finger der rechten Hand unter den Hosenbund und tippte ihm dann mit der linken Hand auf die Hüfte. „Hoch."

Er hob den Hintern ein wenig, und sie zog die Shorts herunter, wobei sie gleichzeitig seinen Schwanz freilegte. Sie warf seine Unterwäsche auf den Hocker neben dem Bett. Dann zog sie sein T-Shirt aus, das sie geklaut hatte, um darin zu schlafen. Eine weitere Bewegung, und ihr Kopftuch und ihr Haargummi waren verschwunden, sodass ihr die wilden Locken über die Schultern fielen.

Beide waren nackt und bereit, besonders Dustin, wenn seine Erektion ein Anhaltspunkt war.

· · ·

„Du scheinst ja geradezu besessen von meinem Schwanz zu sein", meinte er. „Und ich sage nicht, dass das eine schlechte Sache ist, nur, dass es eben eine Sache ist."

„Du hast einen schönen Schwanz", betonte Charity.

„Ha. Schwänze sind funktional, nicht schön, aber ich freue mich, dass dir meiner gefällt." Er umfasste ihn mit der Hand und streichelte ihn. Sein Blick wanderte zu ihr, und die Hitze darin umfing sie wie eine Liebkosung. „Also, dieser Traum von mir ... er fängt schon mal vielversprechend an."

„Schön, dass er dir gefällt. Ich habe mir gedacht, dass wir heute Morgen eine Dokumentation machen."

Das leichte Stirnrunzeln zwischen seinen Augenbrauen war total süß. „Ähm, okay."

Sie lachte, legte ihre Finger auf seine und half ihm dabei, ein paarmal seinen Schwanz zu streicheln. „Heute lernen wir, wie man reitet."

Alle Sorgenfalten verschwanden. „Mach weiter. Ich bin sehr motiviert, Fortschritte bei meiner Ausbildung zu machen."

Sie spreizte seine Oberschenkel, packte seine Hände und presste sie auf das Bett. „Manche Leute benutzen gerne einen Sattel, wenn sie reiten, aber es ist gut zu wissen, wie man mit den kleinsten Bewegungen seiner Hände Anweisungen geben kann. Und seines Munds. Und anderer Körperteile."

Sie beugte sich vor und küsste sein Sixpack. Ihre Zunge glitt an seinen harten Muskeln entlang nach unten.

Dustins Muskeln waren steinhart geworden, und sein Schwanz richtete sich auf. „Du quälst mich hier, Tee."

Sie leckte einmal kurz über die Spitze seines Schwanzes. „Konzentrier dich. Soweit ich weiß, macht Reiten Spaß. Außerdem hält es einen fit."

„Du hast mich überzeugt. Heilige *Scheiße* ..."

Sie hatte die Spitze seines Schwanzes in den Mund genommen und saugte ihn tief ein.

Jede quälend langsame Bewegung auf seinem Schwanz entlockte ihm ein Keuchen oder ein Stöhnen, und Charity genoss jeden einzelnen Ton als Beweis für seine Erregung.

„Komm hoch", forderte Dustin sie auf. „Ich bin dran."

Charity zog ihn mit einem hörbaren ploppenden Geräusch aus dem Mund und seufzte glücklich. Sie schüttelte jedoch den Kopf. „Du kannst meinen Unterricht nicht einfach so unterbrechen."

„Es geht ums Reiten, das verspreche ich", betonte Dustin. „Du reitest auf meinem Gesicht."

Er zog sie hoch, rutschte ein Stück auf dem Bett herunter, und im nächsten Moment leckte er ihre Klitoris und ihre Schamlippen und ihre Pussy, als wäre sie eine Eiswaffel an einem heißen Sonntagnachmittag.

Eins war nach der Zeit mit Dustin kristallklar. Der Mann hatte nicht nur Oralsex mit ihr, weil man ihm gesagt hatte, dass Frauen das gefiel. Das Keuchen und Stöhnen vor Vergnügen, das sie von ihm hörte, war jetzt genauso laut wie vorher, als sie ihn im Mund gehabt hatte. Er streichelte und leckte und reizte sie mit einem derartigen Enthusiasmus, dass kribbelnde Vorfreude nur wenige Minuten später im Takt ihres Herzens pulsierte.

„So gut." Charity strich ihm mit den Fingern durch die Haare. Da sie in einer derart intimen Position über ihm hockte, hatte sie erwartet, dass es irgendwie peinlich wäre.

Aber nein, da war nichts dergleichen – nichts außer dem Wunsch, zu genießen und ihm so viel zurückzugeben, wie sie von ihm empfangen hatte.

Charity drehte sich zur Seite und schnappte sich ein Kondom, bevor sie wieder Dustins Körper entlang hinunterrobbte. „Wir müssen sicherstellen, dass beim Reiten nichts passiert."

Sie war nicht so schnell wie er mit dem Kondom, aber sie

streifte es ihm über und erarbeitete sich dabei ein paar zusätzliche Seufzer. Eine leichte Positionsveränderung, und ihre Pussy befand sich über seinem Schwanz, sodass sie ihr Geschlecht an ihm reiben konnte. Sie erregte sie beide sowohl mit Druck auf ihrer Klitoris als auch auf seiner Eichel.

Zeit, den Unterrichtsstoff wieder aufzugreifen. Sie begegnete seinem Blick: „Dann steigt man auf und macht es sich bequem."

Sie richtete seinen Schwanz aus und rutschte nach unten. Langsam, Zentimeter für Zentimeter, bis sie ihn ganz in sich aufgenommen hatte. Alles in ihr sang vor Vergnügen.

So verdammt gut.

Dustin legte ihr die Finger an die Hüften und atmete schnell. „Du machst das toll."

Charity beugte sich vor und küsste ihn. Sie knabberten mit den Zähnen, ihre Zungen rangen miteinander, und die ganze Zeit presste sie die Muskeln ihres Geschlechts um den dicken Schwanz, der sich in ihr befand, erregt von jedem Stöhnen, das sie seinen Lippen entlockte.

„Und dann, wenn man richtig gut wird, kann man reiten, ohne die Zügel zu benutzen. Man braucht nur jede Menge Balance und Teamwork."

Sie setzte sich aufrecht hin und legte sich die Hände an die Brüste. Hob einmal die Hüfte, senkte sie. Wieder und wieder. Sie passte ihre Bewegung an, bis ein Takt zwischen ihnen pulsierte.

„Keine Zügel, aber viele Berührungen." Dustin hob ihre Hüften leicht und übernahm die Kontrolle. Er bewegte sich nach oben und stieß immer wieder in sie hinein. „Berühr dich, Tee. Spiel mit deiner süßen kleinen Klitoris für mich."

Sie fasste sich zwischen die Beine und befeuchtete ihre Finger, dort, wo er in sie eindrang. Ein halbes Dutzend kleiner kreisförmiger Bewegungen über ihrer Klitoris war mehr als genug, um sie zum Höhepunkt zu bringen.

„*Dustin.*"

Er ließ seine Finger über ihre gleiten und fuhr die Linie nach, wo sein Schwanz in sie eindrang, und Charity ließ den Kopf nach hinten fallen, als sie den Höhepunkt erreichte. Dustin stieß ein letztes Mal in sie hinein und hielt dann inne, tief in ihr, während seine Hüften unkontrolliert zuckten.

Sein Blick war auf sie gerichtet, auch wenn er ihn vor Lust nicht fokussiert hatte.

Unmittelbar darauf brach Charity mehr oder weniger auf ihm zusammen. Sie lagen beide da und atmeten schwer. Die Lust kribbelte auf ihrer Haut wie eine Million kleiner Funken. Sterne funkelten vor ihren Augen, ihr Puls hallte immer noch überall nach, auch in ihrem Geschlecht, wo sie seinen Schwanz spürte, der allmählich schlaffer wurde.

Dustin drückte ihr einen Kuss auf die Schläfe. „Du bist gut im Reiten, Charity Gruzing."

„Ich hatte einen guten Lehrer."

„Wirklich."

Sie drückte ihm die Hände auf die Brust, bis sie seinem Blick begegnen konnte. Mit einem möglichst aufrichtigen Gesichtsausdruck nickte sie. „Beach ist der Beste."

Er prustete los und rollte sie herum, sodass sie unter ihm festsaß. „Schlimme Frau. Mein Ego ist dahin."

„Es ist alles in Ordnung mit deinem Ego. Genauso wie mit deinen Moves im Bett." Charity legte ihm die Arme um den Hals, küsste ihn und spürte dabei ihre tiefe Verbundenheit.

Sie lösten sich widerwillig voneinander. „Geh du schon mal vor und dusch dich. Ich bleibe noch eine Weile hier liegen und erhole mich davon, von dir vernascht worden zu sein", sagte Dustin.

Sie warfen das Bettzeug und die Handtücher, die sie

benutzt hatten, in die Waschmaschine der Schlafbaracke, bevor sie zur Kantine gingen. Sie frühstückten schließlich mit den Frauen zusammen, bevor Dustin aufbrach, um Adam ein letztes Mal bei der Arbeit zu helfen.

Amy und Coralee kamen Charitys Aufforderung, zum Abschied einen Ausritt zu machen, begeistert nach. Es war interessant, ihre Hilfe und ihre Sichtweise zu bekommen, als sie Beach größtenteils allein sattelte.

Charity hielt Amy die Hand zum Abklatschen hin und bedankte sich bei ihr, nachdem sie ihre Methode nachgeahmt hatte, um den Sattel auf Beachs Rücken zu schwingen. „Dustin verschwendet keinen Gedanken daran, wie er den Sattel hochhebt. Ich habe relativ viel Kraft vom Tanzen und von der Arbeit als Feuerwehrfrau, aber die Methode, die du anwendest, um den Sattel hochzuschwingen, ist eine Riesenhilfe.“

„Du machst das toll. Und deine Beweglichkeit ist sehr praktisch beim Aufsteigen.“ Coralee nahm sie und Amy für einen einstündigen Ritt auf einer neuen Strecke mit. Dann leitete sie Charity an, damit sie Beach striegelte und alles wegräumte, als sie fertig waren.

Charity summte immer noch glücklich vor sich hin, als sie die Wäsche fertigmachte und ihre Kleidung packte. Und jetzt noch ihre letzte Aufgabe – die Arbeitsunterlagen für Silver Stone mitzunehmen.

Sie betrat die Gruft und blieb ruckartig stehen. Frank Stone stand mit einer finsteren Miene hinter dem Schreibtisch.

FEST ENTSCHLOSSEN, ihren Aufenthalt friedlicher abzuschließen, als sie ihn begonnen hatte, beschloss Charity, höflich zu sein.

„Guten Morgen. Ich hole nur meine Sachen und stehe Ihnen dann nicht mehr im Weg.“

Er starrte sie an. „Ich habe dir doch gesagt, du sollst meinen Kram nicht anfassen. Wo zum Teufel sind meine Quittungen?"

So ein liebenswürdiger Mann.

„Ich habe sie vor fast einer Woche aus dem Weg geräumt, damit ich den Schreibtisch benutzen konnte, ohne sie zu verlegen. Einen Moment." Sie nahm sich ihren Ordner von der Ecke des Schreibtischs und legte ihn auf den Stuhl, bevor sie die Kiste aus dem Schrank holte. So verlockend es auch war, den Inhalt auf den Schreibtisch zu kippen, hielt sie sich doch zurück und stellte die Kiste stattdessen vor ihm ab. „Bitte schön."

Seine Miene verfinsterte sich noch mehr. „Bist du dann fertig?"

„Ja, Tucker und Caleb werden sich freuen, die Informationen zu bekommen. Und Sie müssen sich nicht mehr mit den immer gleichen Nachfragen herumschlagen, also sind alle glücklich und zufrieden."

„Darauf kann ich gut verzichten." Frank warf einen Blick in die Kiste und spottete. „Weißt du, sie haben die Informationen gar nicht wirklich gebraucht. Sie haben dich geschickt, damit du eine Beschäftigung hast, sodass sie den Jungen hierherschicken konnten, damit er mir auf die Nerven geht."

Halt die Klappe, Gruzing. Halt die Klappe und verzieh dich …

Nein. Es brachte nichts. Wie es aussah, hatte sie keinerlei Selbsterhaltungstrieb. „Sie nehmen immer gerne das Schlimmste von anderen an. Vielleicht sollten Sie an dieser Einstellung arbeiten, denn mit Ihren Vorurteilen tun Sie sich keinen Gefallen."

Seine Augen weiteten sich vor Schock. „Wie bitte?"

„Sie sind Ihrer Familie wichtig. Offenbar wichtig genug, dass sie mit Ihnen in Kontakt bleibt, aber die ganze Zeit über, in der ich hier gewesen bin, haben Sie nichts anderes getan, als Dustin, mich und jeden, der mit Silver Stone in Verbindung steht, schlecht zu machen."

Frank schnaubte. „Ich muss mich wirklich nicht vor dir rechtfertigen, aber offensichtlich hast du nicht das gesehen, was ich gesehen habe. Ich muss mir keine Respektlosigkeit gefallen lassen."

Sie brauchte einen größeren Hammer, um ihren Standpunkt deutlich zu machen. *Okay.* Charity trat näher und brachte ihn dazu, sie anzusehen.

„Das letzte Mal, dass ich mit einem meiner Eltern gesprochen habe, war vor zehn Jahren. Sie haben nie versucht, mich zu kontaktieren, soweit ich das weiß, und ich habe auch nicht das Bedürfnis, mit ihnen in Kontakt zu treten. Die Verbindung zwischen uns ist irreparabel beschädigt." Charity sah zu Onkel Frank. „Sie und die Silver Stone Ranch stehen noch in Kontakt. Der größte Konflikt, den ich zwischen Ihnen und dem Rest der Familie auf Silver Stone gesehen habe, ist Ihre Wut, auch wenn es so aussieht, als ob Sie vergessen haben, warum Sie überhaupt wütend sind."

„Es ist schwierig, zu vergessen, wenn der Junge ständig Kontra gibt."

Charity lachte. Sie konnte einfach nicht anders. „Dieser Junge ist ein Mann, der in den letzten Tagen viel auf Ihrem Land geleistet hat, an Ihrer Seite, ohne sich auch nur einmal zu beschweren. Vielmehr hat er sogar wahrscheinlich länger als Sie durchgehalten, und die ganze Zeit war er darauf bedacht, Ihr Land und Ihre Tiere zu beschützen und einen positiven Einfluss auf die Menschen auszuüben, neben denen er gearbeitet hat. Sagen Sie es mir, wenn ich falschliege."

Die Furche zwischen Frank Stones Augenbrauen vertiefte sich. Es war allerdings zu viel, sich zu erhoffen, dass sie zu ihm durchgedrungen war.

Wie erwartet, ignorierte er alle anderen Punkte ihrer Argumentation und kam wieder mit derselben alten Leier daher. „Er ist zu allen anderen höflich, aber zu mir ist er frech. Das hilft deiner Argumentation nicht gerade, junge Dame."

Ach du meine Güte. Das war ja schlimmer, als mit den zerstreuten Achtjährigen bei ihrem Tanzunterricht zu reden. „Okay, ja, er ist frech zu Ihnen. Ist Ihnen schon mal aufgefallen, *wann* er das ist? Vielleicht sollten Sie Ihre Unterhaltungen noch einmal vor Ihrem geistigen Auge Revue passieren lassen, und Sie werden feststellen, dass er nicht ein einziges Mal unhöflich zu Ihnen war, wenn Sie nicht als erstes unhöflich waren. Oder respektlos gegenüber jemandem in seiner Familie, insbesondere Caleb."

Frank starrte sie finster an. „Caleb. Dieser ..."

„Ich sollte Sie warnen", unterbrach Charity ihn. „Ich habe selbst eine ziemliche Ehrfurcht vor Caleb, alles in allem, also wenn Sie ihn mir gegenüber schlechtmachen wollen, dann werde ich verdammt schnell diejenige sein, die frech zu Ihnen ist."

Einen Moment lang hatte es Frank die Sprache verschlagen. Ob er die Botschaft endlich verstanden hatte oder zu schockiert war, um weiterzureden, konnte sie nicht beurteilen.

Es war höchste Zeit, zu gehen. Charity schnappte sich ihre Unterlagen. „Ich habe genug gesagt."

„Mehr als genug."

Sie lachte wieder, denn entweder tat sie das oder sie zog ihm den Aktenordner über den Schädel. „Wissen Sie, es ist wirklich traurig. Sie könnten den Respekt einiger der besten Leute genießen, die ich kenne. Die meisten von ihnen lieben Sie, weil Sie zur Familie gehören, trotz Ihres Verhaltens. Den Respekt allerdings müssten Sie sich verdienen."

Sie hob den Stuhl zusammen mit dem Aktenordner hoch

und ging zur Tür hinaus. Wenn der Mann etwas zum Sitzen wollte, dann konnte er sich seinen eigenen verdammten Stuhl suchen.

NACHDEM SIE BEACH in einen geliehenen Anhänger bugsiert hatten, verabschiedete sich Dustin von Adam und sah sich dann um. Charity war gerade dabei, die Ranchhelfer, mit denen sie in den letzten Tagen Zeit verbracht hatten, zum Abschied zu umarmen. „Weißt du, wo mein Onkel ist?"

„Im Büro, soweit ich weiß." Adam klopfte Dustin auf die Schulter. „Ich muss Tucker sagen, dass er öfter die Schnauze voll von dir haben sollte, sodass du mir aushelfen kannst. Und bring Charity mit. Sie ist wie eine frische Brise."

„Das ist sie. Danke." Dustin nickte zum Büro hinüber. „Ich sag ihm nur Bescheid, dass ich fahre."

„Mach es kurz und schmerzlos." Adam zwinkerte ihm zu.

„Ich versuche es." Dustin versuchte es immer.

Patchwork Annie heftete sich fröhlich an seine Fersen, als sie die kurze Strecke zum Büro überwanden. Dustin holte tief Luft, bevor er die Tür aufstieß. „Onkel Frank? Ich wollte dir nur Bescheid geben, dass Charity und ich jetzt fahren."

Frank saß hinter seinem Schreibtisch. Er sah hoch, öffnete den Mund und hielt dann inne. Es sah beinahe so aus, als ob er vergessen hatte, was er sagen wollte, denn er schluckte schwer, stand dann auf und hielt ihm die Hand hin. „Danke für deine Hilfe."

Dustin blinzelte überrascht. Hm, keine bissige Bemerkung oder ein abfälliger Kommentar? Er trat rasch nach vorne und erwiderte den kurzen, festen Händedruck. „Danke für deine Gastfreundschaft. Charity hat die Bettwäsche und die Handtücher gewaschen. Sie sind sauber und im Anhänger.

Und Adam hat uns einen Anhänger ausgeliehen, damit wir Son of a Beach mit nach Norden nehmen können. Ich bin mir sicher, dass Tucker sich eine Notiz macht, damit er den Anhänger wieder zurückschickt, wenn wir das nächste Mal miteinander zu tun haben."

„Gut." Frank senkte das Kinn und schien um Worte zu ringen, dann wiederholte er einfach: „Gut. Jetzt mach dich auf den Weg. Ich habe zu arbeiten."

Dustin schlenderte aus dem Büro, etwas schockiert und ziemlich verwirrt. Vor allem aber positiv überrascht.

Das war gerade passiert. Unerwartet, aber wie Charity sagen würde ... *okay.*

Kurz darauf waren sie unterwegs.

Charity erzählte ihm alles über ihren morgendlichen Ausritt. „Und jetzt weiß ich, wie man Beach sattelt, ohne dass ich das Gefühl habe, dass jemand sich etwas bricht. Beach oder ich."

„Schön, dass die Mädels dir ein paar Tipps geben konnten. Du kannst gerne weiter auf Beach reiten, sobald er sich auf Silver Stone eingewöhnt hat. Normalerweise verlegen wir die Pferde im Ruhestand auf die weiter entfernten Weiden, aber nicht, bevor sie sich eingewöhnt haben." Er drückte ihr die Finger. „Ich rede mit Tucker."

„Das wäre schön. Danke."

Dutzende Gesprächsthemen schwirrten in Dustins Kopf herum. Sie hatten noch nie Probleme gehabt, miteinander zu reden. Nur, dass er nicht nur über belanglose Themen quatschen wollte. Er wollte sie besser kennenlernen. Damit sich die Offenheit bei ihren intimen Momenten auch in ihren alltäglichen Gesprächen widerspiegelte.

Sie waren übereingekommen, dass es am besten war, alles offen anzusprechen, und das war auch richtig so. Also stellte er die Frage, die ihm gerade durch den Kopf schoss. „Ich wollte dich das schon früher fragen. Bevor wir von Silver Stone aufgebrochen sind, hast du Caleb gesagt, dass es nichts bringen würde, die Polizei zu kontaktieren wegen der Frau, die die Informationen gepostet hat."

„Ja. Wenn du ihren Namen wüsstest, dann könntest du eine Person anzeigen, aber im Allgemeinen kannst du Diskussionen in sozialen Medien nicht rechtlich unterbinden, wie falsch oder verstörend sie auch sind."

Dustin hielt inne. „Mir fällt keine Frau ein, mit der ich zusammen war, die es für eine gute Idee halten würde, diese Infos zu posten."

„An deiner Stelle hätte ich auch keinen blassen Schimmer." Sie verzog das Gesicht. „Die paar Typen, die meine Nummer haben, sind hoffentlich nicht schlimm genug, um sie öffentlich zu posten. Aber wir können nicht kontrollieren, was andere tun."

„Nein, können wir nicht." Dustin verschränkte seine Finger mit ihren. „Was ist denn bei dir passiert? Was ist viral gegangen?"

Sie stockte. „Wie viel weißt du über meine Jugendzeit?"

Er zuckte mit den Schultern. „Ich weiß, dass du dich nicht mit deinen Eltern verstehst. Du hast bei deiner Großmutter gelebt, als du die High School abgeschlossen hast. Ich habe die Fotos von deiner Abschlussfeier gesehen, und deine Großmutter und deine Schwester sind diejenigen, die mit dir auf den Fotos sind."

Ihr Blick schweifte aus dem Fenster. „Ich dachte mir schon, dass du und die Stones nicht von dem Menschenschlag sind, die diese Art von Drama kennen. Meine Mutter war eine Bloggerin. Chelsea und ich sind damit aufgewachsen, dass jeder Teil unseres Familienlebens dokumentiert und online gepostet wurde."

Schock stürmte auf ihn ein. „Das meinst du nicht ernst."

„Doch, leider." Charity seufzte. „Als ich ganz klein war, kannte ich es nicht anders. Es war eben einfach so, dass Mami ihre Kamera dabeihatte. Ich wusste nicht, dass sie Zeug postete, das sich jeden Tag hunderte und tausende Personen ansahen."

Die Vorstellung eines derartigen Eingriffs in die Privatsphäre war erschütternd. Er hielt inne und überlegte. „Meine Pflegeschwester ist eine Bloggerin, aber sie postet nie Fotos von den Kindern. Und ich weiß, dass sie über das Leben auf der Ranch, sogar über ihre Kinder, spricht, aber nur so am Rande. Sie steht im Mittelpunkt des Interesses."

„Was ja auch okay ist. Der Schlüssel ist mal wieder, dass alle einverstanden sein sollten." Charity begegnete kurz seinem Blick und konzentrierte sich dann wieder auf die Straße. „Ich war ungefähr zwölf Jahre alt, als mir klar wurde, dass ich es nicht mochte, wenn man über mich sprach. Ich wollte die Aufmerksamkeit der Leute im Internet nicht. Ich habe es gehasst, wenn in der Schule Dinge zur Sprache kamen, die irgendjemandes Mutter über mein Leben gelesen und ihren Kindern erzählt hat."

„Außerdem wollte ich, dass Mom und Dad tatsächlich Zeit mit mir verbrachten, im wirklichen Leben. Der Tropfen, der das Fass zum Überlaufen brachte, war der Tag, an dem ich eine Tanzaufführung hatte, aber anstatt sich das anzuschauen, hat Mom vorher gestellte Fotos gemacht. Spontane Fotos direkt vor Ort wären nicht gut genug gewesen, verstehst du? Ich musste so tun, als ob – und ich hatte genug davon. Ich habe ihr gesagt, dass ich nicht mehr wollte, dass sie etwas über mich postet. Ich habe sogar eine Unterlassungsaufforderung verfasst – wie das eben eine typisch neunmalkluge Zwölfjährige tut."

Zwölf. Scheiße. „Der Brief kam nicht gut an."

„Er hat eine Kettenreaktion losgetreten. Es stellte sich heraus, dass die perfekte Familie, über die Mom im Internet gepostet hat, am Auseinanderbrechen war. Sie und Dad haben sich die ganze Zeit über das gestritten, worüber sich unglückliche Paare eben streiten. Chelsea war gerade dabei, sich über ihre Sexualität im Klaren zu werden, und lebte in ständiger Angst, dass dieser Bereich ihres Lebens online gestellt werden würde, sodass die ganze Welt darüber diskutieren konnte." Charity hob die Hände. „Mom traf die schlechte Entscheidung, etwas über undankbare Kinder zu posten und die Schimpftirade ihrer Zwölfjährigen ins Internet zu stellen. Innerhalb weniger Stunden wurde es überall geteilt. Bis es dann von den Mainstream-Medien aufgegriffen wurde, hatten Leute auf beiden Seiten der *Mamablogger*-Debatte meinen Brief kommentiert und immer wieder geteilt. Es ging nur darum, auch seinen Senf zu dem Drama abzugeben."

Als er zwölf Jahre alt gewesen war, war Dustin geritten, hatte mit Freunden gespielt und seinen älteren Brüdern bedingungslos vertraut. „Das wusste ich nicht."

„Die meisten Leute in Heart Falls wissen zum Glück nichts davon." Sie veränderte die Position auf ihrem Sitz, sodass sie im Schneidersitz dasaß. „Dad und Mom haben sich scheiden lassen, und er ist weggezogen. Mom hatte einen Nervenzusammenbruch und hat beschlossen, dass sie keine Mutter mehr sein wollte, also sprang Oma Lily ein, um sich um mich und Chelsea zu kümmern. Wir haben ihren Nachnamen angenommen, um uns so weit wie möglich von dem Drama zu distanzieren."

Wow. „Deine ganze Welt ist auf den Kopf gestellt worden."

„Der Einzug bei Oma Lily war allerdings der Beginn eines richtigen Lebens. Sie war für uns da, als wir sie am meisten gebraucht haben, und dafür werde ich immer dankbar sein." Sie stieß einen langgezogenen Seufzer aus. „Sie ist an Brustkrebs gestorben, ungefähr sechs Monate, nachdem ich die High School abgeschlossen habe."

Charity hatte einen verheerenden Schlag nach dem anderen einstecken müssen. „Es tut mir so leid. Scheißkrebs."

„Ja." Sie reichte ihm die Finger über den Zwischenraum zwischen ihnen. „Das ist die Geschichte, wie ich viral gegangen bin."

Er runzelte die Stirn, weil er sich plötzlich Gedanken machte. „Was ist, wenn die alten Kamellen wieder aufgewärmt werden, weil du mit mir abhängst?"

Ihre Finger lagen warm in den seinen. „Ich habe immer damit gerechnet, dass die Geschichte irgendwann mal wieder hochkocht, aber jetzt bin ich älter und es kümmert mich nicht mehr so sehr, was Leute, die ich nicht kenne, über mich sagen, ob im Internet oder sonst wo."

Du meine Güte. „Ich will dich nicht wieder in so einen Schlamassel reinziehen."

„Dieses Mal ist es meine freie Wahl – und das macht den Unterschied." Charity drückte ihm die Hand. „Ich meine es ernst. Lass es gut sein."

„Na gut. Ich bin wirklich dankbar, dass du deine Oma hattest. Was alles andere angeht: Ruhm in sozialen Medien ist ätzend, und mögen wir diese Erfahrung nie wieder machen."

Ein leiser Ton erklang vom Armaturenbrett her.

Dustin sah besorgt nach unten, doch die Warnleuchte der Anhängerbremse war so schnell erloschen, wie sie angegangen war. „Das war seltsam."

Charity begegnete seinem Blick mit einer gehobenen Augenbraue. „Was?"

Er schüttelte den Kopf. „Es ist nichts. Such dir ein Lied aus, das du dir anhören willst, und dann kannst du mir erzählen, welche Pläne du im Sommer hast."

Der Rest der Fahrt ging schnell vorbei, und bald hielten sie vor Charitys Wohnung an. Dustin stieg aus, um ihr mit ihren Sachen zu helfen.

Sie war bereits aus dem Truck geklettert und wollte die hintere Tür öffnen, als er bei ihr eintraf und vorwurfsvoll mit der Zunge schnalzte, um das zu übernehmen. „Ich sehe schon, ich muss dich in der hohen Kunst des Wartens unterweisen."

„Ich bin dazu in der Lage, meine eigenen Türen zu öffnen."

„Natürlich bist du das. Wenn du also darauf wartest, dass ich es tue, heißt das, dass du mir das Privileg gibst, dass ich mich um dich kümmern darf."

Sie hielt inne, als sie gerade dabei war, nach ihrer Sporttasche zu greifen, ließ die Arme sinken und starrte ihn an. „Ernsthaft?"

Dustin hängte sich ihre Tasche über die Schulter, nahm ihre Finger in seine und pfiff nach Annie, die die Rosenbüsche in der Nähe beschnüffelte.

„Ist das der Grund, warum Männer einem Türen öffnen?"

Er zuckte mit den Schultern. „Ich weiß nicht, wie das bei anderen ist, aber das hat Luke mir erzählt. Ich finde, dass das eine schöne Art ist, wie ich zeigen kann, dass ich mich um andere kümmere." Bald waren sie in Charitys Wohnung. Er stellte eine Tasche auf den Tisch und drehte sich zu ihr um. „Brauchst du noch irgendwas?"

Sie schüttelte den Kopf. Annie schnüffelte im Zimmer herum wie ein Bluthund auf einer Fährte.

„Ich werde dich vermissen."

Dustins Herz begann einen Moment lang schneller zu schlagen, bevor es mit einem dumpfen Schlag auf den Boden klatschte ...

Verdammt. Charity sprach mit dem Hund, weil sie sich hinkniete und Annie hinter den Ohren kraulte.

Er blieb ganz cool. „Du bist ja am Montagmorgen wieder auf der Ranch. Ich schaue, dass ich so oft wie möglich vorbeikomme, dann kannst du Annie sehen."

„Natürlich." Charity stand auf. „Ich hoffe, dass alles gut geht, wenn du wieder auf Silver Stone bist. Und ich gebe dir so bald wie möglich Bescheid, was Chelsea über ihre Besuchspläne sagt."

„Wir müssten noch ein- oder zweimal miteinander ausgehen." Dustin versuchte, nicht von einem Fuß auf den anderen zu treten, aber er scheiterte kläglich.

„Und wir sollten bei der Junggesellenversteigerung aufkreuzen, aber das können wir spontan entscheiden." Sie stand ihm gegenüber, ganz unbeholfen, ohne Blickkontakt. Die Vertrautheit, die zwischen ihnen geherrscht hatte, schien sich in dem Moment in Luft aufgelöst zu haben, in dem sie das Zimmer betreten hatten.

Er wollte sie küssen. Er wollte sie hochheben, sie ins Schlafzimmer tragen, sie ausziehen und wieder zu dem Moment zurückkehren, den sie am Morgen miteinander verbracht hatten.

Wuff.

Das Bellen war so laut und unerwartet, dass seine und Charitys Aufmerksamkeit auf den Hund gelenkt wurde. Annie war auf die Couch gesprungen und saß jetzt auf ihrem Hintern, wobei sie sich auf die Vorderpfoten gestützt hatte, während sie sie erwartungsvoll ansah.

Wenigstens lockerten ihre Faxen die angespannte Stimmung im Raum auf. Charity lachte. „Annie. Wir schauen uns keine Serie an. Du musst mit Dustin zur Ranch zurückgehen."

Annie legte das Kinn auf den Vorderpfoten ab, als ob sie verstünde, doch mit einem klaren Nein antworten wollte.

Dustins Handy vibrierte laut. „Scheiße. Das ist Tucker."

„O nein." Charity riss besorgt die Augen auf, als sie einen Blick auf die Nachricht warf.

Zum Glück war es nichts Schlimmes. „Es ist okay. Er will,

dass ich noch eine Bestellung im Laden abhole, sobald ich dich abgesetzt habe, und sie machen bald zu."

„Du solltest fahren. Schick mir aber eine Nachricht. Sag mir Bescheid, wie es bei euch läuft. Und wir sprechen uns am Montag."

Zum Teufel damit. Dustin überwand die Distanz zwischen ihnen und legte ihr die Hand auf die Wange. Dann küsste er sie, heiß und heftig und besitzergreifend und verdammt noch mal, es fühlte sich so richtig an.

Als er sich schließlich von ihr löste, lächelte Charity wieder, anstatt ihn verlegen und unbehaglich anzustarren. Er senkte den Kopf und schlüpfte zur Tür hinaus, Annie direkt hinter ihm.

Der Hund starrte während der ganzen Fahrt nach Silver Stone gedankenverloren aus dem Fenster. Dustin konnte sich des Eindrucks nicht erwehren, dass er wahrscheinlich genauso bedröppelt wie das Tier dreinschaute. Wieder zurück in Silver Stone zu sein, war gut, aber nicht bei Charity zu sein, war schlecht.

Was bedeutete ...

Im Laufe der Jahre hatte Dustin hautnah mitbekommen, wie seine Geschwister ihre perfekten Partner gefunden hatten, also war ihm schon klar, was da gerade ablief. Er und Charity verstanden sich blendend im Bett. Auch wenn es nicht um Sex ging, mochten sie sich sehr, und schließlich hatten sie jede Menge Gemeinsamkeiten.

Das hieß, dass es an der Zeit war, ein wenig darüber nachzudenken, was er wirklich wollte, und ob sie anstatt einer vorübergehenden vorgetäuschten Beziehung eine echte dauerhafte Beziehung eingehen sollten.

Vielleicht war der Zirkus mit den sozialen Medien genau der Katalysator gewesen, den Dustin gebraucht hatte, damit er erkannte, was da Gutes direkt vor seiner Nase lag.

12

––––––––

Die letzte Woche in Crooked Creek verbracht zu haben, hatte einen unerwarteten Nebeneffekt – Charity war enttäuscht, als sie feststellte, dass sie ihr eigenes Abendessen kochen musste.

Oder vielleicht doch nicht? Sie schickte Fern eine kurze Textnachricht, um herauszufinden, ob ihre Freundin fertig mit der Arbeit war und sie sie sich treffen konnten.

Fern marschierte eine Stunde später durch die Tür, einen Pizzakarton in der Hand. „Ich will die Veggie-Pizza."

„Und ich die Meat-Lovers-Pizza, also werden wir definitiv nicht teilen."

Fern schnaubte verächtlich. „Ich weiß, du hast letzte Woche wie eine Königin gegessen, also habe ich kein Geld für Chicken Wings ausgegeben, aber ich habe Zutaten für Salat mitgebracht. Du musst morgen einkaufen gehen. Ich habe mir viel Mühe damit gegeben, deinen Kühlschrank sauber zu machen."

Sie machten einen gemischten Salat, füllten ihre Teller und setzten sich auf die Couch.

„Erzähl mir alles, oder wenigstens das, was du mir erzählen willst", forderte Fern sie auf. „Aber zuerst mal, ich habe den Social-Media-Rummel verfolgt, und der beruhigt sich allmählich. Shim war übrigens großartig."

Charity hielt mit der Pizza in der Hand auf halbem Weg zum Mund inne. „Ich bin furchtbar. Ich habe ganz vergessen, dass er wieder da ist."

Fern winkte ab. „Du warst damit beschäftigt, deine Denkmuskeln einzusetzen, um einigermaßen höflich zu Onkel Frank zu sein, und der Rest deines Gehirns hat sich durch ausgezeichneten Sex aufgelöst." Sie hob eine Augenbraue. „Zumindest gehe ich davon aus, dass er ausgezeichnet war."

Charity lächelte. „Ganz ausgezeichnet."

Fern seufzte glücklich. „Ich bin froh, dass wenigstens eine von uns endorphinmäßig befriedigt ist."

„Vielleicht ist es ja an der Zeit, dass du dir deinen Typen krallst." Charity hielt inne. „Wir haben uns doch geeinigt, dass es ein Typ ist, oder?"

Das brachte ihr ein Augenrollen ein. „Ja. Um wieder zu Shims ausgezeichneter Arbeit zurückzukehren ..."

„Du bist richtig gut darin, unbequemen Themen auszuweichen."

„Danke, dass dir das auffällt. Shim hat diese Woche die Webseite von Silver Stone aktualisiert. Geh mal auf die Rubrik *Über uns.*"

Fern hielt ihr Handy hoch. Sie hatte schon die richtige Seite geladen. Sie scrollte langsam nach unten, sodass Charity einen Blick darauf werfen konnte.

Es gab drei kurze Texte, aber es waren die Bilder, die Charitys Aufmerksamkeit als erstes erregten.

Das Schwarz-Weiß-Foto in der linken oberen Ecke war älter. Zwei Familien posierten vor dem massiven schmiedeeisernen Tor zur Ranch oder kletterten darauf herum.

Die Stone-Eltern, die Hayes-Eltern und alle sieben Kinder lächelten auf dem Porträt zum Text mit dem Titel *Die Anfänge.*

Fern scrollte ein wenig weiter nach unten und ließ aus Versehen ein paar Fotos aus, aber Charity war zu beschäftigt damit, die Aufnahmen zu bewundern, um sich darüber zu beschweren.

Die Mitte der Webseite trug den Titel *Heute auf Silver Stone* und zeigte aktuelle Alltagsbilder aller erwachsenen Stone-Kinder mit ihren Partnern. Kelli und Luke zu Pferd. Tamara und Caleb auf einem Geländer beim Reitplatz mit Tieren im Hintergrund. Walker und Ivy auf einer Hollywood-Schaukel. Ginny und Tucker auf dem Steg, der in den Big Sky Lake hineinragte, während der Sonnenuntergang ihre Umgebung in ein malerisches Licht tauchte.

Der untere Teil der Webseite trug den Titel *Die Zukunft* und war ein einzelnes Foto der nächsten Generation von Silver Stone. Hand in Hand hatten die sechs Kinder den Rücken zur Kamera. Alle nebeneinander, von sechzehn bis vier Jahren, standen sie auf einem Bergkamm, der sich aus dem Umland erhob. In der Nähe graste eine Pferdeherde.

„*Das* ist ein passendes Kinderbild. Wenn man die Gesichter nicht sieht." Charity fühlte, wie sich etwas in ihr beruhigte, als sie das Bild sah.

„Shim hat gesagt, dass er mehrmals ermahnt wurde, die Bilder der Kinder unkenntlich zu machen."

„Gut. Er hat großartige Arbeit geleistet. Das ist erstaunlich." Charity stupste Ferns Daumen an, mit dem sie einen Teil des Bildschirms bedeckte. „Ich kann nicht die ganze Seite sehen."

„Als erstes möchte ich, dass du anerkennst, dass sie echt gut geworden ist, oder?"

„Fantastisch. Jetzt beweg deine Finger. Warum verdeckst

du das Bild von Dustin? Zumindest gehe ich davon aus, dass das unter deinem großen, fetten Daumen ist."

„Hier." Fern reichte ihr das Handy.

Charity scrollte wieder nach oben. „Oh. *Wow* ..."

„Du wusstest, dass er ein Foto von Dustin und dir ins Netz gestellt hat."

„Ja, er hat mir eine Nachricht deswegen geschrieben und mich um Erlaubnis gefragt. Ich habe gesagt, dass es okay ist, aber wow." Es war ein wenig überwältigend, wieder ein Bild von sich online zu sehen, dieses Mal neben Dustin und zwischen Bildern seiner Familie. Und das Bild, das sie gefunden hatten, war ...

Noch mal wow.

Vor zwei Jahren hatte Charity an Weihnachten geholfen, eine Spendenaktion mit einer Nussknacker-Balletteinlage zu organisieren, und Dustin war während des Events ein williges Opfer gewesen. Er hatte schließlich sogar mit den Kindern getanzt, die sie unterrichtete, was hieß, dass sie Zeit damit verbracht hatte, dafür zu sorgen, dass seine Tanzschritte mit denen der Kinder übereinstimmten. Irgendjemand hatte einen Schnappschuss nur von ihnen beiden gemacht, als sie herumalberten. Sie hatte das Foto noch nie gesehen.

Dustin hatte ihr den Arm um die Schultern gelegt und sie beide hoben lachend das Kinn. Das Holz hinter ihnen war Teil der Kulisse gewesen, doch auf dem Bild hätte es jede der Scheunen von Silver Stone sein können.

Charity trug ein falsches Rentiergeweih auf einem Stirnband; die flauschigen Dinger ragten durch ihre Locken und verwandelten sie in ein liebenswertes Weihnachtsgeschöpf. Dustin trug einen silbernen Cowboy-Hut mit einem Prinzessinnen-Diadem an der Krempe, das seine Nichten für ihn gebastelt hatten.

Es war ein lustiges Bild, und verglichen mit den anderen

Geschwistern wirkten sie viel unbeschwerter und jugendlicher. Sie sahen gut aus.

Sie sahen *als Paar* gut aus.

„Es ist großartig." Charity sagte die Worte mit Nachdruck, denn wenn sie sie aussprach, würde ihr vielleicht weniger bewusst, wie sehr sie nicht dazugehörte, egal wie das auf den Fotos wirkte. Sie schaltete den Bildschirm aus und gab ihrer Freundin das Handy zurück. „Wenn Dustins Leben dadurch einfacher wird, bin ich froh."

Fern nahm das Handy stillschweigend entgegen. Doch ihr Gesichtsausdruck sprach Bände.

Charity runzelte die Stirn. „Was?"

„Nichts. Ich wollte nur wissen, wie der Plan jetzt aussieht."

Gut. Sie mussten diese Bilder, auf denen sie beide für ihren Geschmack viel zu sehr so aussahen, als ob sie zusammengehörten, schleunigst hinter sich lassen. „Wir werden in der nächsten Zeit was mit dir und Shim unternehmen, so wie immer. Um sicherzustellen, dass die Dating-Geschichte nicht an Schwung verliert."

„Denkst du wirklich darüber nach, zur Versteigerung zu gehen?" Charity nickte, den Mund voller Pizza, und Fern sah nachdenklich aus. „Das ist keine schlechte Idee. Ich helfe übrigens bei der Planung."

Charity schluckte ihren Bissen und antwortete dann. „Für die Junggesellenversteigerung?"

„Ja, Rose und Tansy haben schon die meiste Routinearbeit erledigt. Aber mein Schwager Chance hat eine Last-Minute-Einladung zu so einer schicken Galerie-Eröffnung in Irland gekriegt, und er hat sie schließlich alle mitgenommen. Rose, Tansy, seinen Bruder Cody. Sie sind gestern abgereist und kommen nicht vor dem Zehnten zurück."

„Das ist aufregend."

Fern grinste. „Rose war total aus dem Häuschen. Sie wollte

nach Irland, seit Chance in der Stadt ist. Aber zurück zur Versteigerung. Mein Dad moderiert, wie immer. Wenn ihr unter den Zuschauern seid, dann kann ich dafür sorgen, dass Dad weiß, dass er kurz die Aufmerksamkeit auf euch lenken soll, zu einem Zeitpunkt, der euch passt, sodass ihr euch dann aus dem Staub machen könnt."

Im Rampenlicht zu stehen, klang unheimlich, doch gleichzeitig könnte es auch helfen. „Keine schlechte Idee. Ich frage Dustin, und wenn er ja sagt, dann ist dein Vater genau der Richtige, um sich darum zu kümmern." Charity lachte. „Was wird dein Vater nur dieses Jahr tun, jetzt wo Tansy nicht da ist, um ihm mit ausgefallenen Geboten auf jeden Cowboy auf die Nerven zu gehen?"

„Es ist immer aufregend, wenn sie dabei ist, oder?" Fern zuckte mit den Schultern. „Du und Dustin sorgt dieses Jahr dafür, dass es aufregend wird."

„Hoffentlich nicht." Charity füllte ihren Teller nach. „Okay, nächster Schritt. Fertig essen, dann Erholung."

„Ein Hoch auf Power-Relaxing." Fern hob ihre Pizza. „Und auf Freunde. Alle Definitionen von *Freunde* eingeschlossen."

Charity Gehirn arbeitete auf Hochtouren, während Fern einen Film für sie aussuchte. Freunde ja. Aber *Freunde* sahen nicht so aus, wie sie und Dustin auf dem Bild aussahen.

Sie sahen nach *mehr* aus, und sie wusste nicht, was sie mit dieser Information anfangen sollte.

ES WAR GLEICHZEITIG VERTRAUT und ungewohnt, auf die Zufahrt zur Silver Stone Ranch abzubiegen. Das Haupttor, das bisher immer offen gestanden hatte, erstreckte sich über den Asphalt und blockierte seinen Weg.

Einer der Angestellten kam aus einem hölzernen Sicherheitsgebäude neben der Straße, das noch nicht da gewesen war, als Dustin abgereist war.

„Verdammt." Er hielt an, kurbelte das Fenster herab und nickte dem bekannten Gesicht zu. „Roy, das ist neu."

„Hey, Dustin. Ja, Tucker und Caleb haben beschlossen, dass es einfacher ist, die Eindringlinge hier zu stoppen, als sie später dazu zu kriegen, umzukehren und wieder zu fahren." Roy trat zur Seite und drückte einen Knopf, der die massiven Flügel des Tors auseinanderrollen ließ. „Bist du viel schikaniert worden, als du bei deinem Onkel warst?"

Einen Sekundenbruchteil lang wunderte sich Dustin, dass Roy die Animosität zwischen ihm und seinen Onkel ansprach, dann wurde ihm klar, dass der Mann den Medienrummel meinte. „Niemand ist aufgekreuzt, Gott sei Dank. Ihr habt euch mit dem größten Teil rumschlagen müssen, tut mir echt leid."

Roy zuckte mit den Schultern. „Ist ja nicht schlecht, dass Silver Stone Aufmerksamkeit kriegt. Aber dass deine Daten weitergegeben worden sind, das war nicht richtig."

„Hoffentlich liegt das hinter uns."

Der Mann winkte ihn weiter. „Wir sehen uns bei deiner nächsten Schicht."

Dustin hatte gerade erst den Anhänger geparkt, als Shim auftauchte.

„Endlich, der Mann der Stunde kehrt zurück." Shim klopfte ihm auf den Rücken und zog ihn dann in eine feste Umarmung. „Schön, dich zu sehen."

„Schön, wieder da zu sein. Tut mir leid, dass ich deine Ankunft verpasst habe." Dustin ging zum hinteren Teil des Anhängers, um Son of a Beach herauszuholen. „Kommst du mit? Ich muss ihn für die Nacht im Stall unterbringen."

„Natürlich. Wir müssen uns auf den neuesten Stand bringen. Und nicht nur, was deinen Online-Status angeht.“

„Tucker hat gesagt, dass es allmählich besser wird?“ Dustin deutete auf den Parkplatz. „Keiner da, der nicht da sein sollte, und ich habe niemanden auf dem Highway gesehen.“

„Es hat richtig was ausgemacht, das Tor geschlossen zu halten. Es hat übrigens allen einen Mordsspaß gemacht, da oben zu arbeiten. Es war eine nette Abwechslung von der sonstigen harten Arbeit, einfach nur *Nein* zu sagen.“

Dustin lachte. „Schön zu wissen, dass der Schlamassel wenigstens einen Vorteil hat.“

Die nächsten Stunden verliefen gemütlich und entspannt. Er und sein Freund suchten eine Box für Beach und rieben das Pferd ab.

Während sie arbeiteten, brachten sie sich gegenseitig auf den neuesten Stand. Shims Job auf Silver Stone war eine brandneue Position, und nicht einmal er wusste, wie genau seine Arbeit aussehen würde. „Ich habe schon ein paar Apps wie die *Finder*-App für euch programmiert, als ich noch nicht hier war. In Zukunft geht es vor allem darum, die technischen Systeme auf dem neuesten Stand und virenfrei zu halten.“

„Die neuen Traktoren bestehen genauso sehr aus Elektronik wie aus guten alten Getrieben.“ Dustin grinste seinen Freund an. „Ich kann es nicht erwarten, dass Luke eines Tages zum Spaß herumstochert und etwas kaputtmacht, sodass er den Traktor abwürgt, und er stehen bleibt. Hoffentlich ist er auf einer weit entfernten Weide, wenn das passiert, und muss gerettet werden.“

„Schrecklich, aber wahrscheinlich. Wenigstens werde ich ihn schnell aufspüren können.“

„Wir wollen ja auch nicht zu lange ohne unser Equipment auskommen müssen.“

Shim grinste und setzte dann einen Unheil kündenden

Gesichtsausdruck auf. „Du hast mir ja schon von deiner Familie erzählt. Schön zu wissen, dass es allen gut geht. Jetzt erzähl mir von Charity."

Dustin setzte sein unschuldigstes Lächeln auf. „Sie ist großartig. Wir wollen diese Woche ins *Rough Cut* gehen. Fern kommt mit und du auch."

„Klar. Aber das ist es nicht, was ich wissen wollte, und das weißt du ganz genau." Shim machte die Box hinter ihnen zu, und sie schlenderten zurück zum Parkplatz, sodass Dustin seine Sachen holen konnte.

Wie viel sollte er sagen? Da er selbst noch dabei war, sich über alles klar zu werden, wahrscheinlich nicht viel. „Ich mag sie. Mochte sie schon immer."

„Aber als deine Freundin?"

Dustin blieb vor seinem Truck stehen. „Wieso denn nicht? Sie ist wahnsinnig lustig, sie ist nett, und sie sieht gut aus, und ihr Humor ist schräg genug, dass sie mich zum Lachen bringt, ohne dass es aus dem Ruder läuft. Dass wir was miteinander anfangen, ist nicht unlogisch."

„Auf einer gewissen Ebene schon." Shim hob eine Augenbraue. „Genauso wie es nicht unlogisch ist, dass du und ich Freunde sind."

Jetzt war Dustin verwirrt. „Was soll das denn heißen?"

Shim zuckte mit den Schultern. „Wir haben uns kennengelernt, weil du einen Lehrer hattest, der dich dazu gebracht hat, als Schreibübung Briefe mit jemandem außerhalb von Heart Falls auszutauschen, damit wir über unsere Lebensweise schreiben – im Endeffekt waren wir Brieffreunde, was es heute ja praktisch nicht mehr gibt. Du bist ein Cowboy; ich interessiere mich für Technologie und Computer."

„Du kannst reiten, wenigstens so gut, dass du nicht vom Pferd fällst. Und ich kann mit einem Computer umgehen." Dustin schüttelte den Kopf, schnappte sich seine Sachen und ging zu seinem Zimmer. „Außerdem – ein *so* guter Freund bist du auch wieder nicht."

„Arsch." Shim ging neben ihm her und redete weiter. „Charity arbeitet ihm Büro, sie ist auch kein Cowgirl. Sie tanzt gut, und sie ist ehrenamtlich für die Gemeinde tätig."

„Ich tanze und arbeite auch ehrenamtlich." Dustin musterte seinen Freund. „Das ist eine seltsame Unterhaltung."

„Schon." Shim stieß Dustins Tür auf und winkte ihn herein. „Und ich habe offensichtlich keine Probleme damit, mit dir abzuhängen."

„Danke." Dustin kippte seine dreckige Wäsche in den Korb neben dem Badezimmer.

„Charity hat offensichtlich auch keine Probleme, mit dir *zusammen* zu sein, zumindest nicht, wenn man danach geht, was du mir von eurer Woche erzählt hast."

Dustin schaute seinen Freund finster an. Das ging jetzt zu weit. Dustins Motto war: Ein Gentleman genießt und schweigt. „Ich habe dir überhaupt nichts erzählt, du Arsch."

Shim grinste. „Das musstest du auch nicht."

Er zeigte auf die Wäsche. Charitys blassrosa BH krönte den Wäschehaufen wie eine Kirsche einen Eisbecher.

„Scheiße." Dustin ließ den Deckel auf den Korb fallen, um das Corpus Delicti vor neugierigen Augen zu verbergen. Er zeigte auf seinen Freund. „Wage es nicht, sie aufzuziehen."

Shim sah schockiert aus. „Das würde ich doch nie tun."

„Du würdest einen Scherz darüber machen, aber ich will nicht, dass sie Muffensausen kriegt." Dustin seufzte. „Ich mag sie, Shim. Ich mag sie so richtig gern. Viel mehr als eine belanglose Freundin an der High School."

Sein Freund grinste nur noch breiter. „Na ja, dann ist es ja eine gute Sache, dass ihr den Sommer über *rein zufällig* so tun müsst, als wärt ihr ein Paar. Nur um sicherzustellen, dass ihr das Online-Drama zu einem glücklichen Ende bringt."

„Großartig. Erinnere mich doch noch mal daran, dass sie das ja nur tut, weil sie es tun muss."

„Kumpel, Charity tut nichts, was sie nicht tun will." Shim deutete auf die Wäsche. „Offensichtlich wollte sie es ja auch mit dir tun."

„Halt die Klappe."

„Kann ich nicht. Ich habe darauf gewartet, dass der allmächtige Stone sich endlich verliebt, und ich finde es ziemlich süß."

Dustin boxte Shim leicht in die Schulter, und sie rangelten kurz miteinander.

Als sie wieder aufstanden, klopfte Shim Dustin auf den Rücken, wobei sein Blick inzwischen ernst geworden war. „Ich verstehe das schon. Dass man wissen will, ob es richtig passt, und dass man Erwartungen erfüllen will, auch die unausgesprochenen."

Und damit hatte er den Nagel auf den Kopf getroffen. „Meine Familie bedeutet mir alles. Aber du und meine Freunde, ihr seid auch ein Teil von dem, was mir wichtig ist."

„Und jetzt versuchst du, herauszufinden, ob Charity irgendwo in beiden Lagern einen Platz finden könnte, bei deinen Freunden *und* bei deiner Familie."

Oder würde sie sogar noch mehr sein?

Dustin schüttelte den Kopf. „Ich muss darüber nachdenken, aber ja. Das ist eine große Sache. Ich will nichts überstürzen, aber ich will auch nichts Gutes verpassen, nur weil ich die Augen davor verschlossen habe."

Sie machten sich auf den Weg in die Kantine, um dort zu Abend zu essen, und die kameradschaftliche Stille zwischen ihnen war etwas, wofür Dustin dankbar war. Besonders, da ihm wegen seiner verworrenen Gedanken und dem unbekannten Terrain, das vor ihm lag, der Kopf schwirrte.

13

———

Am nächsten Vormittag, als sie Chelsea anrief, fühlte Charity sich immer noch ein wenig verstört. Teilweise wegen des Fotos, auf dem Dustin und sie viel zu sehr wie ein Paar wirkten. Teilweise wegen ihres wachsenden Verlangens danach, dass die vorgespielte Geschichte, die sie angefangen hatten, näher an die Realität rückte.

Sich mit Chelsea ein wenig auf den neusten Stand zu bringen, würde helfen.

Ihre Schwester meldete sich mit einem Gähnen und einem genuschelten „Was'n los?" am Handy.

Charity lachte. „Tut mir leid. Ich dachte, du wärst inzwischen wach."

„Suz hatte Spätschicht, und ich habe auf sie gewartet. Bist du zu Hause?"

„Ich bin gestern zurückgekommen. Die Auszeit war ein Erfolg, sowohl, was den Job angeht, und vor allem auch, um diese seltsamen Gerüchte über Dustin auszusitzen."

Chelsea brummte. „Ich habe in den letzten paar Tagen

gesehen, wie sich die Geschichte entwickelt hat – Dustin ist nicht so oft online, oder?"

„Nein. Er hat letzte Woche den Großteil seiner Zeit damit verbracht, den Kopf zu schütteln, während die Leute ihm erzählt haben, was im Internet gesagt wird."

„Schön für ihn, dass er sich davon fernhalten kann. Hast du es dir angesehen?"

Charity überlegte. „Nur weit genug, um mir in Erinnerung zu rufen, wie sehr ich es verabscheue, wenn die Dinge online außer Kontrolle geraten."

„Ich verstehe schon, Kleine. Aber es sieht so aus, als würde sich der Schlamassel beruhigen. Ich habe gesehen, dass erwähnt wurde, er hätte eine Freundin, das wird also schon helfen."

O nein. Charity durchforstete ihr Gehirn, konnte sich aber nicht daran erinnern, was sie ihrer Schwester erzählt hatte. „Äh … was diese Freundin betrifft."

„Warum klingst du so schuldbewusst?"

Weil große Schwestern eingebaute Sensoren für Unsinn hatten? „Ich hätte schwören können, ich hätte dir das Ganze erzählt, aber ich bin die Freundin. Ich meine, die *vorgespielte* Freundin."

„*Tee.*" Der Tadel und die Sorge waren gut in Chelseas Tonfall hörbar.

„Ich weiß. Damals klang das sinnvoll, das schwöre ich."

„Du bist echt gefährlich. Und ich hoffe, dass du verdammt noch mal weißt, was du da tust." Chelsea seufzte schwer. „Nächstes Thema, wir haben unseren Urlaub geplant. Suz und ich haben in der zweiten Juliwoche Dienstagabend bis Freitag frei. Suz' erste Schicht danach fängt um sechs Uhr am Freitagabend an, also kommen wir und hängen ein paar Tage bei dir rum, dann fahren wir am stressfreien Freitag heim."

„Perfekt. Ich werde es bei Silver Stone veranlassen, dass ich statt dieser Tage am Wochenende arbeite. Oh, und Dustin sagt, wir können uns Pferde ausleihen, und er wird uns zum Ausreiten mitnehmen, während ihr hier seid.“

„Ach, echt?“

„Er ist ein Guter, Cee. Soll ich ihm sagen, dass ihr Interesse habt?“

„Natürlich haben wir Interesse.“ Chelsea hielt kurz inne. „Du bist eine Erwachsene, Tee, also frage ich dich keine Sachen, die mich nichts angehen, aber eines sage ich: Wenn du mich brauchst, bin ich da. Wenn du *irgendwas* brauchst, bin ich da.“

„Das gilt im Gegenzug genauso, Schwester. Ich liebe dich, aber es ist alles okay, wirklich. Und ich freue mich darauf, in ein paar Wochen Zeit mit euch beiden zu verbringen.“

Sie verabschiedeten sich, dann kehrte Charity in die Routine ihres Lebens zurück. Sie räumte ihre Wohnung auf und ging zum Supermarkt, um ein paar Sachen nachzukaufen. Alltägliche, normale Sachen.

Sie vermisste es, Dustin zum Reden zu haben.

Nein – dorthin würde sie ihre Gedanken nicht wandern lassen. Stattdessen wurde sie auf dem Fußweg vom Laden nach Hause schneller, rollte ihre Einkäufe mit dem Korb auf Rädern, den sie dazu nutzte.

Ein langgezogener, tiefer Pfiff ertönte links von ihr. Charity ließ den Kopf herumfahren, um festzustellen, dass Dustin neben ihr war, sein Truck fuhr im Schneckentempo, während er aus dem Fenster grinste. „Hey, Tee. Brauchst du einen Chauffeur?“

„Ich wohne doch nur ein paar Blocks weiter“, sträubte sie sich, aber er war bereits rangefahren, ausgestiegen und zu ihrer Seite unterwegs.

„Dann kannst du es ein paar Blocks lang gemütlich haben.“ Er nahm ihren ganzen Einkaufskorb und hob ihn mühelos über die Seite des Trucks auf die Ladefläche. Er hielt ihr die Beifahrertür auf und bot ihr eine Hand zum Hochsteigen. „Da, komm rein."

Es fühlte sich viel zu gut an, in der Kabine seines Trucks zu sitzen. „Bist du stolz auf mich? Ich habe nicht versucht, meine eigene Tür zu öffnen oder so was."

„Total stolz." Er beugte sich über sie, sein lächelndes Gesicht direkt vor ihr. Er senkte die Stimme zu einem rauchigen, sexy Tonfall. „Kann ich dir mit dem Sicherheitsgurt helfen?"

„Du willst mich doch nur betatschen."

Die Worte waren herausgepurzelt, bevor sie sie sich überlegt hatte, aber er lachte. „Du kennst mich zu gut."

Seine Hände bewegten sich mit einem raschen, sanften Streichen über ihren Oberkörper. Dann ließ er den Gurt einrasten, schloss die Tür und kehrte zur Fahrerseite zurück.

„Jetzt hast du mich nur ganz heiß gemacht", beschwerte sich Charity leise, als er den Gang einlegte.

„Vielleicht sollten wir dagegen was unternehmen." Dustin fuhr langsam, seine Finger verschränkten sich auf dem Banksitz mit ihren. „Wenn du heute Nachmittag Zeit hast."

Es war ein Rezept für eine Katastrophe, aber verdammt sollte sie sein, wenn sie die Willenskraft fand, um Nein zu sagen.

Deshalb lag sie etwa eine Stunde später keuchend auf dem Bett, Dustin neben ihr. Sie hatten beide ein paar herausragende Höhepunkte genossen.

„Mein Eis schmilzt."

Dustin schob sich auf den Ellbogen hoch und grinste. „Ist das der neue Slang-Ausdruck für das, was wir gerade getan haben?"

„Es ist eine astreine Beschwerde. Ich habe meine Einkäufe

in der Küche stehen lassen. Gott, haben wir überhaupt die Eingangstür geschlossen?"

Er stieß mit der Nase an ihren Hals, schmiegte sie an sich. „Ich habe die Tür geschlossen, und ich habe das Eis in die Gefriertruhe geschoben. Für viel mehr hatte ich keine Zeit, bevor ich mich auf dich gestürzt habe."

„Das war sehr impulsiv und äußerst umwerfend." Sie legte ihm die Hände ans Gesicht und schaute in seine dunklen, tiefbraunen Augen. „Hey."

„Hey."

Das langsame Herabbeugen, bis ihre Lippen einander trafen, verschaffte ihr eine Menge Zeit, um wieder darüber nachzudenken, was für eine schreckliche Idee das war. Aber ernsthaft – wenn zur Wahl stand, Dustin zu küssen oder Dustin nicht zu küssen?

Das war keine Wahl.

Seine Lippen streiften ihre sanft. Seine Zunge neckte ihre Lippen, bis sie sie öffnete, und beide gaben sie *köstliche* Geräusche von sich.

Als er sich schließlich von ihr löste, tat er das nur, um seine Lippen auf ihre Schläfe zu drücken und sie dicht an sich zu schmiegen. „Hast du irgendwelche Neuigkeiten? Ich meine, über das Leben allgemein, nicht den *Hashtag Nervthema soziale Medien*."

Sie lachte leise. „Ich habe ein Datum für den Besuch meiner Schwester und meiner Schwägerin. Wenn dieser Ausritt noch zur Debatte steht."

„Durchaus." Dustin ließ die Finger ihren Arm hinabstreichen. „Ich habe mich mit Shim auf den neuesten Stand gebracht. Er lässt dich grüßen, und du schuldest ihm einen Tanz, wenn wir das nächste Mal ausgehen. Offensichtlich gab es ein zweites Bild von uns beiden, das beim

Nussknacker geschossen wurde, auf dem du noch die rote Rudolf-Nase trägt. Das hat er nicht genommen."

„Ich wette, das Bild ist süß. Aber sag ihm Danke, dass er mich davor bewahrt hat, aus mir *Hashtag DustinsRentier* zu machen."

„Verdammt, das muss ich benutzen."

Sie stach ihm in die Brust. „Benimm dich bloß."

„Warum sollte ich jetzt damit anfangen?" Er zwinkerte ihr aber zu. „Diese Woche Tanzen?"

Sie überlegte, was ihr Terminplan hergab. „Lieber früher als später. Denn die Versteigerung ist am Samstag, und wir sollten uns vorher ein paar Mal in der Öffentlichkeit sehen lassen."

„Hast du am Dienstag Zeit? Morgen habe ich Spätschicht."

Charity nickte. „Okay."

Pläne schmieden für ein gespieltes Date, während sie nach echtem Sex im Bett waren. Die Lage war weit über das hinausgewachsen, was sie erwartet hatte, aber es hatte keinen Sinn, jetzt irgendwas zu tun, außer am Ball zu bleiben.

Die Arbeit am Montag fühlte sich viel zu gewöhnlich an. Da am Eingangstor Security stand, gab es keine weiteren Vorfälle im Büro.

Allerdings tauchte Tucker mitten am Vormittag mit Caleb auf, und in ihr schoss Sorge hoch. Immerhin war sie zu Calebs Onkel unhöflich gewesen. Selbst wenn der Mann es verdient hatte.

Doch Tucker und Caleb wollten einfach nur die Informationen durchgehen, die sie in der letzten Woche gesammelt hatte.

Nachdem sie ihre Papiere überprüft hatte, lehnte sich Caleb in seinem Stuhl zurück und seufzte zufrieden. „Du wirkst Wunder, Charity. Danke, dass du dich durch etwas durchgewühlt hast, von dem ich annehme, dass es ein Schlamassel war, um uns die Daten zu beschaffen."

„Gern geschehen." Die Mahnung ihrer Großmutter, immer bei der Wahrheit zu bleiben, hielt sich hartnäckig. „Es war nicht so schlimm, wie ich erwartet hatte. Das Buchhaltungssystem deines Onkels ist altmodisch, aber ordentlich. Sobald ich es mal raus hatte."

Sie brauchte auch nicht den Vorfall mit dem Stuhl zu erwähnen.

Tucker und Caleb wechselten einen erheiterten Blick.

„Das war fast ein Kompliment", fiel Tucker auf.

Charitys Wangen wurden warm. „Er war nicht *nur* schlimm."

Calebs Lachen war tief und leise. „Nein, Onkel Frank ist nicht nur schlimm, aber ich finde auch, dass er nervt. Danke, dass du es mit ihm aufgenommen hast."

Sie schaute Tucker in die Augen, fragte stumm, was sie sich vor Caleb nicht zu fragen traute.

Tucker zuckte mit den Schultern. „Hab doch gesagt, du sollst dir deswegen keine Sorgen machen, oder nicht?"

„Ich weiß, dass er gut darin ist, Leuten richtig auf den Keks zu gehen", sagte Caleb, der aufstand, während er sprach. Er schaute ihr direkt in die Augen. „Du hast ihn doch nicht mit der Mistgabel angegangen. Was heißt, dass bisher meine *Frau* immer noch die Nummer 1 im Ärger machen bleibt, wenn es um Familienbeziehungen zu Onkel Frank geht."

„O mein Gott, echt?" Obwohl es Charity nicht überraschte. Nicht wirklich, aber sie war so neugierig, wie es nur ging, was wohl die gleichmütige Tamara so auf die Palme gebracht hatte, dass sie mit Gewalt reagierte.

„Echt." Caleb richtete seinen Hut, dann zwinkerte er. „Wie Tucker sagt, mach dir keine Sorgen deswegen. Und noch mal danke für deine Hilfe bei der Beschaffung der Informationen und dieser Sache als Freundin für Dustin."

„Kein Problem."

Caleb war schon fast durch die Tür, als ihr noch die Papiere einfielen, die sie letzte Woche für ihn vorbereitet hatte, damit er sie unterschreiben konnte, was bedeutete, dass es fast dreißig Minuten dauerte, bis sie das leere Büro wieder für sich hatte und die Gelegenheit bekam, auf ihrem Stuhl zusammenzubrechen und einen erleichterten Seufzer auszustoßen.

Sie war nicht in Schwierigkeiten.

Als Erstes und Wichtigstes hatte sich Caleb wie der felsenfeste große Bruder verhalten, der Dustin immer behauptet hatte, dass er es war.

Die zweite Lektion des Tages? Tamara war so richtig krass drauf. Charity konnte nicht erwarten, die Gründe und Umstände des Vorfalls mit der Mistgabel herauszufinden.

Am Dienstagabend blieb Dustin vor Charitys Wohnung stehen. Er nahm die Blumen, die er gekauft hatte, von einer Hand in die andere, wischte sich die verschwitzten Handflächen an der Jeans ab.

Was zum Teufel? Er war nervös wie ein neugeborenes Fohlen. Es war eigentlich lächerlich, nervös zu sein. Aber sein Verstand kehrte immer wieder zu dem Gedanken zurück, das alles echt werden zu lassen, und zum besten Weg, wie er das erreichen konnte, und nun zuckte er bei jedem lauten Geräusch zusammen.

Er holte tief Luft und klingelte.

Eine Sekunde später öffnete sich die Tür, Charitys Lächeln strahlte ihn an. „Genau rechtzeitig."

„Adam wäre stolz." Er hielt ihr die Blumen hin. „Für dich." Sie nahm den Strauß an, und ihr Lächeln wurde sogar noch breiter. Sie winkte ihn herein. „Danke. Das ist ja so süß."

„Du trägst immer Sachen mit Blumen, also dachte ich, sie würden dir gefallen." Er deutete auf ihre Kleidung. „Hier ist mein Beweis. Blumen."

Sie holte eine gläserne Vase aus dem Schrank und füllte sie mit Wasser. „Ich habe schon irgendwie ein Thema, oder?"

„Es funktioniert. Die hell leuchtenden Farben sehen toll an dir aus."

„Danke noch mal." Die Vase stand auf dem Küchentisch, und Charity trat zurück, um sie zu bewundern. „Sehr hübsch. Aus Roses Laden?"

„Als ob ich die sonst irgendwo in der Stadt bekommen würde. Fern hat gearbeitet. Sie hat gesagt, ich soll dir ausrichten, sie kommt heute Abend etwas später."

„Okay. Lass mich nur meine Schuhe anziehen, und wir können los."

Sie eilte weg. Dustin bewunderte, wie ihre Hüften unter dem flatternden geblümten Rock schwangen, der bis zur Mitte ihrer Oberschenkel ging. „Du siehst echt hübsch aus."

„Danke." Charity drehte sich im Kreis, sodass ein Stück glatte Haut zum Vorschein kam, bei dem seine Finger zuckten, da er es unbedingt streicheln wollte. „Hey. Nicht doch."

Widerstrebend hob er den Blick von ihren Beinen. „Was denn nicht?"

„Dass du mich mit den Augen ausziehst. Wir gehen tanzen, weißt du noch?"

„Es gibt auch horizontales Tanzen."

„Echt?"

„Habe ich gehört."

Sie bückte sich, um ein silbernes Riemchen an ihrem Schuh gerade zu rücken. „Erst mal vertikales Tanzen."

Ihr Hintern – *verdammt.* „Du bist eine sehr strenge Freundin, Tee."

„Das habe ich schon gehört."

Sie grinsten einander an, und seine Nervosität verschwand. Was sie da machten, wie sie die Zeit miteinander verbrachten – das Zusammensein mochte ja gespielt sein, aber die Verbindung zwischen ihnen war echt.

Vielleicht, wenn sie damit weitermachten, könnten sie vom So-tun-als-ob einfach zum nächsten Schritt übergehen, simpel und mühelos.

Vor der Wohnung ließ Charity ihre Hand um seinen Ellbogen gleiten. An seiner Seite marschierte sie das kurze Stück zur Tür des Pubs *Rough Cut* entlang.

„Ich schätze, man wird uns heute Abend ein wenig aufziehen", warnte Charity.

„Solange da nicht von irgendwelchen Zuchthengsten die Rede ist, ist alles, was uns miteinander in Verbindung bringt, etwas Gutes." Er drückte ihre Finger. „Falls du aber genug hast, lass es mich wissen."

„Okay." Ihre Lippen wölbten sich nach oben. „Ich schulde Shim einen Tanz. Und ich weiß, dass Fern uns gehörig ausfragen wird. Sie versucht, denjenigen aufzuspüren, der für das Doxxing verantwortlich ist."

„Wäre das nicht ein Spaß?"

Charity schnaubte.

„Was mich und meine Neuigkeiten betrifft, hat mich Luke vorgewarnt, dass er und Kelli heute Abend da sein werden. Ein bisschen familiäre Kameradschaft bieten." Nun war es an ihm, zu grinsen. „In anderen Worten, da Ginny außer Gefecht ist, bis das Baby kommt, war die Tatsache, dass wir ins Pub gehen, eine tolle Gelegenheit für Kelli, um Luke Feuer unterm Hintern zu machen und ihn dazu zu bringen, sie auszuführen."

In kleinen Dosen Zeit mit den Mitgliedern der Familie

Stone zu verbringen, war leichter als mit der ganzen Gruppe. Wenn mehr als zwei zusammenkamen, fühlte sie sich wie gelähmt. „Ich mag Kelli."

„Ich auch. Außerdem genieße ich immer die Gelegenheit, mit meinen Brüdern außerhalb der Arbeit rumzuhängen. Ich habe Tucker heute geholfen, sein Zeug und das von Ginny ins neue Haus zu bringen."

„Ist es fertig?"

„Zum Großteil. Der Boden ist komplett fertig, darunter auch das Zimmer fürs Baby. Das heißt, sie können noch umziehen, bevor das Baby da ist."

Inzwischen gingen sie den Bretterweg entlang. Ein entfernter Bekannter vom Ort grinste sie an, während der Mann die Tür offenhielt und sie nach vorne winkte. „Wenn das nicht unserer hauseigener Promi ist. Wie fühlt es sich an, berühmt zu sein?"

„Berühmt oder berüchtigt?", fragte Dustin mit einem Zwinkern und zog Charity dichter heran, während er sie durch den Eingang führte.

Der Laden war rappelvoll, aber es gab genug Platz zum Bewegen, sodass es sich nicht wie eine Falle anfühlte. Über die Tanzfläche hinweg winkte er Luke und Kelli zu, die sich bereits in einem schnellen Two-Step drehten.

„Es lohnt sich nicht, einen Platz zu suchen, wenn wir ihn nur wieder aufgeben." Charity drehte sich in Dustins Armen, endete wie durch Magie in der perfekten Position.

Er wirbelte sie auf die Tanzfläche. „Du bewegst dich so gut."

Sie lachte. „Du sagst das, als wärst du überrascht."

Er blinzelte. *Scheiße.* „Na, verdammt, das hört sich ganz falsch an. Natürlich bewegst du dich gut – Ballett, und dann alles andere. Wir haben schon mal getanzt."

„Vertikal und horizontal." Ihr dreistes Grinsen ließ eine Feuersalve durch ihn hindurch gehen.

„Tee", tadelte er. Sie lachte, während er sie herumwirbelte und nach hinten neigte.

Sie bewegten sich gut zusammen. Sowohl Luke als auch Tucker hatten Dustin schon verraten, dass ihnen das Tanzen gefiel, weil es eine tolle Möglichkeit war, Zeit allein mit ihren Frauen zu verbringen, mitten in einer Menschenansammlung.

Der schnelle Song endete und ging in eine romantische Ballade über. Dustin zog Charity dichter heran und genoss das Gefühl, wie sie an ihn gepresst war. „Meine Brüder sind Genies."

„Wie war das?" Charity strich mit den Fingern über seinen Nacken. Ihr Körper wiegte sich an ihm, und alle möglichen verruchten Pläne für später kamen ihm in den Sinn.

„Ich erinnere mich nur an ein paar Ratschläge, die sie mir gegeben haben, und die ich jetzt viel mehr zu schätzen weiß, je älter ich werde."

„Es ist schön, solche Familienmomente zu haben. Meine Oma hat mir mal gesagt, ich soll nicht mit einem Mann ausgehen, der einen schicken Truck fährt und mir nicht anbietet, das Geschirr zu spülen."

Dustin runzelte die Stirn über den Themenwechsel. „Wie gut, dass ich keinen schicken Truck habe."

Sie schüttelte den Kopf. „Es ist die Kombination. Wenn er einen schicken Truck hat, aber sich nicht freiwillig meldet, um im Haushalt mitzuhelfen, dann dachte sie sich, er wäre wohl die Art Mann, der sich eher darauf konzentriert, was ihn gut aussehen lässt, als die Aufgaben zu teilen, die zum Leben eben dazugehören."

Oh, jetzt verstand er es. „Deine Oma klingt toll."

Charity drückte ihre Wange an seine und seufzte zufrieden, während er sie über die Tanzfläche lotste.

Sie fühlte sich in seinen Armen so richtig an. Er konnte es nicht erwarten, sie mit nach Hause zu nehmen, aber ihm gefiel auch wirklich diese Zeit zusammen in der Öffentlichkeit. Eine Gelegenheit, sie vorzuführen ...

Ja, es ging darum, sicherzustellen, dass seine List mit der Freundin funktionierte, aber Dustin wusste, dass es um mehr ging. Damit wurde es auch mehr ... und ein Augenblick, den er wirklich zu schätzen wusste.

Das Lied ging zu Ende, und sie richtete sich neben ihm auf. Ihre Finger waren immer noch verbunden, während sie darauf warteten, dass das nächste Lied anfing.

Shim kam nach vorne, verbeugte sich leicht vor Charity. „Du schuldest mir einen Tanz."

„Das habe ich gehört." Charity drückte Dustins Finger, bevor sie losließ. „Reservier mir einen Platz. Danach brauche ich eine Pause."

„Denn wir werden tanzen, und nicht nur faul herumwackeln", sagte Shim an Dustin gewandt, bevor er Charity mit einem bösen Lachen davonwirbelte.

„Du bist ein Arsch", rief Dustin ihm nach.

Shim wurde beim Two-Step kein bisschen langsamer, aber irgendwie schaffte er es, den Mittelfinger zu heben, damit er ihn Dustin jedes Mal zeigen konnte, wenn er und Charity sich auf der Tanzfläche drehten. Charity lachte laut.

Alles war in Ordnung.

Dustin drehte sich um, um die Tanzfläche zu verlassen. Luke winkte ihn herüber dorthin, wo Kelli und er sich an einen Tisch gleich an der Seite gesetzt hatten.

Dustin setzte sich und nahm dankbar die Flasche entgegen, die sein Bruder ihm reichte. „Heute Abend ist es wild hier."

„Viel los, das kann man sagen." Luke beugte sich vor. „Ich überbringe nur ungern die Nachrichten – bin mir an dieser

Stelle nicht sicher, ob sie gut oder schlecht sind –, aber man hat dich auf den sozialen Medien wieder entdeckt."

„Scheiße."

„Nein, diesmal ist es vielleicht in Ordnung. Sie haben dir das mit der Freundin abgekauft." Luke hielt sein Handy hoch. „Das muss jemand vom Ort sein."

Der Social-Media-Beitrag kam von einem generischen @AroundHeartFalls-Account.

Seht mal, wer heute Abend unterwegs ist! Ich finde sie echt süß. Ich shippe das. #DusTee #SilverStoneStud #SüßesWesternPärchen

Ein Bild von ihm und Charity, ganz eng aneinandergeschmiegt, wie sie früher am Abend über den Bretterweg gegangen waren, begleitete den Text.

„Okay, das ist etwas gruselig." Ja, es war eine Bestätigung, dass er vergeben war. Aber er wollte nicht, dass die Leute jetzt plötzlich ihm und Charity hinterher stalkten.

Luke streckte die Beine unter dem Tisch aus. „Wenn es noch ein paar Leute reposten, dann bist du, was den Junggesellenstatus angeht, eindeutig aus dem Rennen."

„Ihr zwei seht gut zusammen aus." Kelli stieß ihn in die Seite. „Bist du nett zu ihr?"

„Sehr nett", versicherte er ihr. „So nett sie es zulässt."

Luke runzelte die Stirn. „Wovon redet ihr beiden denn? Natürlich ist er nett. Caleb würde ihm sonst den Kopf abreißen."

Nur dass Kelli dieses Grinsen aufhatte, das besagte, dass sie nicht so ahnungslos war wie Luke. Sie wartete, ob Dustin noch etwas dazu sagte, aber da es wirklich noch nichts Offizielles zu sagen gab, hielt er den Mund.

Sie hob eine Augenbraue, nickte aber. Dann wandte sie

sich an Luke und stieß ihn in den Arm. „Dein Bruder ist alt genug, dass er die finstere Drohung von Caleb nicht mehr braucht, um sich zu benehmen."

„Echt jetzt? Ich bin älter als ihr, und trotzdem drohst du mir noch, es Caleb zu verraten, wenn ich vorhabe, was Mieses mit Tucker anzustellen."

Kelli verdrehte die Augen. „Weil ihr beiden es darauf abgesehen habt, euch noch umzubringen mit euren hirnlosen Wettbewerben. Nur Calebs Zorn hält euch vom Holzweg ab."

Was sowohl stimmte als auch urkomisch war, darum lachte Dustin, als die atemlose Charity wieder am Tisch ankam.

„Das hat Spaß gemacht. Jetzt gib mir was zu trinken", befahl sie.

Dustin zog sie auf seinen Schoß, damit er ihr ins Ohr flüstern konnte, noch während Luke ihr eine ungeöffnete Flasche überreichte. „Lass dein Lächeln jetzt bloß nicht fallen, okay?", warnte er sie, bevor er ihr sein Handy zeigte. „Wir sind wieder in den Nachrichten."

Sie versteifte sich leicht, während sie es las, dann stöhnte sie. „*Hashtag DusTee?* Dafür entscheiden sie sich?"

„Ich finde das süß", wandte Kelli ein.

„So süß es eben sein kann, einen Online-Ruf zu haben", entgegnete Luke trocken.

Charity rümpfte die Nase, dann drehte sie sich um und gab Dustin einen dicken Kuss auf die Wange.

Er blinzelte. „Dir ist schon klar, dass du ihnen mehr Munition gibst. Denn dieses Bild wurde vor weniger als einer Stunde geschossen. Außerdem weiß jemand, dass dein Spitzname Tee lautet, und ich kann mir nicht vorstellen, dass das außerhalb von Heart Falls bekannt ist."

Sie war diejenige, die sich diesmal dicht heranbeugte. „Vielleicht, aber es ist besser, die Kameras auf uns gerichtet zu haben, als auf Kelli oder nicht?"

Dustin fluchte, dann nickte er. Er öffnete ihr Bier und reichte es ihr mit einer großen Geste. „Wann immer du mir einen Kuss geben willst, darfst du das auch."

„Ich bin schockiert und überrascht. *Nicht.*"

Neben ihnen lachte Kelli. Ihr betonter Blick zu Dustin sagte ihm schon wieder, dass sie mehr argwöhnte als Luke. Was Dustin nur recht war, denn sie schien es gutzuheißen.

Was hatte Keith gleich noch darüber gesagt, dass Frauen die besten Unterstützerinnen abgaben?

Kelli tätschelte den Platz neben sich. „Charity, ich muss mit dir reden. Da ich höre, dass ihr beiden am Samstag auf die Versteigerung geht, brauche ich deine Hilfe bei einem Schabernack, den ich geplant habe."

„Okay." Charity küsste ihn sanft auf die Wange, dann glitt sie von seinem Schoß.

Was bedeutete, dass die Mädchen bald ernsthaft etwas diskutierten, die Köpfe zusammengesteckt, während Luke und Dustin sich in ihren Stühlen zurücklehnten und es locker angehen ließen. Gemütlich, einfach, richtig.

Dustin hob sein Bier und neigte es zu seinem Bruder. „Auf einen gut durchgeführten Plan."

„Auf widerlich süße Online-Namen und das Ende des Ärgers mit dem Clickbait-Artikel."

Sie stießen an.

Das Geräusch erklang glockenklar und kristallscharf.

Ein kaltes Gefühl wogte über Dustin hinweg, zusammen mit einem Hauch Déjà-vu. Er schüttelte die Empfindung ab, aber ein Rest Unbehagen hielt sich viel zu weit in diesen Abend hinein.

14

„Ich habe es mir anders überlegt. Das ist eine furchtbare Idee."

Charity saß auf dem Beifahrersitz von Dustins Truck, die Finger fest zusammengepresst. Er hatte sie abgeholt und zum Gemeindesaal gebracht, wo das Mittagessen und die Versteigerung abgehalten wurden. Sie waren am Ende der Mittagspause angekommen, um die Gesamtzeit in der Öffentlichkeit möglichst kurz zu halten.

Plötzlich war alles zu viel.

Dustin drehte sich auf seinem Sitz. „Welcher Teil?"

Es war verführerisch, *alles* zu sagen, aber das war so weit von der Wahrheit entfernt, dass Charity die Worte nicht aussprechen konnte, ohne dass sich Schuldgefühle breitmachten.

Ihr gefiel es, seine gespielte Freundin mit gewissen Vorteilen zu sein.

Es waren die anderen Teile der heutigen Vorführung, die sie zum Zögern trieben. „Wir haben die letzten drei Tage damit verbracht, zu beobachten, wie die sozialen Medien mit diesem albernen *Hashtag-DusTee*-Etikett umgehen. Leute, die uns nicht mal kennen, haben eine Meinung darüber, ob wir zusammen gut aussehen oder nicht. Und nein, ich habe nicht die ganzen Kommentare gelesen – Fern hat mir das Handy weggenommen, bevor ich einige der etwas gemeineren gefunden habe."

„Da ich sie auch nicht gelesen habe, will ich dir sagen, dass laut Tamara die einzigen unhöflichen Kommentare von Leuten kamen, um deren Meinungen wir uns sowieso nicht scheren sollten. Ich würde sagen, wir können auf jeden Fall alle Kommentare ignorieren."

Richtig. Trotzdem ... „Vielleicht reicht es."

Er strich ihr mit dem Handknöchel über die Wange. „Okay."

Sie kicherte. „Mein Lieblingswort, nur dass ich diesmal nicht weiß, was du damit meinst."

„Okay, wir müssen da nicht auftauchen." Er rückte auf seinem Sitz herum und deutete auf das Lenkrad. „Ich lege den Gang ein, und wir können zu Silver Stone fahren und Beach ein wenig reiten. Er könnte etwas Übung vertragen."

Sie beäugte ihn. „Meinst du das ernst?"

„Natürlich." Dustin zuckte mit den Schultern. „Wenn dir etwas unbehaglich ist, dann machen wir es nicht. Du kennst doch die Regeln."

„Hier geht's doch nicht um Sex."

Er grinste. „Nein, aber die Erlaubnis, es sich anders zu überlegen, ist doch nicht auf Aktivitäten im Schlafzimmer beschränkt."

Was irgendwie den Aufruhr im Bauch dazu brachte, sich zu beruhigen. „Okay."

Ein Lachen brach aus ihm hervor. „Tee. Hilf mir doch mal. Welches Okay ist das denn? In den Saal oder weg zu Beach?"

Sie legte ihm eine Hand auf den Oberschenkel. „Zur

Versteigerung. Ich habe versprochen, das für die Silver-Stone-Ladys zu machen. Worüber Fern ganz aufgeregt ist, denn es scheint, als gäbe es einen Rekordpreis für den Kauf eines Junggesellen, und Tansy wird ihre Krone verlieren oder irgend so ein Unsinn."

„Fern ist eine tolle kleine Schwester. Ältere Geschwister vom Thron zu stoßen gehört da zur Aufgabenbeschreibung."

Sie zwang sich dazu, zu warten, bis er um den Truck gekommen war und ihr die Tür öffnete, um ihr herabzuhelfen. Während sie direkt zu den Türen gegangen wäre, schmiegte er sie noch einmal zu einem kurzen, intensiven Kuss an sich. Hitze legte sich um sie herum, der Drang, sich dichter an ihn zu beugen und einfach nur festzuhalten, machte sich stark bemerkbar.

Als er sich ein paar Minuten später zurückzog, machte sich Charity keine Sorgen mehr um die Versteigerung. Sie machte sich keine Sorgen mehr um *irgendwas*. „Mein Hirn hatte gerade einen Kurzschluss wegen Sauerstoffmangel. *Das* war ein Kuss."

„Das war ein Dankeschön dafür, dass du mich gerettet hast." Seine Miene wurde etwas ernster, aber immer noch glücklich und zufrieden. „Ich meine es ernst. Danke, Tee, du bist die Beste. Mach dir keine Sorgen wegen heute. Ganz gleich, was passiert, ich kümmere mich um dich, ich verspreche es."

„Ich weiß." Die Wärme, die sie umfing, war nicht mehr nur etwas Sexuelles, sondern eine süße Hitze, die sich in ihrer Brust ausbreitete. Dieser Blick in seinen Augen ...

Charity trat weg, bevor sie etwas Gefährliches tun konnte. Sie schnappte sich ihre Handtasche aus dem Truck, dann drehte sie den Seitenspiegel nach oben, um ihren Lippenstift zu richten.

Während sie an der Arbeit war, lehnte sich Dustin an die

Tür neben sie und schaute zufrieden zu. Als sie ihren Lippenstift wegsteckte, nahm er ihre Hand in seine und führte sie in den Saal.

Die Familie Stone hatte am gegenüberliegenden rechten Ende der Halle einen Abschnitt für sich beansprucht. Charity beäugte den Platz, suchte nach einem hübschen, sicheren Sitzplatz, an dem sie nicht das Gefühl haben würde, allzu sehr umzingelt zu sein.

Ivy war nicht da, und genauso wenig ihre Jüngste, doch Walker hatte sowohl Chloe als auch Carter am Tisch. Tamaras und Calebs jüngster Sohn Tyler saßen neben Carter. Ihre Teenager-Mädchen saßen am gegenüberliegenden Tischende mit ein paar Freundinnen zusammen, Sasha gestikulierte aufgeregt, während sie redete. Luke und Kelli füllten eine Lücke auf einer Seite in der Mitte des Tisches, und ein paar leere Stühle standen auf der anderen Seite neben der Stelle, wo die äußerst schwangere Ginny neben Tucker saß.

Dustin führte Charity direkt zu diesen freien Stühlen.

Na gut. Es ging wohl direkt in den Hexenkessel.

Ginny lehnte sich zurück und stützte die Füße auf den Stuhl, den Tucker für sie umgedreht hatte. „Perfekt. Jetzt kann ich mich weiter unterhalten und mit Kuchen gefüttert werden."

„Willst du meinen?", fragte Tucker, der ihr das Stück vor sich hinhielt.

Sie nahm es glücklich an. „Du solltest dir noch ein Stück holen."

Tucker zwinkerte Charity zu. „Natürlich. Was für eine Sorte hättest du denn diesmal gern?"

Ginny stocherte an der Kruste herum. „Noch mal Kürbis ist eine sichere Wahl. Vielleicht Apfel."

„Zwei Stück Kuchen, wird sofort serviert." Tucker bot Charity seinen Stuhl an. „Was für einen Kuchen magst du?"

„Natürlich den, den Dustin mir aussucht. Auf jeden Fall Kirsch.“

Ginny kicherte. „Du lernst schnell.“

Dustin grinste nur, machte sich auf an Tuckers Seite, dorthin, wo der Kuchentisch wartete.

„Sie sind gut, kommen aber nicht ganz an Tansys Standard ran.“ Ginny legte ihre Gabel ab, dann beugte sich ganz dicht heran. „Wie kommst du klar?“

Wie ein Fisch auf dem Trockenen vielleicht? Charity schob ihre Sorgen darüber weg, von Stones umzingelt zu sein, und konzentrierte sich nur auf Ginny. Es war schwer, von einer Frau eingeschüchtert zu werden, die strahlte wie eine Madonna.

„Es ist in Ordnung. Offen gesagt ist es witzig, hier zu sein, ohne den Stress zu haben, auf jemanden bieten zu müssen. Die Versteigerung dient einem guten Zweck, und ich unterstütze gern die Gemeinde, aber das Bieten wird teuer, und zwar echt schnell.“

„Besonders, wenn Tansy in der Gegend ist“, erklärte Ginny.

„Stimmt“, bestätigte Charity mit einem Lachen. „Ist einfach mein Pech, dass ich in dem einen Jahr, in dem sie nicht da ist, um die Preise hochzutreiben, bereits verabredet bin.“

Ginny schloss sich dem Gelächter an, ihre Miene passte zu der von Kelli auf der anderen Tischseite. Es war, als würden sie vermuten, dass das Ding mit der gespielten Freundin weiter ging, als einfach nur in der Öffentlichkeit so zu tun, als würden sie einander küssen.

Denk nicht mal dran, Charity. Freunde. Wir sind nur Freunde. Das ist alles, was wir sein können.

Ferns Dad Malachi Fields winkte der Menge, während er vorne in den Raum lief. Auf der Bühne hatte sich eine Gruppe Männer versammelt, darunter Shim. Die meisten waren in den Zwanzigern, obwohl auch ein paar ältere Gentlemen in den Fünfzigern da waren. Alle waren ordentlich in Anzüge oder neuere Jeans gekleidet. Sie wirkten alle nervös, und Charity konnte es ihnen nicht verübeln.

Sie waren immerhin nicht Dustin. Sie waren nicht der *#SilverStoneStud.*

Ginny nahm sie am Ärmel und zog sie dicht heran. „Du hast gerade geprustet."

Charity drückte sich die Hand auf die Nase. „O mein Gott, das tut mir leid. Das ist ja peinlich."

„Ach, hör auf." Ginny wedelte mit der Hand in der Luft, dann beugte sie sich dichter heran, sodass sich die Rundung ihres Bauches an Charitys Arm drückte. „Du zeigst verräterische Anzeichen, meine Liebe. Und dieses Prusten *sagt* mir, dass du gerade einen boshaften Gedanken hattest, und die Regeln der Stone-Frauen besagen, dass man boshafte Gedanken unbedingt teilen muss."

Dass sie bei den Stone-Frauen mit eingeschlossen war, reichte aus, um Charity die Konzentration verlieren zu lassen. Aber sie nickte langsam und fragte sich, was sie sagen sollte, um nichts zu verraten, was Dustins und ihre Affäre öffentlich bekanntgemacht hätte. Sie hatten nie besprochen, wie viel sie seiner Familie erzählen wollten, außer dem Wissen, dass er und Charity „zusammen waren".

Sie entschied sich für etwas Einfaches. „Die ganzen Social-Media-Tags mit dem viralen Unfug kreisen durch mein Gehirn und machen schlimme Dinge."

Ginny dachte darüber nach, dann grinste sie, ihre Miene wurde schelmisch „Nicht genug knackige Cowboys auf der Bühne? Oder nicht genug Zuchthengste?"

O mein Gott. „*Ginny.*"

„Was?" Die Frau zwinkerte. „Tut mir leid, ich habe die

schlechte Angewohnheit, die Hinweise zusammenzusetzen und dann die schmutzigen Details auszuplaudern.“

„Du hast eindeutig meine Gedanken gelesen“, gab Charity zu.

Ginny zwinkerte ihr rasch zu. „Ich könnte nicht sagen, dass ich da anderer Meinung bin, nur dass Dustins Freund süß ist. Jung, aber süß.“

Charity blieb eine Antwort erspart, da Malachi Fields, der Zeremonienmeister, das Mikrofon anschaltete und das Ereignis beginnen ließ.

„Es ist Zeit für unsere jährliche Spendenaktion für den Boys und Girls Club und die Hope Foundation. Und da wir nicht wollen, dass unsere Freiwilligen zu lange warten, legen wir doch los.“ Malachi wartete, während ein leiser Applaus ausklang. „Die Versteigerung wird dieses Jahr glatter laufen als üblich ...“

„Wann ist Tansy wieder in der Stadt?“, fragte ein Clown aus dem Publikum.

Malachi schnippte mit dem Finger in die Richtung des Mannes. „Genau, was ich sagen will. Da meine Tochter nicht hier ist, um Chaos zu stiften, habe ich beschlossen, dass wir ein wenig Zeit für ein kurzes Zwischenspiel haben. Erst mal, könnte ich Dustin Stone bitten, sich mir anzuschließen.“

Diesmal wurde viel lauter geklatscht, zusammen mit wüsten Pfiffen und Gejohle. Dustin winkte dem Publikum wohlwollend zu, während er sich an Malachis Seite begab.

Der ältere Mann legte eine Hand auf Dustins Schulter. „Dich muss man ja wohl kaum vorstellen, aber für die Besucher der Gemeinde, das ist Dustin. Er hat im Lauf der Jahre solide Beiträge zu vielen Spendenaktionen in Heart Falls geleistet, darunter die Teilnahme an dieser Versteigerung. Aber dieses Jahr, obwohl ich weiß, dass einige im Publikum gehofft haben, auf diesen jungen Mann bieten zu können, ist er mit seiner Freundin hier, ebenfalls ein liebenswertes Mitglied der Gemeinde von Heart Falls."

„Los, Charity." Der Ruf kam weit hinten im Raum auf, und Gelächter wurde zusammen mit dem Applaus laut.

Ginny legte Charity eine Hand auf die Schulter. Kelli und Luke zeigten ihr einen hochgereckten Daumen. Am Tischende warf Caleb einen Blick herüber und neigte das Kinn, als würde er sie zur Kenntnis nehmen.

Charitys Herz setzte einen Schlag lang aus. O Gott. Es wirkte so echt. Es war zu sehr das, was sie *wollte*, um wahr sein.

Malachi lächelte zur Menge hinaus. „Da Dustin heute nicht an der Versteigerung teilnimmt, wollte ich ihm nur rasch für seine Unterstützung in der Vergangenheit danken und viel Glück wünschen, während er seine Arbeit bei Silver Stone fortsetzt ..."

„Hey, Dad." Fern stand auf und wedelte mit dem Arm in der Luft. Ihre Prothese hatte einen Sticker der kanadischen Flagge mit einem rot blinkenden Ahornblatt hinten auf der Hand. „Vergisst du nicht was?"

Malachi runzelte die Stirn. „Ist es denn die Regel, dass eine meiner Töchter mich während jeder Versteigerung anschreien muss?"

„Tansy sieht das so." Fern zwinkerte, während Gelächter aufkam. „Aber du hast wirklich was vergessen."

Ihr Vater dachte nach, dann verdrehte er die Augen. „Ich habe ein sehr gutes Gedächtnis, es ist nur etwas kurz", verkündete er vor der Menge. „Ja, vielen Dank, Fern. Es gibt noch eines, bevor ich Dustin gehen lasse. Charity, könntest du dich uns kurz hier vorne anschließen?"

Sie stand auf. Ginny tätschelte ihr ein letztes Mal zustimmend den Arm. Applaus war wieder aufgekommen, und alle Feuerwehrleute, bei denen Charity in der Vergangenheit freiwillig gearbeitet hatte, schlossen sich mit stampfenden

Füßen an, wie sie es auf der Feuerwache nach den Trainingseinheiten getan hatten.

Sie wartete darauf, dass ihre Nerven sich meldeten, aber das geschah nicht. In der Vergangenheit war sie schon mit ihren Tänzen aufgetreten. Sie kannte all diese Leute, und logischerweise sollte es keinen Grund geben, sich Sorgen zu machen.

Alles stimmte, aber zum Großteil lag es daran, dass Dustin, als sie zu seinem Gesicht aufsah, lächelte, als wäre sie der einzige Mensch im Saal.

Wie sie sich im Inneren fühlte – es war völlig falsch. Diese Stufen hinaufzugehen, um an seiner Seite zu sein, hätte sich nicht so richtig anfühlen sollen.

Aber die Wahrheit blieb.

Obwohl es unmöglich war, war der Ort, an dem sie sein wollte, an seiner Seite.

Vor Dustin und Charity war die Menge ein Meer aus lächelnden Gesichtern. Durch Freunde und Familie gab es sehr viel mehr Vertrautes als Fremdes. Die Neugierigen waren eingetroffen, aber die meist weiblichen Neuankömmlinge schienen ein wenig zu staunen und das Ambiente dieser Kleinstadtversammlung genießen zu wollen.

Malachi klatschte fertig und bedeutete allen, sich ebenfalls zu beruhigen. „Charity, willkommen auf der Bühne. Du hast deine Tanzsachen gar nicht an, ansonsten würde ich dich einladen, uns allen ein paar Ballettschritte beizubringen."

Charity legte die Finger locker um Dustins Arm. „Jederzeit, wenn Sie Unterricht wollen, Mr. Fields, würde ich nur zu gerne Anfängerklassen für Erwachsene organisieren." Sie wandte sich an das Publikum. „Vielleicht brauchen wir eine weitere Gemeindeherausforderung." Sie schaute sich suchend um. „Wo ist Madison Zhao?"

Hände winkten, Finger zeigten, und die Frau, die der Grund gewesen war, weshalb Dustin vor ein paar Jahren eine Tiara getragen und Pirouetten getanzt hatte, erhob sich. Sie war deutlich schwanger, während ihr kleiner Sohn auf dem Schoß ihres Mannes neben ihr saß. Ihre Teenagertochter war eines der Mädchen am Stone-Tisch bei Sasha und Emma.

Charity deutete auf Madison. „Kannst du dir sonst noch was einfallen lassen, das erfordern würde, dass der Vater meiner besten Freundin ein Tutu trägt?"

„Ach, das ist doch nicht ...", wollte Malachi dazwischengehen, aber es war sinnlos. Die Menge brüllte Madison bereits Ideen zu und Charity Zustimmung.

„Natürlich", unterbrach Madison. „Ich setze doch immer gern meinen Denkhut für die gute Sache auf."

„Meinen Dad verlegen zu machen, ist eine gute Sache", mischte sich Fern ein.

Malachi beugte sich vor, nutzte immer noch das Mikrofon, sodass das gesamte Publikum ihn hören konnte. Er schüttelte den Kopf, während er redete und mit dem Finger in Charitys und Dustins Richtung wackelte. „Ich erwarte diese Art von ..."

„*Schabernack*", ließ sich die unbekannte Stimme, die für Schwierigkeiten sorgte, weiter hinten im Raum vernehmen.

Dustin war sich nicht sicher, weshalb Tamara und ihre Schwestern dabei völlig durchdrehten, aber das Lachen im Raum war inzwischen nahezu lebendig.

Der arme Malachi kam irgendwie mit den Einschlägen klar. Er zwinkerte, sodass nur Dustin und Charity es sehen konnten, bevor er den Satz abschloss. „Ich erwarte so etwas, wenn Tansy da ist, aber ich sehe, als sie das Land vorübergehend verlassen hat, hat sie den *Schabernack* fest in fähige Hände gelegt."

Da musste Dustin zustimmen.

Charity deutete auf Malachis Mikrofon. „Darf ich mal? Damit die jährliche Versteigerung fortgeführt werden kann, habe ich eine Ankündigung, und dann werden Dustin und ich hier verschwinden."

„Es gehört ganz dir." Malachi reichte das Mikro rüber, dann beäugte er seine jüngste Tochter. „Du, bleib, wo ich dich sehen kann."

Weiteres Gelächter erklang, als Fern unschuldig blinzelte.

Dustin war sich nicht sicher, was los war, aber er blieb an Charitys Seite, während sie seine Finger fest drückte und dann das Mikrofon an den Mund hielt, um zu sprechen.

„Das ist eine Spendenaktion, und es scheint, als hätte ich einen der Teilnehmer rausgezogen – tut mir leid, aber eigentlich auch nicht ..." Weiteres Johlen und Pfiffe kamen auf. „Ich habe etwas, was ich für die Silver Stone Ranch mitteilen möchte. Ein paar Jahre in der Vergangenheit haben die Damen der Ranch etwas begonnen, das sie die Silver-Heart-Stiftung nennen. Die wurde eingesetzt, wenn in der Gemeinde Hilfe bei bestimmten Projekten nötig war, darunter etwa der Umbau des Spielplatzes der Schule letzten Sommer."

„*Los, Silver Heart!*"

Dustin war immer noch nicht sicher, wer da rief, aber abermals stimmte er inhaltlich zu.

Charity nickte. „Dieses Jahr haben mich die Silver-Heart-Ladys Tamara, Ivy, Kelli und Ginny beauftragt, diese Spende an die Versteigerung zu machen, da es keine Männer von Silver Stone gibt, die wir als Tribut anbieten können." Sie ließ ihre Hand aus der von Dustin gleiten, damit sie einen Umschlag aus der Tasche ziehen und ihn Malachi überreichen konnte. Sie wandte sich wieder zurück an die Menge. „Bietet auf die restlichen Teilnehmer großzügig, und wir hoffen, dass ihr den Rest eures Besuches in Heart Falls genießt."

Sie reichte das Mikrofon Malachi zurück, dann griff sie nach Dustins Hand, um ihn von der Bühne zu führen.

„Einen Augenblick nur." Malachi hatte den Umschlag geöffnet und zog einen Scheck heraus. „Weil wir die Dinge gerne ganz offiziell machen und weil ich weiß, dass ihr alle neugierig seid wie Katzen am Sahnetopf ..."

Er machte für den dramatischen Effekt eine Pause.

Es funktionierte. Das ganze Publikum lehnte sich auf den Sitzen vor. Dustin legte den Arm um Charity und hielt sie an seiner Seite.

„Ach du liebe Zeit." Malachi schaute von dem Scheck auf zu Charity, und dann zu dem Tisch, wo die Familie Stone saß. „Ich halte das ganz kurz. Vielen Dank, Ladys. Die Spendenaktion Heart Falls dankt euch." Er hob den Scheck hoch und erhob triumphierend die Stimme. „Wir fangen die Versteigerung heute mit zehntausend Dollar an."

Es gab ein kollektives Keuchen, dann wurden in der Menge einige Rufe und Applaus laut genug, dass die Balken bebten. Dustins Schwester und seine Schwägerinnen grinsten alle vor Freude über die Reaktion.

Ja, es fühlte sich gut an, zu wissen, dass Silver Stone der Gemeinde immer noch half, mehr als der kleine Beitrag, den er selbst auf die Beine gestellt hatte, und der noch nicht enthüllt worden war.

Er war sich nicht sicher, wer den Singsang begann. Er setzte ganz leise irgendwo in der Nähe der hinteren Reihen ein. *Küssen. Küssen. Küssen.* Zusammen mit *DusTee, DusTee, DusTee.*

Da wurde Dustin klar, dass alle auf die Bühne starrten, die Aufmerksamkeit auf ihn und Charity gerichtet.

Malachi trat zurück, die Hände erhoben, als würde er ihnen die Wahl lassen. Es war eine Menge plötzlicher Druck, und Dustin drehte sich um, um ihr klar zu machen, dass sie da auch anders rauskommen würden.

Charity erwischte ihn am Kragen und zerrte ihn zu einem Kuss näher, heiß und unnachgiebig und so verdammt richtig, dass es alles in ihm brauchte, um sie nicht in die Arme zu reißen und ...

Wir sind in der Öffentlichkeit, Stone. Bleib jugendfrei.

Die Stimme der Vernunft? Sie nervte.

Sie zog sich gerade weit genug zurück, um zu zwinkern, ihre Wangen gerötet und ihre Augen strahlten, aber ihr Lächeln war echt, während sie betont flüsterte: „Jetzt verschwinden wir von dieser Bühne, bevor jemand beschließt, dass wir deinen Scheunentanz des Königs der Feen noch mal neu auflegen müssen."

„Teufel, nein. Wir hauen hier ab."

Sie schlossen sich dem Rest der Familie am Tisch erneut an. Tucker klopfte ihm auf den Rücken, und Ginny legte den Arm um Charitys Schultern. Als die offizielle Versteigerung begann, lehnte sich Dustin zurück und genoss die Zeit.

Es war nun leichter, die paar weiteren anhaltenden starrenden Blicke von Neugierigen zu ignorieren. Außerdem war es total unterhaltsam, die Versteigerung mal von dieser Seite aus anzuschauen, nachdem er in den letzten fünf Jahren einer der nervösen Teilnehmer gewesen war. Die Angst, dass jemand ein Gebot abgab, war genauso schlimm wie die Angst, dass *niemand* auf einen bot.

Was ihn an seinen lang geplanten Schabernack erinnerte. Als Shim vortrat, stieß Dustin Charity an. „Sieh mal."

Sie hob eine Augenbraue.

„In seinem vierten Jahr zurück in Heart Falls ist Shim Choi einigermaßen gut mit Computern, kann irgendwie tanzen ..." Malachi hob die Karteikarte in seiner Hand und runzelte die Stirn. „... und ist halbwegs okay mit Pferden." Er sah Shim mit gerunzelter Stirn an, und der hatte sich die Hand an die Schläfe gedrückt, als würde er Schmerzen leiden. „Das hast du nicht geschrieben."

„Nein, Sir." Shim funkelte Dustin an. „Fahren Sie fort. Literarische Auswüchse sollte man ermutigen. Selbst wenn es nur Fiktion ist."

Malachi seufzte, während er sich im Raum zum Publikum umsah. „Die tatsächliche Versteigerung ist wohl einfach nicht mehr unterhaltsam genug, das merke ich schon."

„Fang mit den Geboten an, Dad. Ich biete neunundzwanzig Dollar", rief Fern laut. „Hey, Shim." Sie winkte.

Er hob kaum die Hand zur Zustimmung, als eine andere Frau schon rief: „Siebenunddreißig."

In schneller Folge waren deutlich die Gebote von dreiundfünfzig, siebenundsechzig und einundsiebzig Dollar zu hören.

Malachi konnte nicht mithalten, aber das war in Ordnung, denn Shim schüttelte den Kopf und lachte laut. „Ernsthaft?"

Als Charity sich an seine Seite lehnte, drehte sich Dustin fröhlich um. „Ja?"

„Was ist da los?"

Shim hörte die Frage und beantwortete sie laut genug, dass sie von Malachis Mikrofon aufgenommen wurde. „Es scheint, als wäre ich ein *prima* Junggeselle. Denn alle Gebote bisher sind *Prim*zahlen."

Dustins Spiel endete allzu bald, als jemand, der nicht eingeweiht war, hoch genug bot, um seine vorab informierten Partnerinnen aus dem Rennen zu werfen.

Sobald auf den letzten Junggesellen geboten war, ging im Raum das emsige Aufräumen los. Stühle wurden aufgestapelt, Tische auseinandergenommen, während die Leute herumstanden, um ein paar letzte Unterhaltungen zu genießen.

Die Familie Stone versammelte sich. Kelli blieb dort stehen, wo Dustin und Charity sich von Ginny und Tucker verabschiedeten.

„Gut was rumgekommen. Hey Tee, ich wollte dich nur wissen lassen, dass wir die Versammlung für den Mädelsabend bei Ginny zu Hause am Dienstag gelegt haben. Sei bereit, etwas zu basteln.“

Charity blinzelte. „Oh. Okay. Danke für die Einladung.“

Luke zuckte mit den Schultern, während er Charity einen Kuss auf die Wange gab und dann Dustin auf den Rücken klopfte. „Schau nicht so überrascht. Die ganzen Stone-Mädels werden da sein. Dustin, wir sehen uns morgen bei der Frühschicht.“

Dann waren sie weg, ließen Dustin mit der äußerst eingeschüchterten Charity stehen, während sie sich verabschiedeten und er sie zu seinem Truck führte.

Er wartete darauf, ihre Gedanken zu dem Event zu hören, aber sie blieb still. Sie waren am Ende des ersten Blocks, als er sie ein wenig anstupste, nur für den Fall. „War das zu viel Aufregung, und jetzt rächt es sich?“

Sie warf einen Blick in seine Richtung. Nickte langsam. „Ein bisschen vielleicht. Das war größer, als ich erwartet habe, mit all den Leuten, die da aufgetaucht sind. Aber es ist eher ...“ Sie holte tief Luft und schüttelte den Kopf. „Nein, nur ein wenig überwältigt. Ich bin froh, dass ich morgen nicht arbeiten muss.“

Das war nicht das, was sie hatte sagen wollen, aber Dustin ließ es vorerst so stehen. Er würde sie sicher hinter ihre Wohnungstür bringen und dann eine Möglichkeit finden, um sie weit genug aufzulockern, dass er ihr die guten Nachrichten überbringen konnte.

Er blieb vor ihrer Wohnung stehen, ging herum, um ihr zu helfen. „Wenn du eine Nacht durchschläfst und einen Tag frei hast, wird der Montag wie ganz von selbst laufen."

„Du hast recht."

„Diesmal zumindest."

Sie schloss ihre Tür auf, hielt noch einmal inne, dann drehte sie sich zu ihm um, das Kinn entschlossen gehoben. „Ich weiß, dass du morgen arbeitest, aber würdest du gern ..." Ihr strahlender Blick ging zu ihrer Wohnung, und ein Keuchen kam von ihr. „O mein Gott."

Die Tür sprang auf, um ein Katastrophengebiet zu enthüllen.

„Was zum Teufel?" Dustin drängte sich an ihr vorbei, sein Blick huschte im Raum herum. Die ganze Bude war zerlegt. Küchenstühle waren umgeworfen, und zerbrochenes Geschirr lag in Scherben auf der Arbeitsfläche und dem Boden.

Die Blumen, die er ihr früher in der Woche geschenkt hatte, waren auseinandergerissen, die Blüten über dem Boden verteilt, verstreut über den abgebrochenen Stielen und der zersplitterten Vase.

15

Nur wenige Sekunden vorher hatte Charity sich um den Mut bemüht, offen mit Dustin zu reden. Dass sie nebenher als eines der *Stone-Mädchen* bezeichnet worden war, hatte sie schwer getroffen, ein geöffnetes Geschenk, in das sie unbedingt hineinschauen wollte. Ganz gleich, dass die ganze Truppe sie immer noch eingeschüchterte, die offene Tür war verführerisch gewesen.

Alle ihre Sorgen wegen des vorgespielten Zusammenseins und wer wohin gehörte, wurden von der Zerstörung weggewischt, die in ihrer Wohnung herrschte.

„O mein Gott", wiederholte sie, trat einen Schritt in das Zimmer hinein.

Nichts war, wo es sein sollte. Von den Bildern, die an den Wänden hängen sollten, über die Gegenstände auf ihrem Bücherregal, bis hin zu der umgekippten Couch und den zerrissenen Kissen. Es sah alles aus, als wäre ein Tornado mitten im Zimmer entstanden und hätte einmal durch alles hindurchgefegt.

Als sie nach vorne stürmen wollte, hielt Dustin sie mit einer Hand an der Schulter fest, fixierte sie an Ort und Stelle, einen strengen Ausdruck in den Augen. „Bleib stehen", befahl er. „Ich muss sicherstellen, dass hier niemand mehr ist."

Sie schnappte plötzlich nach Luft. Daran hatte sie nicht mal gedacht, wenn man in Betracht zog, dass die Tür abgeschlossen gewesen war. „*Dustin*, pass auf."

Ihr Magen war vor Angst ganz angespannt, als er die Türen zum Schlafzimmer und dem Bad aufstieß, sein Blick huschte in jeden Winkel. Ein leiser Fluch entwich ihm.

Weil sie so nervös war, dass sie fast aus der Haut fuhr, ballte Charity die Hände zu Fäusten. „Was?"

Er schüttelte den Kopf, während er sich zu ihr umwandte. „Hier ist niemand, aber beide Räume sind völlig durcheinander."

Zu ihrem Entsetzen spürte sie eine Woge der Erleichterung, wodurch es sich in ihrem Kopf nur noch mehr drehte. Ein hörbares Beben ging durch ihre Worte, als sie fragte: „Wer könnte denn das getan haben?"

Er war zurück an ihrer Seite, zog sie an sich. „Ich weiß es nicht, aber ich kümmere mich um dich. Das verspreche ich."

Das war etwas Gutes, denn so sehr sie sich auch zugutehalten wollte, dass sie gegen alle Widrigkeiten weitermachen konnte, das Wissen, dass jemand bei ihr zu Hause gewesen war und es zerlegt hatte ...

Sie schmiegte sich an ihn, ihr Körper bebte. Sie stand voll unter dem Einfluss von Adrenalin. Es war schön, seine Arme um sich zu haben, seine Hitze, die auf das eisige Gefühl einhämmerte, dass sie umfangen hielt.

Aber so gut es sich auch anfühlte, ihn da zu haben, sie musste sich konzentrieren. „Wir müssen die Polizei rufen."

„Ich bin dabei. Willst du auch Fern?"

Warum ...? Viel zu langsam zauberte ihr Gehirn einen Grund hervor. Zur Unterstützung. Es war eine gute Idee, nahm sie an, aber nur zu leicht ließ sie sich leugnen. „Nein, sie hilft ihren Eltern, den Saal aufzuräumen."

Dustin hatte sein Handy schon rausgeholt und hielt inne, um den Kopf schiefzulegen und sie anzuschauen. „*Tee.* Glaubst du wirklich, die Fields erwarten, dass sie da bleibt, wenn du sie brauchst?"

Nein, aber noch ein weiterer Mensch in ihrem Zuhause war nicht das, was sie brauchte, selbst wenn es ihre beste Freundin war. „Bleibst du?"

„Natürlich." Er wirkte entsetzt, dass sie überhaupt fragte. Er hob einen Finger. „Ist da die Polizei? Ich muss einen Einbruch melden."

Als er mit dem Telefonieren fertig war, hatte sich Charity so weit geistig erholt, dass sie nach Einzelheiten sehen konnte. Nichts war gestohlen – ihre elektronischen Geräte waren noch an der Wand und auf dem Bücherregal.

Die zerbrochenen Gegenstände beschränkten sich auf den Bereich der Küche, wo ihre Schränke nun leer standen. Der Schlamassel in ihrem Bad schloss umgedrehte offene Flaschen mit teurem Shampoo und Duschgel ein – verdammt, ihr einziger Luxus ging buchstäblich den Abfluss runter.

Ihr Schlafzimmer – es ließ sich nicht anders beschreiben als ekelhaft. Alles in ihren Schubladen und dem Kleiderschrank war auf den Boden geworfen worden. Dann hatte man den Inhalt ihres Kühlschranks auf ihre Kleider und das Bett ausgekippt, und obwohl es auf den ersten Blick aussah, als sei alles blutdurchtränkt, waren es nur Ketchup und Salsa.

Das Ganze war ein furchtbarer Schlamassel, aber weiter als das schien es nicht zu gehen. Als die Polizei eintraf, erzählte sie das auch so. „Soweit ich es erkenne, fehlt nichts."

„Das Schloss wurde nicht geknackt, also muss es wohl jemand mit einem Schlüssel sein. Es gibt keine Sicherheitskameras an dem Gebäude." Der zuständige Beamte schüttelte den Kopf. „Wir tun, was wir können, aber vorerst schlage ich vor, dass Sie das Schloss austauschen lassen. Außerdem setzen Sie bitte eine Liste mit jedem aus Ihrer Vergangenheit auf, der auf die Schlüssel hätte zugreifen können."

Was eine sehr kurze Liste mit völlig vertrauenswürdigen Leuten ergab. Charity machte sich nicht die Mühe, das klarzustellen, bevor die Polizei wieder ging.

Sie schaute sich den Schlamassel an und überlegte sich die beste Möglichkeit, mit dem Aufräumen anzufangen. Vielleicht eine Mülltüte? Vielleicht ihr Wäschekorb? Sie konnte sich nicht konzentrieren. Ihr Blick huschte immer wieder von einem Gegenstand auf dem Boden zum nächsten.

Eine Minute später stellte Dustin ihre Reisetasche vor ihr auf den Tisch. „Pack ein, was du in den nächsten Tagen brauchst."

Das ergab keinen Sinn. Wie würde das denn irgendwas aufräumen? „Was?"

Dustin schüttelte den Kopf, dann legte er die Arme um sie und zog sie wieder an seine Brust. „Traust du mir?"

„Ja." Sofort und ohne Zögern. Gott, es fühlte sich so gut an, in seinen Armen zu sein. Dort zu sein war das Einzige, was einen Sinn ergab. Sie legte die Wange an seine Brust, die Wärme holte sie weg aus ihrer Angst und vertrieb das Eis, das ihre Glieder umschloss. „Warum?"

„Du hast einen Schock, Kleine. Komm schon. Packen wir eine Tasche, und dann raus mit uns hier."

„Aber ich muss doch aufräumen." Musste sie das?

Er zog sie zum Schlafzimmer: „Klamotten. Was du zur

Arbeit am Montag brauchst. Etwas zum Reiten. Schlafzeug. Schaffst du das?“

„Klar.“ Sie beäugte das Zeug auf dem Boden. Die offenen, leeren Schubladen. Die Ladung Ketchup überall auf dem Bett. „Vielleicht.“

Dustin fluchte, legte seine Finger um ihre und zog sie aus dem Zimmer. „Planänderung. Komm mit mir.“

Kurze Zeit später war sie wieder in seinem Truck, und er war auf der Straße unterwegs, redete leise mit jemandem. Alles, was sie sah, waren ihre Sachen – ruiniert und zerstört, aus gar keinem Grund.

Sie lehnte sich an die Kopfstütze zurück und schloss die Augen. „Ich vertraue dir.“

Es schien gut zu sein, das noch einmal zu bestätigen.

Finger schlossen sich um ihre. „Ich weiß, Tee. Es kommt schon in Ordnung.“

Ein leiser Augenblick der Neugierde schaffte es, durch den Nebel in ihrem Verstand zu dringen. „Wohin fahren wir denn?“

„Ich bringe dich nach Silver Stone.“

Oh. Das war eine gute Idee, nahm sie an. Dort sollte es Schlafmöglichkeiten geben, auf denen nicht der Inhalt des Kühlschranks ausgekippt war. Vielleicht hatten Tamara und Caleb ein Zimmer übrig. Caleb mochte sie auf einer Ebene einschüchtern, aber er sorgte auch dafür, dass sie sich sicher fühlte.

Genauso Dustin ... auf eine völlig andere Art.

„Okay.“

Dustin lachte leise, und es war ein so nettes, normales Geräusch, dass sie die Augen öffnete und zu ihm hinüberschaute.

Die Falte zwischen seinen Augenbrauen war nichts, was

sie schon oft gesehen hatte. Sorge – um sie, wurde ihr in ihrem benebelten Zustand klar. Er wirkte auch älter. Der Rücken gerade, die Schultern gestrafft, und völlig entschlossen.

„Es kommt schon in Ordnung", sagte sie zögerlich, spannte die Finger an, die in seinen verschränkt waren.

Ein weiteres leises Lachen ertönte. „Du bist unfassbar. Ja, alles kommt in Ordnung. Jetzt halt dich fest. Ich muss noch einen Anruf tätigen."

Charity lehnte den Kopf an das kühle Glas des Fensters und beobachtete, wie die Straßen von Heart Falls sich zu wogenden Feldern auf dem Land wandelten. Vieh graste an einer Hügelflanke. Männer auf Pferden kamen über einen Feldweg, Ranchhunde huschten um die Hinterbeine der Pferde.

Den ganzen Weg über die lange Zufahrt zu den Ranchtoren von Silver Stone dachte Charity nur daran, wie normal alles wirkte. Bis auf sie.

Sie fühlte sich – verloren.

Neben ihr beendete Dustin sein leises Gespräch auf dem Handy, seine ernste Miene verlagerte sich auf felsenfeste Entschlossenheit. Das Tor glitt auf, und er fuhr durch und parkte vor dem Haupthaus der Ranch. Mit den Fingern immer noch um ihre zog Dustin sie heran, damit sie ihn ansah.

„Fern bringt dir eine Tasche mit Zeug."

„Aus meiner Wohnung?" Charity schüttelte den Kopf. „Sie kann doch keine Wunder wirken."

„Keine Sorge um die Einzelheiten." Dustin drückte ihr eine Hand auf die Wange. „Wir schauen bei meinem Bruder vorbei, und dann kannst du dich einrichten."

Sie erwischte sich dabei, wie sie aus dem Fenster starrte, mit keinem einzigen Gedanken, der ihr durch den Kopf ging, während er schnell um den Truck herum kam und ihr die Tür öffnete. Irgendwie machte sich verstohlen flatternde Erheiterung breit, als er ihre Hand nahm und sie sich von ihm herabhelfen ließ.

Er hob eine Augenbraue. „Du lachst, Tee?"

„Ich habe nur gedacht, dass Schock eine Möglichkeit ist, mir anzutrainieren, dass ich auf dem Hintern sitzen bleibe."

Von ihm kam ein leises Schnauben, dann drückte er ihr eine Hand auf den unteren Rücken und führte sie zur Tür. „Ich würde andere, angenehmere Trainingsmethoden empfehlen."

Er klopfte einmal, dann schob er die Tür auf.

In der Küche schaute Tamara vom Ofen auf. Caleb saß ihr gegenüber an der Kücheninsel, schälte Kartoffeln. Sie hielten beide mit dem inne, was sie taten, um sie und Dustin anzusehen.

„Hey, ihr. Wusste ich, dass ihr zum Abendessen rüberkommt?", fragte Tamara. „Es ist kein Problem, aber ..."

„Was ist denn los?" Caleb war aufgestanden, sein Blick huschte zwischen ihr und Dustin hin und her. „Noch mehr Unsinn auf den sozialen Medien?"

„Jemand ist während der Versteigerung bei Charity in die Wohnung eingebrochen. Hat die ganze Bude zerlegt." Dustin zog sie fester an seine Seite. „Sie bleibt hier auf Silver Stone, bis wir herausfinden, wer das getan hat."

„Aber natürlich." Tamara wischte sich die Hände an einem Geschirrtuch ab und kam dann nach vorne. Die Sorge in ihren Augen war hinter ihrer Brille mit dem silbernen Rahmen deutlich zu erkennen. „Es tut mir so leid, meine Liebe. Komm her."

Ihre offenen Arme waren eine willkommene Zuflucht, und Charity schloss die Augen und lehnte sich in die Umarmung. „Vielen Dank."

„Habt ihr euch bereits mit der Polizei befasst?", fragte Caleb.

„Ja, aber sie können nicht viel machen." Dustin erzählte die restlichen Neuigkeiten, redete leise mit seinem ältesten Bruder.

Zwischenzeitlich tätschelte Tamara Charitys Schulter, dann wies sie mit dem Kopf auf das Wohnzimmer. „Willst du dich hinsetzen?"

„Gott, nein." Charity schüttelte den Kopf. „Viel zu nervös. Lass mich was arbeiten."

Sie schnappte sich den Topf mit Kartoffeln und schickte sich an, Calebs Aufgabe zu übernehmen.

Tamara musterte sie, als würde sie ihre Koordinationsfähigkeit begutachten, aber schließlich nickte sie. „Ich verstehe das. Leg ruhig los. Später reden wir über Schlafplätze."

Charity war erst auf halbem Weg durch die zweite Kartoffel, als Dustins Arme sie von hinten umfingen. Seine stoppelige Wange streifte ihre, als er leise redete. „Ich bereite einen Platz für dich vor. Bin bald zurück. Ist es für dich okay, bei Tamara zu bleiben?"

„Natürlich."

Das Fragezeichen auf Tamaras Gesicht war eindeutig erkennbar, aber Charity war zu betäubt, um sich zu fragen, was der Grund dafür war. Sie griff in den Topf nach der nächsten Kartoffel.

Dustin hatte gefragt, ob sie ihm vertraute. Das tat sie.
Vielleicht mehr, als sie das sollte.

Aber gerade jetzt wusste sie genug, um zu erkennen, dass sie nicht auf voller Leistung lief. Was bedeutete, wie ihre Großmutter immer gesagt hatte, dass es Zeit war, sich auf Leute zu stützen, denen sie vertrauen konnte.

Das war Dustin. Er würde sich um sie kümmern.

Eine Taubheit machte sich breit, während Charity sich auf die Arbeit stürzte, bei der sie ihren Verstand nicht brauchte.

~

SOWOHL TAMARA als auch Caleb hatten ihn neugierig beäugt, seit er ins Haus gekommen war. Da er seine Ankündigung nicht dort machen wollte, wo Charity es hören konnte, neigte Dustin den Kopf zur Tür. „Caleb, hilfst du mir?"

Sein Bruder hatte einen stummen Wortwechsel mit seiner Frau, bevor sein Blick auf Charity landete. Alles in seiner Miene spannte sich an, was Dustin bis ins Innerste erschütterte.

„Ich bin bald wieder da. Schreibt, wenn ihr uns braucht", sagte Caleb leise.

„Ich passe auf sie auf." Tamaras Stimme enthielt mehr als nur einen Hauch Feuer.

In dem Augenblick, in dem sich die Tür schloss, legte Caleb Dustin eine Hand auf die Schulter. „Tamara ist darin ausgebildet. Sie kann damit umgehen, wenn Charity einen Schock bekommt, nachdem bei ihr eingebrochen wurde. Wie geht es dir?"

„Ich bin angepisst wie noch mal was und will jemandem den Schädel einschlagen, aber es gibt keine eindeutigen Hinweise, wer es getan hat. Also werde ich mich auf das konzentrieren, was ich tun kann, was Charitys Sicherheit ist."

„Guter Plan." Caleb trat zurück, eine Augenbraue gehoben. „Warum sind wir draußen und richten noch nicht das Gästezimmer her?"

„Ich will, dass sie ins Häuschen einzieht."

Sein Bruder runzelte die Stirn. „Du glaubst, allein zu sein an einem neuen Ort ist das, was sie jetzt braucht?"

„Sie wird nicht allein sein." Dustin drehte sich um und

marschierte zu dem Häuschen, vertraute darauf, dass Caleb die Unterhaltung nicht darauf beruhen lassen würde.

Und natürlich war sein Bruder an seiner Seite, als sie über das Land zu der Stelle gingen, wo die andere Gründerfamilie von Silver Stone gewohnt hatte. Seit die Hayes gestorben waren, war das kleine Gebäude mit zwei Schlafzimmern die Heimat einer Reihe unterschiedlicher Bewohner gewesen. Erstens und am längsten war es Dares Privatraum gewesen, dann für kurze Zeit Dustins, bevor er es für Ginny aufgegeben hatte, dann Ginny und Tucker. Nun würde es ein sicherer Ort für Charity werden.

Mit ihm.

Natürlich würde dieser letzte Zusatz, und weshalb er genau das war, was gebraucht wurde, einer zusätzlichen Erklärung bedürfen, bevor die Dinge sich richtig geradeziehen ließen.

Wie erwartet schluckte Caleb den Köder. „Wird Fern kommen, um bei ihr zu wohnen?"

Zwei rasche Schritte brachten Dustin oben auf die Veranda. Er holte tief Luft, während er sich umdrehte, um seinen Bruder anzuschauen. „Ich bleibe bei ihr."

Caleb verschränkte die Arme vor der Brust. „Sie ist deine vorgetäuschte Freundin, Dustin."

„Da ist nichts Vorgetäuschtes dran. Nicht für mich." Dustin schüttelte den Kopf, trotz allem kam ihm ein leises Lachen über die Lippen. „Verdammt, dein Gesicht ist gerade einfach urkomisch."

„Ich versuche, mitzuhalten, aber du bist für mich ein bisschen zu schnell." Caleb hob eine Augenbraue. „Glaubst du nicht, dass du überhaupt ein bisschen zu schnell bist?"

Er wollte eigentlich nicht tratschen, aber es war wichtig, dass Caleb felsenfest auf seiner Seite stand. Dustin richtete sich ein wenig gerader auf. „Wir sind uns nahegekommen, während wir in Crooked Creek waren. Ich will mehr."

Sein Bruder hielt an seinem Pokerface fest. Steinern, ausdruckslos. Kein Hinweis, ob Zustimmung oder Tadel bevorstanden. „Du redest von Sex. Ich rede von ..."

Dustin hob eine Hand. „Sex gehört dazu, ja. Aber da Charity und ich beide erwachsen sind, der Sache zustimmen und Entscheidungen darüber treffen können, mit wem wir zusammen sein wollen, ist das nicht der Teil, von dem ich spreche." Er drückte sich eine Hand auf den Bauch. „Wenn ich mit ihr rede, Zeit mit ihr verbringe – das trifft mich hier. Da will ich das Arschloch in kleine Fetzen reisen, das ihr Angst macht, indem es ihre Sachen durcheinanderbringt. Da will ich mich um sie herumlegen und sie vor allen beschützen, die sich auf egal welcher Ebene bei ihr einmischen wollen. Also ja, ich will mehr Sex, aber ich will mehr von *ihr*. In meinem Leben und in unserer Familie.

Und falls das schnell wirkt, ist es das nicht, obwohl ich noch immer nicht weiß, was zum Teufel *sie* empfindet. Aber gerade jetzt muss ich tun, was ich kann, um sie zu schützen. Ganz gleich, wie schnell das wirkt. Punkt."

Er schaute Caleb direkt in die Augen. Hielt seinen Blick fest.

Sein Bruder nickte langsam. Dann nahm er Dustin an den Schultern und zog ihn nach vorne, um ihm eine Umarmung zu geben, bei der er ihm auf den Rücken klopfte und seine Rippen knirschten.

„Du wusstest noch nie, was du mit deinem großen Herzen anfangen sollst." Caleb fiel ein wenig zurück, seine Miene war immer noch nachdenklich. „Gehen wir das langsam an, oder zumindest so langsam, wie du kannst. Wenn Charity zustimmt, werde ich dich dabei unterstützen. Tamara plant wahrscheinlich bereits, wie man das

Gästezimmer für Charity umräumt. Ich werde da mal bei ihr einhaken."

„Das weiß ich zu schätzen."

In den nächsten fünfzehn Minuten verrichteten sie die langweiligsten häuslichen Aufgaben, die Dustin sich vorstellen konnte. Er und Caleb machten das Bett, zogen Handtücher heraus und brachten sie ins Bad, schauten nach der Heizung und den Lichtern und bereiteten das Häuschen im Grunde so vor, dass Charity nach dem Abendessen hineingehen konnte, ohne eine unwillkommene Überraschung vorzufinden.

Aber selbst die alltäglichen Aufgaben waren etwas Besonderes, da Caleb ihn eindeutig unterstützte.

Sie waren unterwegs zurück zum Haupthaus, Patchwork Annie sprang hinter Dustin her, als Caleb sich räusperte. „Nicht, dass ich jetzt damit anfangen möchte ..."

Teufel, nein. „Dein Tonfall sagt, dass du jetzt gleich mit einem Gespräch über Sex anfängst. Falls es das ist, brauche ich das nicht und will es nicht, also mach bitte gleich mit dem nächsten Thema weiter."

Caleb lachte abrupt. „Ja, nein. Wenn du dir über dieses Thema noch nicht im Klaren bist, dann sage ich gar nichts, bis du mich direkt fragst. Ich habe über eure Zeit unten in Crooked Creek nachgedacht. Ich nehme an, die Tatsache, dass ich noch nichts von Onkel Frank gehört habe, wie er sich über deine Einstellung beschwert, bedeutet, dass ich Charity zu danken habe, weil sie dich dazu gebracht hat, auf deine Manieren zu achten." Er zwinkerte Dustin zu. „Oder dich so weit abgelenkt hat, dass du dich benommen hast."

Mein Gott. Das war sowohl witzig als auch leicht unbehaglich. „Ich will keine Lektion, aber ich weiß auch nicht recht, ob ich dafür bereit bin, dass du mich wegen meines Liebeslebens aufziehst." Dustin verzog das Gesicht, als ein Beben über seinen Kopf und seine Schultern hinwegging.

Als sie das letzte Stück zum Haus gingen, beugte sich Caleb dicht heran und murmelte: „Schlechter Zug. Lass niemals jemanden wissen, was dich nervös macht."

„Du Arsch."

Aber das Scherzen fühlte sich gut an. Als hätte sich eine neue Seite zwischen ihnen aufgetan, trotz des Altersunterschiedes. Weniger mit Caleb als Vaterfigur, eher schon als einfach nur Brüder.

Nach einem letzten Klopfen auf die Schulter hielt Caleb mit einer Hand auf der Hintertür inne. „Ich mag sie. Sie wirkt wie ein guter Mensch."

„Charity ist so richtig gut", erwiderte Dustin. „Sie ist freundlich, aber nicht nett. Sie kann richtig krass sein, wenn es nötig ist – auch zu mir. Gerade jetzt will ich, dass ich ihr sicherer Hafen bin."

Sein Bruder neigte langsam das Kinn, bevor er Dustin in die Augen schaute. „Dann sind die Stones da, damit es so kommen kann. Was immer sie braucht."

Das Pulsieren in seiner Brust sorgte dafür, dass Dustin sich gerade aufrichtete. „Ich weiß das zu schätzen."

Ein kindliches Lachen erklang, als die Tür aufschwang. Der fünfjährige Tyler rannte heraus und erwischte Caleb an den Knien. „Dapa!"

Caleb lachte leise, während er seinen Sohn durch die Luft schwang. „Kleiner, du musst dir einen Namen aussuchen. Daddy oder Papa. Beides funktioniert."

Im Windfang neben ihnen hüpften Emmas weißblonde Locken, während sie sich umdrehte, da sie gerade eine Jacke aufgehängt hatte. Sie fuhr Tyler durch die Haare, während sie vorbeiging. „Stell dich den Tatsachen, Papa. Du hast drei Kinder und drei Namen."

„Verflixt, er hat doch mehr als nur drei. Vier, vielleicht fünf oder sechs, wenn ich mich recht erinnere", erklärte ihr Dustin, bevor er Caleb ins verwirrte Gesicht schaute. „Hast du nicht irgendwas davon gesagt, dass man besser niemanden wissen lässt, was einem ...“

„*Dustin* ...“, warnte Caleb.

Emma hüpfte beinahe vor Vorfreude. Sie hätte drei Jahre alt sein können anstatt dreizehn, als sie sich zu Dustin beugte und laut flüsterte: „Spuck es aus. Was für Namen noch?“

Er öffnete den Mund, als wolle er antworten, dann zwinkerte er Caleb zu. „Vielleicht ein andermal.“

Ein tiefes Seufzen kam von Emma, und sie schürzte gespielt die Lippen, ihre Unterlippe ragte leicht vor. „Du bist gemein.“

Dustin umarmte seine Nichte und wechselte das Thema. „Wo ist Charity?“

Emma legte ihm einen Arm um die Taille und schob ihn zum Wohnzimmer. Sie redete leise, während er sich ihrer ganz langsamen Geschwindigkeit anpasste. „Es tut mir so leid, dass jemand bei ihr einen solchen Schlamassel angerichtet hat.“

„Mir auch.“

Emma wandte ihm ihre großen, blauen Augen zu. „Es ist irgendwie gruselig.“

Diesen Teil wollte er nicht herabspielen, besonders nicht vor einer Frau, ganz gleich, wie jung sie war. „Nicht nur irgendwie. So richtig gruselig, das sehe ich auch so.“ Er beugte sich hinab und küsste Emma auf die Schläfe. „Deshalb wird Charity bei uns auf Silver Stone bleiben, bis wir wissen, wer es getan hat. Sie ist in Sicherheit.“

„Gut.“ Die tiefe Überzeugung in Emmas Tonfall brachte ihn zum Lächeln.

Sie war inzwischen richtig wild. Sie mochte ja immer noch aussehen wie ein Engelchen mit diesen springenden blonden Locken, aber sie hatte ein hochschließendes Gemüt, wenn es darum ging, dass jemand gemein zu anderen war.

Das ergab schon Sinn, wenn man genauer darüber nachdachte. Als sie noch klein gewesen war, hatte man ihr eine Tonne Schwachsinn vorgesetzt. Schreckliche Dinge, über die er sich überhaupt nicht klar gewesen war. Und verdammt sollte er sein, wenn ihn das nicht dazu trieb, sie noch einmal umarmen zu wollen.

Also machte er es. Er zog sie dicht heran und drückte sie, zahlte ihr weiterhin etwas für all die Zeiten zurück, in denen er nicht für sie da gewesen war, als sie klein gewesen war.

Sie drückte ihn im Gegenzug mit einer mühelosen Zuneigung, die sein Herz glücklich machte. „Vielen Dank, Dust-man."

Er lachte leise. Ja, Caleb war nicht der Einzige, der mehr Spitznamen hatte, als er zählen konnte. „Kein Problem, *Äffchen.*"

Sie streckte ihm die Zunge heraus und ließ ihn dann neben Charity stehen.

Sein Mädchen hatte sich auf dem Sofa eingerollt, die Kinderbücher, die in der Nähe verstreut lagen, waren ein eindeutiger Hinweis darauf, was sie getan hatte, bevor Tyler sie sitzen gelassen hatte.

Dustin ließ sich neben ihr nieder und nahm ihre Hand. „Hey."

Ihre Finger waren klamm. Sie lächelte aber, als er ihre Hand zwischen seinen rieb. „Ich dachte, ich wäre unterhaltsam gewesen, aber offensichtlich können nicht mal meine witzigen Stimmen mit Caleb mithalten, der durch die Tür kommt." Sie legte wieder den Kopf an Dustins Schulter. „Wie es auch sein sollte."

„Sehe ich auch so." Er schob ihre Haare zurück und drückte ihr einen Kuss auf die Schläfe. „Kommst du klar?"

„Ja. Ein Teil von mir will sich im Elend suhlen, aber es ist eine gute Ablenkung, von deiner Familie umgeben zu sein." Sie neigte den Kopf und seufzte zu ihm hin. „Danke, dass du jetzt für mich das Denken übernimmst, wenn es bei mir gar nicht geht."

„Kein Problem, Kleine."

Das klang nicht richtig. Kleine als Spitzname. Das funktionierte auf einer Ebene – das Wort hatte eine Art Vertrautheit, die er bei niemandem sonst verspürte. Aber es war nicht genug, um klarzumachen, dass sie ihm gehörte.

Jetzt bist du aber etwas voreilig, Stone. Wie wäre es, wenn du erst mal durch dieses verflixte Chaos kommst, bevor du ein großes Statement abgibst?

Verdammt sollte sein Gewissen sein, dass es so vernünftig war.

„Kommt an den Tisch", rief Tamara. Sie schaute Dustin in die Augen. „Versucht zumindest, was zu essen."

„Alles klar", behauptete Charity, die aufstand und in die Küche kam. „Tut mir leid. Ich habe nur faul herumgesessen, statt ..."

Tamara fing sie an den Schultern und beugte sich vor, bis sie von Angesicht zu Angesicht standen. „Meine Liebe, du hast uns doch schon geholfen. Jetzt sind wir dran, weißt du noch? Keine Entschuldigungen. Nicht bei uns."

Charity blinzelte fest. „Stimmt ja. Okay."

Dustin legte einen Arm um sie. „Nur ein rascher Bissen, dann bringe ich dich zum Häuschen, sodass wir uns entspannen können."

Falls er erwartet hatte, dass beim Abendessen gedämpfte Stimmung herrschen würde, hatte er sich geirrt. Es war nicht von Gelächter und Scherzen erfüllt, aber die Unterhaltung floss mühelos um sie herum. Tyler plapperte über alles, was er an diesem Vormittag im Streichelzoo gesehen hatte, und Sasha erklärte irgendeine Art Wettbewerb, für den sie trainierte, um

Secret Paths Training abzuschließen. Damit verging die Mahlzeit rasch.

Charity aß nicht viel, aber genug, dass Tamara zustimmend nickte, als es Zeit war, die Teller abzuräumen, bevor sie auf einen Korb auf der Insel deutete. „Ein Nachtisch für euch beide später. Außerdem noch etwas Zeug aus dem Kühlschrank, damit ihr frühstücken könnt, wenn ihr das möchtet, ohne hier vorbeizuschauen. Aber bitte fühl dich eingeladen, jederzeit rüberzukommen, wenn dir danach ist." Sie nahm Charity einen leeren Teller aus den Fingern. „Geh. Leg die Füße hoch, oder dusche, oder was immer du tun musst."

„Aber ich sollte ..." Charity blieb stehen, seufzte. „Genau. Aber nächstes Mal bin ich mit dem Saubermachen dran. Ich will meinen Anteil beitragen."

„Beitragen ist auch tragen", ließ sich Tyler vernehmen.

Dustin lachte. Er hob seinen Neffen auf und gab ihm einen Nasenstüber. „Genau, kleiner Tyler."

Tyler wand sich, damit er auf den Boden gesetzt wurde, also kümmerte sich Dustin darum, sicherzustellen, dass Charity hatte, was sie brauchte.

Sie zog ihre leichte Jacke an, ein nüchternes Lächeln auf Tamara und Caleb gerichtet. „Danke für das Abendessen und einen Ort, an den ich mich zurückziehen kann."

„Kein Problem", beharrte Caleb. „Du bist willkommen, solange es nötig ist."

„Beitragen." Tyler rannte vor und hielt ein paar seiner Lieblingsbücher hoch. „Willst du Bücher, Char-tee?"

Sie ging in die Hocke und nahm sie dankbar an. „Das ist zu lieb von dir, Mr. Tyler. Die werden mir sehr viel Spaß machen."

Tyler drückte ihr die Hände auf die Wangen und gab ihr einen dicken Kuss. Dann tätschelte er sie sanft und lief weg.

Charity stand auf, in ihren Augen stand Erheiterung. „Schüchtern ist er nicht."

„Hübsche Mädchen Küssen ist ein Talent, das sich lohnt, schon in jungen Jahren zu meistern." Dustin griff mit einer Hand nach ihrem Korb mit dem Nachtisch und öffnete mit der anderen die Tür. „Komm schon. Richten wir dich ein."

16

———————

Charity war in den letzten Jahren ein paarmal in dem kleinen Häuschen gewesen, hatte Sachen abgegeben oder sie für Ginny abgeholt. Aber niemals mehr als ein oberflächlicher Blick vom vorderen Eingang.

„Geh auf Erkundung", befahl Dustin, stellte Tamaras Korb mit Essen auf den Küchentisch. „Ich räume das Zeug weg."

„Ist ja nicht so, als hätte ich eine große Tasche auszupacken", grollte Charity.

„Ist ja nicht so, als hättest du ein großes Haus zu erkunden", entgegnete Dustin. Er neigte den Kopf und schaute sie streng an. „Los."

„Ich geh ja schon. *Hashtag rechthaberischer Bastard.*"

Sein leises Lachen folgte ihr durch den Gang.

Das Häuschen *war* klein. Der Flur führte zu einem Bad auf einer Seite und etwas, von dem sie annahm, es wäre das große Schlafzimmer, auf der anderen. Sie hatte gesehen, dass die zweite Schlafzimmertür ans Wohnzimmer anschloss. Ginny hatte das zum Basteln genutzt.

Charity blieb im Badeingang stehen. Die Dusche war eine

Verlockung. Es war ein voller Tag gewesen, und ihre Schmerzen in Kopf und Herz hatten sich in eine umfassende Erschöpfung verwandelt.

Wenn man allerdings bedachte, dass sie nichts hatte, was sie nach dem Duschen anziehen konnte ...

Eine Wand aus Hitze drückte sich an ihren Rücken. Dustins starke Arme umfingen sie und hielten sie aufrecht. „Warte zwei Minuten, dann kannst du rein hüpfen."

Sie drehte sich in seinen Armen und lehnte sich schamlos dichter an ihn. „Probleme mit dem Wasserdruck?"

Ein Klopfen erklang an der Eingangstür. Dustin legte ihr die Finger unters Kinn und hob ihr Gesicht an seines. „Technische Details. Komm mit mir."

Sie folgte ihm, während er vor sie schlüpfte. „Ich habe das Gefühl, wir sollten ein Seil haben, an dem ich mich einfach festhalte, damit du mich herumführen kannst. Das habe ich den ganzen Nachmittag lang gemacht."

„Lass doch das Seil weg und nimm, was immer du möchtest, um dicht dran zu bleiben", schlug er vor. Er legte ihre Finger um eine seiner Gürtelschlaufen. „So gefällt es mir. Für mich funktioniert das."

Charity blinzelte noch, als er die Tür aufzog und Fern und Shim auf der Schwelle erschienen.

„Das ist ein ganz schön hoher Fall von einem Höhepunkt." Fern legte die Arme um Charity und drückte sie fest. „Da wart ihr beiden und habt die Versteigerung gerockt. Und jetzt das. Übrigens, meine Mom und mein Dad sagen, *was für eine Scheiße,* und alles, was du brauchst, bekommst du."

Ihre Freundin führte sie zu einem der umgedrehten Stühle, die an einem kleinen Küchentisch standen. „Dein Dad hat doch bestimmt nicht *Scheiße* gesagt", widersprach Charity.

Fern kicherte. „Nein. Aber Oma Sonora schon. Zusammen mit ein paar anderen ausgewählten Worten. Ich glaube, ihre

Flüche haben ein paar der Junggesellen vertrieben, die immer noch im Saal abgehangen sind."

„Deine Oma hat es faustdick hinter den Ohren", stimmte Charity zu, während ein heftiges Pulsieren aus Traurigkeit sie erfasste. „Meine Oma hätte nicht geflucht, aber sie hätte etwas über gedankenlose, egoistische Hooligans zu sagen gehabt."

„Also im Grunde auch *was für eine Scheiße*."

Charity musste nicken. „Ja, ich schätze schon."

Fern erwischte ihre Finger und drückte sie fest. „Wir halten das alles ganz kurz und süß. Shim und ich sind eure Lieferjungs. Ich habe dir Klamotten gebracht – ein bisschen Zeug, das du bei mir gelassen hattest. Ist nicht viel, aber ich habe noch ein paar andere Dinge reingeworfen, von denen ich weiß, dass du sie brauchen wirst, also hast du alles, bis wir damit fertig sind, das Durcheinander in deiner Wohnung in Ordnung zu bringen."

Eine Tasche, die mit leuchtenden hawaiianischen Blumen bedruckt war, landete zu Charitys Füßen. Einen Augenblick später war auch Shim da, der leicht auf den Füßen wippte, während er sie anlächelte. „Hey, du. Tut mir leid, das mit dem Vandalen zu hören. Fern hat mich bei dir reingelassen, und ich habe mir deine elektronischen Geräte geschnappt. Alles, was du brauchst, dazu noch Ladekabel, sind auf dem Beistelltisch."

„Danke."

Er berührte sie sanft an der Wange und zwinkerte dann. „Ich bin auch bei Dustin stehen geblieben und habe ihm ein paar Klamotten eingepackt. Ihr beiden seid für heute Nacht eingerichtet."

Ihr beiden? „Sind wir das?"

Fern schoss hoch und nahm Shim am Arm, zog ihn auf die Beine. „Das seid ihr. Ruf mich morgen Vormittag an, und da ich vorhabe, lang zu schlafen, bitte nicht vor zehn. Den Rest erkläre ich dann. Aber vorerst ist alles für euch eingerichtet, und wir sind unterwegs."

Charity nahm ihre Umarmungen an, dann wartete sie, bis Shim dieses Rückenklopfen mit Dustin erledigt hatte, das es immer aussehen ließ, als würden Jungs versuchen, einander umzuwerfen.

„Morgen, Tee", rief Fern zur Erinnerung, bevor die Tür hinter ihnen zuging.

Schon wieder ein Wirbelwind.

„Das war ... seltsam", schloss Charity.

„Ein wenig, aber das ist unsere Art." Dustin wandte sie um, damit sie ihn anschaute. „Wenn du nicht unbedingt noch jemand anderen anrufen musst, ist es Zeit, in die Dusche zu hüpfen."

Es stand nicht zur Debatte, Chelsea anzurufen. Es würde ihrer Schwester nur sinnlos Sorgen machen, sie heute Abend auf den neuesten Stand zu bringen. „Morgen ist es früh genug." Die Verwirrung blieb aber bestehen. „Ich freue mich echt, das Fern was von meinem Zeug hatte, um es rüberzubringen, warum hat Shim dir Klamotten gebracht?"

„Weil ich, außer du verabscheust diesen Gedanken, bei dir bleibe." Dustin brachte sie durch den Flur zum Schlafzimmer, ließ ihre gepackte Tasche auf die Matratze fallen. „Streich das. Wenn du den Gedanken verabscheust, bleibe ich trotzdem. Ich werde einfach nur nicht bei dir schlafen. Dann nehme ich eben das Sofa."

Seine Arme um sie herum, die ganze Nacht? Das klang nach der perfekten Art, ein wenig dringend benötigte Ruhe zu bekommen.

„Vergiss das Sofa. Ich will dich in meinem Bett." Das sprach sie mit genug Überzeugung und Energie aus, dass sie fast schon wie sie selbst klang.

Dustin küsste sie auf die Wange. „Das ist mein Mädchen.

Jetzt rein in die Dusche. Hol dir all den Schaum und die Seife, die du nötig hast.“

Sie öffnete die Tasche, die Fern ihr dagelassen hatte. Zum Glück hatte ihre Freundin eine robuste Duschhaube und auch ein paar Kopftücher und Haargummis reingeworfen. Ohne sie wäre es ein Albtraum gewesen, mit ihren lockigen Haaren fertig zu werden.

Dustin verschwand, und Charity zog sich aus, ließ ihre Klamotten auf dem Boden liegen, wo sie hinfielen. Als würde sie eine anhaltende Verunreinigung durch diesen Tag zurücklassen, ging sie nackt durch den Flur und in das kleine Bad.

Das Wasser so heiß aufgedreht, wie sie es aushielt, ließ Charity es mit hohem Druck auf sich herabregnen. Harte Nadeln aus heißem Wasser prallten von ihrem Nacken und Rücken ab, und die Anspannung ließ langsam nach, während sie den Ekel über die Entdeckung an diesem Abend wegatmete.

Dieser Tag hatte gute Teile gehabt, die sie feiern konnte. Dinge, die so richtig gut gelaufen waren. Wie die Versteigerung. Das Geld, das für die wohltätigen Einrichtungen vor Ort gesammelt worden war, die Versammlung der Leute, die alle Heart Falls aufbauten.

Während jemand mein Zuhause auseinandergenommen hat.

Sie schüttelte den Kopf und wandte ihr Gesicht direkt unters Wasser. Sie war doch klüger, als zuzulassen, dass andere Leute ihr ihre Haltung und Entscheidungen diktierten.

Sie richtete sich ein wenig gerader auf. Der Vandale hatte Unrecht. Das würde Charity nicht zulassen.

Es spielte aber auch keine Rolle, ob es die Wahrheit war, sie war bis ins Innerste erschöpft. Als sie sich abtrocknete, vermied sie es, sich in dem beschlagenen Spiegel zu lange anzusehen. Eine geisterhafte Spiegelung, die während jedes kurzen Blicks zu ihr zurückschaute. Ein Geist, in dessen Augen Traurigkeit stand.

Sie hängte die Duschhaube auf, schlang sich ein Handtuch um den Körper und öffnete die Tür zum Bad einen Spalt breit. Sie wollte gerade Dustins Namen rufen, als sie von der flackernden Wärme bernsteinfarbener Lichter begrüßt wurde.

Kerzenlicht?

Leise glitt sie barfuß durch den Flur, die überlappenden Schichten des Handtuchs waren gleich über ihren Brüsten gut festgesteckt. Das weiche gelbe Leuchten wurde stärker, bis sie auf eine Höhe mit dem Küchenbereich kam und einen guten Blick auf den offenen Wohnbereich werfen konnte.

Überall waren Kerzen.

Okay, auf den zweiten Blick waren es nicht so viele, wie sie sich anfangs vorgestellt hatte. Aber ein Dutzend oder so waren angezündet und strategisch vor spiegelnden Flächen platziert worden, sodass sich die Wirkung verdoppelte. Das verwandelte das Ambiente der einfachen Hütte von rustikalem Charme in einen romantischen Rückzugsort.

Nicht, dass sie gerade auf der Suche nach Romantik war, aber der Gedanke war schon süß.

Dustin schaute von seinem Platz auf dem Sofa auf. Er legte das Handy mit dem Display nach unten auf den Beistelltisch. „Hey. Hast du dich aufgewärmt?"

„Ja. Nachdem ich mal auf die Uhr geschaut habe, glaube ich nicht, dass es eine gute Idee ist, sich um halb sieben schon aufs Ohr zu hauen." Sie wies rasch mit einem Finger auf das Handy. „Gibt es was Neues?"

Dustin klopfte auf den Platz neben sich. „Ein paar Fotos von uns auf der Versteigerung. Wir sehen wieder aus wie *Hashtag SüßesWesternPärchen.* Mein Schwanz wird mit keinem Wort erwähnt."

Er sagte das so trocken, dass ihr ein Kichern entwischte, während sie sich hinsetzte und sich an seine Seite lehnte. Viel, viel zu gemütlich dort. „Na, ich hoffe, das Ego deines Schwanzes wurde nicht verletzt."

„Er ist groß genug, um damit klarzukommen."

Charity schnaubte, neigte den Kopf nach hinten, um Dustin anzugrinsen. „Bonuspunkte dafür, dass du das sagst, ohne das Gesicht zu verziehen."

„Es war schon hart", erwiderte er genauso trocken. „Lang und hart und ..."

Sie tippte ihm auf die Brust, ihr Lachen blubberte schneller hoch, als sie das für möglich gehalten hätte. „Hör auf."

Er legte die Hand über ihre, fing ihre Finger an seinem weichen, blauen T-Shirt sein. „Es gibt nur eine Art, mich zum Aufhören zu bringen."

Charity drückte ihre Lippen auf seine. Ein sanfter Kuss, der hitziger wurde, während die Zeit verging. Dustin schloss die Finger um ihren Nacken und zog sie näher, neigte ihren Kopf, damit er die Kontrolle übernehmen konnte.

Das gefiel ihr. Sehr. Vielleicht heute mehr denn je, als sie die Sorgen von *wann*, *wer* und *was* hinter sich ließ und einfach nur noch spürte.

Das Streichen seiner Zunge über ihre. Das Streifen seines Daumens, der ihren Hals hinabstreichelte. Das Kratzen seiner Bartstoppel an ihrem Hals, als er sie hinunter zum Kinn und tiefer küsste.

Das Handtuch löste sich, fiel in einem Haufen um ihre Taille. Seine Lippen wanderten kreisend über die Oberseite der Rundung ihrer Brust zu den Nippeln, dann nach unten und wieder nach oben.

Charitys Augen sahen nicht mehr richtig klar, nur noch verschwommen, aber sie standen weit genug offen, dass das fröhliche, zufriedene Leuchten der winzigen Kerzenflammen an ihrer Netzhaut tanzte.

Dustin stöhnte an ihrem Bauch. „Ich habe einen taktischen Fehler gemacht, indem ich das nicht im Schlafzimmer vorbereitet habe."

Sie strich mit den Fingern durch seine Haare, immer wieder, die raue Oberfläche neckte ihre Sinne. „Ich beschwere mich bisher über gar nichts", erklärte sie.

Ein leises Lachen streifte die Locken auf ihrem Venushügel. „Gut zu wissen."

Sie hatte sich vorher völlig geirrt, als sie das Kerzenlicht in ihren verwirrten Gedanken als verlorene Liebesmüh abgetan hatte. Es erwies sich, dass Dustin, der sie langsam, aber ernsthaft leckte, genau das war, was sie brauchte.

Er ließ die Finger zwischen ihre Locken gleiten, öffnete sie für seine wandernde Zunge. Charity schob die Beine weiter auseinander und lehnte sich auf dem Sofa zurück.

„Ich vertraue dir", flüsterte sie.

„Lass los. Ich hab dich."

Im nächsten Augenblick war seine Zunge auf ihr, ein leichtes, intimes Lecken an ihren Schamlippen und der Klitoris. Neckende Berührungen mit den Fingern, die in sie eindrangen und sich wieder zurückzogen. Sein Mund bedeckte ihre Klitoris, und er saugte leicht, während ein Finger tief hineinglitt. Dann zwei, ein stetiges Streicheln hinein und hinaus, das ihr Rückgrat zum Prickeln brachte. Charity hob die Hände an ihre Brüste und nahm sie, kniff sich mit Daumen und Zeigefingern die Nippel.

Das Streicheln ging weiter, doch Dustins Lecken hörte auf. „Gottverdammt, Tee, du bringst mich um."

„Fühlt sich gut an."

Ein weiteres präzises, aber sanftes Lecken folgte, bevor er wieder etwas sagte. „Knete noch mal deine Brüste. Genau so.

Ich liebe es, das zu sehen. Deine Haut glüht, deine Nippel sind so steif."

Er stöhnte, während er mit den Fingern pulsierte, die Spitzen an die empfindsame Stelle in ihrem Inneren legte, und Charity keuchte.

„Eines Tages werde ich dich auf einem Stuhl ficken. Cowgirl, nur umgekehrt. Vielleicht vor einem Spiegel, damit du meine Hände auf deinen Brüsten sehen kannst, meinen Schwanz, der in deine Pussy reinstößt und wieder rauskommt. Ich, überall um dich, wie ich dich überall nehme."

„Gott, das fühlt sich gut an. Leck mich wieder, Dustin, ich bin so dicht dran."

„Tu es. Lass los", befahl er, seine Lippen waren wieder auf ihr.

Ein fester, pulsierender Druck, und sie brach ein. Ihre Hüfte hob sich zu seinem Mund, Finger ballten sich in seinen Haaren zu Fäusten, um ihn genau an Ort und Stelle zu halten. Wie er sich für sie verausgabte, sie mit Mund und Hand und Augen liebte. Die schmutzigen Worte und das Kerzenlicht und alles davon für sie.

Die Nachwehen des Orgasmus pulsierten so fest wie der erste Ansturm, und Charity hieß jede Woge willkommen, die Sorgen und Ängste des Tages waren vorerst auf die bestmögliche Art ausgelöscht.

Sie schloss die Augen und seufzte zufrieden.

Dass sein Mädchen ganz faul und befriedigt war, turnte ihn an wie nichts sonst auf der Welt.

Ein leises Lachen schlüpfte ihr über die Lippen, als er sie aufhob und zum Schlafzimmer trug. „Ich würde ja anbieten, dass ich gehe, aber ich habe vergessen, wie das geht." Sie drehte den Kopf und legte die Wange an seine Brust, strich mit einer Hand über sein Kinn, unter schweren Lidern hervor schaute sie ihn intensiv an. „Du bist so verdammt sexy."

„Du bist betrunken gefickt", sagte er mit einem Lächeln.

„Kann gar nicht sein." Sie drückte ihm die Finger auf die Lippen. „Du hast mich nicht gefickt."

„Noch nicht." Er legte sie aufs Bett, ihre nackte Haut ein weicher Braunton im schwachen Sonnenlicht, das durchs Fenster kam. „Bleib da."

Charity hob eine Hand und wedelte damit. „Ich laufe keinen Marathon, bis du zurück bist. Verstanden."

Mann, hätte er sich nicht gesorgt, dass die Bude abbrannte, hätte er gesagt, scheiß auf die Kerzen, sich ausgezogen und wäre bei ihr geblieben.

Am wichtigsten war aber, dass sein Plan, ihren Kopf mit anderen Dingen als den Katastrophen des Tages zu füllen, funktioniert zu haben schien. Das war es, worauf es ankam, nicht die Tatsache, dass er so verflixt hart war, dass er sich fragte, ob er sich etwas brechen würde, wenn er aus dem Schlafzimmer und wieder zurückrannte.

Die Kerzen waren gelöscht, und er riss sich das T-Shirt vom Kopf, als er das Zimmer wieder betrat, nicht sicher, was er finden würde. Teufel, sie könnte schlafen – was für sie schön wäre.

Aber, nein. Sie saß aufrecht auf dem Bett, ihre perfekten Brüste waren im vollen Präsentiermodus. Kurven und weiche Haut und ein Grinsen auf den Lippen.

Eine seiner Boxershorts hing an ihren Fingern. „Die sind ja interessant."

„Tee?"

Sie lehnte sich an die Kissen am Kopfteil zurück und schwang sie, sodass sie im Kreis wirbelten. „Ich habe mal in die Tasche geschaut, die Shim dir gepackt hat. Ich *habe* nach einem T-Shirt gesucht, das ich anziehen kann, denn das wäre schon echt gemütlich gewesen. Dann habe ich die gefunden."

Dustin würde seinen besten Freund umbringen. „Ich schätze ja nicht, du kannst einfach vergessen, dass du die je gesehen hast?"

Sie neigte den Kopf zur Seite, als würde sie es sich überlegen. „Na ja, vielleicht könnte die hier mit dem *Wo ist Walter?*-Motiv meinem Gedächtnis entfallen. Aber was ist mit der anderen?" Sie zog eine weitere Unterhose unter dem Kissen hervor und hielt sie hoch. „Die hat mir schier die Netzhäute weggebrannt. Du kannst sie auch gleich anziehen."

Auf dem Hintern und den Seiten dieser Boxershorts waren weiße und schwarze Kuhflecken. Das Dreieck vorne war ein riesiges Kuhgesicht.

Dustin schnappte sie sich, als sie sie in seine Richtung warf. „Und da dachte ich noch, dass er sicher die eingepackt hat, auf denen steht: *Starr meinen Dino nicht so an.*"

Ihr Grinsen war breit, während sie sich auf die Knie schlängelte, die Shorts an der Seite vergessen. „Sag mir, dass das in der Mitte ein T-Rex ist." Sie machte ein grusliges Dino-Gesicht, hielt aber die Arme eng am Körper und wackelte mit ihren Händen, als wären sie winzig klein.

Dustin lachte, während er aufs Bett sprang, sie unter sich rollte und dann auf sie hinablächelte. „Leider ist es ein Brontosaurus."

„Ah, lang und dünn, nicht dick und fleischig."

Er ließ die Ellbogen sinken und nagelte sie noch fester. „Du hast schmutzige Gedanken, Tee. Ich liebe es."

Sie holte tief Luft, drückte ihren Oberkörper an ihn, öffnete die Beine und seufzte, als er seine Hüften zwischen ihre Oberschenkel hinabließ. „Du lenkst mich ab."

„Tue ich", gab er zu. „Es gibt nichts, was wir heute Abend sonst machen können, außer hoffentlich gut schlafen."

„Da bin ich dabei." Sie knabberte mit den Lippen an seinem Hals. „Jetzt habe ich gespürt, wie der Kosmos schon wieder in eine Richtung kippt. Vielleicht solltest du dein Kuhgesicht hier rüberbringen und das Universum wieder ausbalancieren."

„Vielleicht sollte ich das."

Sie war bereits nackt, und er musste nur ein paar Sachen ausziehen, die überraschend schnell verschwanden, da Charity mithalf.

Ihre Hände streichelten und liebkosten, berührten seine Bauchmuskeln und Hüfte. Als sie die Finger um seinen Schwanz legte, nahm er allerdings ihr Handgelenk. „Ich bin zu dicht dran. Ich will in dir sein."

„Damit kann ich arbeiten." Charity kam wieder auf die Knie, ließ ihre Hand unter das Kissen gleiten und kam mit einem Kondom wieder heraus.

„Ich habe Angst zu fragen, was du da sonst noch versteckt hast", neckte Dustin, bevor er stöhnte, während er um Beherrschung kämpfte. „Deine Hände auf mir rauben mir total den Verstand."

Sie rollte das Kondom fertig ab, dann zog sie ihn über sich. „Ich werde dich nicht mehr berühren. Nicht sehr."

Ihre Hand führte ihn zu ihrem Geschlecht.

Dustin wiegte sich über ihr, tastete sich vor. Prüfte, ob sie bereit war, dass jeder Schritt auf diesem Weg das war, was auch sie brauchte.

„In mich rein", flüsterte Charity. „Oh, jaaaaa."

Seine Arme bebten, als er wieder in sie hineinglitt, langsam und stetig. Ein langsames Pulsieren, das sie vertraut zusammenbrachte, jeder Quadratzentimeter ihrer Körper war verbunden. Haut an Haut, Mund an Mund. Er bewegte sich in ihr, über ihr – Dustin hätte ewig hierbleiben können.

Nur dass er in wenigen Sekunden seine gottverdammte

Beherrschung verlieren würde, da es sich so verdammt gut anfühlte.

Charity zog die Knie an, und er sank tiefer ein.

Sie stöhnten beide. Ihre Blicke trafen sich, und Erheiterung kam auf.

„Sex-Teamwork. Gefällt mir", merkte sie an.

„Du gefällst mir", erwiderte Dustin leise. „Jetzt küss mich."

Ihre Augen weiteten sich einen Sekundenbruchteil bei diesen Worten, dann nahm sie sein Gesicht und küsste ihn mit einer Leidenschaft, bei der langsam kein Thema mehr war. Tiefer jetzt, härter. Ein Pulsieren auf dem Bett, ihre Fingernägel bohrten sich in seine Schultern, während sie ihn weiterdrängte.

Dustin ließ eine Hand zwischen sie gleiten und streichelte ihre Klitoris, beugte sich zur Seite, um sie noch etwas intensiver zu berühren.

„Dustin." Sie kratzte ihm heftig über den Rücken, ihre Hüfte presste sich an seine, während sie sich zu ihm durchbog.

Er ließ los. Ließ die Macht der Lust durch sich hindurchwogen wie einen Schnellzug. Sie unter ihm, weich und verschlafen und dicht an ihm.

Perfekt.

Mit verschlungenen Gliedern rollte Dustin danach nur weit genug weg, um sie nicht unter sich zu begraben. Blieb da, um zu Atem zu kommen, bis er nicht mehr länger warten konnte. „Bin gleich wieder da."

„Mmm-hmm." Charity streckte sich, als er ging.

Er kümmerte sich um das Kondom und war kurze Zeit später wieder zurück, zog sie auf der Matratze über sich. „Also, was willst du mit dem Rest des Abends anfangen? Passt einfach nur Netflix und Chillen für dich?"

Sie lachte leise, strich mit einem Finger über sein Kinn. „Haben wir das nicht schon gemacht?"

„Scherzkeks." Dustin nahm ihr Gesicht in die Hände, damit sie nicht flüchten konnte, während er an ihrer Wange prustete.

Sie balgten sich ein wenig, bis Dustin sich verschätzte, und sein Hintern vom Bett rutschte. Er fiel mit einem dumpfen Geräusch auf den Boden.

Charity ließ sich über die Seite hängen, die Augen aufgerissen, ihr Lächeln noch breiter. „Wenn du schon auf bist, schnapp dir den Nachtisch. Ich suche uns was, was wir ansehen können."

„Klingt gut." Er stand auf und holte sich die Kuh-Boxershorts von der Matratze. Ihr Gelächter folgte ihm, während er sie anzog und aus dem Zimmer schlüpfte.

Bis zu dem Zeitpunkt, als er drei dicke Stück Apfelkuchen mit großzügig Schlagsahne auf dem Beistelltisch hatte, hatte sie ein Nest aus Decken gebaut und wartete darauf, dass er sich ihr auf dem Sofa anschloss.

„Wie schade, dass du eines meiner T-Shirts gefunden hast." Dustin zog sie dichter an sich, knabberte an ihrem Hals. Sie hatte ihre Haare über Nacht wie üblich hochgesteckt, eine lockige Strähne war oben durch ihr seidiges Haartuch entkommen. „Gott, was immer du in deine Haare gibst, ist wie Kokain."

„Freut mich, dass du es magst." Sie kicherte, als seine Nase nach unten glitt. „Dustin, fütter mich."

Er stieß ein lautes Seufzen aus, ließ sich aber gehorsam nieder. Den Arm um sie geschlungen, balancierte er seinen Snack, damit er sie dicht bei sich halten konnte.

In der Serie, die sie anstellte, schien es um Leute zu gehen, die Kuchen buken, die *nicht* wie Kuchen aussahen. Was auch immer.

Als es schließlich spät genug war, um sich aufs Ohr zu hauen, begaben sie sich gemütlich zurück ins Schlafzimmer.

Sie nahm ihre Seite des Bettes. Er nahm seine. Sie seufzte leise und kuschelte sich in ihr Kissen, ihr Hintern war an seiner Lende, als würde sie immer so schlafen.

Als ob sie dahin gehörte.

Dustin redete leise, strich in Kreisen über ihren Bauch. „Ich habe Frühschicht. Willst du, dass ich anrufe, um dich zu wecken?"

„Nein. Ich werde aufstehen, bevor mich noch jemand vermisst."

Sie atmete gleichmäßig, schlief lange, bevor Dustin zuließ, dass er einnickte. Was bedeutete, dass es sicher war, es zu sagen. „Ich werde dich vermissen. Ich habe dich gerne bei mir, Tee. Ich glaube, wir passen gut zusammen."

Es gab keine Antwort bis auf ein leises Summen.

Er löste sich von ihr und kroch kurz vor fünf Uhr früh aus dem Bett, was teuflisch war. Es gab noch eines, was er versuchen musste, bevor er seinen Tag begann.

Patchwork Annie traf ihn draußen vor der Tür des Häuschens. Dustin blieb stehen, um mit ihr zu reden, streichelte sie erst, während er wie verrückt hoffte, dass seine Idee funktionierte. „Hey, Kleine. Ich habe heute für dich eine große Aufgabe. Du musst für mich etwas bewachen."

Er stellte Charitys Stiefel auf die Veranda und deutete darauf.

Annie saß gehorsam da, doch ihre Miene besagte, dass sie nicht sicher war, ob ihr gefiel, was los war.

„Du musst bei Tee bleiben. Bewach das", wiederholte er, während er sich erhob.

Er schaute sich einmal auf halbem Weg zur Scheune um. Annie blieb dort, wo er es ihr aufgetragen hatte, obwohl ihr Kopf etwas tiefer hing als sonst. Vermutlich fragte sie sich, warum er sie zurückgelassen hatte.

Es ging nicht anders. Sie war dort, wo sie sein musste.

In der Scheune stand Luke, der Thunderbolt sattelte. Er hob das Kinn, als Dustin an ihm vorbei zu seinem Pferd ging.

„Tut mir leid, dass ich spät dran bin", entschuldigte sich Dustin, obwohl es sich nur um ein paar Minuten handelte.

„Mach dir deswegen keine Sorgen. Ich bin gerade erst selbst hergekommen. Wie geht es Charity? Hat sie schlafen können?"

„Es ist in Ordnung. Ich hab sie gestern Abend recht schnell entspannen können, und sie schläft jetzt noch." Dustin drehte sich mit einer Satteldecke in den Händen zurück, um festzustellen, dass Luke ihn genau beobachtete. „Was?"

Sein Bruder grinste. „Kelli hat gestern Abend gesehen, wie du in das Häuschen gegangen bist. Außerdem habe ich gesehen, wie du heute Vormittag aus der Tür rauskamst."

Verflixt noch mal. Was bedeutete, dass Luke ihn höllisch damit aufziehen würde, da er nicht die ganze Geschichte kannte. „Ja?"

Luke zuckte mit den Schultern und machte sich wieder daran, den Sattelriemen fester zu ziehen. „Also ist der letzte verfügbare Stone gefallen. Bevor du dich versiehst, verschickst du als nächstes die Einladungskarten und buchst die Kirche."

„Wenn es stimmt, dann stimmt es eben." Dustin griff nach seinem Sattel und stellte fest, dass sein Bruder im Weg stand, die Augen aufgerissen, der Mund stand im offen. „*Was?*"

„Ich habe doch nur Spaß gemacht. Du und Charity, echt jetzt?" Luke hob eine Hand. „Ist nicht so, dass ich sie nicht mag, aber verdammt, Dustin, du bist doch noch ein Kind. Bist du wirklich bereit, dich schon festzulegen?"

Dustin lachte. „Du lässt es klingen, als würde man langweilig werden, wenn man jemanden findet, mit dem man zusammen sein will, als wäre das nur ein Schritt entfernt vom Grab. Mir wäre nicht aufgefallen, dass du und Kelli – Moment, ich setze noch mal neu an. Dass *Kelli* plötzlich zu einer

Langweilerin geworden ist. Von dir kann ich das nicht sagen, seit ihr beiden zusammen seid, alter Mann."

„Verpiss dich", schlug Luke vor.

„Sei kein Arsch", entgegnete Dustin.

„Lass das ..." Luke verzog das Gesicht. „Hör auf, so verdammt richtig zu liegen. Ja, du hast mich einfach überrascht, das ist alles. Ich dachte, dieser Scheiß zwischen euch wäre nur vorgespielt."

„War es. Ist es aber nicht mehr – zumindest für mich nicht." Dustin schubste seinen Bruder aus dem Weg und kehrte zurück, um Molasses zu satteln. „Ich muss das immer noch mit ihr ausarbeiten, also versau die Dinge bitte nicht, indem du nahelegst, dass bei uns schon alles geregelt ist oder so ein Schwachsinn, der ihr Angst macht."

„Natürlich nicht." Luke grinste bösartig.

Dustin warf eine Bürste nach ihm. „Idiot."

Luke grinste nur noch breiter. „Ach, das wird ein Spaß."

An dieser Stelle war die Rauferei, die darauf folgte, schon eine abgemachte Sache. Sie waren klug genug, zu warten, bis sie aus den Boxen raus waren, bevor Luke den Arm um Dustins Nacken schlang und versuchte, ihn zu überwältigen. Dustin wehrte sich, indem er Luke über die Hüfte warf und ihn auf die Knie brachte.

Sie knurrten und lachten schon, als jemand sich hinter ihnen räusperte.

Luke ließ los, Dustin machte es genauso, und dann lagen sie auf dem Boden und schauten zur Ashton Steward auf, in dessen Gesicht Missfallen stand. „Ich dachte, ich hätte euch Jungs die Dummheit schon vor Jahren ausgetrieben."

„War nur ein kurzer Rückfall", entschuldigte sich Luke. Er schoss hoch und hielt Dustin eine Hand hin. Sein Bruder zog ihn nach oben, und die beiden wandten das Gesicht dem halb im Ruhestand befindlichen Vorarbeiter zu.

Dustin wusste, dass er bestimmt dümmlich dreinschaute, aber gleichzeitig fühlte sich die ganze Situation richtig an. Eine weitere Schicht des Aufwachsens und Zusammenwachsens von Brüdern in einer eng verbundenen Familie.

Ashton hob eine Augenbraue, doch er nickte. „Sorgt dafür, dass der Augenblick rasch vorbei ist." Er verlagerte den Blick, um nur noch Dustin anzusehen. „Caleb hat Tucker erzählt, dass du in den nächsten Tagen zusätzliche Zeit frei brauchst. Damit du verfügbar bist, um Charity zu helfen", fügte er an. „Bis man den Vandalen erwischt hat, wird sie jemanden brauchen, der bei ihr ist, wenn sie irgendwohin muss. Und du stehst ganz oben auf der Liste der Leute, die sie begleiten können."

Was noch einen Schritt über das hinausging, was Dustin sich erhofft hatte, als er Caleb um Hilfe gebeten hatte. „Das weiß ich zu schätzen."

„Es ist schon sinnvoll. Tucker arbeitet bereits am Terminplan." Ashtons ernste Miene wurde weicher. „Das wird dir gefallen – ich bin dein Ersatz in letzter Minute."

Schon wieder mehr, als er erwartet hatte. „Ich werde das nicht ausnutzen."

Ashton hob einen Finger und hielt in Dustin vors Gesicht. „Du wirst tun, was immer nötig ist, damit dieses Mädchen in Sicherheit und glücklich bleibt. Wenn ich einige Extraschichten einlegen muss, damit es so kommt, dann soll es so sein. Sonora sieht das auch so."

Dustin streckte die Hand aus. Ernst nahm Ashton sie und schüttelte sie.

Der Augenblick fühlte sich riesig an, besonders als Ashton ihm auf die Schulter klopfte und ihn dann nicht zu sanft zu seinem Pferd schubste, nachdem er ihm die Hand geschüttelt hatte. „Jetzt seht zu, dass ihr euren Hintern in Schwung kriegt, ihr beiden."

Nur Augenblicke später waren sie durch die Tür und saßen im Sattel. Luke blieb beim ersten Teil des Austritts still. Der Vormittag versprach eine sanfte Wärme anstatt einer heftigen Hitze. Dustin saß locker im Sattel, Gedanken an Charity füllten seinen Kopf.

Wie er sie sicher halten sollte. Wie er sie wissen lassen sollte, dass sie mehr voneinander brauchten.

„Aus dir wird schon was."

Dustin verlagerte seine Aufmerksamkeit zur Seite. „Wie bitte?"

Luke zuckte mit den Schultern. „Ich sollte sagen: Aus dir *ist* was geworden. Du bist ein guter Mann, Dustin."

Wärme breitete sich in Dustins Eingeweiden aus. Er neigte vor seinem Bruder das Kinn, dann tat er das Einzige, was unter diesen Umständen möglich war.

Er stieß Molasses die Fersen in die Flanken und schoss los wie ein Pfeil, bevor Luke seine Zügel schnappen konnte. Sie rasten über den Feldweg auf die weit entfernten Felder zu, ließen die Pferde mit einer sorglosen Freude laufen, die nur mit der Familie möglich war. Mit dem Wissen, dass sie füreinander da waren.

Für ihn. Für Charity.

Sie ließen die Pferde wieder gehen, bevor sie über den letzten Hügel ritten, kameradschaftlich Seite an Seite, als sie oben ankamen. Es war eine von Dustins Lieblingsstrecken für Ausritte. Diese Schleife fügte er zu seinen Aufgaben hinzu, wenn sie nicht jemand anders auf dem Plan hatte. Der Himmel war inzwischen heller geworden, die Sonne stand über dem Horizont. Gold- und Gelbtöne und dunklere Farben von den Bäumen streckten die Finger über die weiten Felder aus. Es war ein so wunderschöner Ort.

Luke deutete nach Westen, schüttelte den Kopf. „Eindringlinge."

Dort war jetzt niemand, aber Quad-Spuren waren eindeutig im frischen Gras zu erkennen. Dustin und sein Bruder begaben sich zu dem kleinen Unterstand, der in der Nähe des nördlichsten Zauns von Silver Stone errichtet worden war.

Die offene Seite des Unterstandes war nach Osten ausgerichtet. Im Inneren war es schattig genug, dass Luke sein Handy herausholte und die Taschenlampe anstellte. Im hellen Licht wurde deutlich sichtbar, dass jemand ein paar Baumstümpfe in einem Halbkreis angeordnet hatte. Bierdosen und Flaschen lagen in der entgegengesetzten dunklen Ecke verstreut, und ein Schlamassel aus Zigarettenstummeln sammelte sich auf dem Boden, erstreckte sich bis zum immer noch trockenen Gras des Feldes.

„Ich hatte Sorge, dass die Medien-Spürhunde sich hier verstecken, aber das sieht mir mehr nach Jugendlichen aus", schätzte Luke.

„Wie gut, dass sie kein Feuer gelegt haben." Der Haufen Zigarettenstummel war mehr als nur nervig. „Ich weiß nicht. Ich kann mal die Fühler ausstrecken. Mich umhören, ob es irgendwelche neuen Teenager gibt, die nach Orten suchen, an denen sie rumhängen können, aber ich bezweifle irgendwie, dass sie sich die Mühe machen würden, den ganzen Weg hier rauszukommen."

„Überprüfe es trotzdem", erwiderte Luke. „Ich werde das Problem bei Tucker ansprechen. Er kann den Unterstand für uns regelmäßig prüfen lassen."

„Ich bin hier mindestens einmal die Woche draußen", offenbarte Dustin. „Das kann ich für eine Weile übernehmen, nur um hartnäckige Besucher abzuschrecken."

„Gute Idee."

Sie räumten den Saustall auf, dann stopften sie die

Mülltüte an die Seite, damit sie nächstes Mal einer der Arbeiter mitnahm, der mit dem Quad unterwegs war.

Dustin schaute auf die Uhr. Schon fast neun. Hoffentlich schlief Charity noch, aber sie würde bald wach sein und verstehen, dass sie nicht wirklich allein war. Letzte Nacht nicht, und heute auch nicht.

Er stieg auf und schloss sich Luke an, während sie zur nächsten Aufgabe weiterzogen.

17

Es dauerte einen Augenblick, das Frühstück zu bewundern, das vorne hergerichtet war. Charity spähte in den Kühlschrank, wo sie Muffins entdeckte, einen vorgeschnittenen Obstsalat, Bacon, der etwas aus Käse und Ei umhüllte, und eine Nachricht, auf der stand: *Drück auf ON. Der Kaffee ist schon hergerichtet.*

Ein Hauch Dekadenz mitten im Chaos. Charity dankte Tamara, Dustin und den Göttern des Frühstücks, stellte die Eier in die Mikrowelle und rief dann Fern an.

„Mach einen Video-Chat draus", befahl sie, lehnte ihr Handy an die Vase vor sich, in der silberne und blaue Trockenblumen standen – etwas von Ginnys Kreativarbeit, nahm sie an.

Fern erschien einen Augenblick später und beäugte sie genau. „Du siehst besser aus."

„Ich fühle mich besser. Ich habe gut geschlafen, und anstatt Panik zu schieben und verstört zu sein, bin ich jetzt angepisst und verstört."

„Das ist ein Fortschritt. Sex kann die Dinge schon hinbiegen, wie ich so höre."

Charity hob eine Augenbraue. „Solltest du mal versuchen."

„Irgendwann", erwiderte Fern schnippisch. „In der Zwischenzeit gibt's ein Update. Deine Wohnung wird hergerichtet, noch während wir hier reden."

„Was?" Charity beugte sich vor. „Wer?"

Ihre Freundin lächelte sie frech an. „Eine bunte Mischung aus Freiwilligen, die dich kennen und lieben, und die nicht anderweitig verhindert sind. Was bedeutet, nicht Ginny, denn sie ist ein Osterei, aus dem bald was schlüpft, und nicht meine Schwestern, die in Irland verschollen sind. Aber da bleiben immer noch eine Menge von uns. Moment mal."

Sie ging ein paar Schritte, dann öffnete sie eine Tür, trat in den einen hellen Raum. Sie hob das Handy und drehte es langsam im Kreis. Sie stand mitten in Charitys Wohnung, und einer nach dem anderen erschienen ihre Freundinnen aus Heart Falls. Tamara war da, außerdem zwei ihrer Schwestern, Julia und Lisa. Hannah Ford, die Frau des Brandmeisters, arbeitete im Küchenbereich mit Yvette, einer Tierärztin vom Ort.

Sogar Madison Zhao war da.

Als sie Fern und das Handy sah, eilte sie vor, ein Klemmbrett in der Hand.

„Hey, Tee. Keine Sorge, denn ich höre bereits, wie du dich beschwerst, dass eine Schwangere arbeitet und du nicht – ich mache nur Koordination, keine schwere Arbeit." Sie zwinkerte, und dann flüsterte sie verschwörerisch: „Wenn ich hier helfe, kann die Familie das Zimmer des neuen Babys einrichten, mit dem ganzen Überraschungszeug, das sie gekauft haben, von dem sie glauben, ich weiß nichts davon." Als Charity lächelte, zeigte Madison ihr einen hochgereckten Daumen. „Wir haben das unter Kontrolle. Alles, was nach Kleidung aussieht und gewaschen werden muss, ist gut versorgt und wird dann nach Silver Stone gebracht. Die Haushaltssachen werden gereinigt und hierbehalten.“

Es war zu viel. „Aber ...“

Das Handy wurde abrupt zu der Stelle herumgerissen, wo die Damen nun in einer Gruppe versammelt standen und alle Charity winkten.

„Wir lieben dich. Mach dir bloß keine Sorgen“, rief Tamaras jüngste Schwester Julia.

„Und du darfst dich beim Familien-Mädelsabend am Dienstag bedanken. Das ist deine Aufgabe“, Tamara wackelte mit dem Finger vor dem Bildschirm, „Danke zu sagen. Sonst nichts. Lass uns für dich da sein. Verstanden?“

Charity weinte fast wieder, aus einem ganz anderen Grund. „Verstanden.“

Fern drehte das Handy noch einmal. Der herumwirbelnde Bildschirm sorgte dafür, dass sich in Charitys Kopf alles drehte.

„Wir lieben dich“, erklärte Fern.

„Ich liebe euch auch, aber wenn du mich noch einmal so rumdrehst, werde ich mich irgendwie rächen.“ Charity schüttelte den Kopf, senkte die Stimme. „Das ist zu viel, Fern.“

Ihre Freundin senkte ebenfalls die Stimme. „Es ist nicht zu viel, denn wir lieben dich. Außerdem ist es für uns leichter als für dich, mit so was umzugehen, denn wir können uns davon irgendwie distanzieren. Wir sind wütend und aufgeregt um deinetwillen, aber es betrifft uns nicht so, wie es wäre, wenn du dich damit herumschlagen müsstest. Lass zu, dass wir uns um dich kümmern, bitte?“

„Wenn du es so formulierst, gibt es ja nicht viel, was ich tun kann“, beschwerte sich Charity.

Fern grinste sofort. „Nö.“

Charity dachte nach, dann machte sich eine weitere Sorge breit. „Okay, tun wir mal so, als könnte ich dieses riesige

Geschenk annehmen, ohne gleich in Tränen auszubrechen. Weshalb bringt ihr meine sauberen Klamotten nach Silver Stone? Legt sie doch einfach zurück in meine Wohnung."

Das strenge Gesicht ihrer Freundin war sofort wieder da. „Nicht, bis wir den erwischt haben, der das getan hat. Nein, Dustin hat schon recht. Erst mal geht es um deine Sicherheit. Du wirst auf Silver Stone bleiben, bis wir wissen, dass der Vandale kein Problem mehr ist." Fern schüttelte den Kopf, als Charity widersprechen wollte. „Du warst nicht da, also kümmern wir uns um den Schlamassel. Das ist nervig, sonst nichts. Was, wenn du zu Hause gewesen wärst? Was, wenn die Dinge eskaliert wären?"

„Daran habe ich noch gar nicht gedacht." Charity holte tief Luft. „Okay, mein friedliches Zen hat gerade einen starken Schlag erlitten."

„Schieb nicht zu sehr Panik, denn du *warst* nicht da, und du wirst nicht wieder da sein, bis es sicher ist. Dustin hat gesagt, das muss so sein, Caleb hat zugestimmt, und Tamara ist voll dabei."

„Super-Stones." Die Antwort kam sofort und aufrichtig.

Fern ging an einen neuen Platz, der Hintergrund wechselte auf dunkel und dann auf taghell. Als sie wieder sprach, war es sanfter und durch und durch Fern. „Du bist ihnen wichtig."

„Ich weiß. Sie haben mir so viel gegeben. Ich fühle mich wie eine Last."

„Tee, dir ist schon klar, dass der einzige Grund, dass wir diesen Schlamassel aufräumen, darin liegt, dass du dich freiwillig gemeldet hast, um Dustin zu helfen. Oder? Der Vandalismus ist eine direkte Folge davon, dass du mit ihm in Verbindung stehst." Fern krümmte den Finger, als wolle sie Charity näher heranwinken. „Du hast das Ding als seine Freundin durchgezogen, um für ihn da zu sein, weil er dir wichtig ist. Gib es zu."

Einen Atemzug später nickte Charity. „Ja."

„Ja. Also sollte die Tatsache, dass du ihnen wichtig bist – Moment, *Neuanfang*. Die Tatsache, dass du *Dustin* wichtig bist, sollte keine so seltsame Unmöglichkeit sein."

„Ich bin ihm nicht ..." Charity kam ins Stolpern, war sich plötzlich bewusst, dass sie eine Lüge aussprechen würde. „Er hat mir gesagt, dass er mich mag."

Fern verzog das Gesicht. „Mensch, *ehrlich?*"

„Ich setze dich im Wald aus, damit du nicht mehr heimfindest", murmelte Charity.

„Geht nicht. Ich kenne Heart Falls wie meinen Handrücken." Sie hielt ihren linken Arm hoch – den mit der Prothese – dann runzelte sie die Stirn. Sie trug einen Haken anstatt einer Hand. „Du weißt, was ich meine."

Charity kicherte. „Ich liebe dich."

„Aber natürlich. Und wir lieben dich, denn du bist sehr liebenswert."

Was eine wärmende Bestätigung war, bis der Grund, aus dem sie überhaupt plauderten, gedanklich wieder in den Vordergrund trat. „Jemand liebt mich nicht. Auch bekannt als *Hashtag HausZerstörung*."

Ferns Miene spannte sich an. „Ja. Darum wirst du auch auf Silver Stone bleiben, bis du in Sicherheit bist. Wenn du in die Stadt fahren musst, wird einer von uns mit dir kommen."

Charity wollte sich beschweren. Wollte protestieren, dass es gar nicht zur Debatte stand, Ausgehverbot zu haben, und sogar noch eine größere Last für die Stones und ihre Freundinnen zu sein, was das letzte war, was sie wollte.

Dann erinnerte sie sich an den Ausdruck auf Dustins Gesicht. Ernst und entschlossen. So fürsorglich.

„Okay."

Ihre Freundin hob eine Augenbraue. „Ich dachte mir, es

würde einen Ringkampf und Klebeband brauchen, damit du zustimmst."

Charity zuckte mit den Schultern. „Ich war bereit, mich der Öffentlichkeit zu stellen, damit Kelli und die Kinder und der Rest von ihnen nicht ins Scheinwerferlicht geraten. Wenn ich in Sicherheit bin und das Scheinwerferlicht immer noch auf mich gerichtet ist, dann komme ich klar."

Es würde ihr nicht gefallen, aber das war eine andere Angelegenheit.

„Ich weiß nicht, zu welchem Zeitpunkt wir fertig sein werden, aber das ist nicht mehr deine Sorge", informierte sie Fern. „Du hast heute frei. Kelli kommt heute Vormittag rüber, um dich zu einem Ausritt und einem Picknick zum Mittagessen mitzunehmen. Heute Nachmittag geht es zur Kätzchenjagd mit Tyler, während Sasha alles überwacht. Zum Abendessen bringe ich Zeug für Tacos rüber, und Shim bringt irgendein Brettspiel mit, von dem er behauptet, wir werden es alle lieben. Damit sind dein Abendessen und deine Abendunterhaltung schon komplett geplant."

„Ich bin so froh, dass ich den Tag *frei* habe", scherzte Charity.

„Stimmt doch? Du hast einen tollen Geschmack bei deinen Plänen bewiesen." Fern gab ihr einen Luftkuss. „Ich muss los. Versuch, dich ein bisschen zu entspannen. Wir kriegen das hin."

Charity erwiderte den Kuss und beendete das Gespräch dann.

Schon wieder ein Wirbelwind. Diesmal ein ganz anderer. Ein warmer Wind, der sich um sie legte, aus Freundinnen und fürsorglichen Menschen. Charity stand einfach nur da, schloss die Augen und nahm sich einen Augenblick, um wortlos das Geschenk zu würdigen, das sie erhalten hatte.

Als sie sie wieder öffnete, lockte das helle Sonnenlicht, das ins Wohnzimmerfenster schien. Charity schnappte sich ihre warmen Frühstücksleckereien aus der Mikrowelle, schenkte sich Kaffee nach und ging durch die Eingangstür zu dem kleinen Tisch und den gemütlichen Stühlen, die sie am Vorabend gesehen hatte.

Sie hatte einen Schritt auf die Veranda getan, als Patchwork Annie ihr mit einem grüßenden Wuffen einen Heidenschrecken einjagte.

Charitys Kopf fuhr nach rechts, um festzustellen, dass der Hund mit dem Bauch auf dem Boden am Rand der Veranda lag, sein Schwanz wedelte wie verrückt. „Hey, Kleine. Wo ist dein Boss?"

Ein kurzer Blick in die Runde zeigte keine Spur von Dustin, was mehr als nur merkwürdig war. Als sie genauer nachsah, stellte sie fest, dass der Hund ausgestreckt dalag, mit einer Pfote auf jeder Seite von Charitys Cowboystiefeln.

„Was zum Teufel heckst du denn aus, Dustin Stone?", fragte sie sich, während sie über seinem Hund stand.

In diesem Augenblick knurrte allerdings ihr Magen, also setzte sie sich zu ihrem Frühstück und versuchte, es währenddessen herauszufinden. Beim Essen wollte sie Annie überreden, sich ihr anzuschließen. Aber ganz gleich, welche Verlockungen sie auch bot, Charity konnte den Hund nicht zum Nachgeben bewegen. Nicht einmal mit einem Stück Bacon, obwohl die Nase des Hundes heftig zuckte.

Charity erhob sich und ging hinüber, um Annie den Leckerbissen zu geben, bevor sie ihren felligen Kopf streichelte. „Ich weiß nicht, was Dustin zu dir gesagt hat, aber verdammt, du bist ein gutes Mädchen. Danke, dass du mir Gesellschaft leistest."

Frisch gestärkt zog Charity ihr Handy heraus und bereitete sich auf die nicht so angenehme Aufgabe vor, ihre Schwester über die derzeitigen Ereignisse in Kenntnis zu setzen.

Charity: *Ich muss dir was erzählen, das leichter mit einem Anruf ginge. (Ich weiß – ugh) Ruf mich an, wenn du Zeit hast. Keine Sorge, alles ist in Ordnung.*

Es war nicht ganz gelogen. Die Dinge waren schon irgendwie in Ordnung. Im Augenblick.

Fast sofort klingelte ihr Handy. „Kleine Schwester. Wie läuft's an diesem schönen, sonnigen Tag?"

Auf Chelseas fröhliche Begrüßung kam aus dem Hintergrund noch Suz' erfreuter Ruf: „Und wie geht's dem gespielten Freund?"

„Heute sind die Dinge toll. Sogar wunderbar, aber du musst mich auf Lautsprecher stellen, damit du und Suz mal eben kurz zuhören könnt."

Sie kam durch die Beschreibung der Versteigerung und der darauf folgenden Entdeckung in ihrer Wohnung, ohne zu oft gestört zu werden. Als sie schließlich innehielt, herrschte am anderen Ende der Leitung Stille.

„Cee? Suz?"

„Wir sind da", versicherte ihr Suz. „Ich sitze auf deiner Schwester, um dafür zu sorgen, dass sie sich nicht die Autoschlüssel schnappt und deinem Vandalen nachschnüffelt wie ein Bluthund."

„Wenn sie das könnte, hätte ich sie gerne sofort hier. Aber ich habe erst jetzt angerufen, denn gestern Abend gab es nichts mehr zu tun. Und heute haben meine Freundinnen alles übernommen, also gibt es auch jetzt nichts zu tun."

Chelsea seufzte so laut, dass das Geräusch durch die Leitung hallte. „Ich könnte dich umarmen."

„Ich glaube, den Teil hat Dustin schon übernommen", scherzte Suz.

„Dustin war ganz toll", erwiderte Charity rasch, ignorierte die zweideutige Anspielung. „Er hat seinen Hund da gelassen, um mich zu bewachen, und ich weiß nicht, wie er das gemacht hat, denn normalerweise ist sie wie sein Schatten."

„Das ist süß", sagte Suz. „Cee, geht's dir gut, Liebling?"

„Ich mach mir nur Sorgen um Tee. Das ist alles." Die Stimme ihrer Schwester war weich und sanft. „Willst du, dass wir rauskommen?"

„Ja, aber später, wenn ihr es sowieso vorhattet." Charity schüttelte das Aufblitzen der Sorge ab, dass sie ihre Einladung in dieses Häuschen überbeanspruchte, indem sie ihre Familie auf Silver Stone dazu holte. Es war das Richtige, das zu tun, das wusste sie einfach tief drinnen. „Für euch beide gibt's mehr als genug Platz hier im Häuschen. Ich frage aber noch mal nach, ob das auch für Dustin okay ist. Wir können Ausritte machen und das ganze andere Zeug. Es wird sicher sein, damit wir genau die Art Spaß haben können, die wir brauchen, um die blöden Hooligans dieser Welt zu vergessen."

Ihre Schwester lachte leise. „Genau das hätte Oma auch gesagt."

„Ich weiß. Ich denke immer wieder an sie und das, was sie in dieser Situation getan hätte. Hätte sie an meiner Stelle gestanden, hätte sie die Hilfe ganz anmutig angenommen. Wäre sie auf der anderen Seite gewesen, hätte sie genau die Hilfe angeboten, die ich von den Stones und Fern erhalte. Also echt, sie ist eigentlich da. Und ich muss darauf vertrauen, dass das auch der Ort ist, an dem ich sein muss."

Chelsea sprach leise. „Wenn du sicher bist. Du fragst da nach, wo du fragen musst, und wenn es in Ordnung ist, dann sind wir in nur einer Woche da, so wie wir es vorhatten. Schick mir die Infos."

„Wenn sich irgendwas ändert, ruf uns an", ging Suz dazwischen. „Jederzeit. Du störst wirklich nicht. Du gehörst zu uns. Vergiss das nicht."

Charity blinzelte fest, Feuchtigkeit ließ das Abbild von

Kelli Stone unscharf werden, die Beach und ein weiteres Pferd über den Hof auf das Häuschen zuführte. Beide Pferde waren gesattelt und bereit zum Losreiten. „Mein Morgenausflug ist schon unterwegs. Ich liebe euch beide. Ich schreibe euch bald."

„Ciao, Tee. Wir lieben dich auch", hallte es in Stereo aus dem Handy.

Charity erhob sich, wischte sich die Tränen aus den Augen, während Kelli stehen blieb und die Zügel über einem Posten in der Nähe warf.

Die kleine Frau musterte sie kurz. „Alles klar?"

„So was von klar", behauptete Charity.

Kelli neigte das Kinn. Sie warf einen Blick auf Annie und stieß einen Pfiff aus. „Na, verdammt soll ich sein. Dieser Junge kann Wunder wirken."

„Dieser *Mann*", korrigierte Charity sie sanft.

Die Frau grinste. „Verstanden. Also, willst du einen Ausritt machen? Ich kenne jemanden – *hust, Fern, hust* – der heute dein Leben für dich organisiert hat, aber es liegt ganz bei dir."

„Ich komme nur zu gerne mit", sagte Charity aufrichtig. „Lass mich nur kurz meinen Teller reinbringen und mich anziehen."

DUSTIN VERBRACHTE in letzter Zeit nicht oft ohne Unterbrechungen Zeit mit einem seiner Brüder. Der Vormittag, den er mit Luke verbracht hatte, war deswegen nur umso spezieller.

Sie waren gerade in die Scheune zurückgekehrt, und es fühlte sich an, als müsse er etwas sagen. Dustin wollte nicht, dass das einfach nur hin und wieder passierte.

„Wenn die Dinge sich hier auf Silver Stone beruhigen,

sollten wir vielleicht Tucker dazu bringen, ein wenig am Terminplan zu basteln." Dustin schaute in Lukes fragende Augen, während sie langsam ihre Pferde in die Boxen führten. „Du, Caleb und Walker seid alle so beschäftigt mit euren Frauen und euren Familien. Und, ja, ich hoffe, dass ich mit Charity zu tun habe. Wir haben gemeinsam Familienversammlungen, aber das vermisse ich. Die Zeit, in der ich mit einem von euch arbeite, sodass wir uns einfach mal austauschen können."

Luke nickte langsam. „Ich weiß, was du meinst. Wir arbeiten die ganze Zeit so eng zusammen, aber wir unterhalten uns nicht, wenn einer von uns auf einem Pferd sitzt und uns die Zähne klappern."

„Ich glaube, Ashton hat solche Unterhaltungen immer *für die Tonne* genannt."

„So schlimm sind wir auch wieder nicht", beschwerte sich Luke. „Können wir gar nicht. Wir wissen doch nie, wann eines der Kinder auftaucht."

Sein Bruder lachte. „Stimmt. Ich würde mich nur ungern Tamara oder Ivy stellen, nachdem ich in Hörweite eines ihrer Babys geflucht habe."

Das war äußerst erheiternd, aber Dustin hob eine Augenbraue. „Du hast offensichtlich noch nie gehört, wie Sasha vom Leder zieht, wenn die Dinge auf dem Reitplatz nicht so toll laufen."

„Sasha?" Lukes Mund stand offen.

Dustin neigte den Kopf. „Sie kennt alle Lieblingsausdrücke von Caleb, und ein paar, von denen ich mir sicher bin, sie hat sie von Tamara, und sie lässt sie vom Stapel wie ein Matrose auf Landgang."

„Verdammt soll ich sein." Luke wurde etwas ernster. „Alle werden groß, oder nicht? Die Mädchen sind schon richtige Teenager. Tyler ist kein Baby mehr. Walker und Ivy haben eine richtige Familie. Das Baby von Tucker und Ginny kommt auch bald."

„Und später im Jahr das Kind von Kelli und dir ..."

Luke stolperte beinahe über die eigenen Füße, während er Thunderbolt in seine Box führte. „Was?" Er schaute sich um, dann funkelte er Dustin an. „Wer hat dir das verraten?"

„Du. Gerade jetzt. Ich gratuliere." Morgen würden ihm die Wangen wehtun, weil er so sehr grinste.

„Gott verdammt, Dustin." Luke verdrehte die Augen bis zur Decke.

Dustin grinste noch breiter. „Ich wusste gar nichts, bis du dein großes Maul geöffnet hast, Bruder, aber hey, ich freue mich für dich."

„Du bist ein Arsch." Luke öffnete die Tür.

„Ich erzähle es keiner Menschenseele", versprach Dustin, während er sich mit seinem eigenen Pferd an die Arbeit machte. „Also ... erzähl mir mehr." Denn es war eindeutig, dass sein Bruder reden wollte, nun, da die Katze aus dem Sack war.

Luke schaute sich ganz schnell um, dann sprach er leise. „Sie hat es gerade erst rausgefunden. Wir wollten ein wenig warten, bevor wir irgendwas ankündigen. Ich will doch nicht gerade jetzt Tuckers großen Moment stehlen."

Mein Gott, das war so witzig. Dieser ganze Wettbewerb zwischen Tucker und Luke würde niemals nachlassen. „Da hat er dich aber geschlagen, oder?"

„Ja, na ja, Ginny ist älter als Kelli, also hatten wir es nicht so eilig. Außerdem sieht es so aus, als hätten wir in dieser Familie jetzt ein paar Jahre lang regelmäßig Babys, wenn für dich und Charity auch alles gut läuft." Luke hielt inne. „Mein Gott. Das ist ein Gedanke."

„Was?"

„Du als Vater. Nicht, dass du nicht einen hervorragenden Vater abgeben würdest", beeilte sich Luke hinzuzufügen. „Du bist toll mit Kindern, das warst du schon immer. Gleich von Anfang an mit Calebs Mädchen."

„Die meiste Zeit über war ich für sie eher ein Bruder als ein Onkel", erklärte Dustin. „Aber ja, ich mag Kinder. Ich weiß, dass es Charity auch so geht, aber das ist auf gar keinen Fall ein Gespräch, das wir in nächster Zeit führen werden."

„Natürlich nicht." Nur dass Luke wieder sein böses Grinsen zeigte. „Ich könnte sie ja mal nebenher fragen, wie sie zu großen Familien steht."

Dustin starrte auf ihn herab. „Hast du Kelli schon von deinem Plan erzählt, fünf Kinder zu haben?"

„Sie weiß, dass ich mehr als nur ein paar möchte", erwiderte Luke. „Wenn sie mich nicht nach dem ersten umbringt, werden wir irgendwann zu verhandeln beginnen."

„Kluger Plan." Dustin widerstand dem Drang, anzumerken, dass er sich ziemlich sicher war, ‚mehr als ein paar' hieß eigentlich eines mehr als Tucker.

Sie plauderten noch ein paar Minuten, bereiteten sich darauf vor, wieder nach draußen zu gehen und ihre Liste fertig abzuarbeiten, als plötzlich Lärm weiter drinnen in der Scheune aufkam. Laute Stimmen wechselten sich ab, es wurde gerufen und „Moment" gebrüllt.

Dustin machte sich auf alles bereit. Noch weiterer von den sozialen Medien angefeuerter Mist?

„Ich weiß, wo zum Teufel ich hingehe. Jetzt aus dem Weg." Die Stimme war vertraut, aber auf Silver Stone völlig unerwartet.

Dustin blinzelte. Sein Blick huschte zu Luke. „Onkel Frank ist hier?"

Luke zuckte mit den Schultern. „Schätze schon."

Der ältere Mann grummelte immer noch vor sich hin, als er um die Ecke kam und sie sah. Er marschierte direkt zu Dustin. „Da bist du ja. Ich bin gekommen, um ein paar Tiere abzuladen, und hab gehört, dass es Schwierigkeiten gegeben hat. Warum zum Teufel hast du mich nicht angerufen?"

So geschockt, dass er kein Wort herausbrachte, blieb Dustin keine Zeit, mehr zu tun, als den Mund zu öffnen, bevor Onkel Frank sich wieder in Bewegung setzte, sein Blick wanderte durch die Scheune.

„Wo ist sie?" Onkel Franks Augen blitzten wild, seine Haare waren durcheinander, als er den Hut abnahm und sich mit der Hand zum wohl zwanzigsten Mal durchfuhr. „Tamara hat gesagt, ich soll in der Scheune schauen, aber sie ist nicht im verdammten Büro."

„Onkel Frank", Luke trat nach vorn, „von wem redest du denn?"

„Seiner Freundin." Er wies mit dem Daumen auf Dustin und fuhr dann zu ihm herum. „Was zum Teufel geht hier vor? Ich habe gehört, ihre Wohnung wurde demoliert. Geht es ihr gut? Wer war das? Was wird unternommen, um denjenigen zu erwischen?"

Himmel. In einer Million Jahre hätte Dustin sich nicht träumen lassen, dass es zu diesem Szenario kam. Aber ein Schritt nach dem anderen. Sein Onkel stand kurz vor einer Panikattacke, und obwohl er herumbrüllte, legten sein Tonfall und seine Miene nahe, dass er sich nicht benahm wie ein Arschloch.

Hätte er raten müssen, hätte Dustin gesagt, Frank fürchtete sich.

„Ihr geht's gut. Sie ist in Sicherheit hier auf Silver Stone. Wir tun, was wir tun können, um den Rest rauszukriegen, aber ihr geht es gut." Dustin legte eine Hand auf die Schulter seines Onkels, um ihn zu beruhigen. „Wir kümmern uns um sie."

Frank zog eine wilde Grimasse, aber er nickte, als Dustins Worte langsam ankamen. „Wurde sie verletzt?"

„Sie war nicht da", bestätigte Dustin. „Ihr geht es gut."

Frank richtete sich auf, holte tief Luft, dann stieß er sie auf einmal aus. „Gut. Gut."

Luke schaute auf sein Handy und hielt nun eine Hand hoch. „Kelli sagt auch, dass Charity hier in der Scheune sein sollte. Wir suchen sie." Er hob die Stimme und rief: „Hey, Charity, bist du hier irgendwo?"

„Hier oben. Nur ganz kurz."

Schritte erklangen auf den Stufen vom Heuschober herab, das vertraute Geräusch quietschender Dielen, in das sich Kindergespräche mischten. Gleich danach kam Charity mit Tyler auf dem Arm in Sicht, und Sasha folgte ihr auf den Fersen.

Patchwork Annie folgte Charity so dicht, dass es erstaunlich war, dass sie nicht über den Hund stolperte.

Charity blieb stehen, als sie bei ihnen ankam, und blinzelte fest. „Oh. Hallo, Mr. Stone."

„Gott sei es gedankt, du bist in Sicherheit." Frank setzte sich sofort in Bewegung, und im nächsten Augenblick hatte er Charity und Tyler fest umarmt.

Dustin konnte Charitys Gesicht sehen, und obwohl es anfangs vor allem Schock war, hatte sie auch ein schwaches Lächeln auf. Sie schaute ihm in die Augen und hob die Brauen, als wolle sie mit den Schultern zucken.

Tyler nahm alles gelassen hin und tätschelte Onkel Frank den Rücken. „Super-Frank. Willst du die Kätzchen sehen?"

Einen Augenblick später hatte Frank sich zurückgezogen und hielt die Arme seinem Großneffen entgegen. Das Kind schmiegte sich an, als würde es ständig von dem älteren Mann gehalten werden. „Hast du Charity die Kätzchen gezeigt?"

„Ja." Tyler nickte ernst und hob dann eine plumpe Hand, die Finger ausgebreitet. „Fünf Kätzchen. Komm und schau", befahl er, zerrte Franks Kragen in Richtung der Stufen.

„Er ist offensichtlich sehr schüchtern und zurückgezogen",

brachte sich Sasha trocken ein. „Hi, Onkel Frank. Lass mich den Kleinen mal kurz nehmen, damit ihr reden könnt. Wir warten auf den Stufen", sagte sie zu ihrem Bruder, der sich an Frank geklammert hatte wie ein Tintenfisch, und widerstrebend zu heulen begann. „Noch besser, sehen wir doch mal nach, ob sich die Kätzchen noch an derselben Stelle verstecken. Wenn er dann nach oben kommt, kannst du sie ihm zeigen."

Tyler dachte ernsthaft darüber nach, bevor er sich mehr oder weniger auf seine ältere Schwester warf. Sie fing ihn, ohne auch nur zu blinzeln, wirbelte ihn im Kreis, während sie Flugzeuggeräusche von sich gab und mit ihm die Stufen hinauflief.

In der Zwischenzeit war Charity an Dustins Seite getreten. Sie ließ einen Arm um seine Taille gleiten und lehnte sich an ihn, während sie leise sprach. „Hey. Ich dachte, du hättest den ganzen Tag Cowboy-Aufgaben."

„Habe ich. Bin immer noch dabei, möchte ich sagen." Er drückte ihr einen Kuss auf die Schläfe. „Alles klar?"

„Ich hatte einen tollen Vormittag mit Kelli, meine Freundinnen sind alle Engel, und ich habe einen braven Hund an meiner Seite. Bei mir ist alles klar." Sie schauten beide zu Annie, die mehr oder weniger vibrierte, so fest wedelte sie mit dem Schwanz, während sie zwischen ihren gestiefelten Füßen stand.

„Also hat es funktioniert. Verdammt." Dustin beugte sich nach unten und rieb ihr über den Kopf. „Gutes Mädchen."

Annie ließ den Hintern auf den Boden sinken, öffnete das Maul und gab ein glückliches Geräusch von sich.

Als er aufstand, schien es das natürlichste zu sein, sich vorzubeugen und Tee einen Kuss zu geben. Er ließ seine Finger in ihre gleiten, während er es ihr erklärte. „Ich habe ihr befohlen, die Stiefel zu bewachen."

„Das habe ich mir schon gedacht. Sie hat echt mal heftig nachdenken müssen, als ich sie angezogen habe, aber solange sie sie sieht, ist sie glücklich.“

Er hatte mehr oder weniger Onkel Frank vergessen, so schockierend das war. Charity allerdings drehte sich zu ihm um. „Es tut mir leid, dass Sie sich Sorgen gemacht haben. Dustin und die restliche Familie kümmern sich gut um mich. Es ist eigentlich nur nervig.“

„Wenn jemand zu Hause eindringt, ist das mehr als nur nervig.“ Frank verschränkte die Arme vor der Brust und funkelte.

Sie hob eine Augenbraue.

Er stufte den funkelnden Blick zur gefurchten Stirn herab.

Verdammt. Die beiden zu beobachten war, als würde man ein Theaterstück sehen. „Bleibst du zum Abendessen, Onkel Frank?“, fragte Dustin. „Würdest du dich uns gern anschließen?“

Sein Onkel wirkte so schockiert, die Worte zu hören, wie Dustin, dass er sie geäußert hatte.

Dann schüttelte er den Kopf. „Nein, aber danke dir.“ Er beäugte Charity und den Griff, in dem sie Dustins Gürtelschlaufe hielt. „Ich wollte euch einladen, nach Crooked Creek zu kommen, falls ihr möchtet. Euch beide. Falls das helfen würde.“

Charity trat vor. „Das ist ein großzügiges Angebot, und ich freue mich, dass Sie es machen. Aber vorerst bleibe ich hier in Silver Stone. Sobald sich die Dinge beruhigen, würde ich gerne wieder zu Besuch kommen. Wenn das in Ordnung ist.“

Es war ein Wunder nach dem nächsten, da der alte Mann nickte und dann mit dem Kinn auf Dustin wies. „Kommt, wenn ihr könnt. Adam hat dich gern da.“ Er schluckte schwer, als würde er versuchen, die Worte zusammenzufügen. „Ich weiß es auch zu schätzen, wenn ihr da seid.“

Er hielt Dustin eine Hand hin, der sie nahm, obwohl er einen völligen Systemschock erlitten hatte. Ein Kompliment von seinem Onkel? Das Angebot, einen sicheren Hafen zu bekommen? „Ich helfe der Familie immer gern."

„Ja, das stelle ich so langsam fest", murmelte Frank.

Diesen Teil ignorierte Dustin, denn das war wichtiger. „Danke, dass du einen sicheren Ort anbietest, an den sie sich flüchten könnte. Das ist echt nett von dir."

„Na, es sieht aus, als würde man sich um sie kümmern." Frank beäugte sie beide noch einmal, dann neigte er den Kopf zu Luke. „Grüß mir Caleb. Ich melde mich."

Charity trat ihm in den Weg, bevor er aufbrechen konnte. „Vielen Dank."

Er lachte leise, ein irgendwie rostiges Geräusch, als wäre er daran nicht gewöhnt. „Junge Dame, vielen Dank dir. Und du." Er stieß den Finger in Dustins Richtung, klang plötzlich wie sein herrischer altes Selbst. „Beweg deinen Hintern, bevor sie dir noch jemand wegschnappt."

„Onkel Frank?"

Sein Onkel nahm Charitys Handgelenk und hob es, um ihre ringlose Hand zu zeigen. „Wenn du weißt, was gut für dich ist, steckst du da eher früher als später einen Ring dran. Jetzt entschuldigt mich, ich muss ein paar Kätzchen aufspüren."

Dann war er weg, unterwegs zum Heuschober. Seine Stiefel klapperten auf den hölzernen Brettern der Treppen, ließen eine verblüffte Dreiergruppe zurück.

Luke starrte einen Augenblick die Stufen hinauf. „Na, wenn das mal nicht das Seltsamste war, was ich je gesehen habe." Er wandte sich an Dustin und Charity. „Weiß einer von euch, was in ihn gefahren ist? Ich stimme für Inbesitznahme durch kleine grüne Außerirdische."

„Ich habe keine Ahnung. Als ich zum letzten Mal mit ihm geredet habe, habe ich ihm die Hölle heißgemacht, weil er sich wie ein Narr benommen hat." Charity rümpfte die Nase auf liebenswerte Art. „Teilen wir das lieber mal nicht zu großzügig mit dem Rest eurer Familie."

Das war ja mal eine interessante Information. „Na ja, als ich zum letzten Mal mit ihm geredet habe, was nach dir war, war er noch nicht so besessen wie heute, aber er war zum ersten Mal ... überhaupt höflich." Dustin schaute Luke in die Augen, dann neigte er den Kopf zu ihr. „Es scheint, als hätten wir Patient Null entdeckt, der Onkel Frank mit einem Herzen angesteckt hat."

Luke schnappte sich Charitys Hand und schüttelte sie heftig. „Du wirkst Wunder."

Sie lachte, zog die Hand zurück. „Wie auch immer. Vielleicht hat er jemanden gebraucht, der mal offen mit ihm spricht. Auf jeden Fall war das ein sehr nettes Angebot von ihm."

„War es. Und wenn wir können, werden wir Crooked Creek einen Besuch abstatten, und unseren Freunden", versprach Dustin.

Neben Onkel Franks seltsamem Verhalten winkte aber die Arbeit, gefolgt von der Verheißung eines witzigen Abends mit Charity und seinen Freunden. Dustin küsste sie rasch auf die Wange, bevor er Luke nacheilte.

18

Am Montagvormittag ging Charity über den Hof vom Häuschen zum Büro von Silver Stone, entschlossen, wieder produktiv zu werden. Patchwork Annie lief neben ihr her, Dustin hatte ihr abermals aufgetragen, sie solle sie bewachen. Diesmal hatten sie ihre Turnschuhe benutzt, doch Charity glaubte, dass Annie vielleicht allmählich den Gedanken verstand, dass es die Füße in den Schuhen waren, die sie im Auge behalten sollte.

Der Vortag war auf vielerlei Art unerwartet wunderbar gewesen. Da sich ihre Freunde um sie gekümmert hatten, Kelli mit ihr ausgeritten war, sie die Kätzchen mit Tyler und Sasha besucht hatte und den Abend mit Dustin, Fern und Shim verbracht hatte, war Charity mehr oder weniger von einer unterstützenden Gemeinschaft umgeben gewesen.

Das i-Tüpfelchen nach dem guten Tag waren Dustins Arme gewesen, die die ganze Nacht lang um sie gelegen hatten.

Aber nun musste sie sich konzentrieren. Es war an der Zeit, ihre Arbeit zu machen, und vielleicht ein wenig emotionalen

Abstand zwischen das, was echt war, und das, was es nicht war, zu bringen.

Dass die Leute sich um sie kümmerten – das war echt.

Dass sie wirklich ein Teil von Silver Stone war – das war gespielt.

Das war in Ordnung. Echt.

Vielleicht.

Nein, es nervte.

Sie kämpfte dagegen an, wie ihr Bauch sich zusammenzog. Heute ging es darum, neue Schritte vorwärtszugehen. Weiterzumachen und das Richtige zu tun, auf die Plätze, fertig los, mit voller Kraft voraus.

Mit erhobenem Kinn und federnden Schritten schob sie die Tür zum Büro auf und kam abrupt zum Stillstand. „Scheiße."

Auf ihrem Schreibtisch stand eine Ziege.

Das grau-weiße Tier hatte eine äußerst elegante Art, mit einem gepflegten kleinen Bärtchen und einer schwarzen Fliege. Aber es war eine *Ziege*, und zwar auf ihrem Schreibtisch.

Charity verschränkte die Arme vor der Brust. „Du weißt, vor zwei Wochen wäre ich vielleicht brüllend aus dem Zimmer gerannt. Aber jetzt? Du bist nur ein Häkchen mehr auf einer langen Liste mit Dingen, die ich nicht kommen sah." Sie schnippte mit den Fingern und deutete auf den Boden. „Runter da."

Patchwork Annie schaute sie verwirrt an, weil sie nicht sicher war, ob ihr Hintern oben oder unten sein sollte.

„Nicht du, Süße, die Ziege." Charity musterte das Tier. Sie könnte zur Seite treten, während die Tür geöffnet war, und Annie dazu zu bringen, die Ziege aus dem Zimmer zu jagen. Aber dann wäre das Tier in der Scheune los gewesen – vermutlich keine gute Idee.

Stattdessen ging Charity rückwärts und schloss die Tür,

sperrte die Ziege ein, bevor sie laut rief. „Hallo? Ist da jemand? Tucker? Jemand von den Helfern?"

Sie schaute durch beide Gänge, die vom Büro abgingen, aber es war niemand da.

„Hallo? Ich brauche etwas Hilfe mit Tieren."

„Hey."

Eine weibliche Stimme erklang hinter ihr, und Charity fuhr herum. „Ach, Emma. Hi."

„Hi." Der Teenager trat vor, jede Bewegung war eine solche Kombination aus Calebs schnellem Schritt und Tamaras produktivem Marschieren, dass Charity lächeln musste. „Was ist denn los?"

„Ach, in meinem Büro gibt es einen kleinen Tierbefall, bei dem ich Hilfe brauche."

Emma rümpfte die Nase. „Mäuse?"

„Ein bisschen größer. Versuch's mal mit Ziege."

Der Teenager schnaubte. „Ach, Mist. *Die*."

„Vielleicht ist Befall auch ein etwas zu dramatisches Wort, da es nur *eine* Ziege ist", gab Charity zu.

„Ach, du bist überhaupt nicht dramatisch", versicherte ihr Emma, während sie durch den Gang zum Büro deutete und zur Rückkehr ansetzte. „Ene ist schon allein eine ganze Truppe Ärger."

„Ach gut, du kennst seinen Namen."

„Die Chancen stehen gut. War die Tür offen?"

„Geschlossen."

Emma nickte, die Hand auf dem Türgriff. „Auf jeden Fall Ene. Er ist unser Meisterentfesselungskünstler. Das Schwierige ist, sobald er mal weiß, wie man raus- oder reinkommt, versieht man es sich kaum, und ..."

Sie schlug die Tür auf, und plötzlich begrüßte sie ein meckernder Chor.

Drei leuchtende Augenpaare in bärtigen grauen

Gesichtern wandten sich zur Tür. Eine Ziege war auf dem Schreibtisch, die zweite oben auf einem Aktenschrank. Die dritte balancierte auf dem Sitz von Charitys Stuhl.

Das ging zu weit. Sie verschränkte wieder die Arme. „Ich bezweifle, dass ihr vorhabt, meine Papiere zu erledigen, also hätte ich bitte gern mein Büro zurück."

Emma grinste, noch während sie Charity weiter lotste und dann sorgfältig hinter ihnen die Tür schloss. Sie beäugte Patchwork Annie, aber wie üblich schien der Hund zufrieden damit, Charity an Fersen zu kleben.

„Ich will nicht, dass sie in eine Richtung abhauen, die ich nicht kontrollieren kann", erklärte Emma, als Charity eine Augenbraue hob. Der Teenager hielt inne. „Ist es dir recht, wenn du ein Seil hältst, falls ich es dir gebe? Sie beißen nicht oder treten auch nicht, sobald du sie an der Leine hast."

„Ich glaube, das ist für mich in Ordnung. Sie sind nicht annähernd so groß wie Pferde."

„Was ihnen an Größe fehlt, machen sie an Nerv-Potenzial wett", scherzte Emma.

Es war, als würde man einen Tanz beobachten. Emma holte Seile und Leinen von der Wand, trat vor, und fing sofort diejenige auf dem Schreibtisch ein. Sie zupfte leicht, und die Ziege sprang mit einem grollenden Meckern herunter.

„Das war einfach." Emma reichte Charity die Leine. Sie drehte sich, erwischte die Ziege auf dem Stuhl am Ohr, ließ das Seil über ihren Kopf gleiten, und dann rollte sie den Stuhl mit der Ziege obendrauf zum Aktenschrank.

Die dritte Ziege sprang zur Seite, direkt dorthin, wo Emma stand. Einen Augenblick später war auch sie an der Leine.

Emma grinste durch den Raum Charity an. „Und jetzt marschieren wir mit ihnen zurück zum Gehege und versuchen, die Löcher zu stopfen, damit sie einen Tag lang mal nicht entkommen."

„Du warst atemberaubend." Charity konzentrierte sich darauf, die Finger fest um das Seil geschlungen zu halten, das sie bekommen hatte. Auf gar keinen Fall wollte sie das Tier an dieser Stelle entkommen lassen.

„Ich wurde gut ausgebildet", sagte Emma daraufhin, während sie aus der Scheune zu der Drahtumzäunung gingen, die Charity gesehen hatte, noch bevor sie gewusst hatte, was es war. „Diese Bestien haben wir jetzt schon eine ganze Weile. Es gibt nicht viel Ärger, den wir im Lauf der Jahre nicht mit ihnen hatten."

„Na ja, du hast es toll gemacht. Vielen Dank."

Emma beäugte sie etwas genauer, während sie das Tor aufschob. Sie kaute auf der Unterlippe, dachte offensichtlich über etwas nach.

Sobald die Ziegen sicher freigelassen waren und der Verschlag wieder völlig versiegelt war, trat Charity zur Seite und lehnte sich an das Geländer. Sie bewunderte das Gehege und lächelte, als sich die drei Ziegen sofort hohe Standorte suchten, um missbilligend auf ihre Häscher hinab zu funkeln.

„Charity ..." Emma sagte nichts weiter.

Charity hatte sich während der Tanzkurse schon zu oft mit Kindern herumgeschlagen, um die Zeichen nicht zu erkennen. „Hast du eine Frage?"

Das junge Mädchen dachte noch immer nach, dann nickte es. „Es ist nur, du und Dustin."

Hmmm. Es war der Zeit, sich vorsichtig zu bewegen. „Ja?"

Emma hob das Kinn. „Er ist etwas Besonderes. Ich weiß, dass er unser Onkel ist, aber er war für uns immer auch wie ein großer Bruder, und ich will einfach ..."

„Du willst nur wissen, dass es ihm gut geht?", riet Charity.

Das Mädchen lachte. „Es geht ihm mehr als nur gut. Er ist glücklicher, als ich ihn seit Ewigkeiten gesehen habe. Ich will dir nur sagen, dass ich dankbar bin, dass du so viel dafür getan hast, die Dinge für ihn leichter zu machen, als das Zeug mit den Medien hier eingeschlagen hat. Und dass es mir echt leidtut, dass in deine Wohnung eingebrochen wurde."

Charity trat näher, erfreut über die Unterhaltung. „Vielen Dank dafür. Es war nicht angenehm, aber eine Menge Leute, darunter auch deine Mom, haben mir geholfen. Und hier kommt ein Geheimnis." Sie senkte die Stimme. „Dein Bruder/Onkel – Bronkel? – da haben wir es. Dein Bronkel macht es einem echt leicht, nett zu ihm zu sein."

„Mein Gott, das ist perfekt. Bronkel Dusty." Emma grinste, und in ihren wunderschönen blauen Augen blitzte hell der Schalk. „Er hat Papa damit letztens erst aufgezogen, dass Leute sehr viele Namen haben. Das wird von jetzt an seiner sein."

Charity machte einen kleinen Knicks. „Danke für deine Hilfe mit den Ziegen. Jetzt sollte ich zurück an die Arbeit."

Emma nickte, dann ging sie auf der Stelle hin und her. „Kann ich dich umarmen?"

Mein Gott. „Natürlich, meine Liebe." Charity öffnete die Arme und nahm die warme Umarmung entgegen.

Es war viele Jahre her, seit sie das Mädchen zum ersten Mal getroffen hatte, und der Unterschied hätte nicht deutlicher sein können. Die junge Emma hatte um Worte gerungen, hatte niemals im Scheinwerferlicht gestanden und war zufrieden damit gewesen, zurückzustehen und ihre Schwester diejenige sein zu lassen, die mit ihrer Tanzlehrerin sprach.

Zu sehen, wie sie aufgeblüht war, war ein echter Schatz.

Charity drückte sie ein letztes Mal. „Jetzt muss ich arbeiten, oder sie stecken mich noch ins Gehege zu Mene."

„Bronkel Dusty würde dir beim Ausbruch helfen", scherzte Emma, die ihr zuwinkte, während sie mit einem flotten Lied auf den Lippen davonsprang.

Als sie die Geschichte an diesem Abend beim Essen erzählte, war Dustin völlig begeistert. „Es sind gute Kinder,

Sasha und Emma. Ich bin froh, dass Tamara damals gekommen ist, aber Caleb hat sein Bestes getan. Und Ginny und Dare haben echt geholfen, nachdem ihre Mom gegangen ist."

„Ich habe gehört, dass Dare heute eingetroffen ist. Witziger Name."

„Ist kurz für Darilyn, falls du das noch nicht gehört hast. Du wirst sie morgen Abend treffen, wenn nicht schon früher."

Beim Mädelsabend draußen bei Ginny. „Ich kann nicht glauben, dass Ginny eine Versammlung bei sich bewirtet, an dem Tag, an dem die Geburt anstehen sollte."

„Gerade jetzt ist Ablenkung was Gutes. Habe ich gehört."

Sie beäugte ihn. „Hast du vor, Tucker abzulenken?" Dustins Grinsen wurde breiter. „So was von. Ich könnte sogar versuchen, seinen Geldbeutel dabei auch noch ein wenig leichter zu machen."

Charity legte sich die Finger an den Mund, als wäre sie schockiert von dem, was sie hörte. „Du bist ein verruchter, böser Schurke. Hast vor, deinen armen, abgelenkten Schwager auszunehmen."

„Ist das nicht großartig?" Dustin legte den Kopf in den Nacken und kicherte manisch.

Sein Ausbruch brachte auch sie zum Lachen, und sie verbrachten den restlichen Abend damit, einander Lachanfälle zu verpassen.

Einen Tag später klopfte Charity mit den Fingern an Dustins Knie. Er saß auf einem der Verandastühle, zog seine Stiefel an. „Jungstreff ist doch erst in einer halben Stunde bei Luke. Du musst mich doch jetzt nicht zum Haus deiner Schwester bringen."

„Ich weiß." Er stand auf und bot ihr eine Hand. „Das muss ich nicht, aber ich will es."

Dagegen konnte sie nicht viel sagen. „Also gut."

Er grinste.

Sie marschierten langsam, Hand in Hand, über die Wiese zwischen dem Häuschen und den zwei Häusern über dem Big Sky Lake. Fast alle Wohngebäude von Silver Stone waren südlich des Sees gebaut, beginnend im Westen mit dem Haupthaus, in dem Tamara und Caleb lebten. Ihr geborgtes Häuschen war gleich östlich davon. Die Scheunen und Reitplätze und die Schlafbaracke lagen in der Mitte, eher an der Südseite. Ganz weit im Osten waren die zwei Häuser, in denen Kelli und Luke wohnten, und Ginny und Tucker.

Das einzige Gebäude nördlich des Sees war ein kleineres Holzhaus, das fast schon fertig war, als zukünftiges Heim von Ashton Stewart und seiner Frau Sonora.

Die ganze Ansammlung von Häusern wirkte, als wären sie aus dem Land emporgewachsen. Ein natürlicher Teil des Geländes, anstatt unansehnliche Gebilde.

Charity hob eine Hand, um das Sonnenlicht abzuschirmen, das sich auf dem ruhigen Wasser des Sees spielte, wären Patchwork Annie an ihnen vorbeisprang.

„Sie muss im Augenblick das glücklichste Tier der Welt sein." Charity wies auf den Hund, der zwischen ihnen und dem nächstbesten interessanten Ding hin und her tänzelte, an dem sie schnüffeln konnte, als wäre sie noch ein kleiner Welpe.

„Sie hat es ganz toll gemacht, dich zu bewachen, aber ja. Mich mag sie am liebsten." Dustin zwinkerte. „Ist meine charmante Art."

„Es ist die Tatsache, dass du ein totaler Tollpatsch beim Essen bist", erwiderte Charity. „Ich schwöre, du hattest gestern einen kleinen Anfall. Die Größe des Burgers, der *unabsichtlich* in ihre Richtung gefallen ist, war peinlich."

„Es ist eine schlechte Angewohnheit, sie zu verwöhnen." Dustin blieb an der hinteren Veranda stehen und wies Annie zur Seite. Sie schloss sich glücklich Lukes und Tuckers Hunden in dem warmen Unterstand ab vom Weg an.

Charity machte sich bereit, bevor sie die Tür öffnete. Die ganzen Stone-Damen auf einmal an einem Ort, und sie sollte daran teilnehmen.

Es sind nette Leute, rief sie sich in Erinnerung, als die Tür aufschwang. *Es wird schon gut gehen.*

Es war, als würde man auf eine volle Bühne treten, wo alle Darsteller schon auf ihren Einsatz warteten. Nicht nur waren die Damen da, sondern auch ihre Männer.

Außerdem eine einzige einzelne Frau. Charity war schon früh am Nachmittag Darilyn Coleman vorgestellt wurden. Sie hatten sich sofort auf eine offene Diskussion eingelassen, was das Bloggen und das Recht von Kindern auf eine Privatsphäre anging, wodurch Charity versichert worden war, dass Dustin wegen seiner Ziehschwester richtig gelegen hatte, und sie keine Mama-Bloggerin der gefährlichen Art war.

Und das hieß, dass Charity all den Gesichtern Namen zuordnen konnte.

Aber, o mein Gott. So. Viele. Gesichter.

Tamara nahm Charity am Arm und zog sie weiter in das Zimmer hinein. „Du kommst gerade rechtzeitig. Hier bricht gleich der dritte Weltkrieg aus.“

„Es ist kein Krieg“, behauptete Tucker dort, wo er sich um Ginny herumdrückte. „Ich habe beschlossen, ein nettes Billardspiel mit meinem besten Freund und meinem Schwager anzufangen. Das ist alles.“

„Am selben Abend wie der Mädelsabend?“, wollte Ginny wissen.

„Zufall“, behauptete Tucker.

„Unsinn.“ Ginny funkelte ihn an. „Also gut. Geht in Lukes Haus spielen. Das ist nur fünfzig Meter südlich.“

„Wenn du glaubst, dass ich mich jetzt gerade weiter als Rufweite von dir entferne, dann hast du verdammt noch mal Wahnvorstellungen“, knurrte Tucker.

Ginny packte ihn am Kragen und zog ihn zu sich, nicht im Geringsten beeinträchtigt von der riesigen Rundung ihres Bauches. Tucker musste sich ein wenig kreativ herabbeugen, aber einen Augenblick später nahm er ihren Kuss entgegen, während ein lautes Jubeln um sie erklang.

Als er wieder Luft holte, waren Tuckers Wangen gerötet.

„Okay, kleine Anpassung", verkündete Ginny, ihre Hände ruhten auf ihrem Bauch. „Ladys – ab in die Küche. Jungs, nach unten. Bleibt den Abend lang in euren Ecken, und wir werden so tun, als würde es heute das andere Geschlecht nicht geben. Bis auf Dustin – du bist unser Maulwurf zwischen den Geschlechtern."

„Warum er?", beschwerte sich Tucker.

Ginny funkelte ihren Mann an. „Weil ich ihm vertraue, dass er nicht alle drei Sekunden um mich herumtüddelt und mich daran erinnert, dass ich mich hinsetzen soll. Jetzt *los*."

Als würde das Rote Meer geteilt, trennten sich die Gruppen und brachen in zwei Richtungen auf.

Nur dass noch sehr viel mehr Küsse ausgetauscht wurden, bevor die Jungs die Treppe hinabgingen. Ivy hatte sich in eine Ecke des Raumes verdrückt, und Walker kniete sich hin, während er ihr Kinn mit einem Finger hob und ihr dann einen sanften Kuss auf die Lippen gab.

Caleb marschierte direkt nach vorne und hob Tamara in seine Arme, um sie besitzergreifend zu küssen. Luke wirbelte Kelli herum und neigte sie dann in einem langen, heißen Kuss nach hinten, bei dem Charitys Wangen heiß wurden.

Dare hatte ein gequältes Grinsen auf. Dustins Ziehschwester verschränkte die Arme vor der Brust und schüttelte den Kopf, während sie sich im Raum umschaute. „Hier wird gerade viel zu viel öffentlich zur Schau gestellt. Das ist sehr unbedacht von euch, wenn man bedenkt, dass ich meine Küsse im Norden gelassen habe."

Die ziemlich atemlose Tamara richtete ihre neongrüne Brille, dann verschränkte sie ihre Finger in denen von Caleb und hob vor Dare eine Augenbraue. „Ich schätze, Jesse wäre in Rekordzeit da, wenn du ihn anrufst."

Was immer Dare antwortete, kam nicht an, da Dustin in Charitys Sichtlinie trat, seine Miene war erhitzt. „Hör auf, zuzusehen, wie alle anderen die Lippen spitzen, und mach dich mal für mich bereit."

Charity nahm ihre Lippen zwischen die Finger und zog daran – nach links, nach rechts, nach oben, nach unten. „So etwa?"

Er kicherte, dann legte er die Finger um ihren Nacken, kam dicht heran und streifte mit seiner Nase ihre. „Perfekt."

Ihre Lippen trafen sich, und es *war* perfekt. Süß, aber heiß, neu und doch bereits so vertraut. Sie hätte den ganzen Abend dort stehen können, sein Mund auf ihrem. Das sanfte Reiben seines Daumens an ihrem Nacken stand im Gegensatz zu der Panik verursachenden, doch süßen Aufregung, in der ganzen Familie aufgenommen zu sein.

Das Verlangen danach, dass das echt war, wuchs mit jedem Atemzug.

Es war der allerbeste und allerseltsamste Abend zugleich.

Da er als Zwischenhändler auserkoren war, durfte Dustin hin und wieder Billard spielen, dann wurde er weggeschickt, um aus dem Kühlschrank in der Küche noch eine Runde Bier zu holen, und als nächstes dorthin, wo sich die Frauen versammelt hatten.

Jedes Mal, wenn er oben war, kommandierten ihn seine Schwägerinnen und Schwestern mit großer Begeisterung herum, indem sie sich von ihm Sachen aus den oberen Regalen holen, Gläser mit krass süßen Leckereien öffnen oder in anderer Weise körperliche Arbeit übernehmen ließen.

Es machte ihm nichts aus. Gewissermaßen war es, als würde er kurzzeitig die Erlaubnis erhalten, eine Welt zu betreten, an der er bisher nie hatte teilnehmen dürfen. Außerdem ließen die Dame nichts anbrennen, wenn es darum ging, Spaß zu haben.

Sie ließen ihn einen besonders großen, gemütlichen Stuhl näher an den großen Tisch bringen, damit Ginny die Füße hochlegen und immer noch mitten im Geschehen sein konnte. Diverse Tabletts mit käsegefüllten, klebrigen Snacks erschienen auf magische Weise und wurden geteilt. Blubbernde Getränke in hohen Gläsern ließen es aussehen, als hätten sie alle schicke Drinks, obwohl er verdammt noch mal wusste, dass das meiste davon nicht alkoholisch war.

„Die Pizza für euch Typen ist in fünf Minuten soweit", verkündete Dare. Seine Ziehschwester beäugte ihn, ihr Blick huschte dorthin, wo Charity Tamara half, mehr oder weniger am Fließband etwas zu basteln, wozu niedliche Schneemann-Kerzen gehörten.

„Ich hoffe, ihr habt genug gemacht. Dein Mann ist nicht da, aber ich habe versprochen, ein paar Stücke ihm zu Ehren zu essen."

„Jesse isst vermutlich gerade jetzt Pizza und füttert auch meine Kleinen damit." Sie lächelte. „Manche Dinge ändern sich nie. Er kocht immer noch wie ein Cowboy."

„Direkt aus der Schachtel auf den Tisch?"

„Wenn man's nicht in die Mikrowelle schieben, toasten oder grillen kann, kann es nichts taugen." Sie rückte näher heran. „Also ... Charity."

„Also?"

Dare grinste noch breiter. „Sie ist süß und umwerfend."

„Ja. Außerdem hat sie ein Rückgrat, hinter dem sich jeder

andere nur verstecken kann." Er beugte sich dichter heran. „Danke, dass du meinen Antrag vor all den Jahren nicht angenommen hast."

Sie lachte laut. „Absolut gern geschehen."

Charity warf einen Blick herüber, die Augenbraue fragend gehoben. Dustin zwinkerte ihr zu, dann lud er sich Pizza auf und ging zurück nach unten.

Tucker wartete auf ihn, lehnte an der Wand unten an den Stufen. „Alles in Ordnung?"

Dustin kicherte, ging an Tucker vorbei zu dem behelfsmäßigen Tisch, um seinen Arm voller Pizza abzustellen. „Ginny ist immer noch schwanger. Sitzt rum, hat Spaß."

Sein Schwager funkelte ihn an. „Das solltest du nicht so lustig finden."

„Und doch tue ich es."

„Arsch."

Dustin legte ein riesiges Stück Pizza auf einen Teller und schob es Tucker hin. „Iss. Du brauchst deine Kräfte bald. Du wirst die ganze Zeit lächeln müssen, während alle sagen, was für ein schönes Baby du hast, obwohl wir alle wissen, dass neugeborene Menschen aussehen wie verhutzelte alte Männer."

„Gott." Tucker stapfte weg, um sich den anderen wieder anzuschließen.

Fetzen der Unterhaltung sorgten für ein Gemisch aus männlichen Stimmen aus dem Keller und höheren, die von oben herabtrieben, und Dustin stellte fest, dass ihm die ganze Zeit ein Grinsen im Gesicht stand. Dass er Charity mit den anderen sehen durfte, war cool.

Dass er mit seinen Brüdern rumhängen durfte – auch cool.

Er versenkte den letzten Ball und ließ ein böses Lachen hören. „Wir gewinnen wieder."

Er hob vor Walker eine Hand, und sie gaben einander ein High-Five.

„Ihr mogelt." Caleb beäugte sie, seine Augen waren zusammengekniffen. „Ich weiß nicht, wie, aber ihr mogelt."

„Es sind unsere sehr viel jüngeren Augen und unsere ruhigere Hand-Augen-Koordination. Einfach nur eiskalte Fakten", sagte Walker gedehnt.

Caleb stieß ein Schnauben aus. „Noch mal. Diesmal Tucker und Walker, ich und Luke."

„Perfekt. Damit hat Dustin Zeit, um Bier holen zu gehen." Luke schlug Dustin auf den Rücken. „Noch in diesem Jahrhundert, Bruder. Du hast letztes Mal so lange gebraucht, dass ich mich gefragt habe, ob du dich für einen Quickie mit Charity rausgeschlichen hast."

„Verdammt, gute Idee." Dustin duckte sich unter dem Hieb seines Bruders weg und nahm zwei Stufen auf einmal.

Als er oben ankam, brach der bereits äußerst lebhafte Raum in heulendes Gelächter aus. Um den ganzen Tisch herum hielten sich die Frauen die Bäuche oder hatten die Hände an die Lippen gelegt, Erheiterung strahlte aus dem Raum wie Sonnenschein.

„Was ist los?", fragte er Charity, während er neben ihrem Stuhl in die Hocke ging.

Sie deutete auf den Tisch, konnte wegen ihrer Erheiterung nichts sagen.

Die Schneemann-Kerzen, die er vorhin gesehen hatte, waren inzwischen zusammengeschrumpfte Schatten ihres ehemaligen Glanzes. Mit heruntergelaufenen Augen und Armen wie Baumäste, die in seltsame Richtungen herausragten, waren sie nichts, was einen eleganten Tisch schmücken konnte.

„Cool. Zombie-Schneemänner", warf Dustin ein.

Ginny heulte noch lauter, eine Hand lag auf ihrem Bauch,

die andere deutete auf ihn. „Ja", stieß sie zwischen keuchenden Atemzügen hervor. „O mein Gott, wir haben einen neuen Sieger. Zombie-Schneemänner für die perfekte Weihnachtsdekoration."

Das Gelächter erwies sich als der Tropfen, der das Fass zum Überlaufen brachte.

Plötzlich war der Keller leer, und die Kerle waren alle oben, konnten sich keinen Augenblick mehr fernhalten. Zusammen begutachteten sie das Bastel-Desaster, schoben weitere Stühle dazu, damit die Unterhaltungen weitergehen und sich ausweiten konnten.

Charity zog Dustin mit sich zum Küchentresen. „Mehr Essen, sofort. Ich habe Nachos gesehen. Machen wir doch mal ein paar Bleche voll."

Er nickte, noch während er ihr einen Kuss stahl. „Bei Nachos denke ich immer daran, Bazillen zu teilen." Er beugte sich dichter und sprach leise, während er mit einem Finger über die Grube an ihrem Halsansatz fuhr. „Und die Röte, die genau hier sichtbar ist, wenn du kommst."

„Dustin", warnte Charity, aber ihre Augen glitzerten.

Der Abend endete vor elf Uhr. Ginny ließ sich von Tucker aus ihrem Sessel aufhelfen. „Ihr könnt alle bleiben, aber ich gehe ins Bett. Meine Wassermelone ist müde."

„Wir sollten alle Schluss machen", schlug Luke vor, versuchte Kelli nicht anzusehen, scheiterte aber spektakulär. Oder zumindest für Dustin, der wusste, dass sein Bruder sich bereits Sorgen wegen des kommenden Babys machte, und wie er Kelli dazu bringen konnte, langsamer zu machen.

„Es war aber ein Spaß. Zeit nur für Erwachsene muss ein regelmäßiger Termin in der Zukunft dieser Familie sein", schlug Tamara vor, die sich streckte und gähnte. „Komm schon, Señor Stone. Bring mich heim ins Bett."

„Was soll denn das, dass jeder darauf anspielt, wie alt ich bin?", grollte Caleb. „Ich bin nicht alt."

„Nicht Senior, sondern Señor, Spanisch halt", versicherte Tamara ihm. „Jetzt weiß ich wieder. Ich muss einen Hörtest für dich vereinbaren."

Walker und Dustin kicherten so laut, dass die ganze Familie sich einfach anschließen musste, darunter auch Caleb.

Charity lächelte noch immer, als sie sich bettfertig machte. Ihre Hände bewegten sich geschmeidig, während sie sich die Haare hochsteckte, den seidigen Stoff um ihre Locken legte. „Deine Familie ist wunderbar. Danke für den schönen Abend."

„Du hast ihn auch zu etwas Besonderem gemacht", erklärte er.

Er wollte mehr sagen. Ihr darlegen, dass sie gut dazu gepasst hatte, aber stattdessen schmiegte er sich an sie und nahm sich Zeit. Dieses Ding zwischen ihnen musste besprochen werden, aber gerade jetzt war nicht der richtige Augenblick.

Es *führte* zu diesem Augenblick, dessen war er sich sicher, aber jetzt war auch ganz für sich etwas Besonderes.

Sie waren schon ein paar Stunden im Bett, als Dustins Telefon summte. Da es auf *nicht stören* gestellt war, musste es wohl Tucker oder Caleb sein.

Er nahm es von Nachttisch und schaute darauf.

Tucker: *Ginny hat Wehen. Sind unterwegs zum Krankenhaus.*
Tucker: *Ich erreiche Luke nicht. Lässt du es die Familie wissen?*
Dustin: *Natürlich. Ihr kriegt das hin. Wir sind alle da, sobald wir können.*
Tucker: *Hey, Rotzbengel, hier ist Ginny. Tucker fährt. Ich werde durch die Tore zur Hölle gequetscht, aber hey, es ist toll, ein Baby zu kriegen! Himmel Herrgott auf dem Donnerbalken.*
Dustin: *Dein Kind wird in der ganzen Familie am besten*

fluchen. Ist es okay für dich, wenn wir ins Krankenhaus eindringen, während du Tucker dafür verfluchst, dass er dich in diese Lage versetzt hat?

Tucker: Immer noch Ginny. Ja, ich weiß aber nicht, wie lange das dauert – süße Gottesmutter, ich hoffe, es ist in etwa fünf Minuten durch, denn Scheiße auch. Aber hey, ja. Versammelt die Truppen. Dare ist bereits bei uns. Wir sehen uns bald. Na ja, ich werde dich nicht sehen, denn ich werde beschäftigt sein, Scheiße, das haut rein, aber hey, du weißt, was ich meine.

Dustin: Ich liebe dich, große Schwester. Du schaffst das, du sture, felsenfeste Stone.

Tucker: Ich liebe dich auch. Scheiße.

Vielleicht war das nicht im Plan, aber verdammt, er wollte dort sein. Das war teilweise der Grund, weshalb sie getan hatten, was sie getan hatten, um mit dem Medien-Gedöns fertig zu werden. Um es so einzurichten, dass sie ihr Leben weiterleben und das tun konnten, was wichtig war.

Aufregung wirbelte durch ihn hindurch, als er auf sich auf einen Ellbogen aufrichtete und Charity auf die Wange küsste. „Tee. Wach auf."

Sie rollte sich leicht herum, ihre Augen blinzelten sanft. „Was ist los? Alles in Ordnung?"

„Alles klar. Ginny hat aber Wehen, also fahren wir ins Krankenhaus. Komm schon. Zieh dich an, während ich die restliche Familie anrufe."

Und darum versammelten sie sich nur wenige Stunden, nachdem sie sich getroffen hatten, schon wieder.

Die sterile Umgebung des Wartebereichs im Krankenhaus war ein Unterschied wie Tag und Nacht zu der Wärme des Hauses, in dem Ginny und Tucker wohnten. Statt warmem Kerzenlicht und cremig gelben Wänden waren sie von generisch grauer Wandfarbe umgeben, und dem unauffällig beigen Boden, über den ihre Füße raschelten. Keine gemütlichen Polstersessel, nur stabile Einzelsitze, die aufgereiht an den Wänden standen.

Es spielte keine Rolle. Das Herz des Raumes waren die Leute, und seine Familie war komplett da. Alle bis auf Ivy und Emma, die zu Hause geblieben waren, um auf die Kinder aufzupassen.

Sie waren kurz vor drei Uhr nachts eingetroffen. Ein paar Stunden lang unterhielten sie sich leise, tauschten Sitze, um immer wieder mal jemand Neuen neben sich zu haben. Sasha und Charity gingen und holten für alle Kaffee. Dare kam heraus und brachte sie auf den neuesten Stand, wenn sie konnte.

Als es fast schon fünf Uhr war, rannte Dare in den Gang. „Bald ist es so weit. Ginny droht uns nicht mehr und ist zum Verhandeln übergegangen, und das bedeutet, dass das Baby fast da ist."

An dieser Stelle saß Dustin neben Charity, seine Finger waren in ihren verschränkt. Sie bebte regelrecht, und er lehnte seine Wange an ihre. „Alles wird gut bei Ginny. Bei beiden."

„Das wünsche ich mir so sehr für sie, und für Tucker." Sie vergrub das Gesicht an seinem Hals und atmete tief ein. „Ich kann nicht glauben, dass ich hier bin, dass ich diesen wertvollen Moment teilen darf."

Er drückte ihre Finger, seine Zunge rang mit den Worten, die er sagen wollte, um sie nicht zu sehr ausflippen zu lassen. „Du musst hier sein. Es ist ... richtig."

Sie zog sich leicht zurück, ihre Augen leuchteten. „Danke."

Als Dare das nächste Mal in das Atrium kam, waren ihre Wangen gerötet, aber sie hatte ein riesiges Grinsen auf. „Ginny und Tucker freuen sich, euch wissen zu lassen, und ich zitiere, ‚dass ihre Tochter bereit ist, die fällige Anbetung von ihrer liebenden Familie entgegenzunehmen'."

„O mein Gott, ein Mädchen." Sasha stieß die Faust in die Luft. „*Ja.*"

Ein Lachen breitete sich aus, noch während Caleb und Tamara aufstanden, um loszuziehen und das Baby zu sehen.

„Sie wollen euch ihren Namen sagen", erklärte Dare leise.

Es war fast zwanzig Minuten später, als er und Charity es schließlich ins Zimmer schafften. Ginny wirkte müde, aber sie strahlte vor Glück, und das wog schwerer als alles andere.

Tucker hielt ein winziges Bündel in den Armen, schaute erstaunt auf sein kleines Mädchen hinab. Das Grinsen, das er Dustin zuwarf, war blendend. „Gott, du brauchst sofort auch so eins."

Dustin wurde von seiner ganzen Familie überrollt. Er ignorierte den Kommentar – sein babytrunkener Schwager konnte eben nicht anders, schätzte er – und konzentrierte sich auf Ginny. „Du siehst toll aus, und ich bin froh, dass sie gesund angekommen ist. Ich gratuliere."

Sie nahm den Kuss entgegen, dann hielt sie ihre Hände Charity hin. „Bitte lass dich von der Familie nicht einschüchtern. Sie sind gerade alle high von den Babygerüchen."

„Ich schwebe ja selbst einen oder zwei Meter über dem Boden, also verstehe ich das. Meinen Glückwunsch."

„Wie heißt sie?", fragte Dustin leise, glitt hinter Charity und drückte ihr die Schultern.

Tucker stand auf, dann wies er mit dem Kopf auf den Stuhl. „Nö. Du musst sie halten, um ihren Namen zu hören."

Dustin wollte vor allem Charity auf seinen Schoß ziehen, damit sie das Kind zusammen halten konnten. Aber letztlich schob er sie auf den Stuhl und ließ das Baby von Tucker an sie weiterreichen. Dann kniete er sich hin, legte die Arme um Charitys Schultern und schaute dem Baby in die Augen.

„Wir möchten gern, dass ihr Demetria Joy kennenlernt", verkündete Ginny. „Kurz Demi."

Das Baby zuckte und rümpfte die Nase, während es sich kurz wand und dann wieder zurück in die Kuhle von Charitys Armen legte. Seine Augen waren nur teilweise geöffnet, und es wirkte so faltig und aufgequollen wie alle Neugeborenen.

„Sie ist so schön", sagte Charity mit Verehrung in der Stimme. „Hallo, Demi. Es ist so schön, dich kennenzulernen."

Dustin warf Tucker ein Grinsen zu, dann konzentrierte er sich wieder auf das Baby. „Hey, Demetria Joy. Willkommen in der Familie."

19

____

Am Dienstagnachmittag war Dustin bereit für etwas Freizeit. Er beeilte sich, es rechtzeitig zurück zur Ranch zu schaffen, nachdem er sich die Zäune angesehen hatte, und sowohl er als auch Shim waren von einer feinen Staubschicht bedeckt, weil sie so schnell geritten waren.

Dustin brachte sein Pferd näher heran, damit er Shim auf die Schulter klopfen konnte. „Du bist heute gut geritten."

„Für einen mäßig talentierten Reiter?", scherzte sein Freund.

Sie grinsten einander an, dann wandten sie ihre Pferde zurück zur Scheune, ließen sie langsam gehen, damit sie sich abkühlen konnten.

„Ich fühle mich schlimm, weil wir diesen Sommer bisher nicht mehr Zeit zusammen verbracht haben", gab Dustin zu. Als Shim ihn seltsam anschaute, fuhr Dustin fort. „Du bist hergekommen, und ich war weg. Seitdem habe ich zum Großteil Sachen mit Charity oder meiner Familie gemacht. Ich bin ein fruchtbarer Freund."

Shim wedelte bei dieser Anmerkung mit der Hand. „Sei kein solches Prinzesschen. Wir haben doch bereits darüber geredet, weshalb du anfangs gar nicht da warst. Aus vielerlei Gründen ergibt es Sinn, dass du Zeit mit Charity verbringst. Und deine Familie ist einfach dieser riesige Schnellzug, dem du gar nicht ausweichen könntest, selbst wenn du es versuchen würdest, und es gibt keinen Grund, es zu versuchen." Er wandte sein Pferd zum Reitplatz, seine Schultern hoben sich in einem leichten Schulterzucken. „Ich bin fest hier auf Silver Stone – zumindest bis zum Ende dieses Vertrags. Wir haben trotzdem noch jeden Tag Zeit miteinander verbracht, selbst wenn es nur ein Hallo beim Mittagessen war. Mir geht's gut, also hör mal auf mit diesen Schuldgefühlen. Es ist nervig, sich das anzuhören."

Dustin schnaubte. „Ja, Sir."

Shim zwinkerte ihm zu. „Ich will aber einen Antrag auf deine Anwesenheit bei einem Ereignis nur für Jungs stellen. Ich habe im August einen Angelausflug mit Floß gewonnen. Es ist auf dem Bull River in der Nähe des Crowsnest Pass. Interesse?"

„So was von." Dustins Gehirn übersteuerte sofort. „Hast du irgendwelche Ideen für die anderen beiden?"

„Ich bin offen für Vorschläge."

„Wir reden später." Denn Lionel und Keith aus Crooked Creek würden diese Veranstaltung mit offenen Armen willkommen heißen und wären gute Gesellschaft. „Aber meißle erst mal meinen Namen ein."

Shim nickte, dann schaute er auf die Uhr. „Verdammt, gib mir dein Pferd. Du musst dich fertigmachen."

„Ich kann ...", widersprach Dustin.

„Los", beharrte Shim, der die Zügel übernahm, während seine Miene erheitert wurde. „Du triffst in einer knappen Stunde Charitys Familie. Du musst um einiges besser riechen als jetzt im Augenblick, wenn du einen guten Eindruck hinterlassen willst.“

„Arsch.“

„Genauso riechst du auch“, murmelte Shim und zog die Pferde mit sich, während er Dustin wegscheuchte. „Nur die Wahrheit, mein Freund. Nur die Wahrheit.“

Dustin schnüffelte fest und verzog das Gesicht. Shim lag vermutlich nicht falsch.

Mit einem Dank an seine Familie und seine Freunde sprang Dustin dreißig Minuten später aus der Dusche, bereit, die nächsten drei Tage mit Charity und ihrer Schwester zu genießen.

Als er sich anzog, dachte er darüber nach, wie er das meiste aus dieser Zeit herausholen konnte. Nicht nur mit Charity, sondern indem er sie auf die nächste Stufe brachte.

Mein Gott, war es nur eine Woche her, seitdem Demi gekommen war?

In der Arbeitswelt waren die Dinge wieder zur Normalität zurückgekehrt. Hin und wieder gab es immer noch etwas Aufregung auf den sozialen Medien, und die Anfragen für Interviews hatten sich nur verlangsamt, nicht aufgehört, aber zum Großteil hieß es auf Silver Stone wieder, dass alles lief wie üblich.

Es gab allerdings noch keine Erkenntnisse darüber, wer bei Charity eingebrochen war. Was sowohl gut als auch schlecht war. Er wollte wissen, in welchen Hintern er treten musste.

Aber ihm gefiel es auch, Charity genau dort zu haben, wo sie jetzt war. Und die letzte Woche war außergewöhnlich gewesen, was die zusammen verbrachte Zeit anging. Als ob sie bereits jeden Augenblick genossen.

Musste er überhaupt sagen, dass sie ihre Beziehung in neue, festere Bahnen lenken sollten? Denn es fühlte sich an, als wären sie fast schon da.

Nein. Er strich sich mit der Hand durch die Haare, um sie ordentlich zu machen. Das war ein Ausweg für einen Feigling. Er musste ihr geradeheraus sagen, was er empfand, und zwar bald. Er traf ihre Familie. Sie hatte sich bereits kopfüber in seine gestürzt.

Sollte das nicht eine der größten Schritte in einer Beziehung sein?

Er stellte fest, dass Charity auf der vorderen Veranda auf und ab ging, den Blick auf die Zufahrt gerichtet, während sie sich auf der Stelle drehte und endlos herumzappelte.

Sie hob den Blick zu seinen. „Ich glaube, so aufgeregt war ich schon nicht mehr, seit ich zum ersten Mal bei der Calgary Stampede war und im Zipper gefahren bin."

„Du vibrierst ja regelrecht." Er konnte die Erheiterung nicht ganz aus seiner Stimme fernhalten.

„Sie sind spät dran", beschwerte sich Charity, aber sie lächelte, während sie näherkam. „Du wirst meine Schwester lieben. Und ihre Frau ist der liebste Mensch auf der ganzen Welt. So klug. Und echt nett. Suz ist wie ein großer Ball aus Glück in Menschengestalt."

Er zog sie auf seinen Schoß. „Du hast mir so viel erzählt, dass ich das Gefühl habe, ich wäre ihnen schon begegnet. Du allerdings wirst noch umkippen, wenn du weiter so auf und ab hüpfst."

„Ich vermisse sie einfach. Und du musst sie kennenlernen", wiederholte sie.

„Ich weiß. Aber jetzt hast du da grade was ..." Er berührte ganz kurz ihren Mundwinkel. Charity wurde reglos, und er beugte sich vor. „Keine Sorge. Ich kümmere mich drum."

Seine Lippen waren auf ihren, und die Süße des Kusses erblühte von zart zu etwas Heißerem, und verdammt, er fragte sich, ob er Zeit hatte, sie hochzuheben und ins Schlafzimmer zu tragen, um sie ein wenig zu vernaschen.

Sie hielt sich fest an seinen Schultern, ihre Lippen krümmten sich zu einem Lächeln. „Du bist erstaunlich gut im Ablenken."

„Ich bin gern zu Diensten." Er sprach an ihren Lippen, hielt den Kontakt, noch während sie ihr Bein über seine Oberschenkel schwang und sich behaglicher anschmiegte. „Danke, dass du deine Familie eingeladen hast, damit ich Urlaub bekomme."

„Danke, dass du uns nicht nur zum Reiten rausbringst, sondern auch zum Zelten." Sie lehnte sich ein wenig zurück und strich mit den Fingern über sein Kinn. „Ich glaube wirklich, für uns wäre es in Ordnung, zurück in meine Wohnung zu gehen. Wer immer bei mir eingebrochen ist, muss inzwischen längst weg sein. Der andere Unsinn ist fast völlig eingeschlafen."

„Wir streiten nicht wieder darüber", warnte Dustin. „Konzentriere dich auf das, was geschehen *wird*, und zwar sicherzustellen, dass deine Schwester und deine Schwägerin ihren Urlaub genießen."

Sie rümpfte die Nase. „Okay."

Mein Gott, sie war goldig. Und beherzt und klug und alles, was ihn dazu brachte, ein besserer Mann sein zu wollen.

Dustin lehnte seine Stirn an ihre. „Übrigens ..."

Sie hob eine Augenbraue.

„Mit wem muss ich reden, um auf dieser Touristenranch einzuchecken?", ließ sich eine fröhliche Stimme vernehmen. Charity richtete sich schockiert auf.

„... deine Schwester ist da", schloss Dustin.

Charity schüttelte den Kopf in seine Richtung. „Du bist echt auf Ärger aus." Dann sprang sie von seinem Schoß, die Stufen hinab und in die Arme ihrer Schwester.

Dustin wartete auf der Veranda, während eine etwas ältere Version von Charity sie fest drückte und dann ihren Blick ihm zuwandte. Chelsea trug ihre kleinen Löckchen offen und natürlich, nur dass ihre sehr viel kürzer geschnitten waren, sodass ihre Haare zu einem leuchtenden, dunklen Heiligenschein wurden.

Er trat vor und hielt ihr eine Hand hin. „Willkommen auf Silver Stone."

Chelsea beäugte seine Hand und hob eine Augenbraue. „Echt? Händeschütteln?"

Dustin öffnete die Arme. „Wir haben Optionen."

Einen Augenblick später nahm Chelsea ihn in eine so feste Umarmung, dass die Rippen zermalmenden Umarmungen seiner Brüder nicht ganz mithalten konnten. Darauf folgte eine von Suz, die sich als hochgewachsene, extrem dünne Frau mit dunklerer Haut als die der beiden Schwestern und einem Wust blonder Dreadlocks erwies.

Charity schob die Arme durch ihre beiden. „Was wollt ihr als erstes sehen? Die Kätzchen? Die Pferde? Die Ziegen? Mein Gott, ich bin sogar darüber aufgeregt, euch die Ziegen zu zeigen." Sie schaute Dustin in die Augen. „Offensichtlich fiebere ich."

„Offensichtlich steigst du nicht nach vier Stunden Fahrt aus dem Auto", warf Suz ein. „Erst das Bad, bitte. Dann die Kätzchen, die Ziegen und die Pferde in dieser Reihenfolge."

„Abgemacht."

Dustin trug ihre Taschen aus dem Auto in das zweite Schlafzimmer, während die Unterhaltung zwischen den Damen Fahrt aufnahm, dann ins Haus strömte, hinaus aus dem Haus, und dann unterwegs zur Scheune war.

Als er ein wenig zurückfallen wollte, damit sie Zeit für sich hatten, schob Charity allerdings ihre Hand in seine und brachte ihn in die Gruppe. Die ganze Zeit, während sie das Büro vorzeigte, in dem sie arbeitete, und den neuesten Wurf

Kätzchen, brannten sich die Blicke von Suz und Chelsea in ihn hinein wie Laser.

Sie waren unten an den Stufen zum Heuschober, als Caleb und Tamara unerwartet auftauchten. Dustin wollte sie schon vorstellen, als Charity ihm zuvorkam. Sie trat mit einem fröhlich federnden Schritt vor Caleb und legte dann Tamara leicht eine Hand auf den Arm.

„Caleb und Tamara, ich würde euch gern meine Schwester Chelsea und ihre Frau Suzanne vorstellen. Cee und Suz, das sind Dustins ältester Bruder Caleb und seine Frau Tamara.“

„Schön, euch beide kennenzulernen.“ Caleb streckte eine Hand hin, und sie führten das kleine Tänzchen auf, bei dem sie sich streckten und dehnten, bis alle sich begrüßt hatten. „Es freut mich, dass wir euch erwischt haben.“

Tamara tätschelte Charitys Finger, dann legte sie einen Arm um Calebs Taille. „Wir wollten euch alle einladen, dass ihr bei uns esst, am Donnerstagabend, falls das für euch funktioniert.“

„Wir kommen irgendwann an diesem Nachmittag vom Zelten zurück“, erklärte Dustin.

Chelsea wechselte einen raschen Blick mit ihrer Frau, dann lächelte sie und nickte. „Das würde mir sehr gefallen.“

Die nächste Stunde ging in einem Besuch bei den Ziegen und den Pferden auf, die sie am nächsten Tag reiten würden.

„Es ist eine Weile her, seit ich zum letzten Mal auf einem Pferd gesessen bin“, gab Suz zu, als sie in dem kleinen Häuschen zum Abendessen am Tisch saßen. „Aber ich freue mich darauf.“

„Ich bin bisher nur einmal geritten“, brachte sich Chelsea ein.

„Dustin wird es locker angehen lassen.“ Charity reichte Dustin die Kartoffeln. „Wir machen langsam. Ich lerne es noch, aber Reiten macht Spaß.“

„Ich bin froh, dass es schon besser geht als ‚es ist auf gute die gute Art seltsam‘“, scherzte Dustin, bevor er die anderen beruhigte. „Ihr werdet es beide gut machen. Außerdem werden wir nicht zu lange reiten. Der Campingplatz ist so nahe, dass wir, wenn nötig, auch gehen können.“

Das Abendessen wurde immer noch weggeräumt, als Chelsea ein Brettspiel namens *Exploding Kittens* rausholte und es in der Luft schüttelte. „Ihr verliert heute Abend“, warnte sie.

„Leg ruhig los.“ Charity wackelte mit den Augenbrauen vor ihrer Schwester. „Die Verlierer spülen morgen Vormittag das Geschirr.“

Auf einen lockeren Abend mit Spielen folgte einige Zeit auf der Veranda. Dustin setzte sich neben Charity und hörte zu, wie die Damen einander auf den neuesten Stand brachten.

Irgendwann einmal beäugte ihn Suz. „Du hältst sehr bereitwillig die Ohren offen und den Mund geschlossen.“

„Ich bin der jüngste der Familie“, erklärte Dustin. „Fünf ältere Geschwister. Es hat immer jemand anderes geredet.“ Er zwinkerte, dann sagte er gute Nacht und ließ sie reden, bis die Dunkelheit angebrochen war.

Charity kam mit einem glücklichen Seufzen zu ihm ins Bett.

„Guter Abend?“, fragte er.

„Schön und entspannend, danke.“ Sie rollte sich zu ihm herüber und küsste ihn fest, bevor sie einen Befehl flüsterte. „Also jetzt, kein Geschlechtsverkehr. Ich kann nicht, wenn meine Schwester in Hörweite ist.“

„Du bist diejenige, die sich auf mich gerollt hat“, widersprach er, ließ seine Fingerspitzen über ihre Rippen streifen, bis sie kicherte und dann lauthals lachte.

„Hey. Nicht rumknutschen, wo ich euch hören kann“, rief Chelsea von der anderen Seite der Wand. „Himmel, Mädchen. Benimm dich.“

„Tut mir leid." Charity grinste ihn an, dann küsste sie ihn auf die Nase und rollte sich zur Seite, schmiegte sich fest an.

Da es nur ein kurzes Stück war und zwei sehr neue Reiterinnen dabei waren, hatte es Dustin am nächsten Morgen nicht eilig. Was bedeutete, dass faules Rumliegen im Bett mit Charity von einem gemütlichen Frühstück mit mehr Bacon abgelöst wurde, als er hätte essen sollen.

Sie hatten aufgesattelt und waren um zehn Uhr auf dem Weg. Nachdem er ihnen beim Satteln geholfen hatte, winkte Shim zum Abschied. Kelli und Luke hielten beide inne mit dem, was sie auf dem nächsten Reitplatz taten, um zu jubeln und ihnen Mut zuzusprechen.

„Lasst Dustin die ganzen Pflichten erledigen, okay?", rief Luke ihnen nach.

Charity hob einen Daumen. Alle lachten, während Dustin ebenfalls eine Hand hob, aber statt dem Daumen war sein Mittelfinger hochgereckt.

Er führte sie langsam, aber sicher von der Ranch über einen ausgetretenen Weg zum Wasserfall, bevor er sich einer kleineren, etwas geheimeren Route zuwandte.

Charity ritt gut. Suz saß kerzengerade aufgerichtet, aber sicher auf ihrem Pferd.

Chelsea wirkte ein wenig nervöser, also ließ er sich locker neben sie zurückfallen. Mit einem sanften Wiegen im Sattel lehnte er sich zurück und seufzte glücklich. „Herrlicher Tag für einen Ausritt."

„Durchaus." Sie warf ihm einem Blick zu. „Mir geht's ganz okay."

„Du machst das toll. Samson ist ein sehr zuverlässiges Pferd. Er ist auch fett und faul. Wenn du willst, dass er schneller läuft, als wir es gerade jetzt tun, wirst du dich richtig ins Zeug legen müssen, damit er etwas an Tempo zulegt."

Sie entspannte sich sichtlich. „Jetzt geht es mir besser als vorher.“

Er lachte. „Gut. Du machst das echt toll, Cee. Suz auch.“

Ein Augenblick verging, dann sagte sie etwas. Eine Aussage, keine Frage. „Dein Bruder hat gestern nicht mal geblinzelt, als Suz als meine Frau vorgestellt wurde.“

Dustin hielt inne. „Äh, nein. Wir wussten, dass ihr verheiratet seid. Chelsea redet die ganze Zeit über euch.“

„Das freut mich.“ Chelseas Grinsen wurde breiter. „Reden wir mal über meine Schwester. Du solltest mir ganz genau erzählen, für wie wunderbar du sie hältst.“

Diese Neckerei war so vertraut, als wäre Luke da. „Willst du diese Liste alphabetisch geordnet?“

Chelsea lachte. „Das wäre ein hübscher Trick.“ Sie beäugte Dustin, dann nickte sie. „Mir gefällt, wie du sie ansiehst.“

„Sie ist sehr wichtig für mich geworden“, gab Dustin zu. Er wollte allerdings nicht weitergehen als das. Er dachte sich, dass Charity diejenige sein sollte, vor der er seine Gefühle zum ersten Mal eingestand. Wenn es angemessen war und sie nicht gerade schreiend davonlaufen wollte.

Chelsea nickte langsam, als würde sie hören, was er nicht sagte. „Du musst verstehen, wenn Charity an deiner Seite steht, ist sie voll und ganz dabei.“

„Das ist mir schon klar. Sie hat es toll gemacht. Während des ganzen Rummels mit den sozialen Medien hat sie alles einfach nur hingenommen, was mehr als erstaunlich ist, wenn man bedenkt, wie ihr aufgewachsen seid. Selbst den Einbruch – ich meine, sie war verstört, aber nachdem der Schock mal durch war, hat sie einfach weitergemacht.“

„So ist sie. Dafür haben wir unserer Oma zu danken. Lily Dachice ist vorgetreten und wurde der stützende, felsenfeste Mensch, den wir brauchten. Sie hat eine Menge Dinge wiedergutgemacht, die wir nicht von unseren Eltern bekommen haben, als alles zu zerfallen begann."

„Charity hat mir von der ganzen Katastrophe erzählt. Es ist furchtbar, dass ihr euch damit herumschlagen musstet. Die Kindheit im Rampenlicht und dann danach der Verlust eurer Familie."

Chelsea musterte ihn. „Es ist auch scheiße, dass du deine Eltern verloren hast, als du so jung warst."

Er schüttelte den Kopf. „Ja, danke. Aber eines, was mir im Lauf der Jahre von meiner Familie beigebracht wurde, ist, dass das Leben kein Wettbewerb ist. Man muss nicht aus einem Gespräch über euren schlimmen Scheiß ein Gespräch über das machen, womit ich es zu tun hatte. Ich denke jetzt gerade nicht an mich, ich denke an euch. Ich bin froh, zu hören, dass ihr einander und eure Oma Lily hattet. Ich wünschte, ich hätte sie kennenlernen können."

Diese äußerst wachsamen Augen waren wieder auf ihn gerichtet. „Ich glaube, sie hätte dich gemocht."

„Ein großes Kompliment. Danke." Dieses Angebot, ihn anzunehmen, ließ ein warmes Leuchten in seinen Eingeweiden entstehen. Er führte die Unterhaltung in eine neue Richtung, deutete nach Norden. Die kleine Lichtung lag versteckt neben einem Bach, der aus dem See unten an den Wasserfällen von Heart Falls floss, und wurde gerade vor ihnen sichtbar. „Da ist unser Lagerplatz."

20

Dustin hatte sie in einem großen Kreis herumgeführt. Die Wasserfälle von Heart Falls und der See unten waren eine Sehenswürdigkeit der Gegend, und Charity war im Lauf der Jahre mehrmals an dem Aussichtspunkt gewesen. Was bedeutete, dass sie wusste, dass der See hier war und die Wohngebäude von Silver Stone gleich da drüben, nicht mehr als fünfzehn Minuten zu Fuß entfernt.

Aber da sie vom Pferderücken aus auf das Wasser schauten, ihr ganzes Zeug zum Zelten dabei hatten und planten, über Nacht zu bleiben, hätten sie auch allein in der Wildnis sein können, meilenweit weg von der Zivilisation.

Was einen gewöhnlichen Augenblick zu etwas Magischem machte.

Er führte sie an den Rand des Sees, der am weitesten von der Bergflanke entfernt war. Das Wasser fiel vom Land über ihnen herab, sprang über die Felsen in einem Sprühregen, der winzige Wassertröpfchen als Nebel auf ihrer Haut spürbar machte. Der See selbst war ruhig, seine spiegelartige

Oberfläche zeigte den Himmel über ihnen, blau wie ein Rotkehlchenei.

„Das ist so hübsch.“ Suz hob eine Hand und fuhr das Ufer mit dem Finger nach. „Die Herzform kann man echt gut erkennen.“

„Es ist wunderbar.“ Chelsea verlagerte ihr Gewicht im Sattel. „Ich will den Anblick nicht ruinieren, aber mein Hintern ist bereit dafür, ein Stück zu gehen, anstatt zu reiten. Und zwar sofort.“

Sie hatten Zelte aufzustellen, einen Kochbereich aufzubauen und Pferde zu versorgen. All das geschah in einem süßen, faulen Rhythmus, als Dustin sie von einer Aufgabe zur nächsten führte.

„Keine Eile“, beharrte er. Er beäugte ihre Nahrungsvorräte. „Na ja, ein wenig Eile, denn ich hätte lieber früher als später was zu essen.“

„So geht's mir auch.“ Suz sprang auf und salutierte vor ihm. „Zeig mir, wo ich aufbauen soll, und ich werde das Essen fertigmachen.“

Während Suz sich um das Mittagessen kümmerte, stellten Charity und ihre Schwester die beiden Zelte auf. Dustin kümmerte sich um die Pferde in dem kleinen Unterstand gleich nördlich ihres Lagerplatzes. Er kümmerte sich auch um einen Toilettenbereich, den man von den Zelten aus nicht einsehen konnte.

Als er aus dem Pferdeunterstand mit vier Klappstühlen in der Hand zurückkehrte, lachte Charity. „Du lässt uns nicht gerade eine raue Naturerfahrung machen.“

„Warte mal, bis du siehst, was es zum Essen gibt, bevor du so eine Behauptung aufstellst.“

Sie eilte vor, um ihm zu helfen, die Stühle um die Feuergrube aufzustellen. Es war kein Luxus, aber es war sehr viel gemütlicher, als sie sich typisches Zelten vorgestellt hatte. „Hast du die heute schon früher hier versteckt?"

Er nickte. „Shim und ich haben vorab ein paar Sachen hergebracht. Es hat doch keinen Sinn, das für euch Greenhorns zu krass zu gestalten. Es soll schließlich Urlaub sein."

Charity kam nahe heran und stahl sich einen Kuss. „Vielen Dank. Und mein Hintern sagt auch vielen Dank."

Er tätschelte ihr hingebungsvoll die Hüfte, bevor sie sich wegdrehen konnte. „Für deinen Hintern mache ich das gerne. Obwohl ich jetzt traurig bin, dass ich nicht anbieten kann, wehe Stellen zu massieren."

Sie beäugte den Abstand zwischen den Zelten und dachte darüber nach, wie leise sie sein konnte, während sie mit Dustin herummachte. „Vielleicht kann später am Abend ein wenig Massage auf dem Plan stehen. Rein therapeutisch natürlich."

„Natürlich." Er küsste sie noch einmal, dann murmelte er: „Ich will dich nur daran erinnern, dass du sehr laut bist, wenn du kommst."

„Das erhöht nicht gerade die Chancen, dass etwas massiert wird", warnte sie, tänzelte außer Reichweite, während sie den nächsten Schabernack plante.

Sie warf einen Blick hinüber, um festzustellen, dass Chelsea eine Handvoll LED-Lichter und ein Solarpanel hielt, das wie eine kleine, frei stehende Laterne aussah. „Du erinnerst dich noch daran."

„Als ob ich das vergessen würde." Chelsea beäugte den Lagerplatz. Von ihrem Standpunkt aus war der See außer Sicht, und das stetige Summen des Wasserfalls ein fernes Rauschen. Sie deutete auf eine kleine Ansammlung von Bäumen am Bachufer in der Nähe. „Dort?"

Charity wühlte durch ihren Tagesrucksack und holte ihre eigenen solarbetriebenen Lichter heraus. „Klar. Du machst die Bäume, ich den Weg."

Chelsea ging, um loszulegen.

„Was ist das alles?", fragte Dustin Suz, während er ein letztes Utensil brachte – einen kleinen Klapptisch, den er neben der Frau aufstellte.

Sie entspannte sich neben der Feuergrube und beobachtete, was vorging. Ein riesiger Stapel Sandwiches, Kekse und Obst lagen auf der flachen Oberfläche eines Steins in der Nähe.

Suz tätschelte den Stuhl neben sich. „Komm und setz dich, junger Mann. Und ich erzähle dir die Geschichte der unendlichen Lichter."

„Sag ihr, sie soll Stimmen nachmachen", rief Charity, während sie sich ihrer Schwester anschloss.

„Still, Kleine. Ich bin schon im Geschichtenerzähler-Modus", tadelte Suz.

Dustin schnappte sich ein Sandwich und setzte sich. Chelsea und Charity bewegten sich beide so leise, dass sie zuhören konnten, während sie eine kleine Oase am Ufer des Baches errichteten.

„Eine junge Frau erwachte eines Morgens und fühlte sich traurig und allein. ‚Gefühle sind Gefühle, aber ich will nicht traurig bleiben. Wie kann ich an diesem kalten, dunklen Tag glücklich werden?', fragte sie sich. Sie beschloss, dass ein wenig Helligkeit die Antwort wäre. Etwas, das sie bei Tageslicht vielleicht nicht sah, aber das des Nachts in zukünftigen dunklen Augenblicken ein Leuchtfeuer sein könnte." Suz nahm einen Schluck aus ihrer Wasserflasche. „Du bist dran, Cee."

Chelsea drapierte LED-Lichter in die Äste eines Rosenbuschs, als sie den nächsten Teil der Geschichte erzählte. „Am ersten Abend, als sie nach draußen schaute, war das kleine Licht vor lauter Dunkelheit fast nicht sichtbar. Aber Tag um Tag tat das Mädchen alles, was sie konnte, um Helligkeit in ihre Welt zu bringen.“

„Tage vergingen. Wochen. Jahre. Bis das kleine Mädchen eine alte Frau wurde“, sagte Suz, die langsamer sprach, ihre Stimme veränderte sich zu jemandem, der ein langes Leben geführt hatte. „Und wenn sie des Nachts aus ihrem Haus sah, waren die kleinen, unwichtigen Tupfen aus Helligkeit inzwischen so viele, dass ein ganzes Universum aus Sternen durch die Dunkelheit zu ihr zurückleuchtete.“

Die Geschichte war ein so großer Teil der Vergangenheit, dass Charity spürte, wie sie in ihrem Innern aufwallte. Sie schob das letzte Solarpanel in die Erde und ging an Dustins Seite hinüber.

Er zog sie auf seinen Schoß, und sie lachte, ließ sich gemütlich nieder.

„Ist eine schöne Geschichte“, sagte Dustin, sein Blick wanderte hinüber zu ihrer Schwester und deren Frau, die die Köpfe zusammensteckten und sich sanft küssten.

„Kleine helle Tupfen summieren sich. Unsere Oma hat uns diese Geschichte beigebracht, und sie hat uns täglich gezeigt, wie man die Lektion auch lebt.“ Charity legte den Kopf an seine Brust, um seinem Herzschlag zu lauschen. Sie wollte noch etwas sagen. Etwas Tiefgründiges. Etwas Süßes …

Etwas, das mehr war als Stille, aber das war alles, was aus ihr herauskam. Sie wollte die unausgesprochene Verbindung zwischen ihnen nicht brechen.

Einen Augenblick später grummelte sein Bauch so laut, dass alle es hörten, und Erheiterung lag in der Luft.

„Keine Sorge, Dustin. Wir retten dich.“ Suz zog Charity von seinem Schoß. „Auf deinen eigenen Platz, Tee. Zeit zum Mittagessen.“

Chelsea reichte Dustin einen vollen Teller mit einem eindeutigen Befehl. „Iss. Wir haben einen ganzen Nachmittag und Abend mit Abenteuern zu genießen, und wir können nicht zulassen, dass du vor Hunger vergehst."

Ein weiterer kurzer Ritt nach dem Mittagessen wurde mit einem Spaziergang um den See abgeschlossen. Charity hielt beim Spazierengehen Dustins Hand, und die Temperatur stieg an zu heftigen Sommerzuständen.

Als sie sich ums Feuer versammelten, um Hotdogs mit vorgefertigten Salaten und verschiedenen Chips zu machen, schockierte Suz ihre Frau, indem sie sich Dustin beim Singen einiger schräger Lieder anschloss, in denen es um Gürtelschnallen-Häschen und Rodeostars ging.

Chelsea starrte Suz an. „Du hast mir nie verraten, dass du so kitschige alte Countrysongs kennst ..."

„Kitschige, *schmutzige* Countrysongs", warf Dustin ein, der seinen Stock mit Leckereien weiter in die Flammen hielt. „Du bist die Beste, Suz."

„Natürlich bin ich das." Sie hob eine Hand, und er gab ihr ein High-Five.

Es war spät, als die Sonne hinter den Bergen unterging, und noch später, als der Himmel sich von Violett und Gold zum Rosa der Dämmerung wandelte. Auf der anderen Seite war der Mond bereits aufgegangen, seine Fläche leuchtete heller und heller im östlichen Himmel.

Suz und Chelsea saßen Seite an Seite, sahen ins Feuer und redeten leise, die Hände verschränkt und die Köpfe dicht beisammen.

Dustin nahm Charity an den Fingern und zog sie in die Dunkelheit. „Komm schon." Patchwork Annie wollte aufstehen und sich ihnen anschließen, aber Dustin winkte sie zurück. „Bleib."

Der Hund ließ sich mit einem riesigen Seufzen wieder nieder, traurige Augen blickten ihnen nach.

„Armes Hündchen", flüsterte Charity.

„Armes Hündchen, von wegen. Deine Schwägerin hat Annie beim Abendessen insgeheim mit drei Hotdogs gefüttert. Der Hund kann am Feuer bleiben und den vollen Bauch genießen."

Charity lachte leise, während er sie vom Lager wegführte. Das Leuchten des Feuers und der Lichter, die sie und ihre Schwester aufgestellt hatten, verblasste rasch hinter ihnen. Das Mondlicht über ihnen und der zunehmende Lärm des Wasserfalls war der einzige Hinweis, in welche Richtung sie unterwegs waren. „Gehen wir zum See?"

„Das siehst du gleich. Um die Ecke, und ..." Die Bäume rechts von ihnen verschwanden, und eine schimmernde Oase begrüßte sie.

Er hatte seine eigenen Lichter aufgestellt.

Sie spiegelten sich auf dem Wasser wie Dutzende blinkende Sterne. Ein kleiner Halbkreis am Rand des Sees, abseits der Wasserfälle.

Dustin führte sie über die Felsen, wurde langsamer. „Hier bitte vorsichtig. Das ist es. Und ... wir sind da."

Der Fels, der dem Wasser am nächsten war, war glatt und flach, und eine weitere seiner vorgeplanten Komfortcamping-Einrichtungen wurde sichtbar. „Ist das eine Picknickdecke?", fragte sie.

Dustin holte sie von den Füßen, ignorierte ihr überraschtes Luftschnappen. „Es ist eine Decke, aber ich habe es versäumt, ein Picknick mitzubringen."

„Oh", sagte sie und nickte weise. „Es ist eine Schlafdecke."

„Mööp. Zweite falsche Antwort."

Er stellte sie auf die Füße und zog ihre Körper aneinander, seine festen Muskeln drücken sich an ihre weiche Haut – sein harter Schwanz machte sich deutlich und aufstrebend bemerkbar.

Charity summte fröhlich. „Ach, ich verstehe. Es ist eine unartige Decke."

Er beäugte sie, Erheiterung mischte sich mit Argwohn. „Ich weiß nicht genau, ob ich dazu Ja oder Nein sagen sollte."

„Dort werden die unartigen Leute hingeschickt, um eine Auszeit zu nehmen, weil sie sich danebenbenommen haben." Charity quietschte, als er sie im Kreis herumwirbelte. „Aber du benimmst dich doch nie daneben. Du bist ein Guter. Bedeutet das, dass du nicht auf die Decke kommst?"

Dustin zog ihr T-Shirt aus den Shorts. „Du hast gesagt, wir können uns nicht lieben, wenn deine Schwester dich hören kann." Er hob die Augenbrauen. „Problem gelöst."

„Okay." Sie riss sich das T-Shirt herunter, dann griff sie nach seinen Kleidern. „Für den Fall, dass das nicht deutlich war, Sex auf der unartigen Decke ist abgemacht."

Die warme Nachtluft strich über den schwachen Hauch von Schweiß auf ihrer Haut, während er sie nackt auszog. Es war etwas köstlich ... na ja, Unartiges daran, draußen nackt zu sein. Versteckt in dem kleinen Winkel konnte sie niemand sehen, doch mit den Sternen und dem Mond über ihnen waren sie eindeutig unter freiem Himmel. Die perfekte Balance zwischen Risiko und Sicherheit.

Die kleinen Lichter, die Dustin am Rand des Wassers aufgehängt hatte, leuchteten Kerzenflammengelb auf schwellenden Muskeln, als sein starker Körper zum Vorschein kam. Finger glitten über seine Haut, sie ging im Kreis herum, erstaunt, dass sie das tun konnte. Berühren, küssen, schmecken.

Lippen drückten sich auf seine, Haut an Haut. Brüste an seiner Brust, sein Schwanz an ihrem Bauch, und sie waren in rücksichtsloser Selbstvergessenheit ineinander verstrickt. Seine Hände auf ihrem Hintern drückten fest, bevor er eine Brust umfasste, den Kopf neigte und ihren Nippel in den Mund saugte.

Sie kratzte mit den Nägeln über seine Schultern, bohrte sich tiefer hinein, als er sie anknabberte. „Mein Gott, ja.“

Dustin nahm sie mit zu der Decke und legte sich auf sie. Küsse auf ihre Haut, auf ihre Brüste. Necken und schmecken und ihr Keuchen der Lust mit offensichtlicher Freude aufnehmen, während er sich ihren Körper hinabbewegte.

Er schob ihre Knie nach oben und schaute nach unten, schüttelte leicht den Kopf. „So eine hübsche Pussy. Ich habe dich vermisst.“

Charity lachte, das Geräusch wandelte sich zu einem Stöhnen, als er sie mit dem Mund bedeckte. Die Zunge glitt in ihr Geschlecht, leckte über ihre Klitoris und über ihre Schamlippen. Rasche Bewegungen, die sie schnell zu einem Orgasmus taumeln ließen. „Sag mir, dass du dran gedacht hast, Kondome mitzubringen.“

Sein Lecken verlangsamte sich, schraubte ihr Verlangen höher, bevor er innehielt, um sie anzugrinsen. „Ich habe eine Decke und Lichter gebracht. Teufel, ja, natürlich habe ich die Kondome nicht vergessen.“

Dustin tätschelte die Decke auf einer Seite, strich mit den Fingern über die Fläche, bis er eine Tasche fand, die ihr nicht aufgefallen war. Er ließ ein Kondom herausgleiten, und sie kam nach oben, um es zu öffnen.

Zusammen arbeiteten sie daran, es abzurollen, lachten zwischen den Küssen, schmiegten sich aneinander. Hautkontakt schien überlebenswichtig, und als sie schließlich auf seinen Schoß stieg und sich auf seinem Schwanz niederließ, seufzten sie beide glücklich.

Seine Arme lagen fest um sie, ihre Oberkörper schmiegten sich bei jedem Heben und Senken Haut an Haut aneinander. Sein dicker, langer Schwanz in ihr rieb sie mit jeder Bewegung perfekt.

Sie legte den Kopf zurück, bis ihre Locken über ihren

Rücken strichen. In dieser Position bog sich ihr Oberkörper zu ihm durch, und Dustin reizte mit einer Hand ihren Nippel. Die andere Hand drückte er ihr fest auf den unteren Rücken, damit sie in Verbindung blieben, sich aneinander rieben, die schweißnasse Haut immer wieder übereinander gleiten ließen, während er nach oben stieß.

Ihr Orgasmus kam abrupt, leuchtend, schön und perfekt. Ein schimmernder Augenblick der Lust, der eine Sekunde später einen Widerhall in seinem Gesicht fand, als Dustin losließ und sich ihr anschloss. Sein Körper wiegte sich, Fingerspitzen bohrten sich in ihre Haut, als er sie packte. Körper bebten, als sie Erlösung fanden.

Augenblicke später ruhte sie mit ihrer Stirn an seiner Schulter. Ihr Atem kam noch abgehackt, ihre Körper bebten vor Lust. Sie hob den Blick zu seinem, und seine Augenwinkel legten sich in Falten, während er ihr Lächeln erwiderte. Es fühlte sich echt an. *Sie* fühlten sich echt an.

Plötzlich schimmerte ein Licht über ihnen, als eine Sternschnuppe über den Himmel raste, und Charity sprach einen stillen Wunsch aus.

Bitte lass es echt sein.

21

Keine vierundzwanzig Stunden später hatten sie sich um ein weiteres Feuer versammelt, und Zufriedenheit sank tief in Charity Knochen ein. Sie hatten einen tollen Campingausflug hinter sich. Suz und Chelsea waren begeistert von allem gewesen, was Dustin getan hatte, um die Zeit zu etwas Besonderem zu machen. Sie hatten alle lang geschlafen, und der träge Vormittag, der darauf gefolgt war, mit einer Schwimmrunde im See, bevor sie den kurzen Ritt zurück zur Scheune angetreten waren, war perfekt idyllisch gewesen, voller Augenblicke, die in die Erinnerung eingingen.

Sie hatten geduscht, sich noch ein wenig entspannt, und waren dann rechtzeitig zum Abendessen hinüber zum Haupthaus der Ranch gegangen.

Tamara reichte ihnen allen etwas zum Tragen und deutete dann nach draußen. „Die Kids haben für ein Picknick zum Abendessen gestimmt, da ihr ja bestimmt in den letzten beiden Tagen noch nicht genug Zeit draußen verbracht habt."

„Ein Picknick am Feuer klingt wunderbar. Das ist nichts, was wir zu Hause bekommen", versicherte ihr Chelsea.

„Wir haben Squishmallows", verkündete der kleine Tyler, der Suz an der Hand nahm und sie zur Tür zog. „Du sitzt bei mir."

„Aber gerne", erwiderte Suz, die Tamara zuzwinkerte. „Ich werde Hilfe mit den Squishmallows brauchen, aber erst nachdem wir unser Abendessen verspeist haben."

„Okay", stimmte er etwas zögerlich zu.

Tamara lachte leise, während sie neben Chelsea und Charity zum Bereich mit der Feuergrube ging. „Deine Frau ist eingeweiht, was den Umgang mit Kindern angeht."

„Sie arbeitet in der Kindermedizin", erwiderte Chelsea.

„Interessant. Ich war mal Krankenschwester. Wir müssen ein paar Kriegsgeschichten austauschen."

Dustin half Caleb mit dem Grillen, während die übrigen sich Plätze rund um das Feuer suchten. Emma und Sasha klammerten sich sofort an Chelsea, stellten ihr Fragen über ihren Job als Programmleiterin bei einer großen Fitnessbude.

Charity setzte sich neben Tamara, zufrieden damit, zuzuhören und zuzusehen.

Die ältere Frau neben ihr beäugte ihre Familie, ein zufriedenes Lächeln auf den Lippen, bevor sie ihre Aufmerksamkeit Charity zuwandte. „Hattet ihr eine gute Zeit beim Zelten?", fragte Tamara leise.

„Aber so was von. Danke, dass Dustin sich freinehmen durfte."

Tamara zuckte mit den Schultern. „Er war nie jemand, der um Urlaub gebeten hat. Silver Stone schuldet ihm mehr oder weniger eine Tonne Überstunden."

„Er beschwert sich nicht über seine Arbeitslast", versicherte ihr Charity. „Er liebt die Ranch und die Zeit, die er im Sattel verbringt. Ihm machen die Aufgaben und die Zeit mit seinen Brüdern Spaß. Und deine Mädchen und die Aufgaben mit ihnen." Sie kicherte. „Aufgaben machen ihm, wie es scheint, ein bisschen zu viel Spaß."

„Ihr beiden hattet in den letzten Wochen eine Menge Zeit zum Reden, oder?" In Tamaras Blick stand immer noch Akzeptanz, aber noch etwas anderes war dort sichtbar. Eine Frage, von der Charity nicht sicher war, wie sie sie beantworten sollte.

Sie entschied sich für die kleinstmögliche Wahrheit. „Die hatten wir. Ich meine, wir waren schon immer befreundet, aber ich glaube, jetzt sind wir wirklich Freunde."

„Die Burger sind fertig", verkündete Caleb. „Beladet euren Teller dort am Tisch. Dustin wird euch euer Getränk bringen."

Alle standen auf und stellten sich ihre Mahlzeit zusammen, und das Gespräch wurde zur Seite geschoben, was gut war, denn Charity wusste nicht, wie sie mit den Gefühlen umgehen sollte, die in ihrem Inneren hochwogten.

Freunde, ja. Aber was machte sie mit dem Teil, der darauf beharrte, dass sie mehr als das waren?

Sie hatten sich kaum wieder hingesetzt, die vollen Teller immer noch auf dem Schoß balancierend, als ein Ruf aus der Richtung des Hauses erschallte. „Hey, Familie Stone."

Fern kam den Weg entlang gerannt, direkt auf Charity und Dustin zu. Im letzten Augenblick allerdings drehte sie ab und blieb abrupt stehen, ihr Blick huschte zwischen ihnen beiden und Caleb und Tamara hin und her.

„Tut mir leid, dass ich in eure Party hineinplatzte, aber ich konnte nicht warten."

Tamara bedeutete ihr, dass sie fortfahren sollte. „Ist doch kein Problem. Alles in Ordnung?"

„Ja, ich meine, ich habe kein Problem; ich habe eins gelöst." Fern schüttelte den Kopf. „Ich bin verwirrt. Hi Chelsea, Suz.

Ich bin Charitys Freundin Fern. Die Sache ist, ich habe es raus. Ich weiß, wer Dustin gedoxxt hat.“

Betäubte Stille folgte auf ihre Ankündigung. Charity musste ihren Verstand von der Familienversammlung auf den Social-Media-Rummel umpolen.

Chelsea holte als Erste auf. „Echt? Wie? Alle ihre Posts waren doch Screenshots, auf dem der Name unkenntlich gemacht war. Die konnte man doch unmöglich zur Quelle verfolgen.“

„Das dachten wir.“ Ferns Blick wurde messerscharf. „Aber wenn es ein *unabsichtlich* geteilter Screenshot wäre, hätte es sich auf einen oder höchstens zwei beschränken sollen. Die Tatsache, dass so viele geteilt wurden und viral gegangen sind, bedeutet, dass das jemand absichtlich so geplant hat. Der- oder diejenige hat einen Kommentar gepostet, einen Screenshot gemacht und das Original gelöscht, bevor es irgendwer gemerkt hat. Und zwar immer wieder. Auf einigen war der Zeitstempel vier Uhr früh.“

„Also war es Absicht.“ Tamara nickte. „Klingt naheliegend, wenn versucht wurde, Informationen über diejenige, die es gepostet hat, offline zu halten.“

„Ja. Aber sobald sie ihre Infos gelöscht hat, brauchte sie immer noch Leute, die es teilen, ohne dass ihr Name ins Spiel kommt. Ein paar Leute sind automatisch eingestiegen, weil sie den Artikel verlinkt hat, als er gerade von sehr vielen gelesen wurde. Sie hat deren *#SilverStoneStud* benutzt. Aber ursprünglich wurde alles von einer Frau geteilt, die an dem Tag neue Accounts eingerichtet hat, als alles rausging.“

Caleb schüttelte den Kopf. „Ich bin nicht auf dem neuesten Stand, was das ganze Social-Media-Zeugs betrifft, aber wenn du sagst, das ist möglich, dann geht es. Die große Frage ist, *wer?*“

Zum Glück kam Fern diesmal direkt zum Punkt. „Patricia Hawkings."

Neben Charity fluchte Dustin so leise, dass Tyler ihn nicht hören konnte. „Das ist doch ein Witz."

„Das wäre meine nächste Frage gewesen." Charity schaute ihn finster an. „Kennst du diese Frau?"

Tamara antwortete für ihn, da Dustin hochgeschossen und von der Versammlung weggestapft war, um zum Himmel hinaufzustarren. „Sie hat mal in Heart Falls gelebt. Auf seinem ersten Jahr auf der Junggesellenversteigerung hat sie Dustin gekauft."

Sashas Mund klappte auf. „Die? Sie war doch diejenige, die ihn irgendwie gestalkt hat, oder?"

Tamaras Miene verhärtete sich. „Sie hat ihm jeden Tag Blumen geschickt, bevor Caleb sie auf ihrer Arbeit aufgespürt und ihr gesagt hat, dass es jetzt reicht."

Jetzt war es an Caleb, einen Fluch auszustoßen. Er wandte sich an Charity. „Ich schätze, das beantwortet eine weitere Frage. Damals hat sie die Wohnanlage betreut, in der deine Wohnung ist."

Mein Gott. „Sie hatte wohl immer noch einen Universalschlüssel, also musste sie nicht einbrechen."

Tamara nickte leicht, dachte über all die Wendungen nach, bevor sie Fern fragte: „Hast du das alles allein rausgekriegt?"

„Das meiste." Fern grinste breit. „Shim hat geholfen. Und als uns sie technischen Möglichkeiten ausgingen, haben wir eine Geheimwaffe dazugeholt."

Tamara hob eine Augenbraue.

Fern deutete auf sie. „Deine Schwester Julia hat einen riesigen Geek in der Familie ihres Mannes. Petra Sorensen kann dafür sorgen, dass Computer all ihre Geheimnisse preisgeben."

„Es ist gut, so jemanden an der Seite zu haben. Danke."

Tamara kniff die Augen zusammen. „Jetzt werden wir diesen Unsinn beenden können."

Charity hob eine Hand. „Wir können nicht ändern, was sie getan hat."

„Nein", stimmte Caleb zu, „aber rechtlich können wir sie dazu bringen, sich in Zukunft offline zu halten, weg von dir und weg vom Grund und Boden der Stones."

Da kehrte Dustin zurück, setzte sich mit einem von Herzen kommenden Seufzen auf den Stuhl neben ihr. „Ich fühle mich schrecklich wegen all dem. Es tut mir so leid, Tee. Es ist alles meine Schuld. Du hättest dich doch nicht mit so einem Mist herumschlagen sollen."

„Ach, jetzt reicht's aber mit dem Unsinn." Wieder kam Chelsea allen anderen zuvor. Sie verschränkte die Arme vor der Brust und funkelte ihn an. „Da ich aus Erfahrung spreche, wenn du dir nicht ausgesucht hast, dass es online gepostet wird, ist es nicht deine Schuld. Die schlechten Entscheidungen einer anderen Person liegen nicht in deiner Verantwortung. Wie du auf den Unsinn reagiert hast, war deine Entscheidung, und du hast alles getan, was du konntest. Also spar dir die Schuldgefühle, und danke, dass du dich um eine Schwester gekümmert hast."

Einen Augenblick lang war Dustin sprachlos, bevor er nickte, die Anspannung wich aus seinem starken Körper. „Gern geschehen."

„Tee, das bedeutet, du kannst nach Hause." Suz atmete erleichtert aus, bevor sie sich Caleb und Tamara zuwandte. „Wie Cee schon sagte, wir sind so dankbar, dass ihr ihr einen sicheren Ort geboten habt, an dem sie bleiben konnte."

„Das haben wir gerne gemacht", sagte Tamara, bevor ihr Blick zu Charity zurückging. „Aber du gehst nirgendwohin, bevor wir nicht bestätigen können, dass mit Patty alles geregelt ist. Sie lebt nicht mal mehr Heart Falls, soweit ich weiß, also dauert es vielleicht eine Weile, das zu lösen. Vorerst bleibst du hier, verstanden?"

„Dankeschön. Noch einmal."

Nur dass die Wärme in ihrem Inneren verschwunden war. Nicht mal Dustins Arm um ihre Taille konnte helfen.

Charity warf einen Blick auf die Feuergrube, etwas Unbehagliches wand sich in ihr. Der Zirkus mit den sozialen Medien hatte nachgelassen. Es gab für die Sache mit der vorgespielten Freundin keinen Grund mehr, auch nur einen Tag nach der Versteigerung weitergeführt zu werden. Ihre Zeit auf Silver Stone aus Sicherheitsgründen näherte sich dem Ende.

Das war nicht das, was sie wollte. Mit Dustin und seiner Familie fertig sein. Der Gedanke sorgte bei ihr für innere Schmerzen.

Was bedeutete, dass sie in der nächsten Zeit irgendwann mutig sein und das Richtige tun musste. Mitteilen, was sie empfand, und beten, dass es Dustin zumindest ein kleines bisschen genauso ging wie ihr.

Es ist nicht immer einfach, das zu tun, was richtig ist, aber wir machen es trotzdem.

Charity hatte immer schon die Worte und Taten ihrer Großmutter nachvollziehen können. Das Lösen aus der toxischen Situation in ihrer Kindheit. Das Vortreten, um für jemanden da zu sein, der einen brauchte. Nun sah sie einen Hauch Wahrheit, dass die Botschaft noch viel breiter anwendbar war.

Genauso wie die Lichter in der Geschichte ihrer Großmutter eine materielle Darstellung des ganz abstrakten Konzepts der *guten Taten* war. Zu tun, was richtig war, bedeutete, mutig genug zu sein, nicht nur an Dustins Seite zu stehen, wenn er sie brauchte, sondern ihm mitzuteilen, dass sie ihn jetzt brauchte.

Körperlich, ja. Aber noch viel wichtiger auf einer emotionalen Ebene. Als mehr als nur einen Freund.

Ich verliebe mich in ihn.

Selbst das Aussprechen der Worte in ihrem Kopf ging nur zögerlich. Was bedeutete, dass sie besonders tapfer sein und sich zusammenreißen musste, um eine Extradosis Mut aufzubringen.

Wenn sie einem durchweg Fremden die Hölle heißmachen konnte, weil er seine Familie nicht zu schätzen wusste, konnte sie einem großzügigen, netten, umwerfenden jungen Mann doch sagen, dass er ihr das Herz gestohlen hatte.

Sie würde nur beten müssen, dass er es nicht brach, indem er es ihr zurückgab.

<h2 style="text-align:center">22</h2>

Dustins erste Schicht zurück fing am Freitag früh an, sodass er sich von Chelsea und Suz verabschiedete, bevor er sich aufs Ohr haute. Charity am nächsten Morgen zu küssen und ganz warm und anschmiegsam um fünf Uhr früh im Bett zu lassen, nervte.

„Ich melde mich, wenn ich Pause habe", flüsterte er.

„Okay", flüsterte sie verschlafen. „'iebich."

Seine Füße waren wie auf dem Boden festgeklebt, während er versuchte, den geflüsterten Unsinn zu verstehen. „Tee?"

Aber sie schlief schon wieder, ihre Finger um das Kissen geschlungen, das sie an ihren Körper zog.

Er war noch niemals zuvor so eifersüchtig auf einen Gegenstand gewesen.

An diesem Vormittag arbeitete er mechanisch, der Großteil seines Gehirns war immer noch mit ihren Worten beschäftigt. Ein anderer Teil verarbeitete nach wie vor die Enthüllung, dass der ganze Unsinn auf den sozialen Medien und die Veröffentlichung seiner Telefonnummer von einem Date bei der Junggesellenversteigerung kamen.

Ein fester Stoß in den Arm ließ ihn hochschießen. „Autsch.“

Er schaute Shim finster an, der immer noch die Schaufel in den Händen hielt, mit der er Dustin angestupst hatte.

„Du schlafwandelst. Ich habe gehört, es ist gefährlich, so jemanden aufzuwecken.“ Sein Freund nickte zu seiner Tasche hin. „Du summst.“

Scheiße. Dustin holte sein Handy heraus, um eine Nachricht von seinem Bruder zu finden.

Walker: *Kommen du und Charity heute Abend immer noch zum Abendessen?*
Dustin: *Äh, vielleicht? Weiß ich davon?*
Walker: *Ivy sagt, schon. Funktioniert das?*
Dustin: *Für mich schon. Ich frage noch mal bei Charity nach und melde mich wieder bei dir.*
Walker: *Perfekt. Die Kinder sind ganz aus dem Häuschen bei dem Gedanken, euch zu treffen, aber wir können es natürlich verschieben, falls sie beschäftigt ist.*

Dustin schaute auf seine Uhr und dachte sich, dass es zu früh war, um Tee zu schreiben. Sie würde das letzte bisschen Zeit mit ihrer Familie verbringen wollen, bevor sie wieder aufbrachen. Trotzdem konnte sie antworten, ob es funktionierte.

Er schickte eine rasche Nachricht, dann legte er sich für die Aufgabe ins Zeug, einen Graben auszuheben, um ein Außengebäude mit Strom zu versorgen.

„Alles in Ordnung?“, fragte Shim.

„Es war nur Walker.“ Dustin schüttelte den Kopf. „Tut mir leid. Ich war den ganzen Vormittag irgendwie abgelenkt. Danke, dass du geholfen hast, rauszufinden, wer meine Informationen veröffentlicht hat.“

„Kein Problem. Mir hat die Herausforderung Spaß gemacht, obwohl es echt Scheiße ist, wer es letztlich war." Shim räusperte sich. „Du musst jetzt nicht unbedingt alles rauslassen, aber da ich mir nun alle möglichen schrecklichen Sachen vorstelle, die vielleicht nach meinem Date von der Junggesellenversteigerung stattfinden könnten ..."

„Ach Gott, nein. Bei dir sollte alles klar laufen." Dustin hielt inne. „Und ich sage das nicht, um dich zu beruhigen. Wenn ich jetzt zurückschaue, war Patty gleich von Anfang an schräg. Ich war achtzehn, und sie Ende zwanzig. Ich habe sie für unser Date zum Mittagessen bei *Buns and Roses* ausgeführt, und sie wollte nur darüber reden, dass es ihr bestimmt war, eine Rodeoprinzessin zu sein."

„Gute Reiterin?"

Dustin schüttelte den Kopf. „Nein. Sie dachte sich, wenn sie den richtigen Rancher heiratet, heißt das doch, dass sie alle Pferde, das Land und die Bewunderung bekommt, die sie verdient, und dass sie dafür nichts können muss."

Shim verzog das Gesicht. „Ich bin sicher, als Achtzehnjähriger warst du begeistert, dich mit ihr zu unterhalten."

„Sie hat immer um den heißen Brei geredet. Ich muss zugeben, dass ich nicht klug genug war, um herauszufinden, worauf sie da anspielte, bis Jahre vergangen sind. Die Blumen, die sie mir eine Woche nach dem Date täglich geschickt hat, kamen mir so seltsam vor, dass ich mich nicht mehr damit befassen wollte."

Sein Freund stieg auf seine Schaufel, dann warf er eine weitere Ladung Erde zur Seite. „Ich bin froh, dass sie in Zukunft kein Thema mehr sein wird."

„Caleb hat gesagt, heute Vormittag hätte er mit der Polizei gesprochen, um sicherzustellen, dass seiner Beschwerde von gestern Abend auch nachgegangen wird. Das sollte dem Ganzen ein Ende setzen." Gott sei es gedankt.

Der Rest der Schicht verlief ganz normal. Charity bestätigte die Pläne fürs Abendessen. Dustin gefiel die Arbeit mit Shim, der zugab, dass er eigentlich im Büro sein sollte, aber Aufgaben getauscht hatte.

„Ich habe Tucker gebeten, mich regelmäßig auf die Aufgabenliste zu setzen, nicht nur als Tech Support. Selbst wenn ich mit Computerzeug beschäftigt bin, brauche ich Zeiten wie diese."

„Sehe ich auch so." Dustin warf eine Ladung Erde auf seinen Freund und lachte, während er dem Gegenschlag auswich.

Um sechzehn Uhr dreißig war er geduscht und bereit zum Aufbruch. Charity krachte durch die Tür des Häuschens, raste zur Dusche. „Ich brauche fünfzehn Minuten", rief sie. „Es waren die Ziegen. Schon wieder."

Er erwischte sie am Arm und fing ihren Schwung ab. „Du bekommst dreißig, aber es gibt einen Tribut zu zahlen, bevor du weitergehst."

Sie hob eine Augenbraue.

Dustin schürzte die Lippen.

Charity grinste, griff in ihre Tasche und holte einen Lippenbalsam heraus. „Da hast du ihn."

Als sie schon seine Lippen aus der Tube beschmieren wollte, hob er sie hoch und küsste sie heftig. Sobald er sie wieder auf die Füße gestellt hatte, tätschelte er sie auf den Hintern und drängte sie Richtung Dusche. „Netter Versuch."

Patchwork Annie lag zusammengerollt auf der Veranda, als sie eine halbe Stunde später aufbrachen. Sie wedelte mit dem Schwanz, blieb aber zufrieden zurück.

„Faules Tier." Dustin öffnete für Charity die Beifahrertür.

„Ich schätze, das heißt, sie fühlt sich zu Hause in dem Häuschen."

„Sie war ein gutes Mädchen, ist den ganzen Tag bei mir geblieben." Charity summte nachdenklich. „Ich schätze, wir müssen uns keine Sorgen mehr machen, ob sie das weiterhin macht."

Dustin schloss bereits die Tür des Trucks, doch die Anmerkung versetzte ihm einen leichten Hieb. Auf dem ganzen Weg zurück zum Fahrersitz dachte er darüber nach. Charity brauchte keinen Schutz mehr. Sie musste nicht mehr auf Silver Stone bleiben, sobald Caleb bestätigt hatte, dass man sich um Patty gekümmert hatte.

Nur dass sie bleiben musste.

Verflixt. Was er wollte und seine Pläne für die Zukunft mussten besprochen werden, sobald das Abendessen mit seiner Familie vorbei war.

Charity war auch still, starrte aus dem Fenster, als wäre sie tief in Gedanken versunken.

„Vermisst du deine Familie bereits?", fragte er und schloss den Abstand zwischen ihnen, um ihre Hand zu nehmen.

„Ähm, was war das?" Charity blinzelte und setzte sich dann eine Art Lächeln auf. „Ach, ja. Es war toll, sie zu treffen."

Er wollte den Damen anbieten, jederzeit zu Besuch zu kommen, aber auch diese Diskussion musste auf die Zeit nach dem Abendessen warten.

Der neugierige Carter öffnete ihnen die Eingangstür und brüllte ihnen einen Gruß entgegen. „Hey. Dad brennt etwas an. Mom ist raus, um ihm zu helfen."

„Es ist immer schön, Hilfe zu haben, wenn was anbrennt", erwiderte Dustin, die Hand auf Charitys Rücken, um sie nach drinnen zu führen.

Charity betrat das Haus und wurde von Carters

Schwestern überfallen. Harper und Chloe verlangten sofort, dass sie sich ihre Tanzschritte anschaute.

Carter nahm Dustin an der Hand und zog ihn zum Familienzimmer. Mit furchtbar ernstem Kleine-Jungs-Gesicht verschränkte er die Arme vor der Brust. „Ich kann auch tanzen."

„Echt?"

Carter hob das Kinn, als würde er ihn herausfordern, etwas Unhöfliches zu sagen.

Keine Chance. Dustin nickte nur. „Schön für dich. Vor ein paar Jahren hat Charity mir beigebracht, wie man tanzt. Ich habe keine Übung, aber willst du mal meine Moves sehen?"

Carter stand der Mund offen, dann nickte er eifrig.

Was bedeutete, als Charity mit den Mädchen den Raum betrat, war Dustin mitten bei einer Pirouette. Bis Ivy und Walker ins Haus kamen, ahmten alle drei Kinder Dustin mit seinen Pliés nach, während Charity wild Applaus spendete.

„Gut gemacht für einen spontanen Auftritt", sagte Ivy. Sie deutete auf den Flur. „Wascht euch die Hände und kommt an den Tisch."

Wenn Kinder dabei waren, wurde die Unterhaltung niemals langweilig. Dustin und Charity plauderten mit seinem Bruder und seiner Schwägerin, während sie endlose Fragen über die Pferde, die Trucks, wie viel Wasser jeden Tag in den See fiel, weshalb Blau besser war als Grün und das Gewicht von Dreck beantworteten.

Bis das Abendessen vorbei war, klingelten Dustin die Ohren, aber auf die gute Art.

Ivy scheuchte sie alle hinaus in den Garten. „Walker hat gekocht, also räume ich auf."

Walker küsste sie auf die Schläfe. „Du hast eine Stunde lang ein ruhiges Haus", versprach er.

„Danke dir", flüsterte sie, bevor sie Charity zuzwinkerte.

„Ihr auch, raus mit euch. Allein den Abwasch machen, wenn es ganz still ist, ist eine meiner Strategien, um klarzukommen."

„Ich bin ganz für gute Strategien zum Klarkommen", sagte Charity, die Harper hochhob und sich in den Garten aufmachte. „Sag mal: *Viel Spaß mit den Seifenblasen, Mama.*"

„Viele spaßige Seifenblasen, Mama", wiederholte die fünfjährige Harper, die sich von Charity wegbeugte, um Ivy einen schmatzenden Kuss zu geben.

Vor ein paar Jahren hatte Walker seine Brüder dazu geholt, um ein Spielhaus im hinteren Garten zu bauen, mit Schaukeln, Kletterstangen und einem kleinen Häuschen mit Veranda. Plastikblumen wuchsen in einem Kasten am Fenster, und das ganze Ding war in leuchtenden Regenbogenfarben bemalt.

Die Kinder rannten wie wild herum, lachten und riefen. Ein beinahe stetiger Chor, aus dem es hieß: „Schau mich an, Onkel Dustin. Schubs mich, Tante Charity."

Walker stieß Dustin in den Arm. „Hast du vor, deswegen was zu unternehmen?"

Dustin hielt inne. „Was genau?"

„Die Kids nennen sie *Tante.*" Walker zuckte mit den Schultern. „Mir macht es nichts aus, aber du solltest klarstellen, ob sie das auch so sieht."

Mit belegter Zunge beobachtete Dustin, wie Charity mit Chloe um den Sandkasten tanzte. „Bald."

Walker schaute zu seinen Kindern hinaus, sein Grinsen wurde breiter. Dann schnalzte er mit der Zunge.

Scheiße aber auch. Dustin funkelte ihn an. „Ich bin kein Feigling, ich habe nur gewartet, bis …"

Die Worte erstarben ihm auf der Zunge. Gewartet bis … worauf?

Die Wahrheit erwischte ihn mit voller Breitseite. Es gab keinen Grund, zu warten. Er mochte Charity und hatte vor, ihr zu sagen, dass sie richtig zusammen sein sollten. Dann war es zu dem Vandalismus gekommen. Seitdem war die Verbindung zwischen ihnen einfach nur weiter gewachsen, obwohl er kein Wort gesagt hatte.

Was zum Teufel hatte er sich denn dabei gedacht?

Eine Hand wedelte vor seinem Gesicht. „Erde an Dustin."

Scheiße. Er richtete seine Aufmerksamkeit wieder auf seinen Bruder. „Ich bin ein Idiot."

Walker zuckte mit den Schultern. „Scheint, als wären wir das alle irgendwann mal, wenn es um unsere Frauen geht." Er deutete auf den Friedhof neben dem Haus. „Vielleicht ist es Zeit, mehr zu reden und weniger Idiot zu sein."

Dustin war sich nicht sicher, warum sie dort war und durch den Friedhof ging. Die Kinder bauten alle fröhlich eine riesige Sandburg, darum ließ er seinen Bruder bei ihnen und eilte Charity nach.

Ein Friedhof. Schien ein guter Ort zu sein, um den Schlamassel geradezurücken, den er aus allem gemacht hatte.

Er näherte sich langsam, zum Teil, weil es ein Ort der Ruhe war, und zum Teil, weil Charity neben dem Zaun kniete, wo sie konzentriert an etwas arbeitete.

Er hielt weit genug entfernt an, damit er sie nicht erschreckte, dann meldete er sich zu Wort. „Hey, was machst du da?"

23

Auf frischer Tat ertappt, mit einem kleinen Solarlicht in der Hand, beschloss Charity, die Wahrheit zu sagen. „Ich wechsle ein paar Batterien."

Eine Falte entstand zwischen seinen Augenbrauen und glättete sich wieder, als Dustin eins und eins zusammenzählte. „Du bist diejenige, die die Lichter angebracht hat. In den letzten vier Jahren hat niemand rausbekommen, wer das macht. Das warst die ganze Zeit du."

Charity beendete ihre Aufgabe, dann stand sie auf, die Finger ineinander verschränkt. „Ich kenne Omas Geschichte über die guten Taten, aber dass ich tatsächlich Lichter aufgestellt habe, hat mir das Gefühl gegeben, ihr näher zu sein. Und sobald ich mal angefangen habe, wollte ich nicht aufhören."

Tief empfundene Emotionen wogten hoch, und alles, was sie so lange zurückgehalten hatte, schwappte aus ihr heraus. Sie konnte das nicht mehr länger für sich behalten. Nicht mehr warten und sich fragen.

Es war Zeit.

Sie fasste nach seinen Händen. „Ich will auch damit nicht aufhören."

Die Verwirrung stand ihm wieder ins Gesicht geschrieben. „Tee?"

Sie schluckte schwer, dann eilte sie weiter. „Deine Freundin zu sein. Es gefällt mir. Ich will nicht wieder nur befreundet sein. Und da rede ich nicht nur vom Sex."

Sie kniff die Augen fest zusammen. Sie konnte es nicht ertragen, zu beobachten, wie er versuchte, eine freundliche Art zu finden, sie abzuweisen.

Sorge lag in seiner Stimme, während er mit den Händen über ihre Arme hinaufstrich. „Was ist denn los? Warum schaust du so?"

Sie öffnete die Augen einen winzigen Spalt breit, bemühte sich um Mut. „Ich will nicht hören, wie du mir sagst, dass es Spaß gemacht hat, aber vorbei ist."

Das Geräusch, das von ihm kam, war teilweise ein Schluchzen und teilweise ein Lachen. Er hob sie hoch und hielt sie so fest an sich gedrückt, dass sein Herzschlag an ihrem Oberkörper zu spüren war. „Wir sind nicht nur befreundet", erklärte er eindeutig. „Hör doch auf mit diesem Unsinn."

Erleichterung strömte über sie hinweg, und sie vergrub das Gesicht an seinem Hals. Kämpfte gegen die Tränen der Angst und Hoffnung an.

Dustin strich ihr über den Rücken und redete beruhigend auf sie ein. „Es tut mir leid, dass du dir Sorgen gemacht hast. Ich hätte eher was sagen sollen." Er schüttelte den Kopf. „Irgendwo zwischen dem Zeitpunkt, dass wir uns gegenseitig bazillenfest gemacht haben, und jetzt habe ich die Fähigkeit verloren, einfach geradeheraus zu sagen, was ich denke. Ich bin so verdammt dumm."

Sie schnaubte. „Nicht wirklich. Es ist schwer. Ich meine, ich habe das Gefühl, als würde man schon wissen, was man vielleicht sagen will, aber es tatsächlich zu sagen, ist wohl eines der schwersten Dinge der Welt."

Erneut mit dieser entschlossenen Miene führte Dustin sie zu einer Bank unter dem aufragenden Ahornbaum mitten auf dem Friedhof. Sie setzen sich hin, und er hielt sie an den Händen, schaute auf ihre verbundenen Finger hinab. „Gestern Abend, als Suz gesagt hat, dass du jetzt wieder nach Hause gehen könntest, hat mein Bauchgefühl gesagt, dass du bereits zu Hause bist."

Und genauso hatte sie es tief drinnen empfunden. Die Panik begann nachzulassen.

„Es ist wie die Geschichte deiner Oma Lily." Dustin legte den Arm fest um sie, als würde er versuchen, sie beide zu verschmelzen.

„Die Lichter?" Sie warf einen Blick auf die Solarlichter, die überall auf dem Friedhof waren. Nach all den Jahren gab es wirklich eine Menge.

„Nein, obwohl es nett ist, endlich das Rätsel gelöst zu haben, wer die aufstellt. Jeder in Heart Falls hat sich das gefragt."

„Es war witzig, es geheim zu halten." Kurzzeitig kamen Schuldgefühle auf. „Obwohl ich es nicht wirklich für andere mache – auch wenn das echt egoistisch klingt."

„Ich verstehe es", behauptete Dustin. „Nenn es doch einfach einen netten Nebeneffekt. Sie sind sehr hübsch, und die Leute wissen zu schätzen, wie fröhlich sie wirken." Er nahm ihr Gesicht in die Hände, drehte sie zu sich um. „Ich habe darüber nachgedacht, wie in der Geschichte deiner Oma jeder kleine Augenblick eigentlich unbedeutend schien. Aber sie sind zusammengekommen, immer und immer mehr, bis sie so hell leuchteten wie der Sternenhimmel."

Sie wartete.

„Das sind ich und du. Wir sind schon eine Weile

befreundet, aber diese letzten Wochen waren voller heller Augenblicke. Es fühlt sich an, als wäre uns bestimmt, *hier* zu sein. Wir mussten niemals scharf abbiegen, wir wussten niemals innehalten und verkünden: *Hey, wir sollten zusammen sein.*"

„Aber das sagen wir doch. Oder? Wir sollten zusammen sein?"

Er lachte. „Ja. Auf alle Fälle."

„Ich will bei dir sein." Sie sagte es so einfach und direkt wie möglich.

Das Leuchten in seinen Augen war geradezu blendend. „Ich glaube, ich bin in dich verliebt."

Ihr Herz setzte einen Schlag lang aus. „Oh, wow."

Bevor sie noch etwas sagen konnte, beugte er sich vor und küsste sie. Süß und weich und herzerweichend sanft. Ihr Herz hämmerte, und alles in ihr frohlockte vor Hoffnung.

Sie lösten sich weit genug voneinander, dass Dustin ihr Gesicht mit einer Hand umfassen konnte. „Das ist für dich, weil du mutig genug warst, mir die Wahrheit zu sagen, obwohl du nicht sicher warst, was ich sagen würde. Weil du mutig genug warst, diesen sturen Cowboy dazu zu bringen, es besser machen zu wollen."

Sie schaute ihn direkt an. „Ich bin mir ziemlich sicher, dass ich auch in dich verliebt bin."

Diesmal blitzte sein Grinsen auf. „Praktisch."

Charity kicherte. „Magisch."

„Das auch."

Er hob sie auf seinen Schoß und hielt sie dicht an sich, sein Kinn lag auf ihren Locken. Ein Augenblick des Friedens mitten im Sturm.

Das Geräusch seiner spielenden Nichten und Neffen trieb aus dem Garten neben ihnen heran. Das Glück war in ihrem Gelächter deutlich zu hören.

Er versteifte sich leicht, dann sprach er leise. „Nicht, dass ich dich gleich wieder wegscheuchen will, wenn wir es endlich auf die Reihe kriegen, aber ist für dich meine Familie in Ordnung? Dieser ganze große, sich überall einmischende, überaus direkte Haufen?"

Charity holte tief Luft, ehe sie antwortete. „Anfangs haben sie mir schon irgendwie Angst gemacht, vor allem Caleb. Deine Familie kann etwas intensiv sein, aber das ist irgendwie ganz ähnlich wie mit dem Reiten."

„Es fühlt sich seltsam gut an?", scherzte er.

Sie drückte ihm die Finger auf den Mund, auch ihre Lippen wölbten sich zu einem Lächeln. „Es fühlte sich an wie ein Sport, der interessant aussah, aber ich konnte niemals mitmachen. Doch das war meine fehlende Erfahrung. Sobald ich mal den Fuß in den Steigbügel gesetzt und mich einfach im Sattel niedergelassen habe, fühlt sich deine Familie schon in Ordnung an. Gemütlich, aber aufregend, und etwas, das ich genießen kann."

Die Erleichterung auf seinem Gesicht war kristallklar. „Deine Familie ist auch wunderbar."

„Chelsea mag dich. Suz ist verrückt nach dir", scherzte Charity.

Er drehte sie in den Armen, zog sie dichter heran. „Ich bin ein Mann für nur eine Frau, und die bist du, Tee. Lass uns rauskriegen, wie wir das gut zum Funktionieren bringen. Nichts mehr vorspielen, nichts, weil wir es müssen."

„Aber wir sind immer noch ein *Hashtag SüßesWesternpärchen*."

Er lachte. „Ja, sind wir. Und die Chancen stehen gut, dass wir in Zukunft noch ein paar weitere Hashtags werden, denn die Art Unsinn verschwindet niemals ganz. Aber ich werde mein Bestes tun, um sicherzustellen, dass alles, was ich sage und im Internet landet, nur mit deiner Zustimmung geschieht."

„Ein einfaches Versprechen, denn du bist ja nie online“, sagte Charity.

Dustin hielt inne. „Ich denke an all die Interviewanfragen. Vielleicht sollte Silver Stone eines geben. Und von allen Familienmitgliedern bin ich die logische Wahl, sich im Augenblick mit den Medien herumzuschlagen.“

An diese Möglichkeit hatte sie gar nicht gedacht, aber noch während sie hier saßen, ineinander verstrickt, ergab der Gedanke schon Sinn. „Ich springe nicht gerade vor Aufregung auf und ab, aber es ist vielleicht ein guter Plan.“

„Ich fange nur an, es in Erwägung zu ziehen.“ Dustin schob ihr die Haare hinters Ohr. „Das ist eine Frage für weiter in der Zukunft. Jetzt habe ich andere wichtige Dinge für dich zum Überlegen.“

„Während wir auf einem Friedhof sitzen?“

In seinen braunen Augen blitzte Erheiterung. „Hier ist doch niemand mit großen Ohren. Es sind nur du und ich. Und hundert Solarlichter.“

Sie lachte, dann wurde sie nüchtern. „Du hast recht. Es ist ein guter Ort, um Entscheidungen zu treffen.“

Dustin legte die Handknöchel unter ihr Kinn, sein Blick liebkoste sie sanft. „Ziehst du richtig bei mir ein? Bist du meine Freundin und lernst neue Dinge mit mir? Wirst du uns die Gelegenheit geben, mal rauszufinden, ob diese Verliebtheit so toll ist, wie ich glaube?“

Ihr Herz schwebte und floss beinahe über. „Okay.“

Ein Lachen brach aus ihm hervor, eine große Explosion des Glücks. „Für mich ist das auch okay.“

Charity stellte fest, dass sie in seine Arme gerissen wurde. In einem Kreis herumgewirbelt, ihre Füße so weit über dem Boden, dass sie auch hätte fliegen können, während sie sich wie verrückt festklammerte, bis Dustin langsamer wurde und sie absetzte, immer noch an sich geschmiegt.

Sie drückte ihm die Hände aufs Gesicht. „Du machst mich glücklich."

„Das gebe ich gern zurück." Er beugte sich vor und küsste sie wieder. Diesmal mit genug Hitze, dass sie es bis in die Zehen spürte.

Von links kam ein langer, scharfer Pfiff. Charity ließ ihre Aufmerksamkeit zur Seite huschen, um feststellen, dass Carter auf der Umfriedung stand, sein Gesicht verwirrt. „Dad sagt, ihr müsst aufhören, euch zu küssen, bevor sich noch einer beschwert." Carter runzelte die Stirn noch tiefer, schaute sich verwirrt auf dem Friedhof um. „Wer soll sich denn beschweren? Die Toten reden doch nicht."

Dustin lachte leise. Er nahm Charitys Hand in seine und führte sie zum Zaun. „Du hast recht. Niemanden hier drin stört das Küssen auch nur ein kleines bisschen. Aber dein Dad hat auch recht. Wir sollten zurück zu eurem Haus kommen."

„Mom hat immer noch ihre stille Zeit", warnte ihn Carter. Er sprang auf Charitys andere Seite, und plötzlich hielt sie zwei Stone-Männer an den Händen, auch wenn einer erst neun Jahre alt war. „Kannst du uns noch mehr Tanzzeug zeigen, Tante Tee?"

„Natürlich." Charity warf einen Blick auf Dustin, der sie angrinste. „Onkel Dustin hilft uns."

„Yippie." Carter schoss los, rannte voraus durch den Garten, um seinem Dad und seinen Schwestern die Neuigkeiten mitzuteilen. Die drei machten gerade Seifenblasen, Dutzende schimmernde Kugeln schwebten auf einer leichten Brise hinauf und gen Osten.

„Meine ganze große, überwältigende Familie liebt dich bereits", sagte Dustin leise.

Ihr Herz schlug heftig. „Dann haben wir noch eine gute Chance, dass diese mögliche Verliebtheit auch hält."

„Vielleicht." Dustin wirbelte sie herum und dann wieder in

seine Arme, führte sie in einen ununterbrochenen Two-Step, während er mit ihr zu den Kindern hin tanzte. „Darauf setze ich."

Charity ließ sich von dem Wirbelwind, der Dustin war, herumfegen, immer wieder, während um sie herum in der Luft Seifenblasen schimmerten wie tausend fröhliche Augenblicke.

24

Dustin hatte ganz neuen Respekt vor seinen Brüdern. Wie zum Teufel waren sie in diesen letzten Jahren jeden Morgen aus dem Bett gekrochen und hatten ihre Frauen zurückgelassen, warm und sexy wie die Sünde?

Er knabberte an Charitys Hals, begann den Tag nur widerstrebend ohne sie. „Wach doch mal so weit auf, dass du mich küssen kannst, bevor ich losgehe", forderte er.

„Kann ich dich küssen und weiterschlafen?", murmelte sie.

„Nö. Ich brauche volle Zustimmung."

„Also gut." Sie rollte sich unerwartet herum, und er lag unter ihr. Die Explosion aus Haaren, die aus ihrem hohen Pferdeschwanz herausragte, hüpfte auf und ab, während sie glücklich nickte. „Na sieh mal einer an. Was habe ich da in meinem Bett gefunden."

„*Unserem* Bett." Dustin legte die Arme um sie und küsste sie lange und tief, nur weil er es konnte.

Als er fertig war, war Charity errötet und atmete heftig. „So viel also zum Langschlafen", beschwerte sie sich. „Du hast mich ganz heiß gemacht."

„Ich würde ja was dagegen unternehmen, aber Caleb tritt mir in den Hintern, wenn ich zu spät komme."

„Ach, ich kann mich schon um mich kümmern." Sie wackelte mit den Augenbrauen.

Die Vorstellung, wie sie sich selbst zum Höhepunkt streichelte, brachte ihn beinahe um. „Du bist ein böses Mädchen. Was bedeutet, dass du da ganz auf dem richtigen Kurs bist. Es gibt bestimmt einen tollen Tagtraum ab, wenn ich mir dich mit den Händen zwischen den Beinen vorstelle."

Feste Hände nahmen sein Gesicht. Sie schluckte schwer, dann lächelte sie wie die Sonne. „Ich liebe dich."

Adrenalin schoss sein Rückgrat hoch wie Dynamit. „Heilige Scheiße. Echt? Jetzt komme ich auf jeden Fall zu spät."

Ihr Lachen wurde von seinem Kuss verschluckt.

Wäre es an ihm gewesen, hätte er die Arbeit sausen lassen. Aber einen Augenblick später war Charity aus dem Bett heraus, wackelte mit dem Finger vor ihm, als er sie zurück auf die Matratze zerren wollte. „Ja, ich habe beschlossen, dass es jetzt mal reicht mit dem vielleicht und dem Vielleicht-Verliebtsein. Ich. Liebe. Dich. Jetzt geh an die Arbeit, damit deine Brüder dich nicht bis spät abends bleiben lassen."

Dustin stand auf und hob eine Hand, einen Finger hoch erhoben. „Erstens, dein Timing ist scheiße. Das will ich nur mal gesagt haben."

Sie grinste.

„Zweitens. Triff mich um vier Uhr am Reitplatz, und wir reiten aus."

„Klar. Klingt toll."

Er war noch nicht fertig. Er hielt einen weiteren Finger hoch. „Meine Brüder wissen lieber mal zu schätzen, dass ich heute rechtzeitig komme, trotz Nummer 3."

Sie hob eine Augenbraue.

Dustin sprach leise. „Ich liebe dich auch."

Charity drückte sich die Hände aufs Gesicht. „Geh zur Arbeit, gleich jetzt, bevor wir unkluge Entscheidungen treffen", befahl sie.

„Ich geh ja schon."

Er küsste sie allerdings noch einmal. Sanft. Langsam. Zog sich zurück, um es noch einmal zu sagen. „Ich liebe dich, Tee. Wir sehen uns heute Nachmittag."

Die Wärme ihrer Worte trug ihn den ganzen Weg zur Scheune. Teufel, er bezweifelte, dass irgendwo unterwegs seine Füße auf dem Boden aufkamen.

Zum Glück kam Dustin Caleb in den Boxen etwa dreißig Sekunden zuvor, was ihm die Zeit verschaffte, zumindest zu versuchen, das, wie er annahm, dümmliche Grinsen von seinem Gesicht zu wischen.

Es funktionierte nicht. Sein Bruder hob trotzdem noch eine Augenbraue, während er sein Pferd sattelte. „Interessant."

Nö. Dustin würde sich nicht dafür entschuldigen, dass er auf einer rosa Wolke schwebte. „Ich bin verliebt", platzte es aus ihm hervor.

Plötzliche Stille herrschte in der Box neben ihm.

Dustin trat zur Seite und schaute hinein, um festzustellen, dass sein normalerweise nüchterner und solider Bruder zur Decke grinste.

„Was?", wollte Dustin wissen.

Caleb zuckte mit den Schultern. „Mir ist aufgefallen, dass dein Schatten dich gar nicht begleitet. Dein Hund, der normalerweise immer irgendwo hier ist, ist noch woanders. Von nichts anderem habe ich geredet."

Verdammt. Er würde sich trotzdem nicht entschuldigen. Dustin hob das Kinn. „Na ja, Patchwork Annie liebt Tee auch."

Wenn überhaupt wurde Calebs Grinsen noch breiter. „Ich

freue mich für dich. Kann man sicher davon ausgehen, dass es ihr genauso geht?"

„Absolut. Tee liebt Annie auf jeden Fall."

Daraufhin johlte Caleb vor Lachen. Dann kam er herüber und nahm Dustin in eine große Umarmung. „Du bist zu neunmalklug. Ich freue mich für dich, kleiner Bruder. Und jetzt hör auf, von deiner Frau zu schwärmen, und setz seinen Hintern in Bewegung."

„Du bist derjenige, der mich aufhält", grollte Dustin, während er Caleb auch ein paarmal auf den Rücken klopfte, bevor er an die Aufgabe zurückging, sich für den Tag fertigzumachen. Er war so sehr auf Wolken geschwebt, dass ihm nicht mal aufgefallen war, dass Patchwork Annie auf der Veranda zurückgeblieben war. Was großartig und besonders war, auf eine ganz andere Art.

Er liebte Charity auf jeden Fall genug, um seinen Hund mit ihr zu teilen.

Er und Caleb waren bald draußen unterwegs, um die Futterweiden auf einem der weiter entfernten Felder zu begutachten.

„Habt ihr vor, im Häuschen zu bleiben?", fragte Caleb nach einer Weile.

„Schätze schon. Falls das für Dare und die Familie okay ist."

Caleb hob die Schultern zu einem lockeren Schulterzucken. „Alle anderen haben sich in ein neues Heim verzogen. Es sieht aus, als würde das Häuschen gut zu euch passen, wenn sie dort glücklich ist."

„Ich frage, aber ich bin mir da ziemlich sicher." Dustin dachte an etwas anderes. „Es ist für dich okay, wenn sie im Büro arbeitet?"

Sein Bruder schnaubte, dann räusperte er sich. „Kein

Problem. Die Familie arbeitet auf der Ranch. Manche drinnen, manche draußen."

Dustin beäugte ihn argwöhnisch. „Was war denn da gerade los?"

„Nichts." Caleb deutete vor sie. „Der wilde Salbei nimmt in dieser Gegend überhand. Wir müssen ihn ganz vorsichtig etwas abbrennen, damit er sich nicht auf die Weizenfelder ausbreitet."

Damit wich er seiner Frage komplett aus, aber Dustin war es egal. Dass Caleb seine Ideen für das kommende Jahr teilte und um Dustins Meinung bat – das war eine weitere Ebene der Familie. Ein weiterer Teil dessen, eine solide Grundlage für sich und Charity zu finden, um eigene Wurzeln zu schlagen.

Er und Caleb machten mittags Halt und setzten sich auf den Boden, schauten hinaus über das Land von Silver Stone, während sie Sandwiches aus ihren Brotzeitboxen aßen und fies starken Kaffee tranken. Caleb ließ ihn nach dem Mittagessen allein, verzog das Gesicht, während er Dustin auf die Schulter klopfte. „Hab Spaß, wenn du heute Nachmittag alles fertigmachst. Ich habe mich um Papiere zu kümmern."

„Besser du als ich", scherzte Dustin, bevor er seinem Bruder die Hand reichte. „Danke für den tollen Vormittag."

Caleb schüttelte sie fest. „Du meinst danke, dass ich dich nicht höllisch trieze, weil du so *verliiiiebt* bist." Er sprach das Wort aus, wie seine Töchter es gesagt hätten, zwanzig Buchstaben lang und voller glitzernder Herzchenaugen.

„Du bist so ein Esel", murmelte Dustin, doch er lächelte.

Als er nach Norden ritt, war sein Kopf voll von Charity und der Ranch. So viele Dinge wollte er ihr zeigen, so viele Dinge musste sie noch mit ihm teilen. Dustin musste seine Aufmerksamkeit immer wieder auf die Zäune, Unterstände und Tore zurücklenken, die er überprüfen sollte.

Vom Norden ringelte sich ein dünner Rauchfaden nach oben, und er fluchte. Unerwarteter Rauch war auf einer Ranch immer gefährlich.

Seine gute Laune verzog sich, während er sich im Sattel aufrichtete und Molasses die Fersen gab, damit sie ein wenig schneller lief.

Er war nicht wirklich überrascht, als der Rauch ihn zu dem kleinen Unterstand führte, wo er und Luke schon einmal Spuren von Eindringlingen gesehen hatten. Er glaubte immer noch nicht, dass es ein toller Ort war, an dem Teenager herumhingen. War es ein Obdachloser? Jemand, der nach dem Medienrummel noch übrig war, weil er auf weitere Geschichten hoffte?

Wenn es Ersteres war, hatte die Ranch schon seit langer Zeit ein System am Start, um unbefugt eindringenden Obdachlosen wieder auf die Beine zu helfen und sie vom Land wegzubringen. Falls es Zweiteres war, würden die Eindringlinge gleich herausfinden, dass Silver Stone eine starke Rechtsvertretung hatte, die sich um Arschlöcher kümmerte, die keine Grenzen kannten.

Es waren keine Flammen sichtbar, doch es könnte ein glimmender Zigarettenstummel sein. Dustin glitt von Molasses Rücken, ließ die Zügel zu Boden gleiten, damit sie dortblieb, dann tätschelte er ihr den Hals. „Bin gleich wieder da.“

Leise näherte er sich, aber es gab keinen Hauch eines Geräusches. Keine Teenager-Stimmen oder spielende Musik, und die Dunkelheit in dem Unterstand wurde nur von einem weichen gelben Leuchten unterbrochen.

Dustin zog sein Handy heraus und drückte auf die Taschenlampe. Mit schnellen Schritten trat er in den Unterstand.

In einer Ecke lag ein Schlafsack. Ein kleines Kochset stand auf einem der Baumstümpfe, die er schon mal gesehen hatte.

Der Rauch, der durch den Spalt im Dach drang, kam von einer Gartenfackel, die an der Wand hing. Sie war gelöscht, kokelte aber noch immer. Schwarzer Rauch trieb nach oben.

„Was zum Teufel?"

Er trat vor, um sie zu löschen, als sich etwas in seinem Augenwinkel bewegte. Schmerzen erblühten auf seinem Hinterkopf, und er stieß die Hände nach vorne, um seinen Fall zu bremsen.

Dann ... Dunkelheit.

25

———

Charity tätschelte Beachs Nase zum zwanzigsten Mal. „Bald, Süße. Ich weiß, du bist bereit zum Loslegen, oder?"

Sie ging nach vorne, führte das Pferd in einem weiteren Kreis über den Reitplatz, in der Hoffnung, es würde sich beruhigen. Sie waren inzwischen so viele Runden gegangen, dass Patchwork Annie das Interesse verloren hatte. Der Hund lag neben dem Tor und wartete darauf, dass etwas Spannendes passierte.

„Was ist denn mit dir?", fragte Kelli, die mit Shim an ihrer Seite um die Ecke kam. „Du vergisst den Teil des Reitens, bei dem man sich auf den Rücken des Pferdes setzt."

„So ein Neuling bin ich auch wieder nicht", beschwerte sich Charity. Sie schaute wieder auf die Uhr. „Dustin hat gesagt, er würde mich um vier treffen. Er ist spät dran, aber Beach gefällt diese Ausrede nicht sonderlich gut."

Shim runzelte die Stirn, schaute auf die Uhr. „Dustin hat nicht angerufen?"

Charity schüttelte den Kopf.

„Das sieht ihm gar nicht ähnlich." Kelli holte ihr Handy heraus und drückte auf einen Knopf.

„Ich wollte ihn nicht stören, wenn er mit irgendwas beschäftigt ist", erklärte Charity.

Shim hob eine Augenbraue. „Wenn er beschäftigt ist, wird er nicht rangehen."

„Wahrscheinlich." Sie schaute noch einmal auf die Uhr, warf dann einen Blick auf den Weg, über den Dustin zurückkehren sollte.

Kelli schob ihr Handy wieder in die Tasche. „Er geht nicht ran. Außerdem ist er fünfundvierzig Minuten zu spät, und das sieht ihm nicht ähnlich. Normalerweise ist er der fünf-Minuten-*tut mir leid, dass ich abgelenkt wurde*-Typ von spät dran."

Shim wies mit dem Kopf zum Büro. „Ist doch leicht, rauszufinden, ob er auf dem Weg nach Hause ist."

Kelli nahm die Zügel, während Charity zum Computer eilte, Patchwork Annie wieder direkt auf den Fersen. „Ich kann nicht glauben, dass ich nicht daran gedacht habe, die *Finder*-App zu nutzen", beschwerte sich Charity.

„Du hast doch erwartet, dass er jeden Augenblick auftaucht", erklärte Shim. „Fahr ihn hoch."

Charity startete den Computer noch mal, wartete ungeduldig, während das Programm sich wieder öffnete. „Dustin ist ..." Sie beugte sich vor. „Er wird mehr als nur spät dran sein. Von da ist es ein sehr langer Ritt."

Shim schaute ihr über die Schulter, Sorge breitete sich auf seinem Gesicht aus. „Klick mal auf Echtzeit. Das braucht zu viele Daten, um die ganze Zeit über zu laufen, aber jetzt wird es helfen, seine Bewegungen genauer nachzuvollziehen."

Charity nahm die Anpassungen vor, dann wartete sie

darauf, dass das Programm sich umstellte. Statt alle fünf Minuten ein Update zu schicken, konnte diese Version der GPS-Lokalisierung live folgen.

Zwei Minuten später wurde der kalte Fleck in Charitys Bauch noch größer, als das Symbol zeigte, dass Dustins Position sich überhaupt nicht änderte.

„Er bewegt sich nicht." Sie schaute auf zu Shim, dann zu dem stirnrunzelnden Caleb, der inzwischen im Eingang stand. „Dustin bewegt sich nicht."

Caleb kam ins Zimmer. „Wer ist denn jetzt im Augenblick am dichtesten an ihm dran?"

Charity richtete das Programm wieder neu aus, schüttelte aber den Kopf, während die Sorgen sich weiter vergrößerten. „Niemand. Wir alle – alle Helfer sind auf dem Weg zurück zum Abendessen."

Flüche hingen in der Luft, dann rief Caleb Befehle. „Shim, du bleibst hier und hältst uns auf dem Laufenden, falls sich was ändert. Sieh mal, ob du rausfinden kannst, wer als letztes mit Dustin geredet hat, und wann."

„Ja, Sir." Shim ließ sich wieder hinter dem Schreibtisch nieder.

Charity folgte direkt auf Calebs Fersen.

„Kelli, ruf Luke an und lass ihn wissen, dass Dustin vermisst wird."

„Hab bereits angerufen, und er ist unterwegs. Er schnappt sich ein Quad und Ausrüstung und schließt sich uns an." Kelli zog den Riemen an Calebs Pferd fest. „Lacey ist fast fertig."

„Ich will mit euch kommen." Charity sprach laut, um ihre Aufmerksamkeit zu erhalten, das Herz hämmerte ihr bis in den Hals.

Zwei besorgte Blicke huschten in ihre Richtung, dann wieder zu ihren Aufgaben.

Caleb schüttelte den Kopf. „Ich muss schnell reiten, Tee. Dustin wird es mir nicht danken, wenn du verletzt wirst."

„Kelli kann dann mit mir reiten. Beach ist bereit zum Aufbruch", fügte Charity an. „Bitte. Ich muss dort sein. Nur für den Fall."

Der Blick, den er ihr zuwarf, war sehr verständnisvoll, sein Gesicht aber trotzdem streng. Als sie gerade aufgegeben hatte, nickte er knapp, bedeutete Kelli, sich ihnen anzuschließen. „Fall nicht runter, oder Dustin bringt mich um."

Charity konnte nichts sagen, weil sie einen Kloß im Hals hatte.

Sie hatten alle gesattelt, Caleb stürmte bereits den Pfad entlang. Kelli tätschelte Charity beruhigend die Finger. „Halt dich gut fest, Liebes. Wir werden fliegen."

Anfangs ging es langsam – so langsam, dass Charity Beach die Fersen in die Flanken schlagen wollte, um ihn zu bewegen. Aber Kelli war schlau, erhöhte die Geschwindigkeit Stück um Stück, bis sie mehr oder weniger am Ufer des Big Sky Lake vorbeiflogen. Hinaus in den Osten, wo die wogenden Hügel langsam zu den Weiden abflachten. Patchwork Annie rannte neben ihnen, ein Bündel aus Muskeln und verschwommenem Fell, da auch sie flog.

Der leuchtend blaue Himmel war falsch. Der frische Sommergeruch eine Beleidigung, wenn man bedachte, dass in Charitys Brust die Angst hämmerte.

Sie wusste, dass sie mindestens dreißig Minuten unterwegs gewesen sein mussten, aber als sie ankamen, hatte sie kaum Zeit, um zu Atem zu kommen.

Sobald sie Dustins Pferd sah, das draußen vor einem kleinen Unterstand graste, bekam sie Hoffnung. Caleb schoss vor ihnen heran. Er stieg ab und huschte in den hölzernen Unterstand, trat zurück ins Sonnenlicht, bevor Kelli Beach zum Stillstand gebracht hatte.

„Er ist nicht da", fuhr Caleb sie an. „Was zum Teufel geht hier vor?"

Kelli hatte ihr Handy schon wieder rausgezogen, noch während sie und Charity abstiegen. „Shim? Schau mal auf den Monitor. Ist Dustin immer noch an einer Stelle? Ja? Okay, sag mir, wenn ich in der Nähe seiner Markierung bin. Heiß, wenn ich in die richtige Richtung unterwegs bin, kalt, wenn ich mich weiter wegbewege."

Nach dem Ritt waren ihre Beine wie Gummi, doch Charity hielt irgendwie das Gleichgewicht und ging vor, Patchwork Annie an ihrer Seite. Sie betraten den Unterstand, und Annie winselte, wühlte wie wild im Heu.

„Fast da? Verdammt, das heißt, sein Handy ist hier, obwohl er es nicht ist", sagte Kelli, gerade als Annie bellte und mit den Pfoten auf dem Boden kratzte.

Charity kniete sich hin und hob das Handy auf, das Annie ausgegraben hatte. „Das ist das von Dustin." Sie schaute auf zu Calebs erschüttertem Gesicht. „Wir sind noch nicht fertig."

„Das ist eine Sackgasse, Tee. Die App läuft über unsere Handys", rief Caleb ihr sanft in Erinnerung, seine Stimme klang gequält.

„Ich weiß. Aber sie ist direkt auf Dustin eingestimmt." Charity kniete sich hin und rief Patchwork Annie herüber. Sie hielt das Handy hin und ließ es von dem Hund beschnüffeln und betete, dass der Befehl, den Dustin gegeben hatte, sie zu bewachen, überschrieben werden konnte. „Wo ist Dustin? Wo ist er?" Sie zog das Handy weg, dann zeigte sie es ihr wieder. „Wo ist Dustin?"

Annie blinzelte und ging rückwärts aus dem Unterstand.

Bis Charity aufgestanden war, schnüffelte Patchwork Annie in immer größeren Kreisen am Boden.

„Komm schon", rief Kelli, die sich wieder in den Sattel

schwang. „Steig auf, denn wenn das funktioniert, werden wir dicht dran bleiben müssen."

Mit einem raschen Schritt nach vorn war Caleb neben ihr. Er beugte sich hinüber, die Hände zu einem Steigbügel geformt, in den Charity steigen konnte. Mit mehr Anmut, als sie verspürte, saß sie einen Augenblick später hinter Kelli und pfiff nach Annie.

Der Hund blieb abrupt stehen und schaute sie intensiv an.

„Such Dustin", befahl Charity.

Annie raste nach vorn, und Kelli ließ Beach nachlaufen. Zum Glück schaute der Hund ständig zurück, um sicherzustellen, dass Charity noch in Sichtweite war. Caleb ritt neben ihnen, sein Blick huschte über das Land, als würde er hoffen, Dustin irgendwo bei einem gemütlichen Spaziergang zu sehen.

Sie waren auf einem Teil der Ranch, den Charity noch nie zuvor gesehen hatte. „Weißt du, wo wir sind?", rief sie Kelli ins Ohr. „Was ist in der Nähe?"

„Früher oder später stoßen wir auf den Highway, aber es gibt noch ein paar Orientierungspunkte bis dahin." Kelli beugte sich vor, drängte Beach, schneller zu laufen.

Die Zeit hatte keine Bedeutung mehr. Tränen liefen über Charitys Gesicht, während ihre Augen vom scharfen Wind brannten. Ihre Finger, die Kelli gepackt hielten, waren versteift, und ihr ganzer Körper fühlte sich erschüttert bis ins Innerste an. Das Unbehagen spielte aber nicht die geringste Rolle.

Dustin? Wo war er?

Annie bog scharf nach rechts ab.

Kelli wurde langsamer und kam zum Stillstand. Caleb verlegte sich vom Reiten ohne Pause aufs Laufen, rannte dorthin, wo Annie an einem zerbrochenen Brett kratzte, das seitlich an der Mündung eines breiten Kanals lag.

Einen Augenblick später half Kelli Caleb, das Brett zu heben. Charity drängte sich ebenfalls dazu, das grobe Sperrholz schnitt sich in ihre Hände, Späne brachen ab, während sie es zur Seite zogen.

Er lag unter dem Brett, halb im Schlamm versunken. Dustin lag mit dem Gesicht nach oben da, seine Haut blass, und ein dünner Blutfaden lief ihm über die Schläfe. Charity fiel neben ihm auf die Knie, drückte die Finger auf seinen Puls.

Als ein festes Schlagen spürbar wurde, hätte sie fast vor Freude geweint. „Er lebt."

„Gott sei es gedankt." Caleb ging neben ihr in die Hocke, ein Arm um ihre Schultern gelegt. Er berührte mit den Handknöcheln die Wange seines Bruders. „Wir bewegen ihn noch nicht. Kelli gibt unseren Standort gerade an ein Rettungsteam durch." Er drückte ihr fest die Schultern.

Instinktiv beruhigte ihn Charity. „Dustin wird es gut gehen."

Caleb holte tief Luft, schlüpfte aus seiner Jacke und deckte Dustin zu, so gut er konnte. „Wird es."

„Muss es." Charity hob Dustins Finger an ihre Lippen und küsste sie. „Hörst du das, Dustin? Du kommst in Ordnung."

Auf der anderen Seite schlüpfte Patchwork Annie unter ihren Arm und winselte, weil ihr Lieblingsmensch sie nicht streichelte. Charity gab ihr stattdessen eine Umarmung. „Du bist der beste und klügste Hund aller Zeiten."

Der Hund legte sich neben Dustin, schaute ihn besorgt an.

Charity hielt sich fest und kämpfte darum, mutig zu sein. „Ich liebe dich", flüsterte sie, plötzlich froh, dass es nicht das erste Mal war, dass sie es schon einmal gesagt hatte. „Ich liebe dich" wiederholte sie, diesmal lauter. „Jetzt muss es dir wieder besser gehen, damit du mir sagen kannst, dass du mich auch liebst. Denn so haben wir das abgemacht."

Caleb war zurück, und Kelli war da, alle um sie

versammelt, um zu versuchen, Dustin zu wärmen, während sie darauf warteten, dass die Rettungsmannschaft eintraf.

Tief im Herzen brannte stetig ein warmes Glühen, und Charity setzte all ihre Anstrengungen daran, Dustin mit der Stärke ihrer Liebe festzuhalten.

26

Dustins Kopf tat weh. Wenn man genauer darüber nachdachte, tat auch sein Hintern weh, sein Rücken, und sein Mund fühlte sich an wie eine Ladung Müll. Leise Piepgeräusche kamen rechts von ihm, und seine Hände konnten sich nicht bewegen.

Was zum Teufel hatte er getan?

„Du bist wach." Charity flüsterte die Worte.

Er drehte den Kopf in ihre Richtung, und ein bohrender Schmerz schoss ihm durch den Schädel. „. Was ...?" Ein Ansturm von Erinnerungen drang auf ihn ein. Der Rauch am Unterstand. Der Hieb auf seinen Kopf. „Verdammt. Jemand hat mich niedergeschlagen."

Sie stand jetzt neben ihm, ihre Finger in seine geschoben. „Ja, so war es. Aber dir geht's gut."

„Du hast Glück, dass du einen sehr harten Kopf hast." Diesmal war es Luke, der hinter Charity herantrat. In seiner Miene stand eher Erleichterung als Erheiterung. „Wie ich dir schon immer gesagt habe."

Dustin hatte keine Energie, aber manche Dinge waren

heilig. „Stell dir vor, dass ich dir jetzt gerade den Mittelfinger zeige."

Er war eindeutig in einem Krankenhauszimmer. Die unauffälligen grau-weißen Wände und der Geruch wären schon Hinweis genug gewesen. Aber das Geländer am Bett und die Infusionsnadel in seinem Handrücken waren unausweichliche Beweise.

Caleb stand jetzt Schulter an Schulter mit Luke, beide ragten über Charity auf, die sich weigerte, seine Hand loszulassen. „Du hast uns einen Heidenschrecken eingejagt", sagte Caleb.

„Ich entschuldige mich, nachdem ich herausgefunden habe, was eigentlich passiert ist." Dustin hob seine freie Hand und berührte sich vorsichtig am Kopf. „Verbände?"

Sein ältester Bruder rief etwas über die Schulter, und Luke trat weg. Caleb drehte sich wieder um und beantwortete die Frage. „Du hast zwar einen harten Kopf, aber sogar Felsen brechen, wenn man mit einem Reifenheber draufhaut."

Scheiße. Fiese Sache. „Wer war es?"

Eine kurze Pause. Charity verzog das Gesicht. „Na ja, weißt du noch, wie du gesagt hast, dass wir uns keine Sorgen mehr um deine Stalkerin machen müssen?"

„Du verarschst mich doch. Es war Patty?" Dustin schaute Caleb in die Augen. „Du hast die Polizei gerufen."

„Habe ich. Und sie sind losgezogen und haben mit ihr geredet. Sie war im letzten Monat in der Stadt, hat im Heart Falls Motel gewohnt. Sie haben sie gewarnt, dass sie sich fernhalten soll – was sie offensichtlich genervt hat." Caleb tippte sich an den Kopf. „Ich will damit nicht ihr Verhalten entschuldigen, aber sie ist echt krank. Also buchstäblich, ihr geht es nicht gut."

„Sie hat Dustin beinahe umgebracht." Die Wut in Charitys

Stimme war eiskalt. „Sie kann ihre Krankheit irgendwo weit weg von Heart Falls behandeln lassen."

„Sehe ich auch so." Caleb legte ihr eine beruhigende Hand auf die Schulter. „Dustin. Erzähl uns, was du weißt, und wir füllen die Lücken."

„Ich habe Rauch aus dem Unterstand kommen sehen. Bin von Molasses heruntergesprungen ..." Sein Pferd. „Geht es ihr gut?"

„Ihr geht es bestens. Als wir am Unterstand ankamen, hatte sie sich keine fünf Meter von dort wegbewegt, wo du die Zügel hast fallen gelassen", erklärte Caleb.

„Du trainierst deine Tiere gut, Bruder." Luke war wieder da, sein Lächeln so verschwörerisch, wie es nur ging.

Dustin ignorierte dieses Rätsel vorerst. „Ich hatte mein Handy in der Hand, damit ich die Taschenlampe nutzen konnte. Bin um die Ecke des Unterstands gegangen, und bäm. Patty hat wohl auf mich gewartet." Er runzelte die Stirn. „Wie ist das möglich? Sie war ganz weit draußen auf dem Land von Silver Stone, nur um auf mich zu warten?"

Caleb seufzte. „Offensichtlich ja. Es scheint, als hätte sich die Nachricht über deine Lieblingsstrecke verbreitet. Sie hat der Polizei gesagt, dass sie sicher wäre, wenn sie dich einfach mal allein erwischen könnte, würde dir einfallen, wie verrückt du nach ihr bist."

„Und nichts sagt so sehr *wahre Liebe* wie ein Reifenheber aus nächster Nähe", fügte Luke an.

„Sie hatte ein Quad und hat dich irgendwie da reingeschleppt. Dann wurde ihr irgendwann klar, dass sie zwar vielleicht damit davonkommt, illegal durch die Stadt zu ihrem Hotelzimmer zu fahren, es ihr aber schwerfallen würde, deinen bewusstlosen Körper zu erklären", sagte Charity trocken.

Dustin schaute sich im Raum um. „Ich schätze, sie hat mich nicht zurück zur Ranch gefahren und sich entschuldigt."

Luke schüttelte den Kopf. „Sie hat dich ausgekippt und versucht, die Beweise zu verstecken. Der einzige Grund, weshalb wir dich gefunden haben, war Charitys rasches Denken.“

Charity schüttelte den Kopf. „Hier ist diejenige, die dich gerettet hat.“

Sie stieß einen Pfiff aus. Plötzlich erschienen Pfoten am Rand des Bettes. Patchwork Annie ließ ein leises Winseln hören, das klang, als würde ihre Nase kaum bis zur hohen Matratze heranreichen.

„Ich breche alle Regeln, Bruder“, warnte Luke, aber er hob den Hund auf und brachte ihn dicht genug heran, dass Dustin ihn streicheln konnte. „Bester Kauf aller Zeiten, an dem Tag, an dem du sie nach Hause geholt hast.“

„Freunde kauft man nicht.“ Dustin rieb über Annies Kopf. „Gutes Mädchen.“

Annie leckte einmal an ihm, bevor Luke sie wegtrug, um sie in einer Ecke des Raumes zu verstecken.

Es war alles unwirklich. „Danke, dass ihr mich gerettet habt.“

„Danke, dass das ein zäher Bastard bist“, sagte Caleb. „Ich will das niemals wieder tun müssen.“

„Ich habe nicht vor, mir weitere Stalker zuzulegen.“ Dustin hielt inne, seine Sorge wurde größer. „Tee. Du bleibst heute Nacht bei Tamara und Caleb. Geh nicht allein in das Häuschen ...“

„Ist schon okay.“ Charity drückte ihm die Hand. „Sie haben Patty erwischt, weißt du noch? Sie wurde festgenommen.“

In seinem Kopf drehte sich alles vor Erleichterung. „Genau. Gut. Wie haben sie sie erwischt?“

„Sie kam in die Stadt, um ihr Zeug im Motel einzupacken. Hat bei *Buns and Roses* Halt gemacht, wenn du das glauben kannst, und völlig selbstgefällig gewirkt. Nur dass Shim Fern angerufen hat, um ihr zu sagen, dass du vermisst wirst, und Fern wurde argwöhnisch. Als Patty also aufs Klo ging, hat Fern sie eingeschlossen, bis die Polizei kam."

Ein Schock traf ihn, dann Erheiterung. „Das kann auch nur Fern. Was, wenn Patty unschuldig gewesen wäre?"

Charity zuckte mit den Schultern. „Fern hat gesagt, wenn sie falschgelegen hätte, hätte sie die Strafe auf sich genommen, aber sie war neunundneunzig Komma neun Prozent sicher, dass Patty da die Hände im Spiel hatte."

Wodurch das letzte Puzzleteil an Ort und Stelle war. „Ich habe die besten Freunde und Familie."

„Aber wirklich." Luke zwinkerte. „Ich bin froh, dass es dir gut geht, Bruder. Charity wird bei dir bleiben. Wir gehen jetzt erst mal zurück zur Ranch."

„Wenn du irgendwas brauchst, rufst du an", befahl Caleb Charity. „Wir werden in ein paar Stunden wieder da sein. Oder einige von uns werden wieder da sein."

Charity ließ Dustins Finger los, erhob sich von ihrem Stuhl, um sowohl Caleb als auch Luke fest zu umarmen. „Ich kümmere mich um ihn", versprach sie.

„Das weiß ich doch." Caleb gab ihr einen Kuss auf die Stirn. Er deutete auf Dustin. „Ruh dich aus. Ich brauche dich auf Silver Stone."

„Ich bin auch lieber dort als hier", versicherte ihm Dustin. Er winkte zum Abschied, die Bewegung brauchte mehr Energie, als er erwartet hatte.

Im Raum wurde es leise. Nur noch die schwachen Geräusche der Geräte und das leise Summen der Lichter über ihm. Charity kam wieder an seine Seite, schaute auf ihn herab, als würde sie sich ihn für eine Prüfung einprägen.

„Sehe ich so furchtbar aus?", fragte Dustin.

Sie nickte. „Und doch nehme ich die

zusammengeschlagene Version voller blauer Flecken jederzeit, statt so, wie du ausgesehen hast, als wir dich gefunden haben." Ihre Stimme brach. „Ich hatte solche Angst, dass du tot bist."

Er öffnete die Arme. „Verdammt, Tee. Du kannst nicht weinen, wenn ich dich nicht trösten kann."

Sie schmiegte sich an ihn, ihr Kopf lag auf seiner Brust, ihre Hände hielten seinen Oberkörper umfasst. Da ihr Körper halb im Bett und halb draußen war, hielt Dustin sie, während sie leise weinte.

Gott, ihm tat innerlich und äußerlich alles weh, wenn er sie weinen hörte.

„Ich bin noch da." Dustin beruhigte sie. „Und ich weiß noch, dass du mir heute Morgen erzählt hast, dass du mich liebst. Was immer für einen Unsinn wir heute mitmachen mussten, das ist der Teil, über den ich mit dir reden möchte. Dich zu lieben. Nicht nur heute, sondern morgen und danach auch noch." Er gab ihr einen Kuss auf den Kopf, strich ihr die Locken aus dem Gesicht. „Wir werden Ausritte unternehmen und im See schwimmen. Wir werden das Häuschen zu unserem Zuhause machen, mit Bildern von Familie und von Freunden. Wir werden all diese Dinge zusammen tun."

Charity bekam einen Schluckauf, ihr abgehackter Atem wurde regelmäßiger. Sie wand sich nach oben, wischte sich Tränen vom Gesicht. „Okay."

Im Inneren kitzelte ihn ein Lachen. Das war so eine Charity-Aussage. „Wozu sagst du denn okay?"

„Zu allem. Reiten und Schwimmen und Dekorieren und Zeit mit Freunden." Sie hob seine Finger an ihre Lippen und küsste sie. „Aber am allermeisten, dich jeden einzelnen Tag zu lieben."

Sogar, während er in einem Krankenhausbett festsaß, zerschlagen und zerschrammt, hätte Dustin nicht glücklicher sein können. „Ich liebe dich, Tee."

„Ich liebe dich, Dus", entgegnete sie, der Hauch eines Lächelns breitete sich aus.

Ein leises Wuffen ertönte zu ihren Füßen.

Sie warf einen Blick nach unten, dann auf die Tür des Krankenhauszimmers. „Da du schon da bist, wo du nicht sein solltest, kann ich auch gleich den vollen Ärger auf mich nehmen."

Einen Augenblick später war Patchwork Annie auf dem Bett, beschnüffelte Dustin eifrig. Er streichelte sie, deutete auf seine Füße. „Leg dich hin."

Annie drehte sich um und seufzte zufrieden, während sie sich neben seine Beine legte.

Dustin beäugte den übrigen Platz auf dem Bett. Es wäre eng, aber er konnte es. Er rutschte vorsichtig nach links, dann klopfte er auf die Stelle, die er freigemacht hatte. „Jetzt bist du dran."

Er hatte gedacht, sie würde widersprechen, aber Charity kam behutsam nach oben, schmiegte sich neben ihn. Er legte einen Arm über sie, passte auf, den Infusionsschlauch nicht in den Weg zu bekommen, und all die Schmerzen ließen nach.

„Ich liebe dich", flüsterte er noch einmal.

Sie strich ihm sanft über die Finger. „Okay."

Dustin schlief immer noch mit einem Lächeln ein.

EPILOG

August, Silver Stone Ranch

Charity wurde fertig, indem sie einen Topflappen neben ein leuchtend gelbes Geschenk legte, das mit pinken Schleifen verschlossen war. Harpers Geburtstagsparty mit Pferdethema wurde auf Silver Stone abgehalten, und die ganze Familie nahm teil. Die Tatsache, dass Charity aufgeregt war, statt sich zu fürchten, bedeutete alles.

Es hatte etwas Zeit gebraucht. Zeit, bis sich Dustin von seinem Angriff erholt hatte, und Zeit, bis Charity es völlig in die Arme schloss, Teil des Wirbelwinds der Stones zu sein. Sie mochte immer noch am liebsten einen auf einmal, denn dann bekam sie mehr heraus. Etwa, wie Kelli ihren Weg auf die Ranch gefunden hatte, und was Sasha sich für die Zukunft erhoffte.

Aber die Stones bewiesen weiterhin, dass sie eine Familie

waren, auf die sie sich verlassen konnte, und dieses Wissen war unbezahlbar.

„Tut mir leid, dass ich zu spät bin. Caleb ist gefahren." Dustin eilte in das Häuschen und an Charity vorbei. „Ich muss mich nur umziehen. Ich kann in fünf Minuten fertig sein."

„Du bekommst dreißig. Ivy hat angerufen und gesagt, dass sie spät dran sind. Carter ist *unabsichtlich* in die Schlammkuchen gefallen, die Chloe und Harper gebacken haben." Charitys Erheiterung strahlte. „Gerade jetzt gibt es vorgeburtstagliche Partybäder."

Dustin nahm seine verrückte Eile etwas zurück. „Ich bin mir sicher, das waren Schlammgeburtstagskuchen."

„Vermutlich. Sicher erzählen uns die Kinder alles, wenn sie herkommen." Charity folgte ihm ins Schlafzimmer, beobachtete anerkennend, wie er das Jackett auszog, das er trug. „Mir gefällt, wie du in deinen Cowboyklamotten aussiehst, aber kann ich dir einfach mal sagen ... in einem Anzug? Da bist du umwerfend attraktiv."

„Der *Hashtag SilverStoneStud* hat eine weitere tolle Show für die Medien hingelegt." Dustin schlüpfte mit einem zufriedenen Seufzen in seine übliche Jeans. „Ich bin allerdings froh, dass ich nur noch ein paar von denen vor mir habe. Du warst ja da, als ich mein erstes Interview gegeben habe. Hast gesehen, wie schick sie das alles hergerichtet haben."

„Habe ich." Sie ließ sich auf das Bett fallen, genoss die Show, als er seine Krawatte und das Hemd auszog. „Ich habe auch gesehen, wie sich dein Onkel Frank wie ein völlig neuer Mann benimmt, nachdem du und Caleb darauf bestanden habt, dass er an dem Interview teilnimmt. Diese erste Geschichte über sowohl Silver Stone als auch Crooked Creek zu machen und die Familienverbindung herauszustellen, war genial."

„Dadurch konnten wir den Medien die Geschichte geben,

die wir erzählen wollen, über die Pferde und den Betrieb. Das hat ihre Nase aus unserem Privatleben und unseren Konten rausgehalten."

„Zum Großteil. Ich bin immer noch *Hashtag Silberprinzessin*." Charity verdrehte die Augen wegen des letzten Social-Media-Anhängsels, das sich eingestellt hatte. Sie wollte keine Zeit damit verschwenden, das Drama zu beobachten, darum hielt Fern die Augen nach irgendwelchen Neuerungen für sie offen. „Das ist aber besser, als dass die Leute über deinen Schwanz oder Zuchthengstdienste reden."

„Um Äonen besser. Übrigens, Onkel Frank war heute hier", erklärte ihr Dustin.

Charity blinzelte. „Echt?"

„Ja. Er ist auf dem Parkplatz aufgetaucht und hat darauf bestanden, mit uns zu kommen. Er hat mir erzählt, er würde genau zuhören und sicherstellen, dass keine unserer vorher abgemachten ausgeschlossenen Themen sich in die Unterhaltung einschleichen."

Ihre Erheiterung war größer als ihr Schock. „Wow, Onkel Frank."

„Ich komme immer noch nicht über die Veränderungen des Mannes hinweg. Ich meine, er ist immer noch manchmal ein grummeliger Bastard, aber er hat sich in was völlig Neues verwandelt, wenn es um Familie geht. Ich habe ihm gesagt, wir würden ihn später diesen Monat besuchen kommen."

„Gut."

„Und Walker, dass er beim nächsten Interview mitkommt. Und ich glaube, Kelli wird das letzte geben. Es zielt auf die Pferdezuchtbranche ab, also wird sie da genial sein."

Charity erhob sich und marschierte rüber, die Rosen auf ihrem Rock blitzten auf, während sie ging. „Du bist genial, wie du es geschafft hast, diesen ganzen Medienrummel zu nehmen und ihn in etwas Positives für Silver Stone zu verwandeln. Und Crooked Creek."

„Wir haben alle unterschiedliche Talente. Es hat geholfen." Er folgte ihr in die Küche und lehnte sich neben sie an die Arbeitsfläche, wirkte nachdenklich. „Da ist noch was ... Mir fällt es gleich wieder ein."

Sie öffnete den Topf und rührte ein letztes Mal in der Suppe, die sie zur Party mitbrachten.

Dustin schnippte mit den Fingern. „Das war's. Steinsuppe."

Charity hielt inne und warf einen finsteren Blick in den Topf. „Was? Das ist Tortilla."

Er trat hinter sie, seine Hände legten sich auf ihre Taille. „Nicht das, was du kochst. Was meine Familie macht. Es ist eine Geschichte, die man mir vor langer Zeit erzählt hat. Dass wir, obwohl wir die Stones sind, keine unbeweglichen Klumpen sind."

„Aha." Sie nickte erheitert. „Ihr seid Rolling Stones." Sie löste ihre Finger aus seinen und schüttelte den Suppenlöffel in seine Richtung. „Nicht kitzeln."

„Wir sind erfinderisch. Und beharrlich. Ob nun Stones durch Geburt oder Stones, die es wählen." Er legte den Löffel zur Seite. „Selbst wenn es sich anfühlt, als gäbe es keine Lösung, stellen wir einen Topf Wasser auf den Herd und tragen alle etwas bei. Was immer wir haben. Manche geben mehr rein, manche weniger. An manchen Tagen mehr, an manchen weniger. Wir tun alle, was wir können. Und am Ende haben wir genug, um die ganze Familie zu unterstützen. Genug ..."

„Liebe", unterbrach sie ihn, bevor sie ihn küsste. Die Wahrheit leuchtete hell und klar. „Ihr habt genug Liebe für eine ganze Familie, weil ihr eine Familie *seid*. Durch und durch. Selbst wenn ihr nicht immer alles auf dieselbe Art macht. Selbst wenn ihr unterschiedliche Dinge mögt, unterstützt ihr einander immer. Das ist Liebe – das wissen wir beide."

So, wie er sie anschaute, war es, als hätte sie gerade den Mond in den Himmel gehängt.

„Mein Gott, du bist genial und schön, und ich sollte warten und es ganz besonders an deinem Geburtstag nächste Woche machen, wie ich es geplant habe, aber das kann ich nicht." Er holte einen Ring aus seiner Tasche. Er war silbern mit blassblauen Steinen, die in der Form einer Blüte angeordnet waren. „Weißt du noch, als ich gerade gesagt habe, dass man auch wählen kann, ein Stone zu werden?"

Charity stand der Mund offen. „Dustin Stone. Sag mir, dass du nicht gerade einen Verlobungsring aus deiner Tasche gezogen hast."

„Ich will nicht lügen." Er ging auf ein Knie. „Da Schlammkuchen gebacken wurden, bleibt mir genug Zeit, dich wissen zu lassen, dass ich mir hundert Prozent sicher bin. Ich liebe dich, Tee. Du bringst mich dazu, alles tun zu wollen, was ich kann, um dich zum Lächeln zu bringen. Du bringst mich dazu, still sitzen und dein Herz schlagen hören zu wollen. Du bringst mich dazu, auf Berge klettern und deinen Namen zum Mond rufen zu wollen."

Sie drückte sich die Finger an die Lippen, ihr Blick huschte zwischen seinen Augen und dem Ring hin und her. Das passierte doch nicht wirklich. Ihr Herz war übervoll vor Glück, und sie war sich nicht sicher, ob ihre Füße immer noch den Boden berührten.

Er sprach leise. „Bei dir werde ich hart, und obwohl ich mich freue, dass wir diesen Teil unserer gemeinsamen Zeit genießen, geht es nicht nur um Sex. Denn du bringst mich auch dazu, weich sein zu wollen. Zu lernen, wie ich für dich etwas gebe und für dich da bin, von jetzt bis in alle Ewigkeit."

Das war alles richtig, und alles falsch. Charity wollte die traditionellen Teile nicht – sie wollte ihn. Einen Augenblick später war sie neben ihm auf dem Boden, die Finger um seine geschlungen.

Erheiterung wogte zusammen mit der Freude in ihr hoch. „Erstens, dein Timing nervt."

Er lachte. „Ich hoffe, ich weiß, wohin das läuft."

Sie hielt einen zweiten Finger hoch. „Zweitens, ich habe versprochen, wir würden mit Emma und Sasha ausreiten gehen, nachdem die kleinen Mädchen nach Hause gehen."

„Beach und Annie wird das gefallen." Dustin hob ihre Finger an seine Lippen und küsste sie. „Und drittens?"

„Ich liebe dich." Charity schüttelte erheitert den Kopf. „Mit Bazillen und allem drum und dran."

Seine Miene wurde weicher. „Also wirst du mich heiraten?"

Sie hob eine Augenbraue. „Hast du gefragt?"

Dustin dachte einen Augenblick lang nach. „Vielleicht habe ich diesen Teil versäumt."

Charity lehnte ihre Stirn an seine. „Vielleicht hast du das. Obwohl der Ring ein großer Hinweis war."

Dustin räusperte sich. „Tee, ich will echt, dass du mich heiratest. Also mach mich zum glücklichsten Typen der Welt und sag mein liebstes Wort."

„Aufgaben?"

Er zog sie an sich. „Tee."

Seine Augen leuchteten, und sie konnte keine Sekunde länger warten. Sie nickte. „Keine Scherze mehr. Okay."

Dustin hob eine Augenbraue. „Okay ... *was?*"

Sie sprach leise. „Okay, ich werde dich heiraten."

„Das ist *Hashtag vergebener Cowboy*", scherzte er, bevor er ernst wurde. Er schob ihr den Ring auf den Finger, seine Hände zitterten. „Ich liebe dich wirklich. Ich bin begeistert, den Rest meines Lebens damit zu verbringen, dir zu zeigen, wie sehr."

Charity hob die Hand und bewunderte den Ring. „Er ist wunderschön. Aber ich verstecke ihn, bis der Kuchen aufgetischt wurde, damit wir nicht Harpers großen Tag über den Haufen werfen."

Dann küsste sie ihn, ihre Finger schlossen sich um seinen Bizeps. Strichen seine Seiten hinab, schlossen ihre Liebe in die Geste ein.

„Wenn wir jetzt nicht aufhören, kommen wir zu spät zur Party", warnte er, als sie sein Hemd aus der Hose zog und die Hände über seine bloße Haut gleiten ließ.

„Wir machen schnell", versprach sie.

Schnell, begeistert, und sehr befriedigend. Charity hätte keine bessere Möglichkeit finden können, zu feiern, dass sie mit Dustin verlobt war. Genau dort zu sein, wo sie sein sollte.

Verliebt.

Dustin grinste viel zu sehr, als sie es schließlich über den Hof zum Haupthaus der Ranch schafften. Irgendwie kamen sie weniger als zehn Minuten an, nachdem Walkers Familie eingetroffen war, darum herrschte noch genug Lärm und Verwirrung, dass keinem das frisch gekommene Leuchten auf Charitys Gesicht auffiel.

Vielleicht sah es aber doch jemand. Tamara warf Charity einen langen Blick zu, bevor sie sich zu Dustin umwandte und die Augen verdrehte.

Dustin stellte mit einem Grinsen den Suppentopf auf die Anrichte, schämte sich kein bisschen.

Er drückte Charity einen Kuss auf die Wange. „In welchen Teil des Chaos stürzt du dich?"

Sie lehnte sich an seine Seite, während sie sich im Raum umschaute. Dustin schaute auch, und eine weitere Art der Befriedigung umschloss ihn fest.

Familie. Überall.

Ginny hatte sich auf ihrem Lieblingsplatz auf dem Sofa mit Demi zusammengerollt, die in ihren Armen lag und ein frühes Abendessen genoss. Tucker stand hinter der Couch, tat so, als würde er mit Ivy reden, die in einer geschützten Ecke des Raumes stand, doch sein Blick war auf seine Tochter gerichtet.

Ivy hatte ein verständnisvolles Lächeln auf, während sie sich eine Haarsträhne hinter die Ohren schob, dann beugte sie sich nach unten, um eine Frage ihrer Tochter zu beantworten. Harper deutete durch das Zimmer, und Ivy nickte.

Das kleine Mädchen raste durch das Wohnzimmer und kroch auf einen der wild zusammengewürfelten Stühle am Esstisch. Sie streckte die Finger hinter den Rücken und schaute genau ihren Geburtstagskuchen an, der in der Mitte des Tisches auf dem Ehrenplatz stand. Auf dem grünen Zuckerguss waren eine Scheune, Zäune und drei Plastikpferde.

Ging man nach Harpers Miene, waren es die Kronjuwelen.

Walker arbeitete an etwas in der Küche, Emma neben ihm. Tamara war bei Kelli, sprach leise an der Kücheninsel mit ihr. Kelli und Luke hatten ihre Schwangerschaft letzte Woche bekannt gegeben. Lukes Grinsen bis über beide Ohren hatte seither kein bisschen nachgelassen.

Luke und Caleb plauderten vor der offenen Tür, während sie Carter und Tyler an den Fußknöcheln kopfüber hielten. Die Jungs kreischten vor Lachen, während sie schwankten wie Äffchen.

Chloe und Sasha saßen auf dem Boden der Waschküche und spielten Karten.

„Alle wirken glücklich." Charity schob den Finger durch

Dustins Gürtelschlaufe. „Ich glaube, ich bleibe einfach erst mal hier bei dir."

Er rieb die Nase an ihrem Hals. „Passt für mich."

Schließlich kam die Party voran, ausgelöst durch Harper. Sie stand auf ihrem Stuhl, ihre Finger hüpften, während sie alle im Raum zählte. Ihre Lippen bewegten sich leise, doch sie nickte fest, als sie am Ende ankam, und deutete dann auf sich. „Daddy", rief sie laut genug, um Walkers Aufmerksamkeit zu erhalten. „Alle Stones sind hier."

„Und wie sie das sind", murmelte Dustin in Charitys Ohr.

Walker warf ihm einen warnenden Blick zu, lachte aber. „Ja, Süße. Alle Stones sind hier."

Sie stieß die Hände in die Luft. „Dann ist es Zeit für meinen Geburtstag."

Essen, Spiele, Gesang und Geschenke folgten. Eine fröhliche Mischung aus Augenblicken der Zufriedenheit und wild aufblitzender Energie.

Sie gingen hinaus in die Scheune zu dem Teil der Party mit dem Reiten, als Dustin feststellte, dass er neben Tucker stand.

Ginny trug Demi in einem Tragetuch an der Brust. Sie redete mit Charity, die Carters Hand in ihrer hielt. Die vier waren einen halben Schritt hinter Dustin und Tucker, doch Tuckers Blick ging ständig zurück zu seiner Frau und seinem Kind, als könne er nicht anders.

„Du stolperst noch", warnte ihn Dustin, tierisch erheitert.

„Warte, bis du mal an meiner Stelle stehst. Dann kapierst du es schon."

Dustin stolperte beinahe über die eigenen Beine, bevor ihm klar wurde, dass er Charity anstarrte. Er kicherte, dann stieß er Tucker an. „Ich krieg das schon hin, den Teil, für die Frau zu schwärmen, die ich liebe."

Tucker lachte. „Ihr beiden gebt ein gutes Paar ab."

„Danke, dass du Charity damals eingestellt hast", erwiderte Dustin. „Das war das perfekte Timing."

Tucker schüttelte den Kopf. „Das kann man nicht mir anrechnen. Ich meine, ich hatte es schon im Kopf, uns Hilfe zu holen, aber Caleb hat mehr oder weniger gesagt, ich soll das mal auf die Reihe kriegen. Ich glaube, er hat sie zu einem ersten Gespräch herbestellt."

„Nicht du?"

Der Mann zuckte mit den Schultern. „Ich erinnere mich nicht an die Einzelheiten, aber ich kann sagen, dass Caleb der Hauptgrund ist, dass Charity angestellt wurde."

Verflixt und zugenäht. Dustin warf einen Blick hinüber zu einem ältesten Bruder. Hatte er das wirklich eingefädelt? Letztlich war es richtig gut gewesen, aber ...

Inzwischen befand sich Charity fest in Carters Griff vor ihm. Erst als sie am Reitplatz ankamen, ließ er sie los. Carter hüpfte an Walkers Seite vor, zerrte heftig am Ärmel seines Dads.

Walker hob seinen Sohn neben Chloe hoch, die bereits auf dem Geländer balancierte, und die beiden staunten nicht schlecht, als Ashton ein Pferd auf den Reitplatz führte, auf dessen Rücken seine strahlende Urenkelin Harper saß.

Dustin klatschte mit den anderen, doch sein Blick ging direkt zu seinem ältesten Bruder.

Charity hatte die Hand um Dustins Arm geschlungen. „Warum schaust du Caleb an, als würde er jeden Augenblick explodieren?"

„Ich glaube, Caleb hat uns vielleicht verkuppelt."

Sie hielt inne, blinzelte, dann lächelte sie strahlend. „Falls das stimmt, bin ich ihm sehr, sehr dankbar. Und auch beeindruckt. Wie, um alle Welt willen?"

„Ich habe keine Ahnung. Moment ..." Dustin hakte die Dinge ab, die er sicher wusste. „Er hat dich mit mir nach

Crooked Creek geschickt. Er hat zugestimmt, dass wir zusammen zur Junggesellenauktion gehen. Als ich dich heim in das Häuschen gebracht habe, hat er gesagt, er würde für mich alles regeln."

„Im Juni hat er angerufen und mich gefragt, ob ich immer noch nach einem Bürojob suche." Charity dachte fest nach, versuchte, sich noch zu erinnern. „Der nächste Anruf kam von Tucker, aber nun, da ich drüber nachdenke, ja. Caleb war derjenige, der mich als erstes kontaktiert und mir gesagt hat, dass ich perfekt wäre für ..." Sie verstummte. „O mein Gott."

„Was?", wollte Dustin wissen.

Sie drehte sich zu ihm um. „Er sagte, ich wäre eine perfekte Bereicherung der Silver-Stone-Familie. Ich erinnere mich an die Worte, denn es klang seltsam altmodisch, ergab aber schon einen Sinn. Denn natürlich ist die Arbeit auf einer Ranch, als wäre man Teil einer Familie."

Dustins Herz hämmerte.

Es war die ganze Zeit Caleb gewesen.

So viele Gefühle, so viele Erinnerungen. Caleb war immer für die Familie da gewesen, bei jedem Schritt des Weges. Selbst jetzt wurde Dustin immer noch von seinem Bruder geleitet.

Auf der anderen Seite des Hofs, Dustin und Charity gegenüber, lehnte Caleb am Geländer neben Tamara, seine Hand ruhte auf ihrer Hüfte. Die beiden waren ganz locker, doch immer verbunden. So, hoffte Dustin, würde er in einigen Jahren mit Charity wirken.

Calebs Blick traf seinen, und plötzlich wusste Dustin genau, was als nächstes kam.

Er nahm Charity an der Hand, drehte sie zu sich um. „Hast du den Ring in deiner Tasche?"

Charity nickte, griff hinein, um ihn herauszuholen. Sie öffnete die Hand, um zu zeigen, wie er auf ihrer Handfläche lag. „Brauchst du was?"

„Dass du ihn dir aufziehst. Die Party kann inzwischen weitere Feierlichkeiten vertragen." Er ließ den blassblauen Stein wieder dorthin gleiten, wo er hingehörte, küsste ihre Handknöchel und schaute ihr in die Augen. „Ich liebe dich, Tee. Danke, dass du einverstanden warst, mir zu gehören. Ich verspreche, du wirst niemals bedauern, dass du ja gesagt hast."

Sonst musste er nichts mehr sagen. Seine Familie hatte den Ring bereits erspäht.

Jubelrufe und geschüttelte Hände und Rückenschläge und Gelächter folgten darauf. Die Kinder rasten in Kreisen um Patchwork Annie herum, die begeistert bellte. Die ganzen Damen mussten unbedingt den Ring begutachten. Seine ganzen Brüder mussten ihm unbedingt begeistert auf den Rücken schlagen.

Nachdem er ihn fest umarmt hatte, trat Caleb zurück und neigte das Kinn anerkennend zu Dustin. Er zog Charity zu einer Umarmung an sich.

„Willkommen in der Familie", sagte er, sobald er sie losließ.

Ihr standen Tränen in den Augen, als sie Dustins Hand wieder nahm, und sie lehnte sich an ihn, während sie das freudige Chaos um sie herum betrachtete.

Als sie an diesem Abend im Bett lagen und Pläne schmiedeten, schwor sich Dustin, dass er niemals vergessen würde, wie sich das anfühlte. Verliebt zu sein. Dass sich jemand um einen kümmerte. Dass er sich um Charity kümmerte und sie liebte.

Sie legte ihm eine Hand an die Wange und lächelte in seine Augen. „Ich liebe dich."

„Für immer", schwor Dustin von ganzem Herzen.

New York Times-Bestseller-Autorin Vivian Arend lädt ein nach Heart Falls, zu modernen Ranchern in einem Städtchen in Alberta, ab vom Schuss in den Ausläufern der Berge. Es ist ein wilder Ritt, bis sie alle ihr Lebens- und Liebesglück finden.

Die Stones aus Heart Falls
Das Herz des Ranchers
Das Lied des Ranchers
Die Braut des Ranchers
Die Liebe des Ranchers
Der Schwur des Ranchers

Vivian lässt derzeit ihre vielen Serien übersetzen. Bitte besuchen Sie deren Website für alle aktuellen Informationen.
www.vivianarend.com/de

ÜBER DIE AUTORIN

Mit über 3 Millionen verkauften Büchern ist Vivian Arend eine *New York Times*- und *USA Today*-Bestsellerautorin von mehr als 70 zeitgenössischen und paranormalen Liebesromanen.

Ihre Bücher lassen sich alle einzeln lesen und haben keine Cliffhanger. Sie sind witzig, aber auch emotional, es gibt heiße Szenen und glückliche Enden. Für Vivian ist das der beste Job der Welt. Sie lebt in British Columbia, Kanada, zusammen mit ihrem langjährigen Mann – der Inspiration für alle Helden und einem bereitwilligem Gefährten auf Abenteuern aller Art.

www.vivianarend.com/de